우먼 인 캐빈 10

Copyright © Ruth Ware, 2016
First published as The Woman in Cabin 10 in 2016 by Harvill Secker, an imprint of Vintage.
Vintage is part of the Penguin Random House group of companies.
No part of this book may be used or reproduced in any manner for the purpose of training artificial intelligence technologies or systems. This work is reserved from text and data mining (Article 4(3) Directive (EU) 2019/790).
Korean translation copyright © 2025 by FEELMBOOK
Korean translation rights arranged with VINTAGE, a division of The Random House Group Limited through EYA Co.,Ltd.

이 책의 한국어판 저작권은 EYA Co.,Ltd를 통해 VINTAGE, a division of The Random House Group Limited 과 독점 계약한 '주식회사 필름'에 있습니다. 저작권법에 의하여 한국 내에서 보호를 받는 저작물이므로 무단전재 및 복제를 금합니다.

THE WOMAN IN CABIN 10
우먼 인 캐빈 10

루스 웨어 지음
유혜인 옮김

필름

등장인물

로라 블랙록(로)
여행 잡지 〈벨로시티〉의 기자. 운 좋게 초호화 크루즈선인
오로라 보리알리스호(오로라호)의 첫 항해에 참여할 기회를 얻었다.
오로라호에서 그녀는 9호 린네실에 배정받는다.

주다 루이스
로의 남자 친구.

벤 하워드
〈타임스〉의 기자로서, 로의 전 직장동료이기도 하고
예전에 사귄 사이이기도 하다. 오로라호 8호실에 묵고 있다.

리처드 불머(불머 경)
오로라호를 소유한 노던 라이츠사의 회장.
오로라호의 스위트룸인 1호 노벨실에 묵고 있다.

앤 불머(레이디 불머)
리처드 불머의 부인이자 자동차 제조 회사인 린스태드의 상속녀.
유방암으로 투병 중이다.
오로라호의 스위트룸인 1호 노벨실에 묵고 있다.

콜 레더러
사진작가. 주로 멸종 위기 동식물이나 망가진 환경을 찍지만,
불머와의 친분으로 오로라호의 첫 항해를
스케치하기 위해 배에 탑승했다.

라스 옌센
스웨덴 대형 투자회사의 회장.

클로이 옌센
라스 옌센의 부인으로 모델 출신이다.

알렉산더 벨홈
여행기자. 오로라호 6호실에 묵고 있다.

아처 펜런
익스트림 여행 분야의 유명 인사로, 오로라호 7호실에 묵고 있다.

오언 화이트
영국인 투자자. 투자 분야가 선박쪽은 아니지만
리처드 불머의 초청으로 오로라호에 올랐다.

커밀라 리드먼
오로라호의 접객 담당 수석 승무원.

요세프
오로라호의 접객 담당 승무원. 로가 묵은 방을 담당하고 있다.

칼라
오로라호의 접객 담당 승무원. 로가 묵은 방을 담당하고 있다.

요한 닐손
오로라호의 보안 팀장.

티나 웨스트
여행 잡지 〈버니언타임스〉의 편집장. 오로라호 5호실에 묵고 있다.

프롤로그

꿈에서 그녀는 표류하고 있었다. 갈매기가 우는 하늘과 부서지는 파도 아래, 햇빛 하나 들지 않는 차가운 북해 속으로 깊이, 더 깊이 빨려 들어갔다. 웃음기 어렸던 눈은 허옇게 빛을 잃고 바닷물에 퉁퉁 불었고, 새하얀 피부는 쭈글쭈글하게 변했으며 옷은 거친 바위에 찢겨 누더기가 되었다.
 변하지 않은 것은 길고 까만 머리뿐. 검은 해초 같은 머리카락이 바다를 이리저리 떠다니다 고기잡이 그물에 조개껍데기와 엉킨 채 해변으로 쓸려 내려와 낡은 밧줄처럼 축 늘어졌다. 자갈에 부딪히는 파도 소리가 귀청을 울린다.

 소스라치게 놀라 잠에서 깨어났다. 여기가 어디지? 한참 만에 정신을 차리고 보니 요란하게 들리는 이 소리는 꿈이 아니라 현실에서 나는 소리였다.

캄캄한 방 안이 꿈에서 봤던 바다처럼 습기로 축축했다. 몸을 일으켜 앉자 서늘한 바람이 뺨을 스쳤다. 소리는 욕실에서 들리고 있었다.

오슬오슬 몸을 떨며 침대에서 내려왔다. 욕실 문은 닫혀 있었다. 하지만 가까이 다가갈수록 소리는 점점 커졌고 심장도 빠르게 뛰었다. 용기를 내어 문을 벌컥 열어젖혔다. 샤워기 물소리로 가득한 좁은 욕실로 들어가 스위치를 더듬어 찾았다. 욕실에 빛이 쏟아지는 순간, 무언가가 눈에 들어왔다.

습기 찬 거울 위에서 손바닥만 한 글씨가 이렇게 말하고 있었다.

참견하지 마.

차례

프롤로그   6

9월 18일 금요일   10

9월 20일 일요일   68

9월 21일 월요일, 새벽   128

9월 21일 월요일, 오전   188

9월 21일 월요일, 오후   226

9월 22일 화요일   308

9월 26일 토요일   370

9월 27일 일요일   396

감사의 말   462

9월 18일 금요일

1

무슨 일이 생겼다는 첫 번째 징조.

자다 깨어나 보니 어두운 방 속에서 고양이가 내 얼굴을 앞발로 툭툭 건드리고 있었다. 델릴라가 내 방에 들어와 있다니. 녀석은 밤에 주방에서 잠을 자는데…. 내가 간밤에 깜박하고 주방 문을 닫지 않은 모양이다. 술독에 빠져 집에 들어온 벌인가.

"저리 가."

내 짜증 섞인 말에도 불구하고 델릴라는 야옹거리며 머리를 들이밀었다. 베개에 얼굴을 묻으려 했지만 녀석은 자꾸 자기 머리를 내 귀에 문질렀다. 결국 나는 돌아누우며 녀석을 침대 밖으로 매몰차게 쫓아낼 수밖에 없었다.

불만스러운 소리를 내며 델릴라가 바닥으로 뛰어내렸다. 나는 머리 위로 이불을 뒤집어썼지만, 델릴라가 발톱을 세워 문 아래쪽을 박박 긁자 문이 문틀에 부딪히는 소리가 이불 너머로 똑똑히 들렸다.
 문이 닫혀 있다는 뜻인데.
 별안간 심장이 터질 것 같이 뛰기 시작했다. 내가 몸을 일으켜 세워 앉자, 델릴라는 좋다고 가르릉거리며 침대로 뛰어 올라왔다. 녀석을 붙잡아 꽉 끌어안고 어둠 속으로 귀를 기울였다.
 주방 문은 깜박하고 닫지 않았을지도 모른다. 대충 닫아서 다시 열렸을 수도 있다. 하지만 이 집의 구조는 희한해서 침실 문만큼은 안에서 밖으로 열린다. 델릴라가 방에 들어와 제힘으로 문을 닫았을 리는 없었다.
 그렇다면… 문을 닫은 사람이 따로 있다는 뜻이다.
 품에서 숨을 거칠게 쉬는 델릴라의 온기를 느끼며 가만히 바깥으로 귀를 기울였다.
 아무 소리도 들리지 않았다.
 다르게 생각하니 걱정할 것이 없었다. 델릴라는 내가 오기 전부터 침대 밑에 숨어 있었을 것이다. 정확히 기억나지는 않지만 침실 문은 내가 방에 들어오며 무심결에 닫았을 수도 있다.
 솔직히 지하철역부터는 기억이 가물가물하다. 퇴근 무렵 시작된 두통을 무시하고 있었는데 불안한 마음이 가라앉자 머리 뒤쪽이 다시 욱신거리기 시작했다.
 진짜 주중에는 술을 끊든가 해야지. 술을 아무리 마셔도 거뜬하던 이십 대 때와 달리 이제는 숙취가 좀처럼 떨어지지 않는다. 품에 안겨 있던 델릴라가 불편한 듯 버둥대며 내 팔을 할퀴었다. 잠시 녀석을 놓았다가 가운을 걸친 후 주방으로 내보내기 위해

9월 18일 금요일

다시 안아 들었다.
그리고 방문을 열었을 때, 그곳에는 한 남자가 서 있었다.
그 남자가 어떻게 생겼는지는 기억을 더듬어도 소용없었다. 경찰과 당시 상황을 스무 번은 넘게 되짚었다. 경찰은 계속 같은 질문을 했다.
"손목 부근에 피부가 조금이라도 보이지 않았어요?"
아니, 절대 아니다. 남자는 후드를 뒤집어쓴 채 스카프로 코와 입을 가렸고 어둠 속에 몸을 숨겼다. 단 하나의 예외는 손이었는데, 손에는 라텍스 장갑을 끼고 있었다. 그 장갑을 보는 순간 겁이 나서 죽을 것만 같았다. 장갑은 이런 의미였다.
'내가 뭘 좀 노리고 왔어. 준비는 철저히 해뒀지. 돈만 뺏는 것으로 끝나지는 않을걸.'
우리는 한참을 서로 마주 보았다. 그의 번쩍이는 눈이 내게서 떨어질 줄을 몰랐다.
머릿속으로 수천 가지 생각이 스쳐 지나갔다. 휴대전화는 어디에 있지? 어제 왜 그렇게 술을 많이 마신 거야? 맨정신이었다면 그가 집 안으로 들어오는 소리를 들었을 텐데. 아아, 주다가 여기 있다면 얼마나 좋을까.
가장 큰 문제는 장갑이었다. 저 장갑을 어떡하면 좋을까. 장갑은 그가 전문적인 강도라고 말하고 있었다. 피도 눈물도 없는 범죄자라고.
나는 얼어붙은 듯 움직일 수도, 아무런 말도 하지 못했다. 제대로 여미지 못한 가운의 앞섶이 벌어졌지만 나는 제자리에 서서 몸을 떨 뿐이었다. 델릴라를 붙잡을 힘도 없었다. 꼼지락거리며 내 품에서 벗어난 델릴라가 주방으로 튀어 나갔다.

제발… 제발 해치지는 마. 전화기는 대체 어디 있지?

남자의 손에 내 핸드백이 있는 것이 보였다. 새로 산 버버리 핸드백이지만 중요하지 않았다. 중요한 것은 그 안에 들어있는 휴대전화였다.

남자의 눈가에 주름이 잡혔다. 스카프 뒤에서 웃고 있는 듯했다. 머리끝과 손끝을 거쳐 배 속까지 피가 쏠렸다. 이제는 도망치거나 맞서 싸우거나, 둘 중 하나다.

그가 한 발짝 다가왔다.

"안 돼…."

명령처럼 들리기를 바랐지만 입 밖으로 나온 말은 애원에 가까웠다. 한심하게도 겁에 질린 목소리는 가늘게 갈라지다 못해 떨리기까지 했다.

"안…."

말을 끝낼 새도 없이 그가 내 얼굴을 향해 침실 문을 확 밀쳤고, 문은 내 뺨을 강타했다.

얼얼한 뺨을 잡고 한참을 가만히 서 있었다. 놀라고 아파서 말이 나오지 않았다. 얼음장처럼 차가운 손으로 얼굴을 만지자 따뜻하고 축축한 것이 느껴졌다. 튀어나온 문 장식에 뺨이 긁혀 피가 흐르고 있었다.

이대로 침대로 달려가 베개에 얼굴을 묻고 목 놓아 울고 싶었다. 하지만 머릿속의 불길한 목소리가 자꾸만 속삭였다.

'놈은 아직 밖에 있어. 다시 들어오면 어떡하게? 너를 잡으러 돌아오면 어쩌려고 그래?'

통로에서 무엇인가 쓰러지는 소리가 들렸다. 벌떡 일어나야 할 텐데 두려움으로 온몸이 마비되어 꼼짝도 할 수 없었다. 돌아오지 마. 돌아오면 안 돼. 나도 모르게 숨을 참다가 떨리는 숨을 의식적으로 길게 내뱉었다. 그리고 천천히, 아주 천천히 문으로 손을 뻗었다.

또다시 복도에서 요란하게 소리가 들렸다. 이번에는 유리 깨지는 소리였다. 다급하게 문고리를 쥐고, 낡아서 틈이 벌어진 마룻바닥에 맨발을 단단히 디뎠다. 할 수 있는 데까지는 힘을 주어 버틸 생각이었다. 흐느끼는 소리가 들리지 않게 가운으로 입을 막고 문을 잡은 채 쪼그리고 앉았다. 강도가 집 안 구석구석을 뒤지는 것이 느껴졌다.

하느님, 델릴라가 무사히 정원으로 달아나게 해주세요.

긴 시간이 흐른 후에야 현관문이 열렸다 닫히는 소리가 났다. 나는 여전히 무릎에 얼굴을 묻고 울기만 했다. 정말로 갔는지, 나를 해치러 돌아오지 않을지는 아직 모를 일이었다. 손이 굳어 감각이 다 사라졌지만, 문고리를 놓을 수는 없었다. 하얀 라텍스 장갑을 낀 그 커다란 손이 눈앞에 어른거렸다.

이제 어떻게 해야 할까.

움직일 기운이 없어 밤새도록 그대로 있어야 할 것만 같았다. 그때 밖에서 델릴라가 울면서 문을 발톱으로 긁어대는 소리가 들렸다.

"델릴라."

갈라진 목소리가 어찌나 떨리던지 꼭 남의 말을 듣는 기분이었다.

"델릴라, 무사했구나."

문 너머 델릴라의 익숙한 가르릉 소리가 들렸고, 그 순간 정신이 들었다. 문고리를 놓고 주먹을 쥐었다 폈다 하며 손가락에 난 쥐를 풀었다. 일어나서 떨리는 다리에 힘을 주고 문고리를 돌렸다.

문고리는 돌아갔다. 아니다, 손잡이만 겉돌 뿐 걸쇠는 한 치도 움직이지 않았다. 놈이 반대편 문고리를 없앤 것이다.

망할.

망할, 망할, 망할.

갇혀버렸다.

2

 침실에서 탈출하기까지는 꼬박 두 시간이 걸렸다. 집에 유선전화가 없어 도움을 청할 길이 없었고, 아울러 창문 전체에 보안용 창살이 달려 있었기 때문이다. 문의 걸쇠를 내리치느라 아끼던 손톱 줄을 부러뜨렸지만, 간신히 문을 열고 방에서 빠져나왔다.
 이 집은 침실 앞에서도 집 안이 웬만큼 다 보이지만, 그래도 혹시나 그놈이 정말로 돌아갔는지 확인해야 했다. 나는 주방, 침실, 그리고 욕실의 방문을 전부 열어봤고, 청소기를 보관하는 통로 쪽 벽장도 들여다보며 그놈이 없는지 확인했다.
 지끈거리는 머리와 떨리는 손으로 겨우 이웃집 현관 계단을 올랐다. 문을 두드린 후 사람이 나오기를 기다리며 어둠이 내려앉은 뒤편의 거리를 바라보았다. 새벽 4시쯤 된 것 같았다. 한참 동안 문을 두드린 후에야 존슨 부인을 깨울 수 있었다.
 구시렁거리며 계단을 쿵쿵 내려오는 소리가 들리고, 곧 조심스레 열린 현관문 뒤에서 얼떨떨하면서도 불안한 얼굴이 나타났다. 얼굴과 손에 피를 묻히고 가운 차림으로 몸을 떠는 나를 보자 존슨 부인은 순식간에 표정을 바꾸고 문의 안전고리를 풀었다.

"어머나, 세상에! 이게 무슨 일이야?"

"집에 강도가 들었어요."

쌀쌀한 가을 날씨 때문인지, 충격 때문인지 모르겠지만 말을 잇기가 힘들었다. 경련을 일으키듯 온몸이 떨렸고 윗니와 아랫니가 딱딱 부딪쳤다. 치아가 다 부서지는 상상이 들 정도여서 소름이 끼쳤다. 애써 그런 생각을 떨쳐버렸다.

"피가 나네!"

존슨 부인의 얼굴에 걱정이 가득했다.

"어쩜 좋아, 빨리 들어와요."

그녀를 따라 복층 주택의 거실로 들어갔다. 비좁은 거실은 어둡고 찜통 같았지만 내 상황에서는 안식처나 다름없었다.

"앉아요, 앉아."

존슨 부인이 붉은색 안락의자를 가리키며 불편한 다리로 무릎을 꿇고 가스난로를 만지작거렸다. 가스 소리와 함께 불이 붙었고 거실 공기가 한층 더 후끈해졌다. 부인이 힘겹게 몸을 일으켰다.

"따듯한 차라도 만들어줄게요."

"괜찮아요. 정말이에요, 존슨 부인. 저….'

존슨 부인은 단호히 고개를 저었다.

"충격을 받았을 때는 달콤한 차를 따끈하게 마셔야 해요."

떨리는 손으로 무릎을 안고 가만히 앉았다. 작은 주방에서 달그락달그락 소리가 나더니 존슨 부인이 쟁반에 머그잔 두 개를 얹고 돌아왔다. 잔을 받아 들고 차를 한 모금 마셨다. 잔의 열기가 손의 상처를 자극하자 얼굴이 저절로 찌푸려졌다. 차는 어찌나 단지 입안에 번지는 피 맛도 느낄 수 없었다. 차라리 잘된 일이었다.

부인은 자신의 찻잔에 손을 대지 않고 걱정스레 이맛살을 찌푸리며 나를 지켜보기만 했다.

"혹시…."

주저하는 목소리였다.

"혹시 무슨 일을 당하지는 않았죠?"

무슨 의미인지 알 수 있었다. 고개를 저었지만 말이 나오지 않아 뜨거운 차를 한 모금 더 마셨다.

"아니에요. 걱정하시는 일은 없었어요. 강도가 제 얼굴 쪽으로 문을 닫아서 뺨을 긁힌 것뿐이에요. 손은 방에서 나오려고 걸쇠를 내리치는 바람에 이렇게 됐고요."

손톱 줄과 가위로 문과 문틀 사이를 연신 내리치던 내 모습이 눈앞을 스쳐 지나갔다. 남자 친구인 주다는 도구를 제 용도대로 쓰라고 입버릇처럼 나를 놀리고는 했다. 칼끝으로 나사를 풀지 말고, 모종삽으로 자전거 바퀴를 떼지 말라고. 지난주만 해도 접착테이프와 강력 접착제로 샤워기를 고쳐보겠다고 오후 내내 씨름하는 나를 보고 그는 웃음을 터뜨렸다. 물론 지금은 우크라이나에 있는 그 사람을 생각할 여유가 없었다. 주다만 생각하면 울고 싶었고, 지금 울면 눈물이 멈추지 않을 테니까.

"저런, 딱하기도 하지."

그녀의 말에 나는 마른침을 삼켰다.

"존슨 부인, 차 감사하지만 실은 전화기를 써도 되나 여쭤보려고 왔어요. 도둑이 휴대전화를 가져가서 경찰에 신고할 방법이 없거든요."

"써도 되고말고. 우선 차부터 다 마셔요. 전화기는 저기 있어요."

존슨 부인이 레이스 테이블보가 깔린 탁자를 가리켰다. 빈티지 가게도 아닌데 저런 다이얼 전화기가 있는 곳은 온 런던을 통틀어 이 집 하나밖에 없을 것이다. 부인의 말대로 차를 다 마시고 수화기를 들었다. '9'를 누를까 잠시 망설이다가 한숨을 쉬었다. 강도는 떠났다. 인제 와서 뭘 어쩌겠는가? 지금은 긴급 상황이 아니었다.

999번 대신 일반 신고를 받는 101번*에 전화를 걸고 연결되기를 기다리며 생각했다. 보험을 왜 안 들었을까? 문에 보조 잠금장치를 왜 진작 달지 않았지? 정말 끔찍한 밤이었다.

몇 시간 후, 긴급 출장을 나온 수리공이 현관문의 허술한 자물쇠를 떼고 견고한 이중 자물쇠로 교체하는 동안에도 후회는

---

* 긴급 전화번호인 999번과 비슷한 역할을 하지만 당장 경찰이 출동해야 하는 상황이 아닐 때 거는 번호.

머릿속을 떠나지 않았다. 수리공은 집을 어떻게 지켜야 하고 우리 집 뒷문이 얼마나 허술한지 일장연설을 했다.

"저 문짝은 그냥 섬유판이에요. 발로 한 번만 뻥 차면 부서질걸요. 내가 보여줘요?"

"아니에요." 나는 얼른 말리고 나섰다.

"괜찮습니다. 고칠게요. 문 수리는 안 하시죠?"

"나는 안 하지만 친구 녀석이 해요. 가기 전에 그 친구 번호를 줄게요. 그전까지는 바깥양반한테 합판 18밀리미터짜리 좋은 놈으로 구해서 저 나무판에 붙여달라고 해요. 어젯밤 일을 또 당하고 싶지는 않을 것 아네요."

"네." 이렇게 짧은 말로는 내 심정을 다 표현할 수가 없다.

"아는 경찰 말로 강도 사건은 네 번 중 한 번꼴로 다시 터진다더군요. 같은 놈이 더 훔치려고 돌아온대요."

"조언 감사해요." 내가 힘없이 대답했다.

지금 상황에서 참 적절한 충고네.

"18밀리미터입니다. 남편분 보시도록 적어둘까요?"

"아니, 됐어요. 그리고 저는 결혼 안 했어요." 내가 여자라고 두 자릿수도 기억 못 할까.

"아하, 역시 그랬군요. 그래요." 자기가 제대로 짚었다는 듯한 말투였다.

"이 문틀도 썩 훌륭하지는 않아요. 런던 바* 하나 달아서 보강

---

*   영국에서 주로 쓰이는 문틀 보강용 금속 바.

하세요. 자물쇠를 최고급으로 달면 뭐합니까. 문틀을 차서 뜯으면 전이랑 똑같죠. 내 밴에 적당한 크기의 런던 바가 하나 있을 거예요. 그게 어떤 물건인지는 아시나?"

"알아요. 잠금장치를 고정하는 금속판 맞죠?" 내가 힘없이 말했다.

수리공은 내 지갑을 최대한 털어가려고 마음먹은 듯했다. 지금은 그러거나 말거나 신경 쓸 기운도 없었다.

"이렇게 합시다." 그가 뒷주머니에 끌을 넣으며 일어났다.

"내가 런던 바를 달고 뒷문에 합판을 공짜로 붙여줄게요. 알맞은 크기가 밴에 있을 거예요. 기운 내요. 이제 놈이 이쪽으로는 절대 들어오지 못합니다."

그러나 어쩐지 그 말을 들어도 마음이 놓이지 않았다.

수리공을 보낸 후에는 차를 한 잔 마시며 집 안을 서성였다. 고양이 출입문으로 수컷 고양이 한 마리가 들어와 오줌을 쌌을 때 델릴라가 이런 기분이었을까. 델릴라는 그 고양이가 떠난 후 몇 시간이나 곳곳을 돌아다니며 가구에 몸을 문지르고 구석에 오줌을 싸며 자기 영역을 다시 표시했다.

고양이처럼 침대에 오줌을 싸는 짓까지는 안 하겠지만 나도 영역을 침범당한 느낌이 들었다. 더럽혀진 내 공간을 되찾아야 했다. 머릿속의 작은 목소리는 이렇게 빈정거렸다.

'더럽혀졌다고? 작작 해라, 호들갑 떨기는.'

하지만 정말로 더럽혀진 기분이었다. 작은 보금자리가 예전 같지 않았다. 부정을 탔고 위험에 노출되었다. 경찰에게 설명하는 일도 내게는 시련이었다.

네, 침입자를 봤어요. 아니요, 인상착의는 설명 못 하겠어요. 가방에 뭐가 들어 있었냐고요? 현금, 휴대전화, 운전면허증, 약, 마스카라, 교통카드 등등 평소에 쓰는 물건들 전부 다요.

신고 전화를 받은 접수원의 냉정하고 사무적인 목소리를 잊을 수 없다.

"휴대전화 기종은요?"

"비싼 것은 아니에요. 그냥 구형 아이폰이요. 정확한 모델명은 기억 안 나지만 찾아볼게요."

"그렇게 해주세요. 정확한 제조 번호와 시리얼 번호가 있으면 도움이 됩니다. 아까 약이라고 하셨죠? 실례가 안 된다면 어떤 약인지 여쭤봐도 될까요?"

나는 그 질문을 받자마자 방어 태세로 전환했다. "내가 무슨 약을 먹든 이번 일과 무슨 상관이죠?"

"상관없습니다. 암거래되는 약도 있어서 여쭤봤어요."

접수원은 인내심이 강했다. 그래서 더 짜증이 났다. 그는 자기 일을 할 뿐이니 내가 화를 낼 이유는 없다. 하지만 잘못을 한 쪽은 강도인데, 왜 내가 취조당하는 기분을 느껴야 하지?

찻잔을 들고 거실 쪽으로 가고 있을 때 누군가 문을 두드렸다. 고요한 집에 울려 퍼지는 노크 소리에 발이 꼬이고 말았다. 나는 똑바로 선 것도, 쪼그려 앉은 것도 아닌 엉거주춤한 자세로 문가에 얼어붙었다.

악몽 같은 장면이 눈앞을 스쳐 지나갔다. 후드를 쓴 얼굴과 라텍스 장갑을 낀 손….

두 번째 노크 소리에 정신을 차리고 발밑을 보니 찻잔이 타일 바닥에 떨어져 산산조각으로 부서져 있었다. 차가워진 차가 발을 흠뻑 적셨다.

문을 두드리는 소리가 또 들린다.

"잠깐만요!" 버럭 소리를 질렀다. 갑자기 화가 머리끝까지 치솟고 눈물이 터질 것만 같았다.

"나가요! 그러니까 제발 문 좀 그만 두드려요!"

문을 열자 경찰이 서 있었다.

"죄송합니다. 못 들으신 줄 알았어요." 그러고는 바닥에 고인 차와 박살 난 찻잔을 보고 말했다. "아니, 이게 무슨 일이죠? 또 강도가 들었나요? 하하!"

조사가 끝나자 어느덧 낮이 되었다. 경찰을 보낸 후 나는 노트북을 열었다. 노트북은 나와 함께 침실에 갇힌 덕분에 도둑의 마수에 들어가지 않은 유일한 전자기기였다. 백업하지 않은 작업 파일과 각종 비밀번호도 전부 여기에 저장되어 있었다. '은행 관련'이라는 아주 친절한 이름의 파일까지. 보안카드 번호를 죄다 써놓지는 않았지만 거의 모든 개인 정보가 이 노트북에 들어 있었다. 도둑맞았을지도 모른다는 생각만으로도 식은땀이 났다.

여느 때처럼 수신함으로 쏟아지는 이메일 속에서 '오늘 올 계획 ;)?'이라는 제목이 눈에 띄었다. 그제야 퍼뜩 떠올랐다. 여태

〈벨로시티〉에 연락을 하지 않았던 것이었다.

메일을 보낼까 하다가 그만두고 비상금 통에서 20파운드 지폐를 꺼내 지하철역의 허름한 휴대전화 가게로 향했다. 어느 정도 흥정을 해야 했지만, 싸구려 선불 휴대전화와 심 카드를 15파운드에 살 수 있었다. 그 후 지하철역 건너편에 있는 카페에 앉아 보조 편집기자 젠에게 전화를 걸었다.

자초지종을 설명하면서도 살을 붙여서 실제보다 재미있는 이야기처럼 들려주었다. 손톱 줄로 어떻게 자물쇠를 깎았는지 길게 묘사했을 뿐, 장갑 낀 범인에 관해서는 이야기하지 않았다. 공포에 사로잡혀 손끝 하나 움직이지 못했다는 말도, 생생한 기억이 자꾸만 떠올라 겁이 난다는 말도 하지 않았다.

"웬일이니!" 잡음이 섞였지만 수화기 반대편에서 경악하는 목소리가 똑똑히 들렸다. "지금은 괜찮은 거야?"

"응, 그럭저럭. 그런데 오늘 출근은 못 할 것 같아. 집을 치워야 해서."

사실 그렇게 어지럽지는 않았다. 놈은 강도치고는 아주 깔끔하게 일을 했다.

"로, 정말 고생했겠다. 그럼 이번 노던 라이츠 취재는 다른 사람에게 넘길까?"

무슨 말인지 잠깐 어리둥절하다가 기억해냈다. 맞다, 나는 오로라 보리알리스호. 노르웨이 피오르 해안*을 한 바퀴 도는 초호

---

* 빙하의 침식으로 만들어진 골짜기에 바닷물이 들어와서 생긴 좁고 긴 만.

화 부티크 크루즈선에 오르기로 되어 있었다. 아직도 얼떨떨하지만 나는 오로라호의 첫 항해에 참여하는 소수의 기자단에 이름을 올리는 영광을 차지했다.

이는 굉장한 특권이었다. 여행 잡지 기자라고는 해도 평소 내 업무는 보도자료 내용을 자르고 붙여 넣는 일, 상사인 로완이 호화 여행지에서 기사를 써서 보내면 그에 맞는 사진을 찾는 일 따위였다. 이번 여행도 원래는 로완이 담당이었지만, 그녀는 이 일을 맡은 직후 자신이 임신 체질이 아니라는 사실을 알게 되었다(입덧이 정말 심하단다). 그래서 크루즈라는 커다란 선물은 내게로 오게 되었다.

책임이 무겁게 느껴지기도 했지만 엄청난 기회이기도 했다. 로완의 결정은 그녀가 나를 신뢰한다는 의미와 다름없었다. 경력이 더 많은 기자에게 부탁할 수 있었는데도 로완은 나를 선택했다. 잘해낸다면 로완의 출산휴가 동안 그녀를 대체할 사람을 뽑을 때 크게 유리할 것이다. 어쩌면 승진을 시켜주겠다는 오랜 약속을 이번에야말로 지키지 않을까?

여행은 이번 주말부터였다. 정확히는 일요일. 이틀 후면 출발해야 한다.

"싫은데. 손 뗄 생각 전혀 없어. 나는 괜찮아." 나 자신도 놀랄 만큼 단호한 대답이 나왔다.

"정말이야? 여권은 어쩌고?"

"방에 있어서 안 뺏겼어." 하느님, 감사합니다.

"확실해?" 젠이 걱정하는 투로 재차 확인했다.

"쉽게 볼 일이 아니야. 너도 너지만 우리 잡지 입장에서도 큰일이라고. 자신 없으면 로완도 굳이 네가…."

"자신 있어." 나는 젠의 말을 자르며 단호하게 말했다. 천금 같은 기회인데 절대 포기 못 하지. 여기서 물러나면 다시는 이런 기회를 잡지 못할 것이다.

"정말이야. 꼭 하고 싶어, 젠."

"그래…." 젠은 어쩐지 내키지 않는다는 듯 말했다.

"그렇다면 지금부터 전속력으로 달려야겠지? 아침에 보도자료가 도착했어. 기차표와 같이 보내줄게. 로완이 적어둔 메모도 어딘가 있을 거야. 로완은 오로라호의 주인이 우리 광고주가 되어주기를 기대하고 있어. 그러니까 일단 배를 정말로 잘 포장하는 기사를 써야 해. 그리고 크루즈에 초대받은 사람 중에서도 주목할 만한 사람이 있겠지? 그중 누군가에 관한 기사도 쓸 수 있으면 금상첨화일 거야."

"그럼." 카페 계산대에서 펜을 들고 냅킨에 받아 적었다. "출발은 언제랬지?"

"킹스 크로스 역에서 10시 30분 기차를 타. 내가 보도자료에다 정리해둘게."

"알았어. 고마워, 젠."

"고맙긴. 몸조심해, 로. 잘 다녀와." 젠이 조금 아쉽다는 듯 말했다. 내가 포기하면 직접 나설 생각이었던 것일까?

터덜터덜 집으로 돌아올 때까지도 하늘은 아직 환했다. 발바닥이 아프고 뺨이 얼얼했다. 얼른 집에 들어가서 뜨거운 물에 몸을 담그고 싶었다.

언제나 그렇듯이 반지하 현관문은 그늘에 가려져 있어 어두웠다. 아무래도 보안등을 달아야겠다. 보안등이 있으면 가방 안에서 열쇠를 찾기 쉬울 텐데. 하지만 강도가 강제로 뜯어낸 자물쇠 주위로 튀어나온 나무 파편은 불빛 없는 어둠 속에서도 선명히 보였다. 그 소리를 어떻게 못 들었는지 여전히 이해할 수 없다.

'당연하지 않아? 술에 떡이 됐었잖아.'

머릿속의 목소리가 심술궂게 속삭였다.

새로 단 이중 잠금장치가 묵직하게 돌아가는 소리를 들으니 마음이 편안해졌다. 안에서 자물쇠를 다시 잠그고 신발을 벗어던졌다. 하품을 참으며 욕실로 힘없이 걸어 들어가 욕조에 물을 받고 변기에 걸터앉아 스타킹을 벗었다. 이어서 셔츠 단추를 풀다가… 동작을 멈추었다.

평소에 나는 욕실 문을 닫지 않는다. 반지하라 벽이 습기에 약한 탓도 있고 어차피 집에는 나와 델릴라뿐이기 때문이다. 꽉 막힌 공간을 좋아하지 않는 것도 하나의 이유였다. 창문 블라인드를 내리면 집이 더 좁게 느껴지기도 하고. 하지만 오늘은 현관문을 잠갔고 런던 바를 새로 달았다는 사실을 알면서도 창문이 닫혔는지 확인해야 했다. 그런 다음 욕실 문까지 잠그고 나서야 옷을 마저 벗을 수 있었다.

피곤했다. 이렇게 피곤할 수가. 욕조에서 곯아떨어지는 내 모습이 떠올랐다. 스르르 물에 빠져 퉁퉁 불은 익사체로 주다에게 발견돼….

정신 차려. 과민 반응 좀 하지 말자. 욕조 길이는 150센티미터도 되지 않는다. 머리를 헹구려고 몸을 구부리기도 힘든 공간에서 빠져 죽기는 무슨.

뜨거운 목욕물이 닿자 다친 뺨이 화끈거렸다. 눈을 감고 다른 곳에 있는 상상을 했다. 싸늘하고 폐소공포증을 유발하는 좁은 욕실이 아닌 곳, 지저분하고 범죄로 얼룩진 런던에서 멀리 떨어진 곳. 시원한 북유럽의 해변을 걷는 모습을 그려보았다. 마음이 편안해지는 소리가 들리고….

잠깐, 북유럽이 아니라 발트해 쪽인가? 나도 참 심각하다. 여행기자가 이렇게 지리에 깜깜하다니. 그러다 원치 않는 생각들이 자꾸만 끼어든다. 강도 사건은 네 번 중 한 번꼴로 다시 터진다던 열쇠 수리공의 말. 바닥에 발을 단단히 디디고 웅크린 내 모습. 하얀 라텍스 장갑을 낀 커다란 손. 장갑 너머로 비치는 검은 털….

그만. 그만해.

눈을 떴지만 현실도 돌아온다고 해서 달라지는 것은 없었다. 축축한 욕실 벽이 다가와 나를 가두고….

'또 시작이군.'

내면의 목소리가 약을 올렸다.

'너도 느끼지?'

닥쳐. 닥쳐, 닥쳐, 닥치라고.

다시 눈을 질끈 감고 머릿속에 떠오르는 장면들을 떨치려 숫자를 천천히 세기 시작했다. '하나, 둘, 셋. 숨을 들이마신다. 넷, 다섯, 여섯. 숨을 내쉰다. 하나, 둘, 셋. 숨을 들이마신다. 넷, 다섯, 여섯. 숨을 내쉰다.'

잡념은 달아났지만 더는 목욕할 기분이 아니었다. 좁고 숨 막히는 이 공간에서 빠져나가야 한다는 생각밖에 들지 않았다. 욕조에서 일어나 수건 한 장을 몸에 두르고 다른 한 장으로 머리카락을 감싼 채 침실로 들어갔다.

침대에 얌전히 놓여 있는 노트북을 열고 구글에 들어가 '강도가 돌아올 확률'을 검색했다. 주르륵 나온 검색 결과 하나를 클릭해 훑어보던 중 두 문장에 시선이 꽂혔다.

'강도가 돌아오는 확률은… 지난 12개월 사이 전국 강도 사건의 약 25~50퍼센트가 재발했고 피해자의 25~35퍼센트가 다시 피해를 입었다는 조사 결과가 나왔다. 영국 경찰의 통계에 따르면 강도 사건이 재발하는 시기는 28~51퍼센트가 한 달 이내였고, 11~25퍼센트는 일주일 이내였다.'

이런. 그러니까 우리의 비관주의 수리공 아저씨가 나를 놀리려고 한 말이 아니라 문제의 본질을 파악하고 있었다는 말이지. 범죄가 재발할 확률은 최대 50퍼센트인데 한 번 이상 피해를 보는 사람은 35퍼센트라는 건 또 무슨 말일까. 어쨌든 그 수치 안에는 들어가고 싶지 않았다.

오늘은 술을 마시지 않겠다고 다짐했다. 아울러 현관문, 뒷문, 창문이 잘 잠겼는지도 확인하고 현관문은 한두 번 더 점검했다. 선불 휴대전화를 침대 옆 충전기에 꽂은 후 캐모마일차를 끓였다.

차와 노트북, 여행 보도자료, 초콜릿 비스킷 한 통을 들고 침실로 돌아왔을 때는 아직 오후 8시였다. 저녁을 먹어야 했지만, 갑자기 피로가 밀려들었다. 요리할 힘도, 배달 음식을 주문할 힘도 없었다. 이불을 덮고 북유럽 크루즈에 대한 보도자료를 읽으며 잠에 빠져들기를 기다렸다.

하지만 잠은 오지 않았다. 나는 비스킷을 다 먹어치우고 오로라호에 관해 시시콜콜 설명하는 자료를 계속 읽었다. 열 개뿐인 호화 선실을 이용하려면 예약이 필수, 항해 한 번에 태울 수 있는 승객은 최대 스무 명, 세계 일류 호텔과 레스토랑에서 엄선한 직원들…. 배의 흘수*니 용적 톤수니 하는 설명을 읽어도 졸리지 않았다. 피곤해 죽겠는데 신경이 바짝 곤두서서 잠들 수가 없었다.

이불을 목까지 덮고 누웠다. 강도에 관해 생각하지 않으려고 애를 쓰며 회사 일과 여행을 위해 일요일까지 해야할 일들을 생각했다. 은행에 가서 카드를 재발급받아야 하고, 짐을 싸고 사전 조사도 해야 한다. 떠나기 전에 주다를 볼 수 있을까? 잃어버린 내 휴대전화로 연락을 시도하고 있을 텐데.

보도자료를 내려놓고 이메일 창을 켰다.

'안녕'이라고만 쓰고 잠시 멈춰 손톱 가장자리를 물어뜯었

---

*   선체가 물에 잠기는 깊이.

다. 뭐라고 할까? 강도를 당한 일을 말할 필요는 없다. 필요할 때 곁에 없었다고 괜히 자책만 할 것이 분명했다. 그래서 이렇게 썼다.

'휴대폰을 잃어버렸어. 말하자면 길어. 돌아오면 다 설명할게. 연락할 일 있으면 문자 말고 메일로 보내줘. 일요일 몇 시에 와? 나는 북유럽 출장 건으로 일요일 아침 일찍 항구로 출발할 예정이야. 그 전에 볼 수 있었으면 좋겠다. 안 되면 다음 주에 만나. 사랑하는 로.'

잘 시간인 밤 12시 45분에 메일을 보냈다고 주다가 걱정하지 않기를 바라며 전송 버튼을 클릭했다. 노트북 전원을 끄고 책을 펼쳤다. 책을 읽으면 잠이 오는 법이지.

그런데 웬걸.

새벽 3시 35분. 비틀거리며 주방으로 걸어가 술병을 집어 들고 감당할 수 있는 선에서 가장 독한 진토닉을 만들었다. 약처럼 단숨에 들이켜자 쓰디쓴 맛에 몸이 부르르 떨렸다. 한 잔 더 따라서 이번에는 천천히 홀짝였다. 가만히 서 있으니 알코올이 혈관을 타고 찌릿찌릿 퍼졌다. 근육의 긴장이 풀어지고 바짝 곤두섰던 신경도 안정되었다.

남은 진을 마지막 한 방울까지 잔에 따라 침실로 돌아왔다. 불안해서 뻣뻣해진 몸을 침대에 눕히고 빛을 내뿜는 시계를 바라보며 술기운이 돌기를 기다렸다.

'하나, 둘, 셋. 숨을 들이마신다. 넷… 다섯… 다스….'

기억은 없지만 잠이 들었나 보다. 머리가 아파서 눈도 제대로 못 뜬 채 4시 43분에서 44분으로 넘어가기를 기다리고 있다가… 눈을 딱 한 번 깜박인 것 같은데 델릴라의 털북숭이 얼굴이 보였다. 녀석이 까슬까슬한 수염을 내 코에 비비며 아침을 달라고 조르고 있었다.

신음이 나왔다. 자기 전보다 두통이 더 심해졌다. 다친 뺨 때문인지, 숙취 때문인지는 모르겠다. 반쯤 마시다 만 진토닉 잔이 시계 옆에 놓여 있었다. 냄새를 쿵쿵 맡았다가 숨이 막힐 뻔했다. 무슨 생각으로 이렇게 독한 술을 만든 거지?

시계가 아침 6시 4분을 가리키고 있다. 한 시간 반도 못 잤다는 뜻이다. 하지만 완전히 정신이 들었기 때문에 다시 잠을 청해 봐야 소용없을 것 같았다. 침대에서 나와 커튼을 젖히고 흐린 새벽하늘을 내다보았다. 반지하 창문으로 가느다란 햇살이 들어왔다. 날이 춥고 우중충했다. 슬리퍼에 발을 꿰고 몸을 떨며 난방기로 향했다. 자동 타이머를 설정해뒀지만 당장 난방을 틀어야 했다.

토요일이라 출근은 하지 않았지만, 새 휴대전화를 개통하고 은행에서 카드를 재발급받는 일로 하루를 거의 다 잡아먹었다. 저녁 무렵이 되자 피곤해서 죽을 지경이었다.

태국에서 로스앤젤레스를 거쳐 돌아오던 날이 떠올랐다. 야간 비행을 두 번 연속으로 탔기에 몸 상태가 최악이었다. 잠잘 기회를 놓쳐 뜬눈으로 대서양을 건너야 했고 수면 부족으로 머리가 멍하고 사리 분별이 되지 않았다. 토요일 오전 집으로 돌아와 블랙홀에 빠지듯 침대로 쓰러져 의식을 잃었고 내리 스물두 시간을 잤다. 온몸이 뻐근하고 어지러운 상태로 잠에서 깼을 때는 주다가 일요일 날짜의 신문을 들고 현관문을 두드리고 있었다.

그날처럼 자고 싶었지만 오늘은 침대에서 마냥 쉴 수 없었다. 여행을 떠나기 전에 정신을 차려야 했다. 남이 쓴 글을 자르고 붙이는 따분한 일을 하며 밑바닥 기자로 10년을 버틴 끝에 찾아온 기회였다.

이번에 내 능력을 증명하지 못하면 다시는 기회를 잡을 수 없을 것이다. 로완처럼 사람들과 어울려 인맥을 쌓고 상류층 인사들에게 우리 잡지 〈벨로시티〉의 이름을 각인시켜야 했다.

오로라 보리알리스호를 소유한 불머 경은 두말할 것 없는 상류층 인사이다. 그의 회사가 세운 광고비 예산 1퍼센트만으로도 〈벨로시티〉는 몇 달을 놀고먹을 수 있다. 첫 항해에 초대를 받았을 여행 분야와 사진 분야 거물들에게도 눈도장을 찍어야 한다. 우리 잡지에 그들의 이름이 들어가면 얼마나 멋있을까.

물론 처음부터 불머 경에게 투자를 강요하지는 않을 것이다. 그렇게 무례하고 자기 잇속만 차리는 행동은 안 될 말이지. 하지만 연락처를 얻고 내 전화를 받아준다는 다짐만 받아내도… 그토록 바란 승진은 떼어 놓은 당상이다.

저녁으로 냉동 피자를 데워서 기계처럼 포크를 움직이며 먹다 보니 어느새 배가 불렀다. 읽다 만 보도자료를 집어 들었지만 그 안의 글과 그림은 눈에 들어오지 않고 그저 둥둥 떠다녔다. 이 단어, 저 단어가 마구 뒤섞였다. '부티크, 화려한, 럭셔리, 수공예, 장인의 솜씨…'

하품을 하며 책자를 내려놓고 시계를 보니 벌써 9시가 넘었다. 다행이다, 잘 수 있겠구나. 현관의 잠금장치와 걸쇠를 몇 번씩 확인하며 문득 이런 생각을 했다. 죽을 만큼 피곤하고 지친 상태라 오히려 다행이라고. 어젯밤 일이 반복되지는 않을 테니까. 적어도 오늘 밤은 강도가 다시 들어온다 해도 깨지 않고 아침까지 잠들어 있을 것 같다.

10시 47분, 착각도 그런 착각이 없었다.
11시 23분, 바보처럼 흐느껴 울기 시작했다.
앞으로 나는 계속 이렇게 살아야 하나? 평생 잠도 못 자고?
잠을 자야 한다. 그래야만 한다. 지금까지… 몇 시간 잤더라. 암산할 기운이 없어 손가락을 꼽으며 내가 얼마나 잤는지 계산했다. 지난 사흘 동안 네 시간도 못 잤다.
잠은 손만 뻗으면 닿을 거리에 있었다. 나는 자야 한다. 그래야 했다. 지금 잠을 자지 않으면 미쳐버리고 말 것이다.
눈물이 나온다. 왜 우는지 나도 모르겠다. 답답해서? 내가 싫어서? 강도에게 화가 나서? 아니면 그냥 피곤해서?
확실한 것은 단 하나. 잠을 잘 수 없다는 사실이다. 바로 눈앞에서 왔다 갔다 하는 잠을 잡을 수가 없었다. 신기루가 보여 필사적으로 달려가지만 속도를 높일수록 점점 멀어지는 기분이었다. 물속에서 팔딱거리는 물고기와도 같았다. 아무리 잡으려 애써도 물고기는 자꾸만 손가락 사이로 빠져나가기 마련이었다.

어떡하지, 자야 하는데….

델릴라가 화들짝 놀라며 내 쪽으로 고개를 돌렸다. 생각일 뿐이었는데, 혹시 소리 내어 말한 건가? 나도 모르겠다. 정말 미쳐 가는군.

퍼뜩 얼굴 하나가 떠오른다. 어둠 속에서 반짝이는 물기 어린 눈.

자리에서 일어나 앉았다. 심장이 어찌나 세게 뛰는지 두개골이 다 흔들렸다.

여기서 벗어나야 했다.

침대에서 일어나 피곤함에 찌든 몽유병 환자처럼 비틀거리며 신발을 신고 잠옷 위에 코트를 걸쳤다. 그런 다음 가방을 집어 들었다. 잠에 들지 못한다면 걸어야 했다. 장소가 어디든 상관없다.

잠이 오지 않는다면 내 손으로 직접 쫓아가 잡아내고 말겠다.

3

 자정이라도 거리에 사람이 아예 없지는 않았다. 하지만 매일 아침의 출근길과는 분위기가 사뭇 달랐다.
 노란 가로등 불빛 사이사이 어두운 그림자가 깔렸다. 신문지는 차가운 바람에 날리며 내 다리를 스쳤고, 하수구에서는 나뭇잎과 쓰레기가 한데 섞여 회오리쳤다.
 평소라면 두려웠을 게 분명하다. 서른두 살 여자가 오밤중에 잠옷 바람으로 거리를 배회하고 있지 않은가. 그러나 집보다는 바깥이 더 안전하다는 느낌이다. 적어도 거리에는 비명을 들어줄 사람이 있으니까.
 딱히 계획은 없었다. 다리가 풀릴 때까지 정처 없이 거리를 돌아다녔다. 하이버리와 이즐링턴역 부근에 이르러서야 비가 내리고 있음을 알았다. 몸이 흠뻑 젖은 것으로 보아 한참 전부터 내린 모양이다. 질척한 신발을 신고 가만히 서서 피로와 알코올에 찌든 머리를 굴렸다. 이제 뭘 어떻게 해야 할까. 하지만 내 생각과 상관없이 다리가 멋대로 움직였다.

어느 건물 앞에 도착하고 나서야 내 다리가 어디를 향해 움직인 것인지 깨달았다. 아파트 입구에서 게슴츠레하게 눈을 뜨고 초인종 옆의 명패를 바라보았다. '루이스'라고 주다가 작고 깔끔한 손글씨로 자신의 성을 적어놓았다.

주다는 집에 없었다. 우크라이나에서 다음 날 돌아올 예정이었다. 하지만 내 코트 주머니에 그의 집 열쇠가 있었고 집으로 돌아가기에 나는 너무 지쳤다.

'택시를 타면 되지. 힘들어서 못 걷겠다는 변명을 하다니. 겁쟁이 같으니라고.'

머릿속에서 작은 목소리가 비웃었다. 아니라고 머리를 흔들자 명패에 빗방울이 튀었다. 주머니 속 열쇠 꾸러미에서 공동 출입문 열쇠를 골라 문을 열고 후텁지근한 로비로 들어갔다.

3층까지 계단을 올라가 소리 죽여 주다의 집 문을 열었다.

집 안은 암흑이었다. 방문을 전부 닫았고 현관 입구에도 창문이 없었기 때문이다.

"주다?" 하고 불러 보았다. 그가 집 안에 있을 리는 없지만 집을 비우며 친구에게 자고 가라 했을지도 모르니까. 괜히 한밤중에 다른 사람을 놀라게 할 수야 없지. 그럴 때 기분이 어떤지 누구보다 내가 잘 안다.

"주다, 나야, 로."

대답은 없었다. 집 안은 그야말로 쥐 죽은 듯 고요했다. 왼쪽에 있는 문을 열고 조심스레 주방으로 들어가 불도 켜지 않고 젖은 코트와 잠옷을 모조리 싱크대에 던졌다. 그리고 속옷까지 다 벗고 침실로 향했다.

주다의 커다란 더블베드 위로 한 줄기 달빛이 쏟아졌다. 누가 막 자다 일어난 것처럼 회색 시트가 흐트러져 있었다. 침대 한가운데로 기어들어 가서 흐트러진 시트의 부드러운 촉감을 느끼고 침대에 밴 땀 냄새와 애프터셰이브 로션 향을 들이마셨다. 익숙하게 느껴지는 주다만의 냄새를 맡으며 눈을 감았다.

하나. 둘….

잠이 파도처럼 나를 덮쳤다.

어떤 여자의 비명이 들려 잠에서 깼다. 누군가 내 몸을 위에서 찍어 누르고 있었다. 어떤 남자였고, 그는 저항하는 내 손을 붙잡으려 했다.

결국 그 힘을 이기지 못하고 나는 한쪽 손목을 붙잡혔다. 앞이 보이지 않았고 겁에 질려 이성적으로 생각할 수 없었다. 남은 손으로 무기로 쓸 물건을 찾아 어둠을 더듬거리다 침대 옆에 놓인 전등을 쥐었다.

내 위에 올라탄 남자가 무게를 실어 나를 결박한 채 손으로 내 입을 막았다. 숨을 쉬기도 힘들었지만, 젖 먹던 힘을 짜내 무거운 전등을 힘껏 휘둘렀다.

그는 고통에 찬 비명을 질렀는데, 무서워서 혼란스러운 와중 뭉개진 발음과 뚝뚝 끊기는 그의 말이 내 귀에 꽂혔다.

"로, 나야. 나라고! 그만 좀 해!"

뭐라고? 말도 안 돼.

벌벌 떨리는 손으로 전등을 키려 했지만 무언가를 쓰러뜨리기만 했다. 주다가 숨을 헐떡거리며 거품 끓는 소리를 내는 것이 들렸다. 심장이 철렁 내려앉았다.

전등은 대체 어디 있는 거야? 한참을 찾다 깨달았다. 킬 수 있는 전등은 없었다. 내가 주다의 얼굴에 날려 박살을 냈으니까.

후들거리는 다리로 침대에서 내려와 문가를 더듬어 스위치를 찾았다. 열 개가 넘는 할로젠전구가 방 안에 눈부신 불빛을 쏟아내자 처참한 광경이 눈앞에 고스란히 펼쳐졌다.

주다가 피범벅이 된 얼굴을 감싸 쥐고 침대에 웅크려 앉아 있었다. 그의 턱수염과 가슴은 온통 핏빛이었다.

"세상에, 주다!"

얼른 그에게 달려가 떨리는 손으로 침대 옆에 있던 티슈 상자를 들었다. 주다가 티슈를 뽑아 입가를 지그시 눌렀다.

"어떻게 된 일이야? 아까 소리 지른 사람은 누구고?"

"너!"

주다가 앓는 소리를 냈다. 티슈는 순식간에 붉은 피로 흠뻑 젖었다.

"뭐라고?"

아직도 흥분이 가라앉지 않았다. 나는 상황을 파악하지 못한 채 비명을 지른 여자와 나를 공격한 남자를 찾아 방 안을 두리번거렸다.

"그게 무슨 말이야?"

주다가 힘겹게 입을 열었다. 입을 가린 티슈 때문에 브루클린 사투리가 불분명하게 들렸다.

"집에 왔더니 네가 자다가 비명을 지르잖아. 너 깨우려다가 이 꼴을 당한 거야."

"말도 안 돼." 난 당황해서 손으로 입을 틀어막았다.

"미안해서 어떡해."

하지만 그 비명은… 너무도 생생했다. 정말 내 목소리였다고? 주다가 조심스럽게 입에서 손을 뗐다. 붉게 물든 티슈에 작고 하얀 물체가 있었다. 주다의 얼굴을 보고서야 그것의 정체를 알 수 있었다. 그의 앞니 하나가 보이지 않았다.

"세상에."

주다의 코와 입에서는 계속 피가 흘러내렸다. 그는 나를 보고 딱 한 마디만 했다.

"이런 환영 인사는 또 처음이네."

"미안해."

눈물이 핑 돌았지만 택시 기사 앞에서 울고 싶지는 않았다. 울음을 애써 속으로만 삼켰다.

"주다, 응?"

주다는 말없이 창밖만 내다보았다. 잿빛 여명이 런던을 밝히기 시작했다. 두 시간을 기다렸건만, 런던대학병원 응급실에서는 입술만 대충 꿰매주고 응급 치과의사에게 가보라고 했다.

치과의사는 치아를 제자리에 밀어 넣고 운에 맡기는 수밖에 없다는 듯이 말했다. 치아 뿌리가 다시 자리를 잡으면 치아를 살릴 수 있지만 그렇지 않으면 브리지*나 임플란트를 해야 한다고. 주다는 피곤한지 눈을 감았다. 미안해서 속이 뒤틀렸다.

"미안해. 입이 열 개라도 할 말이 없어."

아까보다 더 간절하게 사과를 했다.

"아니야, 내가 미안하지."

주다가 힘없이 말했다. 마취 주사를 맞아 입술을 움직이기 힘든 탓에 그의 말은 술 취한 숀 코네리 성대모사처럼 '미야나지'라고 들렸다.

"자기가? 뭐가 미안해?"

"모르겠어. 내가 다 망친 것 같아. 네 옆에 있어 주지도 못하고."

"강도 사건 말하는 거야?" 주다가 고개를 끄덕였다.

"그것도 그렇고. 늘 마음이 안 좋아. 출장이 너무 많아서."

내가 몸을 기대자 주다가 한쪽 팔로 나를 감싸안았다. 주다의 어깨를 베고 그의 심장 박동 소리를 들었다. 흥분해서 요동치는 내 심장과 달리 그의 심장은 천천히 안정적으로 뛰고 있었다. 재킷 속 피 묻은 티셔츠에 뺨을 댔다. 낡아서 해진 천이 부드러웠다. 떨리는 숨을 깊이 들이마시며 주다의 땀 냄새를 맡았다. 빠르게 뛰던 심장이 그의 심장 속도에 리듬을 맞추었다.

"자기가 있었어도 소용없었을 거야." 그의 가슴에 얼굴을 묻

* 인공 치아를 주변 치아에 연결하는 방법

고 말했다.

주다는 고개를 저었다. "그래도 내가 있었어야 했어."

택시 기사에게 요금을 치르고 기운 없이 3층까지 계단을 올라 주다의 집으로 들어갔을 때는 이미 날이 밝은 후였다. 시계를 보니 6시가 다 되었다. 망했다. 몇 시간 후면 항구로 가는 기차를 타야 한다.

집에 들어오자마자 주다는 옷을 벗기 시작했고 우리는 맨살을 맞댄 채 침대로 쓰러졌다. 주다가 눈을 감고 나를 끌어안은 채 내 머리카락에 얼굴을 묻고 향기를 들이마셨다.

피곤해서 똑바로 생각하기도 힘들었지만 드러누워 잠에 빠지는 대신 주다의 몸에 올라타 그의 목덜미, 배, 사타구니로 이어지는 검은 체모에 입을 맞췄다.

"로…."

주다가 신음했다. 나를 자기 쪽으로 당겨 키스하려 했지만 나는 싫다고 고개를 저었다.

"안 돼, 입 조심해야지. 그냥 누워 있어."

주다가 졌다는 듯 베개로 털썩 머리를 떨어뜨렸다. 커튼으로 들어온 여명이 뒤로 젖힌 그의 목덜미를 희미하게 비추었다.

8일 만의 만남이었다. 다시 만나기까지는 일주일을 기다려야 했다. 지금 하지 않으면….

격정적인 시간이 지난 후, 주다의 품에 안겨 뺨을 맞대고 호흡과 심장 박동이 잦아들기를 기다렸다. 그는 뺨에 주름이 잡힐 정도로 웃으며 말했다.

"이 정도는 돼야지."

"무슨 말이야?"

"이게 바로 내가 기대하던 환영식이라고."

그를 공격했던 것이 다시 떠올라 움찔하자 주다가 내 얼굴을 어루만졌다.

"로, 농담이야."

"알아."

한동안 둘 다 말이 없었다. 주다가 잠든 것 같아 나도 눈을 감고 밀려드는 피곤함에 몸을 맡겼다. 그때 그의 가슴이 들썩이고 팔 근육이 움찔하더니 크게 심호흡을 하는 것이 느껴졌다.

"로, 다시 부탁하지는 않을게. 하지만…."

그는 말을 맺지 않았지만 굳이 그럴 필요는 없었다. 무슨 말을 하고 싶은지 알고 있었다. 올해 초에 이미 들은 말이었다. 주다는 우리 사이가 한 단계 더 진전되기를 바란다며 같이 살자고 했다.

"생각해볼게."

나는 조금은 가라앉은 목소리로 대답했다.

"몇 달 전에도 그렇게 말했잖아."

"아직 생각 중이야."

"나는 이미 결심했어."

주다가 내 턱을 잡고 자기 쪽으로 부드럽게 당겼다. 그 모습에 심장이 두근거렸다. 그를 만지려 손을 뻗었지만 주다는 내 손을 붙잡고 말했다.

"로, 회피하지 마. 너도 알겠지만 나 정말 많이 참았어. 하지만 점점 우리가 다른 곳을 바라보고 있다는 느낌이 들어."

속수무책으로 가슴이 떨렸다. 기대감과 두려움 사이의 이 감정은 언제나처럼 나를 불안하게 했다.

"우리가 다른 곳을 바라보고 있다고?" 내가 어색한 미소를 지으며 말했다. "또 〈오프라 윈프리 쇼〉라도 본 거야?"

그 말에 주다는 내 손을 놓고 무표정하게 돌아누웠다. 나는 입술을 깨물었다.

"주다…."

"됐어." 주다가 말했다.

"그냥… 됐어. 이 문제에 대해서 너는 더 이상 이야기하고 싶지 않은 것 같네. 피곤하다. 곧 아침이야. 잠이나 자자."

"주다."

이번에는 내가 애원하듯 말했다. 매정한 나 자신이 싫었고 강요하려는 그가 미웠다.

"싫다고 했어."

주다가 베개에 얼굴을 묻고 힘없이 말했다. 처음에는 대화하기 싫다는 말인 줄 알았다. 하지만 주다가 말을 이었다.

"그 일, 안 하겠다고 했어. 전에 말한 뉴욕 일 거절했다고. 너를 위해서 말이야."

말도 안 돼.

4

약에 취한 듯 정신없이 깊은 잠에 빠졌다. 몇 시간 후, 알람이 울려 간신히 의식을 차렸다.

알람이 언제부터 울렸는지 모르겠지만 짧은 시간은 아닌 것 같았다. 머리가 지끈거려서 한참을 가만히 누워 정신을 가다듬은 후 주다가 깨지 않도록 조심스레 손을 뻗어 알람을 껐다.

잠기운이 가득한 눈을 비비며 기지개로 목과 어깨에 뭉쳐 있는 근육을 풀었다. 힘겹게 몸을 일으켜 침대에서 기어 나와 주방으로 갔다. 커피를 내리는 동안, 매일 먹는 약을 챙겨먹고 진통제를 찾아 욕실을 뒤졌다. 이부프로펜과 파라세타몰*, 갈색 플라스틱 약병이 있었다. 갈색 병에 든 약은 얼핏 기억하기로는 주다가 풋볼 경기에서 무릎을 삐었을 때 처방받은 것이다. 안전 마개

---

* 둘 다 진통·해열제의 일종

를 열고 안에 든 알약을 보았다. 빨간색 반, 흰색 반인 알약은 무지막지하게 컸다.

그 약은 무서워서 삼키지 못할 것 같고, 대신 이부프로펜 두 알과 파라세타몰 한 알을 꺼내 입에 넣고 커피로 쓸려 보냈다(빈 냉장고에 우유가 없어 블랙커피였다). 남은 커피를 천천히 마시며 어젯밤 일을 생각했다. 내 미련한 행동과 주다의 깜짝 발표를….

놀라웠다. 아니, 놀랍다는 말로는 부족했다. 충격적이었다. 지금까지 우리는 장기적인 계획에 대해 진지하게 의논하지 않았다. 주다가 미국에 있는 친구들, 어머니, 남동생을 그리워하는 마음은 나도 잘 알고 있었다. 그의 결정은… 자신을 위해서였을까? 아니면 우리를 위해?

커피포트에 남은 반 컵 분량의 커피를 다른 잔에 따라 조심스럽게 침실로 들고 왔다.

주다는 기절한 듯 매트리스에 대자로 드러누워 있었다. 영화 속 등장인물들의 잠든 모습을 보면 하나같이 평화로워 보이지만, 주다는 아니었다. 팔을 위로 치켜든 덕분에 찢긴 입술까지는 보이지 않았지만, 곧은 콧대와 주름이 잡힌 눈썹은 비행 중에 사냥꾼의 총에 맞아 화가 풀리지 않은 사나운 매를 떠올리게 했다.

주다 쪽 사이드 테이블에 커피잔을 조용히 내려놓은 후 옆에 있는 베개에 기대어 그의 목덜미에 입을 맞추었다. 따뜻하고 너무도 부드러웠다.

주다가 잠결에 움직이며 긴 다갈색 팔을 뻗어 내 어깨를 안았다. 눈을 뜨자 평소보다 짙어진 갈색 눈동자가 드러났다.

"안녕."

내가 속삭였다.

"안녕."

주다가 얼굴을 구기며 하품을 했다. 그러고는 자기 옆에 누우라고 나를 끌어당겼다. 배 시간에 맞춰 곧 항구로 출발해야 해서 처음에는 저항했지만, 몸이 스르르 녹아내리는 기분에 결국은 그의 따뜻한 품에 안겼다. 잠시 마주 보고 누워 서로의 눈을 바라보았다. 손을 뻗어 주다의 입술에 붙은 봉합 테이프를 조심스럽게 만졌다.

"이가 자리를 잡을까?"

"글쎄. 그러기를 빌어야지. 월요일에 모스크바에 가야 하는데, 거기 있는 동안 치과에 가고 싶지는 않아."

뭐라 대꾸할 수가 없었다. 주다가 눈을 감고 기지개를 켜자 관절에서 뚝뚝 소리가 났다. 그는 옆으로 돌아누우며 내 맨가슴을 슬며시 감싸 쥐었다.

"주다…." 짜증과 욕망이 뒤섞인 목소리가 나왔다.

"왜?"

"안 돼. 이제 가야 한단 말이야."

"그럼 가."

"안 돼. 하지 마."

"'안 돼, 하지 마'야? 아니면 '안 돼'라고 하지 말라는 소리야?" 주다가 한쪽 입꼬리를 올리며 씩 웃어 보였다.

"둘 다. 내 말 무슨 뜻인지 알잖아." 침대에서 일어나 앉아 고개를 젓자 두통이 도졌다.

머리를 움직이지 말걸.

"뺨은 괜찮아?" 주다가 물었다.

"응."

뺨을 만져 보았다. 여전히 부어 있었지만 전보다는 부기가 많이 가라앉았다.

주다가 걱정스러운 얼굴을 하고 손가락으로 멍을 쓰다듬으려 했다. 그의 손길을 느끼고 싶었지만, 고개를 뒤로 뺐다.

"내가 옆에 있었어야 했어." 주다가 말했다.

"하지만 없었잖아. 언제 그런 적 있었나." 본심과 다르게 내 입에선 퉁명스러운 말이 나왔다.

주다가 눈을 끔뻑거리고는 팔꿈치로 상체를 세워 나를 바라보았다. 잠이 덜 깨 멍한 얼굴 위로 베개 주름이 나 있었다.

"그게 무슨…?"

"다 알면서 모르는 척하지 마." 지나치다는 것을 알았지만 나도 나를 말릴 수 없었다.

"네가 생각하는 미래가 뭐야, 주다? 내가 이 집으로 이사한다고 쳐. 앞으로 계획이 뭔데? 오디세우스의 아내 페넬로페처럼 여기 앉아서 수의를 짜면서 벽난로를 피우고 있을까? 너는 해외 특파원들하고 러시아에 있는 술집에서 스카치나 마시는 동안?"

"무슨 뚱딴지같은 소리야?"

대답 대신 고개만 젓고 침대에서 내려왔다. 응급실에 다녀온 후 바닥에 던진 옷가지를 주워 모았다.

"그냥 피곤해, 주다."

피곤하다는 말로는 부족했다. 지난 사흘 동안 두 시간 이상 잠을 자본 날이 없었다.

"미래가 안 보이잖아. 우리 둘뿐인 지금도 충분히 힘들어. 중증 산후우울증에 시달리면서 애들과 집안 살림에만 매여 사는 부엌데기가 되고 싶지는 않아. 그동안 자기는 북반구에 있는 온갖 위험 지역을 돌아다니다 총을 맞을지 누가 알아."

"최근 일어난 일들을 보면 우리 집이 더 위험한 것 같은데."

주다가 내 얼굴을 보고 인상을 쓰며 덧붙였다.

"미안, 바보 같은 말이었어. 사고였다는 거 나도 알아."

나는 아직 마르지 않은 코트를 어깨에 두르고 가방을 들었다.

"안녕, 주다."

"안녕? 무슨 뜻이야? 안녕이라니?"

"원하는 대로 하세요."

"내가 원하는 것은 하나야. 망상 따위 집어치우고 그만 같이 살자고. 사랑해, 로!"

그 말을 듣자 따귀를 한 대 맞은 기분이었다. 문가에 멈춰 섰다. 피로가 목을 감고 나를 아래로 끌어내리는 듯 몸이 무거웠다.

하얀 라텍스 장갑을 낀 손, 웃음소리….

"로?"

주다가 머뭇거리며 내 이름을 불렀다.

"못 하겠어."

현관을 바라보며 말했다. 내가 무슨 말을 하는지도 모르겠다. 여기서 나갈 수도, 여기에 머물 수도 없었다. 지금 이 대화부터 내 인생까지 전부 다 감당하기 힘들었다.

"그냥… 갈게."

"내가 거절한 그 일 말이야."

주다는 슬슬 화가 나는 것 같았다.

"내 선택이 틀렸다고 생각해?"

"그렇게 하라고 부탁한 적 없어. 내가 언제 그렇게 해 달라고 했어? 나한테 떠넘기지 마."

떨리는 목소리로 대꾸한 내가 가방을 어깨에 둘러메고 문 쪽으로 몸을 틀었다.

주다는 말이 없었다. 나를 붙잡지도 않았다. 나는 술에 취한 사람처럼 비틀거리며 아파트를 빠져나왔다. 내가 무슨 일을 저질렀는지 깨달았을 때는 이미 지하철에 오른 후였다.

5

 나는 항구를 좋아한다. 타르와 바닷바람 냄새도, 갈매기 울음소리도 다 좋아한다. 몇 년째 여름마다 페리를 타고 프랑스로 휴가를 가기 때문인지 항구에 오면 공항에서는 절대 느낄 수 없는 해방감에 휩싸인다. 공항 하면 출장, 보안 검사, 연착만 떠오르는 반면 항구는… 어떻게 표현해야 하지? 아무튼, 차원이 다른 탈출하는 기분이 든다.
 기차를 타고 오는 내내 주다 생각을 하지 않으려고 애쓰며 앞으로의 여행에 대해 조사했다. 리처드 불머는 나보다 겨우 몇 살이 많을 뿐이지만 그의 약력은 나를 한없이 초라하게 만들었다. 불머는 보도자료에 나온 수만 가지 직책과 사업체를 발판 삼아 점점 더 많은 돈과 권력을 거머쥐고 있는 인물이었다.
 휴대전화로 위키피디아에서 그의 이름을 검색해 사진을 보았다. 피부가 까무잡잡한 흑발의 미남은 20대 후반으로 보이는 금발 미녀와 다정하게 팔짱을 끼고 있는 사진이었다. 사진 아래에는 '리처드 불머와 앤 린스테드 부부의 결혼사진'이라는 설명이 적혀 있었다.

불머의 이름에 작위 호칭이 붙어 있었기 때문에 태어날 때부터 부자라고 생각했는데 섣부른 판단이었던 것 같다. 위키피디아에 따르면 그는 사립초등학교를 거쳐 이튼스쿨, 옥스퍼드대학 베일리얼컬리지까지 순탄한 인생을 살았지만 대학 1학년 때 아버지를 여의고(어머니는 그 전에 세상을 뜬 모양이다) 물려받은 재산을 상속세와 부채로 날린 후, 열아홉살에 집도 절도 없는 외톨이가 되었다.

그런 처지에 옥스퍼드대학교를 졸업했다는 것만으로도 대단한데, 대학 3학년 때 벤처회사 창립까지 했다. 2003년 그 회사의 주식이 상장된 것으로 첫 단추를 끼운 후, 그는 승승장구하며 성공의 궤도에 올랐다. 그리고 수많은 성공을 바탕으로 마침내 스칸디나비아 해안을 여행하는 초호화 부티크 크루즈선을 탄생시켰다.

'꿈에 그리던 화려한 결혼식과 클라이언트를 홀릴 멋진 기업 행사, 평생 잊지 못할 최고급 가족휴가를 선사합니다'라는 보도자료를 읽는 동안 기차는 북쪽으로 달려갔다. 페이지를 넘기자 선실 열 개가 있는 갑판의 평면도가 나왔다.

배의 앞쪽에 커다란 스위트룸이 네 개가 있고 뒤쪽에는 작은 선실 여섯 개가 말발굽 형태로 배치되었다. 선실마다 방 번호가 있는데 중앙 복도를 중심으로 한쪽은 홀수, 반대쪽은 짝수였다.

1호실은 뱃머리 끝에 있고 9호실과 10호실은 곡선으로 된 선미에 나란히 붙었다. 스위트룸은 VIP의 몫일 테니 나는 작은 선실에 묵게 되겠지. 평면도에 치수가 없어 실제 크기가 어느 정도인지 짐작할 수는 없지만 영국해협을 건널 때 타봤던 몇몇 페리 같지는 않기를 바랐다. 폐소공포증을 불러일으킬 만큼 창문도 없고 좁아터진 배들이 떠올랐다. 그런 곳에서 닷새를 보내고 싶지는 않았다. 그래도 이런 배라면 훨씬 널찍하겠지?

선실 크기를 사진으로 확인할 수 있기를 바라며 페이지를 더 넘겼지만 하얀 천을 깔고 스칸디나비아의 별미로 화려하게 장식한 테이블 사진밖에 나오지 않았다. 뒤에 나오는 이야기도 오로라호의 주방장은 노마*와 엘불리**에서 수련을 받았다고 하는 것뿐이었다. 하품을 하고 손바닥으로 양 눈을 꾹 눌렀다. 피곤해서 눈이 뻑뻑했고 어젯밤부터 겪은 일들을 생각하니 다시금 가슴이 무거워졌다.

마지막으로 본 주다의 얼굴, 전날 밤 내게 맞아서 꿰맨 상처를 떠올리자 어깨가 움츠러들었다. 뭐가 어떻게 됐는지도 모르겠다. 주다와 헤어진 것일까? 내가 그를 찼나? 우리의 대화를 다시 짜맞추려고 해도 머리가 어지러워서인지 내가 하지 않은 말이나, 그때는 미처 하지 못한 말이 자꾸 끼어들었다. 나는 가끔씩 주다를 눈치 없고 나쁜 사람으로 만들어 내 입장을 정당화했

*   덴마크의 최고급 레스토랑.
**   스페인의 최고급 레스토랑.

다. 어떤 때는 무조건적으로 나를 사랑하는 사람으로 만들어 우리 사이에는 아무 문제도 없을 것이라며 위안을 했다.

그러나 나는 주다에게 제안을 거절하라고 부탁하지는 않았다. 그것에 대해 내가 고마워해야 할 이유는 없지 않을까?

역에서 항구로 가는 차 안에 불편하게 앉아 30분 정도를 꾸벅꾸벅 졸았다. 기사가 유쾌하게 도착을 알리며 잠을 깨웠을 때는 누가 내 얼굴에 차가운 물을 한바탕 끼얹은 기분이었다. 잠이 덜 깨서 멍한 상태로 비틀비틀 차에서 내리자 뜨겁게 내리쬐는 햇볕과 짭짤한 바닷바람이 느껴졌다.

기사가 내려준 곳은 오로라호의 승선 통로 앞이었다. 하지만 배와 연결된 철제 다리에서 오로라호의 모습을 바라보자 내가 제대로 찾아온 것인지 믿을 수가 없었다. 보도자료에 나온 사진과 비슷하기는 했다. 지문 하나, 바닷물 한 방울 묻지 않은 커다란 유리창에 햇빛이 반짝거렸고 흰색 선체는 오늘 아침에 페인트칠을 마친 것처럼 멀끔했다.

그런데… 보도자료 사진으로는 크기를 짐작할 수 없었지만 실제로 본 오로라호는 너무 작았다. 크루즈선이라기보다는 큼직한 요트에 더 가까웠다. 보도자료에서 '부티크'라는 말을 왜 그렇게 강조했는지 알 것 같았다. 그리스 섬들을 오가는 요트도 이 배보다는 더 컸다. 보도자료에서 언급한 시설들(오로라호의 까다로운 승객들에게는 도서관, 일광욕실, 스파, 사우나, 칵테일 라운지 등등이 꼭 필요하단다)이 이렇게 작은 배에 다 들어 있다고? 믿기 힘들었다. 아담하고 반질반질 광택이 나는 선체는 묘하게 장난감 같았다.

좁은 철제 다리에 발을 디디자 갑자기 어떤 이미지가 떠올랐다. 내 상상 속에서 오로라호는 작고 완벽한 형태로 유리병 안에 갇힌 비현실적인 배였다. 배를 향해 한 걸음씩 다가갈 때마다 나도 따라서 작아지는 듯했다. 망원경을 거꾸로 들고 보는 것처럼 기분이 이상했다. 현기증이 일어났는지 머리가 어지러웠다.

발밑에서 철제 다리가 움직였다. 항구 특유의 새까맣고 기름 낀 바닷물이 나를 빨아들일 듯 소용돌이쳤다. 순간적으로, 무너지는 철제 다리를 따라서 바닷속으로 떨어지는 것 같은 느낌이 들었다. 눈을 질끈 감고 차가운 금속 난간을 움켜쥐었다.

그때 위에서 어떤 여자의 목소리가 들렸다.

"냄새 정말 좋죠!"

눈을 깜박이고 바라보니 배 입구에 여자 승무원이 서 있었다. 머리색이 백발에 가까운 금발이고 피부가 까무잡잡한 그녀는 오랜만에 부자 친척을 만난 것처럼 나를 보고 환하게 웃었다. 나는 일단 심호흡으로 마음을 가라앉히고 다리를 마저 건너 오로라 보리알리스호에 탑승했다.

"어서 오세요, 블랙록 님."

그녀의 말투는 우리의 만남이 로또 당첨 같은 일생일대의 기회라는 듯한 느낌을 줬다. 정확히 어디 출신인지 모르겠지만 어미를 흘리는 말씨였다.

"탑승을 진심으로 환영합니다. 저희 직원에게 블랙록 님의 짐을 옮겨드리라고 할까요?"

내 이름을 어떻게 아는 것인지 당황스러워 주위를 살폈다. 그러나 내가 거절할 새도 없이 가방은 사라졌다.

"샴페인 한 잔 드릴까요?"

"음…." 재치 있는 대답이 떠오르지 않았다. 그녀는 긍정의 의미로 받아들이고 내 손에 길쭉한 샴페인 잔을 쥐여주었다. 엉겁결에 잔을 받아 들고 인사했다.

"아, 고맙습니다."

오로라호의 실내장식은 기가 막혔다. 비록 크기는 작았지만 열 배는 더 큰 배에나 들어갈 법한 것들을 전부 갖추고 있었다. 출입문을 열고 지나가자 긴 나선 계단이 나왔다. 모든 표면은 광칠을 한 듯 반짝거렸고 바닥은 대리석으로, 커튼은 실크로 되어 있었다. 눈부시게 환한 샹들리에가 층 전체를 비추며 사방에 불빛을 알알이 흩뿌렸다. 꼭 여름날 햇빛에 반짝이는 바다 같았다.

갑자기 속이 약간 울렁거렸다. 사치스러운 모습에 갑자기 지성인으로서 양심의 가책을 느낀 것은 아니었다. 그보다는 불빛 때문에 어지러웠다. 불빛 하나하나가 크리스털을 프리즘처럼 통과해 눈을 찔러서, 어린아이의 만화경을 들여다볼 때처럼 균형 감각이 흐트러졌다. 안 그래도 잠이 부족한데 어지럽기까지 하자 기분이 썩 유쾌하지 않았다.

내가 넋이 나간 표정을 짓고 있음에도 승무원은 뿌듯한 미소를 지어 보였다.

"중앙 계단이 굉장하죠? 샹들리에 하나에 스와로브스키 크리스틸이 이천 개 넘게 달려 있답니다."

"와." 내가 힘 빠진 목소리로 반응했다. 가방에 이부프로펜을 챙겼던가? 머리가 지끈거리고 눈도 자꾸만 깜박거렸다.

"저희 직원들도 오로라호에 탈 수 있어 얼마나 자랑스러운지 모릅니다." 승무원이 열정적으로 설명을 이어 나갔다.

"저는 커밀라 리드먼이라고 합니다. 배에서 접객을 책임지고 있지요. 아래쪽 갑판에 사무실이 있으니 배에 머무시는 동안 불편한 점이 있다면 주저 없이 말씀해주세요. 여기 있는 요세프…."

커밀라가 오른쪽에서 미소 짓고 있는 금발 남자를 소개했다.

"요세프가 선실까지 모시며 각종 시설을 안내해 드릴 겁니다. 저녁 만찬은 8시에 시작이지만 프레젠테이션을 위해 7시까지 린드그렌 라운지에 모여주세요. 이번 크루즈에서 즐길 수 있는 배의 시설과 절경들을 소개할 예정이에요. 아! 레더러 씨."

뒤를 돌아보자 40대쯤 되고 키가 큰 남자가 철제 다리를 오르고 있었다. 그 뒤로는 짐꾼이 커다란 여행용 가방을 카트에 싣고 나르느라 곤욕을 치르고 있었다.

"조심해요." 짐꾼이 통로 모서리에 카트를 박자 남자는 인상을 팍 썼다. "깨지기 쉬운 물건이 들어 있단 말입니다."

"레더러 씨."

커밀라는 나를 맞이할 때처럼 기뻐서 어쩔 줄 모르겠다는 태도로 레더러 씨에게 열렬한 인사를 건넸다. 연기력 하나는 끝내주는 여자였다. 물론 레더러 씨는 미남이라 연기가 그리 어렵지 않았겠지만.

"탑승을 진심으로 환영합니다. 샴페인 한 잔 드릴까요? 레더러 부인은 어디 계시죠?"

"그 사람은 안 옵니다." 레더러 씨가 머리카락을 쓸어 넘기며 살짝 멍한 표정으로 샹들리에를 올려다보았다.

"어머, 죄송해요. 별일은 아니겠지요?" 커밀라가 걱정스러운 표정을 짓자 완벽하게 그린 눈썹 사이에 주름이 잡혔다.

"뭐, 건강은 멀쩡합니다만, 지금쯤 내 친구와 자고 있을 겁니다." 레더러 씨는 웃으며 샴페인 잔을 받았다.

커밀라는 잠시 당황해 눈을 깜박이더니 이내 노련하게 요세프를 불렀다.

"요세프, 블랙록 님을 선실로 안내해드려요."

요세프는 내게 가볍게 인사를 하고 손으로 계단 아래쪽을 가리켰다.

"이쪽으로 오시지요."

나는 바보처럼 고개를 끄덕이고 샴페인 잔을 든 채로 그를 따라갔다. 뒤에서는 커밀라가 레더러 씨에게 아래층에 자기 사무실이 있다고 말하는 중이었다.

"블랙록 님이 묵으실 곳은 9호 린네실입니다." 카펫이 두툼하게 깔려 있고 창문이 없어 어두운 복도를 앞장서며 요세프가 말했다.

"모든 선실은 스칸디나비아 출신의 유명한 과학자 이름을 따서 지었습니다."*

"노벨실에는 누가 묵나요?"

좁은 복도를 걷고 있으니 묘하게 숨이 막혀 목소리가 갈라졌다. 이곳의 복도는 좁을 뿐만 아니라 햇빛도 없이 저압 램프의 침침한 불빛만 겨우 비춰서 폐소공포증이 도질 것만 같았다.

요세프는 내 질문에 진지하게 대답했다.

"노벨실에는 불머 경 내외께서 묵으실 예정입니다. 불머 경은 이 배를 소유한 노던 라이츠 사의 회장님이시죠. 선실은 총 열 개입니다. 앞쪽에 네 개, 뒤쪽에 여섯 개가 있고 모두 중갑판에 있습니다. 선실마다 방이 최대 세 개이고 더블베드, 개인 베란다가 있습니다. 욕실에는 대형 욕조와 별도의 샤워 부스가 있고요. 노벨실에는 노천탕도 있습니다."

베란다라고? 크루즈선에 베란다가 있다는 말은 왠지 이상했다. 하기는, 야외 갑판도 있으니 베란다라고 이상할 것은 없지. 노천탕은… 말을 말자.

"객실마다 지정된 승무원이 있고, 24시간 내내 승객 여러분을 도와드릴 겁니다. 블랙록 님은 저와 칼라라는 승무원이 모시게 되었고, 칼라는 오늘 저녁에 인사드릴 예정입니다. 오로라호에 머무시는 동안 정성껏 모시겠습니다."

"그럼 여기가 중갑판이란 말이죠?"

"네, 중갑판은 전부 객실입니다. 위층으로 올라가면 식당, 스

---

* 스웨덴의 식물학자 칼 폰 린네.

파, 라운지, 도서관, 야외 갑판 등 다른 분들과 같이 쓰실 공간이 나옵니다. 여기는 전부 스칸디나비아 출신 작가들의 이름을 땄죠. 린드그렌 라운지, 얀손 식당처럼요."

"얀손이라고요?"

"토베 얀손*이요." 요세프가 보충 설명을 했다.

"아, 알아요. 무민 작가 말이군요." 내가 머쓱하게 대답했다. 머리는 왜 이렇게 지끈거리는지.

이윽고 작은 금속판이 붙어 있는 나무 문 앞에 도착했다. 금속판에는 '9. 린네'라는 글씨가 적혀 있었다. 요세프는 문을 활짝 열고 내가 들어갈 수 있도록 한발 뒤로 물러났다.

과장을 보태지 않고, 선실은 우리 집보다 훨씬 훌륭했다. 그렇게 작지도 않았다. 오른쪽으로는 문에 거울이 붙은 옷장이 쭉 늘어섰고, 선실 중앙에는 커다란 더블베드가 소파와 화장대를 양옆으로 두고 있었다. 새것처럼 빳빳한 흰색 리넨 침구가 나를 유혹했다.

하지만 가장 인상적인 것은 무엇보다 굉장한 채광이었다. 좁은 복도의 인공조명에서 벗어나 커다란 베란다에서 쏟아지는 햇빛을 보자 눈이 부셨다. 얇은 흰색 커튼이 바람에 나부꼈고 미닫이문은 열려 있었다. 꽉 막혀 있던 가슴이 뚫리며 안도감이 밀려들었다.

"문은 걸쇠로 잠그실 수 있습니다. 하지만 기상 상태가 좋지

---

*   핀란드의 동화 작가.

않으면 자동으로 풀어집니다." 뒤에서 요세프가 설명했다.

"네." 나는 건성으로 대답하며, 지금은 요세프가 그만 갔으면 좋겠다는 생각밖에 들지 않았다. 당장 침대에 드러누워 깊은 잠에 빠지고 싶었다.

하지만 요세프가 욕실에 있는 시설들(네, 고맙지만 전에 욕실은 사용해본 적 있어요)과 냉장고와 미니바(전부 무료란다. 내 간 어떡하지)를 설명하는 동안 어색하게 서서 하품을 참아야 했다. 얼음은 하루에 두 번씩 새로 채워줄 것이고, 필요하면 언제든 벨을 눌러 자기나 칼라를 부르라고 했다.

늘어지는 하품을 더는 무시하기 힘들었는지 요세프가 드디어 가볍게 묵례를 하고 물러났다. 드디어 선실에는 나만 남았다.

감동하지 않은 척할 이유는 없었다. 정말로 감탄이 나왔다. 특히 침대는 어서 몸을 던져 30~40시간쯤 잠을 자라며 나를 부르고 있었다. 순백의 이불과 금색과 흰색으로 수놓은 쿠션들을 보니, 자고 싶은 욕구가 혈관을 타고 흐르는 것처럼 목덜미에서 손끝, 발끝까지 찌릿찌릿 퍼져나갔다. 잠이 필요했다. 잠을 간절하게 원하고 있었다. 다음 투약 시간을 손꼽아 기다리는 마약중독자가 된 기분이었다. 택시에서 30분 쪽잠을 잔 것이 오히려 더 나를 피곤하게 만든 터였다.

그래도 아직 푹 잘 시간은 아니었다. 깊게 잤다가 깨지 못하고 저녁 만찬을 놓치는 일은 절대 일어나서는 안 된다. 후반부 행사 몇 개는 건너뛸 수 있겠지만 오늘 저녁 만찬과 프레젠테이션은 무슨 일이 있어도 참석해야 했다. 선상에서 보내는 첫날 아닌가. 다들 연락처를 주고받으며 친분을 쌓을 텐데, 그 기회를 놓치면 나만 한참 뒤처져 영영 따라잡지 못할 것이다.

쏟아지는 하품을 참고 베란다로 나갔다. 움직이지 않고 가만히 있으면 피로가 스멀스멀 밀려들었다. 신선한 공기로 피로를 날려버려야 했다.

호화 크루즈선의 개인 베란다는 상상만큼이나 훌륭했다. 베란다 난간도 모두 유리로 되어 있어서 선실 안에 앉아 있으면 나와 바다 사이에 아무것도 없는 것 같은 착각마저 들었다. 베란다에는 자그마한 테이블과 갑판 의자가 있어 저녁이 되면 배의 경로에 따라 백야나 오로라를 감상할 수 있었다.

나는 한참 동안 베란다에 서서 작은 배들이 항구에 들어왔다 나가는 모습을 바라보았다. 그러다 갑자기 바닷바람이 머리카락을 흐트러뜨렸고, 무언가 달라지는 것이 느껴졌다. 잠시 영문을 몰랐지만 이내 깨달았다. 30분 동안 나지막한 소리를 내던 엔진이 빨라지며 배가 움직이고 있었다. 배는 귀에 거슬리는 소음을 내며 부두에서 바다 쪽으로 조금씩 방향을 돌렸다.

배는 경로를 표시하는 초록색과 붉은색 불빛을 지나 항구에서 서서히 멀어졌다. 안전한 항구를 벗어나 북해에 들어서자 배의 움직임이 달라졌다. 깊은 바다로 다가갈수록 커다랗게 굽이치는 파도가 찰랑거리던 물결을 집어삼켰다.

서서히 해안선이 멀어질수록 작아지던 항구의 건물들은 곧 수평선 위로 삐죽삐죽 머리만 내밀다가 이내 분간할 수 없는 검은색 선으로 변했다. 점점 시야에서 사라지는 건물 꼭대기를 보며 주다를, 미처 해결하지 않고 두고 온 모든 문제를 생각했다.

　주머니에 묵직하게 들어 있던 휴대전화를 꺼내 영국 통신망을 벗어나기 전에 메시지를 확인했다. 주다가 '잘 가', '행운을 빌어', '여행 잘 다녀와' 같은 메시지를 보내지 않았을까 내심 기대했지만, 메시지는 없었다. 신호를 표시하는 막대기가 한 개로 떨어지더니 그마저도 사라졌다. 그동안 휴대전화에서는 아무런 소리도 울리지 않았고, 영국 해안이 눈앞에서 사라지자 귓가에는 파도 소리밖에 들리지 않았다.

보낸 사람　주다 루이스
받는 사람　로라 블랙록
날짜　9월 22일 화요일
제목　잘 지내?

로, 일요일에 받은 메일 이후로 소식이 없네. 혹시 우리 둘이 동시에 보내서 메일이 충돌했나? 내 답장은 받았어? 어제 보낸 문자는? 걱정된다. 내가 속 좁게 연락 끊고 잠적했다고 생각하지 않았으면 좋겠어. 전혀 아니야. 여전히 사랑하고, 보고 싶어. 항상 네 생각뿐이야. 우리 집에서 있었던 일은 걱정하지 마. 이도 이제는 괜찮아. 의사 말대로 뿌리가 자리를 잡을 것 같아. 보드카로 자가 치료도 하고 있고. 크루즈는 어떤지 궁금하다. 바쁘면 잘 있다고 한 줄만이라도 보내줘.

　　　　　　　　　　　　　　　　　　　　　　사랑하는 J가

보낸 사람 로완 론스데일
받는 사람 로라 블랙록
참조 제니퍼 웨스트
날짜 9월 23일 월요일
제목 소식 없어?

로, 내가 이틀 전에 크루즈 소식 보내달라고 메일 보냈는데 답장이 없네. 제니퍼 말로는 아직 기사를 하나도 안 보냈다며. 내일까지는 어떤 원고든 받아봤으면 좋겠어. 짧은 기사라도 좋으니 부탁할게.
어디까지 진행했는지 되도록 빨리 제니퍼에게 알려주고 답장할 때 나를 참조로 넣어줘.

로완

9월 20일 일요일

6

 부자들은 샤워기조차도 더 좋은 것을 쓰나 보다.
 샤워기는 사방에서 물을 뿜어내며 몸을 마사지했다. 얼얼할 정도로 세차게 쏟아지는 물줄기를 한참 맞고 있자니 어디부터가 물이고 어디까지가 내 몸인지 구분하기 힘들었다.
 샴푸를 하고 다리 면도까지 마친 뒤, 샤워기 아래에 가만히 서서 바다와 하늘과 선회하는 갈매기를 내다보았다. 욕실 문을 열어둔 덕분에 침대 너머 베란다와 바깥의 바다를 볼 수 있었다. 그 느낌은 정말이지… 장관이었다. 여기에 머물려고 약 8,000파운드를 냈으면 이 정도 경치는 당연하겠지.
 내 월급을 생각하면 터무니없는 금액이다. 로완의 월급이라도 마찬가지이다. 지난 몇 년 동안 로완이 바하마 별장이나 몰디브 요트에서 보낸 기사들을 보며 군침만 흘렸다. 나도 언젠가는 승진을 해서 그런 특혜를 누릴 수 있기를 바랐다. 하지만 잠깐이나마 경험해 보니 궁금해졌다. 로완은 어떻게 견뎠을까? 대체 어떻게 평범한 사람은 평생 꿈도 꾸지 못할 삶을 맛만 보고 미련 없이 돌아섰을까?

오로라호로 일주일 동안 여행하려면 내 월급을 몇 달 치나 바쳐야 하는지 계산하고 있을 때였다. 거친 파도 소리 위로 어디에선가 희미한 소리가 들렸다. 무엇인지 확실히 말할 수 없어도 내 선실에서 들리는 소리는 확실했다. 가슴이 세차게 뛰었지만 호흡을 가다듬고 샤워기를 잠그기 위해 눈을 떴다.

그때 욕실 문이 내 쪽으로 다가왔다. 마치 누군가 단숨에 세게 민 것처럼.

최상급 자재로 만든 묵직한 문이 거침없이 쾅 닫히고, 나는 뜨겁고 습기로 가득한 어둠 속에 갇히고 말았다. 머리 위로는 물줄기가 쏟아지고 있었고 이러다 수중 음파 탐지기에 감지되겠다 싶을 정도로 심장 박동이 빨라졌다.

피 끓는 소리와 시끄러운 물줄기 소리 외에는 아무것도 들리지 않았다. 샤워기의 디지털 제어판에서 나오는 붉은 불빛 말고는 보이는 것도 없었다. 젠장, 미쳤지. 선실 문의 잠금 버튼을 누르지 않은 거야? 왜?

욕실 벽이 사방에서 좁아지며 나를 옥죄어왔다. 어둠이 나를 통째로 집어삼킬 것만 같았다.

겁내지 말자. 나를 해칠 사람은 없고, 아무도 선실에 들어오지 않았다. 설령 들어왔더라도 청소부가 침구를 정리하러 왔을 뿐일 터였다. 혹은 문이 저절로 닫혔거나. 겁낼 이유 없으니까 진정하자고.

 넘어지지 않으려 다리에 힘을 주고 샤워기의 제어판을 더듬었다. 물이 차가워졌다가 화상을 입을 정도로 뜨거워져 비명을 지르며 뒷걸음질 쳤다. 그러다 벽에 발목을 부딪혔지만 다행히 버튼을 제대로 찾아서 물줄기를 멈출 수 있었다. 벽을 더듬으며 전등 스위치를 찾았다.

 좁은 욕실이 눈부시게 밝아지자 뿌옇게 된 거울을 닦았다. 거울 속의 나는 얼굴이 하얗게 질렸고 영화 〈링〉에 나오는 여자처럼 젖은 머리카락이 두피에 딱 달라붙어 있었다.

 안 돼.

 평생 이렇게 살아야 하나? 지하철역에서 집으로 걸어갈 때마다, 남자 친구 없이 집에서 혼자 잘 때마다 공황 발작을 일으키는 그런 사람으로?

 아니, 그럴 수는 없다. 그렇게 살지 않을 것이다.

 욕실 문 뒤에 걸려 있던 목욕 가운을 서둘러 입고 떨리는 숨을 깊이 들이마셨다.

 그렇게는 살지 않아.

 욕실 문을 열었다. 심장이 어찌나 빠르게 뛰는지 정신이 아득해졌다.

 당황하지 말고 이성을 차리자.

 선실은 비어 있었다. 나 말고 아무도 없었다. 걱정과 달리 문의 잠금 버튼을 눌렀고 도어체인도 확실히 걸어둔 상태였다. 누가 들어왔을 리는 없었다. 아마 그 소리는 복도에서 났을 것이다. 욕실 문은 배가 움직이는 바람에 자기 무게를 이기지 못하고 저절로 닫힌 것이 분명하다.

문의 체인을 다시 확인하자 추가 묵직하고 단단한 것이 느껴졌다. 그제야 안심하고 후들거리는 다리로 침대까지 간신히 걸어가 누웠다. 억눌린 아드레날린 때문에 심장이 계속해서 빠르게 뛰었다. 누워서 맥박이 정상으로 돌아오기를 기다렸다.

주다의 어깨에 얼굴을 묻는 상상을 하자 눈물이 나올 것 같았다. 하지만 이를 악물고 울음을 삼켰다. 주다가 이 모든 문제를 다 해결해 주지는 않는다. 문제의 근원이 약해 빠진 나 자신과 공황 발작이라면 더더욱.

'아무 일도 없었어. 아무 일도 없었던 거야.' 숨을 가쁘게 쉬며 그 말을 되뇌다 보니 조금씩 흥분이 가라앉았다.

아무 일도 없었다. 지금도, 그때도. 나를 해친 사람은 없다.

없다고.

술이 간절했다.

미니바 안에는 미니어처 진, 위스키, 보드카 대여섯 병씩, 토닉 워터, 그리고 얼음이 있었다. 컵에 얼음을 담고 아직도 파르르 떨리는 손으로 미니어처 술병 몇 개를 따서 잔에 부었다. 토닉 워터까지 섞은 후 단숨에 들이켰다.

진이 독해서 기침이 나왔지만 세포와 혈관을 타고 알코올이 퍼지는 느낌이 들자 순식간에 기분이 좋아졌다.

잔을 다 비우고 침대에서 일어나니 머리와 팔다리가 가벼웠다. 가방에서 휴대전화를 꺼냈다. 통신망을 벗어나 신호는 들어오지 않았지만 와이파이는 잡히고 있었다.

'메일'을 클릭하고 손톱을 잘근잘근 씹으며 수신함에 하나씩 뜨는 메일을 지켜보았다. 걱정만큼 많지는 않았다. 아무래도 오늘은 일요일이니까. 하지만 목록을 훑다 보니 신경이 날카로운 가시처럼 곤두섰다. 이유는 금세 알 수 있었다. 주다에게서 온 메일이 없었기 때문이다. 상심해서 어깨가 축 처졌다.

긴급한 메일 몇 통에만 답장하고 나머지는 '읽지 않음' 표시를 한 후 '메일 쓰기'를 눌렀다.

'주다에게'라고 첫머리를 썼지만, 어떤 말로 이어가야 할지 도통 떠오르지 않았다. 주다는 지금쯤 무엇을 하고 있을까? 짐을 싸고 있을까? 비좁은 비행기 이코노미석에 몸을 욱여넣고 있나? 아니면 이름 모를 호텔에 누워 트위터를 하고 문자를 보내고 내 생각을….

그 순간, 묵직한 금속 램프를 주다의 얼굴에 날린 기억이 다시 떠올랐다. 대체 무슨 생각이었지?

생각은 무슨. 잠이 덜 깨서 그랬을 뿐이다. 내 잘못이 아니라 우연히 일어난 사고였다.

'프로이트는 우연이 존재하지 않는다던데. 어쩌면 네가….' 머릿속의 목소리가 말했다.

나는 뒷말을 거부하며 고개를 흔들었다.

주다, 사랑해.

보고 싶어.

미안해.

주다에게 보내려던 메일을 삭제하고 새로운 메일을 썼다.

받는 사람 파멜라 크루
보낸 사람 로라 블랙록
날짜 9월 20일 금요일
제목 무사해요

안녕, 엄마. 배에 무사히 탔어요. 진짜 호화로운 배예요. 엄마도 좋아할걸! 오늘 밤 델릴라 데리러 가는 것 잊지 말라고 짧게 메일을 보내요. 테이블 위에 고양이 이동장을 뒀고 사료는 싱크대 아래에 있어요. 사정이 있어서 자물쇠를 바꿨어요. 새 열쇠는 위층 사는 존슨 부인께 맡겼어요.
사랑하고 고마워요!
　　　　　　　　　　　　　　　　　　　　　　　　　　- 로

메일을 보낸 다음, 페이스북을 켜서 친구 리지에게 메시지를 보냈다.

여기 진짜 끝내준다. 선실(어마어마하게 큰 스위트룸이야) 미니바에 있는 공짜 술을 무제한으로 마실 수 있어. 그랬다가는 일도 망치고 간도 버리겠지만. 여행 끝나면 보자. 내가 아직 살아 있다면 말이지.
　　　　　　　　　　　　　　　　　　　　　　　　　　- 로

술을 한 잔 더 따르고 다시 주다에게 메일을 보내기로 결심했다. 무슨 말이라도 써야 했다. 집을 나올 때의 상태로 마냥 손 놓고 있을 수는 없었다. 잠시 생각을 하다가 글자를 입력했다.

사랑하는 J. 떠나기 전에 너무 못되게 굴어서 미안해. 해서는 안 될 말이었어. 내가 자기를 얼마나 사랑하는데.

눈물 때문에 화면이 흐려져 도저히 글을 쓸 수가 없었다. 잠시 떨리는 호흡을 가다듬어야 했다. 그런 다음 눈물을 손으로 닦고 메일을 마무리했다.

도착하면 문자 보내줘. 조심히 여행하고. 사랑하는 로가.

아까보다는 편한 마음으로 수신함을 다시 확인했지만 새로 온 메일은 없었다. 한숨을 쉬고 두 번째 잔도 비웠다. 침대 옆 시계를 보니 6시 30분이었다. 이제 첫 번째 드레스를 입을 시간이다.

로완은 배의 드레스코드가 '야회복'(내 생각: 미쳤다)이라고 전한 후 같은 드레스를 반복해서 입지 않도록 적어도 일곱 벌은 빌리라고 조언했다. 하지만 비용을 내준다는 말은 없었기에 세 벌만 빌렸다. 드레스를 빌릴 계획은 없었으므로, 엄밀히 따지면 계획보다 세 벌이나 더 많이 빌린 셈이다.

드레스 대여점에서 고른 옷 중 내 마음에 가장 드는 것은 지나치게 화려했다. 딱 달라붙고 크리스털 장식이 박혀 있는 은색의 롱드레스로, 입고 나왔을 때 점원은 전혀 비꼬는 내색 없이 영화 〈반지의 제왕〉에 나오는 리브 타일러 같다고 말했다. 그 말에 너무 기분이 좋아서 새어 나오는 웃음을 필사적으로 참았다. 하지만 표정 관리가 잘 되지 않았는지 다른 드레스를 입어 보는 내내 점원이 자꾸 이상한 시선으로 쳐다보았다.

그렇다고 해도 크리스털 드레스로 시작할 용기는 나지 않았다. 청바지를 입고 나타나는 사람이 있을지 누가 알겠는가. 그래서 가장 얌전한 드레스를 골랐다. 밑에서부터 길게 트인 진회색 새틴 드레스였다. 오른쪽 어깨에 스팽글이 조금 달려 있다는 점이 걸리지만 드레스 대여 점에서 장식 없는 드레스를 찾기란 불가능했다. 그곳의 이브닝드레스는 하나같이 어린 여자아이들이 반짝이 풀을 들고 디자인한 듯한 모양이었다. 그래도 이 회색 드레스는 바비 인형 옷처럼 보이지는 않았다.

드레스에 몸을 구겨 넣고 허리 쪽에 달린 지퍼를 올린 다음 화장품 파우치에서 무장을 위한 무기를 전부 꺼냈다. 지금의 나를 멀쩡한 인간처럼 만들려면 립글로스만으로는 부족하다. 그리고 이제 막 광대뼈에 컨실러를 발랐을 뿐인데, 마스카라가 없다는 사실을 알아차렸다.

핸드백을 뒤지며 마지막으로 마스카라를 어디서 봤는지 기억을 더듬다 뒤늦게 깨달았다. 마스카라는 강도가 들고 간 핸드백에 있었다. 그때 다른 물건들과 함께 잃어버린 것이었다. 평소에는 마스카라를 잘 칠하지는 않지만, 짙은 눈 화장에 흐린 속눈썹은 어울리지 않는다. 화장을 하다 만 사람처럼 보일 것이었다.

마스카라 대신 리퀴드 아이라이너를 발라보면 어떨까 하는 터무니없는 생각이 잠깐 들었지만, 이상한 시도를 하는 대신 핸드백을 한 번 더 뒤졌다. 착각했거나, 여벌의 마스카라가 안쪽 주머니에 들어 있을지도 모르니까. 이 핸드백에는 마스카라가 없다는 사실을 알면서도 혹시나 하고 내용물을 전부 침대에 쏟았다. 물론 허사였고 물건을 다시 가방에 넣고 있는데 옆 선실에서 소리가 났다. 나지막한 엔진음을 뚫고 변기 물 내리는 소리가 들렸다.

나는 카드키를 들고 맨발로 복도에 나갔다.

오른쪽 선실의 나무 문에는 '10. 팔름그렌'이라고 적힌 작은 금속판이 달려 있었다. 배를 다 만들었을 무렵에는 선실 이름으로 쓸 스칸디나비아 출신 유명 과학자가 없었나?* 머뭇거리며 문에 노크를 했다.

응답이 없었지만 씻는 중일지도 모른다는 생각으로 조금 기다려보았다.

다시 노크했다. 세 번 연달아 두드리고는 앞의 노크를 못 들었을 경우를 위해 마지막으로 한 번 더 세게 두드렸다. 그러자 꼭 누군가 문 뒤에 계속 서 있었던 것만 같이 재빠르게 문이 활짝 열렸다.

"왜요? 무슨 문제라도 있어요?" 문이 다 열리기도 전에 여자

---

*　팔름그렌은 핀란드 출신의 피아니스트.

가 물었다. 그러다 표정이 바뀌었다. "이런. 누구시죠?"

"옆 방 사람이에요."

검은 머리를 길게 기른 여자는 얼굴이 예쁘장했고 낡아서 구멍 난 핑크 플로이드 티셔츠를 입고 있었다. 그 티셔츠를 보자 어쩐지 그녀가 친근하게 느껴졌다.

"로라 블랙록이라고 합니다. 로라고 불러주세요. 정말 미안한 부탁이지만, 마스카라 좀 빌릴 수 있을까요?"

뒤에 보이는 화장대에 화장품 튜브와 크림이 여기저기 늘어져 있었고 여자도 눈 화장을 꽤 짙게 한 편이었다. 잘 찾아왔다는 확신이 들었다.

"네, 알았어요. 잠깐만요."

허둥대며 안으로 들어가 문을 닫은 그녀는 곧 메이블린 마스카라를 들고 돌아와 내 손에 쥐여주었다.

"아, 고마워요. 금방 돌려줄게요."

"그냥 가져요." 여자의 말에 내가 반사적으로 사양하자 그녀는 손사래를 쳤다.

"나는 필요 없어서 그래요."

붓을 씻어 오겠다는 제안에도 그녀는 성급하게 고개를 저었다.

"필요 없다고 했죠."

"알았어요. 고마워요." 조금은 당황스러웠지만 감사 인사를 했다.

"고맙긴요."

그러고는 내 눈앞에서 문을 닫았다. 선실로 돌아가며 짧지만 이상한 이 만남에 대해 생각했다. 나도 이곳에서 겉도는 느낌을 받았지만, 그녀는 나보다 더 이곳과 어울리지 않았다. 다른 손님의 딸일까? 저녁 식사 때도 볼 수 있을까?

빌린 마스카라를 다 쓰자 때마침 노크 소리가 들렸다. 생각을 바꿨나 보다.

"여기요."

나는 문을 열며 마스카라를 내밀었지만, 밖에는 승무원 유니폼을 입은 여자가 서 있었다. 눈썹을 너무 뽑은 탓에 시종일관 놀란 표정을 짓고 있는 것처럼 보였다.

"안녕하세요." 스칸디나비아 억양이 꼭 노래를 부르는 것 같았다.

"요세프와 함께 손님을 모실 칼라입니다. 곧 프레젠테이션에 참석해야 한다는 말씀을 드리러…."

"기억해요." 말이 의도와 달리 퉁명스럽게 나왔다.

"7시에 삐삐 롱스타킹*라운지로 가면 되죠?"

"아, 스칸디나비아 출신의 작가에 대해 아시는군요!" 칼라가 활짝 웃으며 말했다.

"과학자는 잘 모르지만요. 금방 갈게요."

"알겠습니다. 불머 경이 모든 분께 환영 인사를 하고 싶어 하세요."

칼라를 보내고 여행용 가방에서 드레스와 세트인 숄을 찾아

---

* 스웨덴의 아동 문학가 아스트리드 린드그렌의 대표 작품.

어깨에 둘렀다. 회색 실크 숄을 걸치고 있으니 왠지 브론테 자매의 잃어버린 동생이 된 기분이었다.
  선실 문을 닫고 카드키를 브래지어에 숨긴 후, 복도를 따라 린드그렌 라운지로 향했다.

7

하얗다. 정말 새하얗다. 사방이 흰색이었다. 나무 바닥도, 벨벳 소파도, 길게 늘어진 실크 커튼도, 티 하나 없는 벽지도 하얀색이었다. 일반 승객을 받는 배치고는 너무 실용적이지 않았다. 일부러 그렇게 꾸몄을 테지만.

이곳 천장에도 역시나 스와로브스키 크리스털 장식의 샹들리에가 달려 있었다. 나는 멍한 표정으로 문가에 멈춰 설 수밖에 없었다.

천장의 크리스털에서 굴절된 불빛이 예쁘게 반짝거리는 모습뿐만 아니라, 이 공간 자체가 놀라웠다. 인테리어만 보면 5성급 호텔이나 퀸엘리자베스호 같은 호화 여객선 응접실 같은데 규모가 너무 작았다. 열두 명에서 열다섯 명 남짓의 사람으로도 방이 가득 찼다. 샹들리에도 공간에 맞춰 작게 만든 듯했다. 마치 인형의 집 문을 통해 내부를 들여다보는 느낌이었다.

모든 것을 축소해놓은 인형의 집에도 가끔 균형에 맞지 않는 요소가 있다. 자그마한 의자에 놓인 쿠션이 상대적으로 너무 크다거나, 와인 잔과 가짜 샴페인 병의 크기가 같다거나.

주위를 둘러보며 핑크 플로이드 티셔츠를 입은 여자를 찾고 있을 때 뒤쪽에서 유쾌한 목소리가 들렸다.

"눈이 부시죠?"

돌아보니 수수께끼의 레더러 씨가 서 있었다.

"조금요."

내가 대답하자 그가 손을 내밀었다.

"콜 레더러입니다."

얼핏 들어본 이름이었지만 정확히 누구인지는 생각나지 않았다.

"로라 블랙록이라고 해요."

악수를 하며 그를 훑어보았다. 청바지와 티셔츠 차림으로 힘들게 배에 오를 때도 레더러 씨는 리지의 말을 빌리자면 '눈 호강'이 가능한 남자였다. 이제 야회복까지 갖춰 입은 모습을 보자 리지가 경험으로 만들었다는 법칙이 생각났다. 야회복을 입으면 남자의 매력이 33퍼센트 증가한다나.

레더러 씨가 미소를 짓고 서 있는 스칸디나비아 출신 승무원의 쟁반에서 잔을 들며 말했다.

"블랙록 씨는 무슨 일로 오로라호에 타셨죠?"

"아, 로라고 불러주세요. 저는 기자예요. 〈벨로시티〉에서 일하죠."

"만나서 반가워요, 로. 술 한 잔 드릴까요?"

그가 샴페인 잔을 하나 더 들고 웃으며 건넸다. 선실에서 다 비운 미니어처 술병이 눈앞에 둥둥 떠다녀 잠시 망설였다.

이대로 가다가는 초저녁부터 과음하게 될 텐데. 그렇다고 무례를 저지르고 싶지는 않고. 그래, 식사를 못 해 공복이고 아직 술기운이 남아 있었지만 한 잔 더 마신다고 무슨 일 생기겠어?

"고맙습니다." 나는 고민하다 술잔을 받았고, 그때 그와 손가락이 스쳤다. 설마 고의적인 행동인가? 불안감을 가라앉히려고 술을 마셨다. "레더러 씨는요? 무슨 일로 오셨나요?"

"나는 사진작가예요."

그제야 어디서 그 이름을 들었는지 퍼뜩 생각났다.

"콜 레더러!"

나를 한 대 때리고 싶었다. 로완이라면 배를 탈 때부터 알아보고 찬사를 보냈을 것이다.

"알아요. 〈가디언〉에 실렸던 녹아내리는 만년설 사진 찍은 분이죠?"

"맞습니다."

그는 내가 알아봤다는 사실에 뿌듯함을 숨기지 않고 미소 지었다. 이런 환호에는 익숙해져서 기뻐하지 않을 법도 한데 신기하다. 경력이 조금만 더 쌓인다면 그 대단한 데이비드 베일리*와 어깨를 나란히 할 사람 아닌가.

---

*   영국의 유명 사진작가.

"이번 여행에 사진을 찍어달라고 초대를 받았어요. 피오르 해안을 분위기 있게 담아달라더군요."

"평소에 찍는 사진과는 다르지 않나요?" 나는 그동안 그가 찍었던 사진들을 봐왔기에 의아했다.

"그렇죠. 요새는 주로 멸종 위기 동식물이나 파괴된 자연 환경을 찍는 편입니다. 이곳은 멸종 위기와 관련 있다고 할 수 없죠. 다들 아주 잘 먹고 있는 것 같고요."

주위를 둘러보았다. 콜의 말에 딱 들어맞는 남자들이 눈에 들어왔다. 배가 난파해도 축적된 지방으로 몇 주는 버틸 법한 사람들이 한쪽 구석에 모여 있었다.

하지만 여자들은 달랐다. 다들 핫 요가와 자연식 다이어트를 하는지, 날씬하고 미끈한 몸매를 자랑했고 배가 침몰하면 오래 생존할 수 없을 것 같았다. 남자 한 명을 잡아먹는다면 몰라도….

다른 기자단 파티에서 본 사람들도 몇 명 있었다. 깡마른 몸에 자기보다 더 무거워 보이는 보석을 주렁주렁 단 티나 웨스트는 여행 잡지 〈버니언타임스〉(사훈: 80일의 세계 일주는 시작에 불과하다)의 편집장이다. 바다코끼리처럼 몸이 기름지고 통통한 여행기자 알렉산더 벨홈은 페리나 비행기 관련 잡지에 특집 기사와 음식 칼럼을 기고한다. 아처 펜런은 익스트림 여행 분야의 유명 인사이고.

아처는 마흔 정도이지만 일 년 내내 햇볕에 그을리고 바람에 피부가 거칠어져 실제보다 나이가 더 들어 보였다. 넥타이와 야회복 차림이 불편한 듯 어색하게 자세를 이리저리 바꾸고 있었다.

아마존에서 애벌레를 먹는 사람이 여기는 어쩐 일로 왔을까? 어쩌면 잠시 휴식기를 갖기 위해 참석한 걸 수도 있지.

한편, 옆 선실의 여자는 어디에도 없었다.

"어이!"

뒤에서 들린 누군가의 목소리에 홱 돌아보았다.

벤 하워드. 이 인간이 여기서 뭘 하고 있지? 마지막으로 봤을 때만 해도 힙스터들이 기르는 저 무성한 수염은 없었다. 수염에 둘러싸인 입이 미소를 그렸다.

"벤."

놀란 마음을 진정시키고 작은 소리로 말했다.

"오랜만이야. 잘 지냈어? 여기는 콜 레더러 씨야. 벤은 저와 〈벨로시티〉에서 같이 일했어요. 지금은… 어디에서 일하지? 〈인디펜던트〉? 〈타임스〉?"

"우리 아는 사이야. 그린피스 취재 같이했거든. 잘 지냈어요?"

벤이 대수롭지 않다는 듯 말했다.

"그럼." 콜이 대답했고, 두 사람은 남자들이 하는 포옹 비슷한 몸짓을 했다. 악수보다는 세련되고 주먹 인사보다는 점잖은 인사법이었다.

"좋아 보인다, 블랙록."

벤이 내 쪽으로 고개를 돌리고 머리부터 발끝까지 나를 훑어보았다. 꽉 끼는 드레스만 아니면 당장 급소를 무릎으로 찍고 싶었다.

"그런데… 너 또 격투기라도 한 거야?"

무슨 말을 하는지 한참 만에 이해했다. 뺨에 난 멍 때문이었다. 컨실러로 가리는 솜씨가 생각만큼 훌륭하지는 않았던 모양이다.

뺨에 부딪힌 문과 아파트에 침입한 남자(벤과 키가 비슷하고 물기 어린 검은 눈도 비슷했다)의 기억은 너무도 생생해서 갑자기 심장 박동이 빨라지고 가슴이 꽉 막혔다. 뭐라고 대답해야 할지 모르겠다. 나는 차가운 표정을 숨기지 못하고 벤을 빤히 바라보기만 했다.

"미안, 미안해. 내가 참견할 일이 아니지. 어우, 이 옷은 목이 왜 이렇게 조여."

벤이 한 손을 들어 올리며 나비넥타이를 느슨하게 당겼다.

"이번 일은 어떻게 맡은 거야? 승진했어?"

"로완이 아파." 나는 짧게 대답했다.

"콜!"

누군가의 목소리에 어색하게 대화를 멈추고 뒤를 돌아보았더니, 티나가 티 없이 하얀 참나무 바닥을 미끄러지듯 걸어오고 있었다. 걸을 때마다 은색 드레스가 뱀 껍질처럼 살랑살랑 움직였다. 티나는 나와 벤을 무시하고 콜의 양 볼에 진하게 입을 맞췄다.

"자기, 왜 이렇게 오랜만이야."

감정이 북받치는 듯 목소리가 갈라졌다.

"우리 〈버니언타임스〉에 약속한 화보 촬영은 대체 언제 해줄래?"

"안녕, 티나." 콜이 조금 피곤한 말투로 말했다.

"이리 와봐. 리처드와 라스 소개해줄게."

티나는 콜의 태도에 아랑곳없이 아양을 떨듯 그의 팔짱을 끼고 아까 본 남자 무리로 갔다. 콜은 순순히 끌려가며 어깨 너머로 우리에게 미안한 미소를 작게 지었다. 그 모습을 보던 벤이 내게 고개를 돌리고 눈썹 하나를 추켜세웠다. 웃긴 표정을 지은 타이밍이 너무 완벽해 피식 웃음이 나왔다.

"이 무도회의 여왕벌이 누구인지 알 것 같지?"

벤의 빈정거림에 내가 고개를 끄덕여 동의하자, 그는 말을 이었다.

"너는 어떻게 지내? 아직도 그 미국인이랑 사귀는 중?"

뭐라고 대답해야 할까? 모르겠다고? 내가 큰 실수를 해서 헤어졌을 가능성이 크다고?

"아직은 확실히 남자 친구지." 나는 씁쓸하게 대꾸했다.

"유감이군. 하지만 여기에서 생긴 일은 우리만 아는…."

"꺼져, 하워드."

내가 쏘아붙이자 벤이 항복의 표시로 양손을 들었다.

"한번 찔러 본다고 죄는 아니잖아."

죄 맞거든. 그렇게 생각했지만, 말로 하지는 않았다. 그 대신 지나가는 웨이트리스에게 잔 하나를 더 받아 들고 주위를 돌아보며 새로운 화제를 찾았다.

"그럼 또 누가 초대를 받은 거야? 너, 나, 콜, 티나, 아처는 봤고. 아, 알렉산더 벨홈도 있어. 저쪽에 있는 사람들은 누구야?"

티나와 대화하는 무리 쪽으로 고갯짓을 하며 물었다. 남자 셋과 여자 둘이 있었다. 여자 하나는 내 또래였지만 내 것보다 5만 파운드는 더 비싼 드레스를 입었고 다른 여자는… 조금 놀라운 모습이었다.

"리처드 불머 경과 그 일당이지. 불머 경은 이 배의 소유주이자… 회사의 바지 사장이라고 하나?"

구석에 있는 무리를 바라보며 위키피디아에서 본 사진을 바탕으로 리처드 불머를 찾았다. 처음에는 분간을 못 했지만, 한 남자가 큰 소리로 웃으며 고개를 뒤로 젖히는 순간, 그 사람임을 깨달았다.

키가 크고 말랐지만 탄탄한 편이었고 맞춤 재단을 했는지 몸에 완벽하게 맞아떨어지는 정장을 입고 있었다. 피부는 야외에서 오래 머무는 사람처럼 아주 까무잡잡했다. 웃음을 짓자 새파란 눈이 가로로 길게 찢어졌고 양쪽 관자놀이 부근의 머리가 하얗게 빛났다. 하지만 늙어서 흰머리가 난 것이 아니라 칠흑처럼 검은 머리카락이 빛에 반사돼 흰색으로 보일 뿐이었다.

"너무 젊은데. 우리 또래가 귀족이라니 이상하지 않아?"

"무슨 자작인가 그럴걸. 물론 돈은 부인 덕분에 얻었지. 부인이 자동차 제조회사인 린스태드의 상속녀야. 너도 들어봤지?"

고개를 끄덕였다. 그 기업에 관해 아는 바는 없고 그 집안의 사람들은 베일에 감춰져 있었지만, 기업이 운영하는 재단만큼은 친숙했다. 세계 곳곳의 재난 지역 자료 대부분에는 린스태드 로고가 찍힌 트럭과 지원 물품 사진이 있었다. 작년 온갖 신문을 화려하게 장식한 사진이 문득 떠올랐다.

그것도 콜 레더러가 찍었던가? 린스태드 로고가 찍힌 트럭 앞에 시리아인 엄마가 차를 세우려고 운전수 보란 듯이 아기를 높이 들고 있는 사진이었다.

"저 여자야?"

나와 등지고 서서 다른 남자의 말에 웃고 있는 옅은 금발 머리의 늘씬한 여자를 턱으로 가리키며 물었다. 그녀의 단아한 장밋빛 실크 드레스를 보니 나는 어린아이의 옷장에서 아무렇게나 대충 주워 입고 온 것 같았다. 벤이 고개를 저으며 대답했다.

"아니, 저 사람은 클로이 옌센이야. 모델 출신이고 저기 있는 금발 남자, 라스 옌센과 결혼했지. 라스 옌센은 스웨덴 대형 투자회사 회장이자 금융계 거물이야. 불머가 투자자로 만들려고 초대했겠지. 불머 부인은 저쪽이야. 옆에 머리 스카프를 쓴 여자."

이럴 수가. 머리 스카프를 쓴 여자는 그 무리에 속한 사람들과 대조적으로… 아파 보였다. 회색 눈동자와 어울리는 회색 실크 기모노가 이브닝드레스와 잠옷 가운의 중간쯤으로 헐렁하게 몸매를 가려주긴 했다. 하지만 실크 스카프를 두른 민머리와 밀랍처럼 창백한 피부는 여기서도 똑똑히 보였다. 상대적으로 지나치게 건강해 보이는 사람들 틈에서 그녀는 눈에 띄게 핼쑥했다. 내가 지금 무례할 만큼 빤히 쳐다보고 있다는 사실을 깨닫고 시선을 떨구었다.

"투병 중이야. 유방암. 꽤 심했었나 봐." 벤이 내 마음을 읽었는지 불필요하게 덧붙였다.

"몇 살이야?"

"서른도 안 됐을걸. 아무튼 남편보다는 어려."

벤이 잔을 비우고 웨이터를 부르려고 고개를 돌린 사이, 다시 그녀를 바라보았다. 인터넷에서 본 사진과 같은 사람이라고는 전혀 생각할 수 없었다. 창백한 안색 때문인지, 헐렁한 실크 드레스 때문인지는 몰라도 나이가 더 들어 보였고 풍성했던 아름다운 금발이 사라져서 완전히 다른 사람 같았다.

왜 집에 편히 누워 있지 않고 여기까지 왔을까? 물론 오지 않을 이유도 없었다. 살날이 얼마 안 남아서 여생을 최대한 즐기고 싶은 건지도 모르지. 그래서 이런 생각을 하고 있을 수도 있다. 회색 드레스를 입은 저 여자가 자기를 안쓰러운 눈으로 보지 말고 신경을 꺼줬으면 좋겠다고.

나는 함부로 추측해도 미안하지 않을 사람을 찾아 다시 주위를 두리번거렸다. 이제 그 무리에서 모르는 사람은 키가 크고 하얀 수염을 깔끔하게 다듬은 배불뚝이 중년 남성뿐이었다. 평소 점심 식사를 오래, 많이 하는 사람이 아니고서는 저런 배가 나올 수 없다.

"도널드 서덜랜드 같은 저 사람은 누구야?"

내 질문에 벤이 뒤를 돌아보았다.

"누구? 아, 그 사람은 오언 화이트. 영국 투자자야. 스케일이 조금 작아서 그렇지, 리처드 브랜슨* 같은 사람이야."

"세상에, 벤. 어쩜 그렇게 잘 알아? 상류층 백과사전이라도 있어?"

"음, 아니." 벤이 의아한 표정으로 나를 보며 말을 이었다.

"오로라호 홍보팀에 연락해서 초대자 목록을 받고 구글에 검색했어. 굳이 셜록 홈스처럼 할 필요는 없잖아."

젠장. 젠장. 왜 그 생각을 못 했지? 훌륭한 기자라면 그렇게 해야 마땅할 텐데 나는 생각조차 하지 못했다. 물론 벤은 지난 며칠간 나처럼 수면 부족과 정신적 충격에 따른 스트레스로 넋 놓고 보내지 않았겠지만.

"있잖아…."

벤이 하려던 말은 샴페인 잔에 금속이 댕그랑거리며 부딪치는 소리에 묻히고 말았다. 리처드 불머 경이 어느새 라운지 중앙에 나와 있었다. 커밀라 리드먼이 불머 경을 소개하려는 듯 샴페인 잔을 쳐 승객들을 주목시키며 앞으로 나섰지만, 불머 경이 만류하는 손짓에 겸손한 미소를 지으며 물러났다. 기대와 존경을 담은 침묵이 라운지에 내려앉았고, 그가 입을 열었다.

"오로라호의 첫 항해를 함께하러 오신 여러분, 고맙습니다."

그가 따스한 목소리로 연설을 시작했다. 묘하게 어느 계급에도 속하지 않는 말씨였다. 공립학교 출신들이 익히려고 기를 쓰고 노력하는 그런 것. 자석처럼 청중을 끌어당기는 푸른 눈에서

---

* 맨손으로 시작해 버진그룹을 다국적기업으로 성장시킨 영국의 기업가.

시선을 떼기 힘들었다.

"저는 리처드 불머라고 합니다. 저와 제 아내 앤은 오로라호에 탑승하신 여러분을 진심으로 환영합니다. 저희는 오로라호를 더도 말고 덜도 말고 '내 집처럼 편안한 공간'으로 만들고자 합니다."

"내 집처럼 편안해?" 벤이 속삭였다.

"저 사람 집에는 바다가 보이는 베란다와 공짜 미니바가 있나 보군. 우리 집은 아닌데."

"저희는 여행에 타협은 필요 없다고 생각합니다." 불머가 연설을 계속했다.

"오로라호에서는 무엇이든 원하는 대로 즐기십시오. 혹시라도 부족한 점이 있다면 저희 직원이나 제게 알려주시기를 바랍니다."

그 대목에서는 커밀라를 향해 가볍게 윙크했다. 승객의 불만이 있으면 그녀가 총알받이가 될 것이라는 의미로 읽혔다.

"아시는 분은 아시겠지만 저는 스칸디나비아를 사랑합니다. 다정한 사람과…." 불머가 라스와 앤에게 씩 웃었다.

"또 훌륭한 음식…."

이번에는 주위에서 웨이터들이 들고 다니는 허브 새우 카나페를 가리켰다.

"그리고 이 지역의 자연은 눈부시게 아름다우니까요. 핀란드의 넓은 숲과 스웨덴의 군도, 저희 아내의 고향인 노르웨이의 장엄한 피오르 해안이 있지요. 하지만 제가 생각하는 스칸디나비아 자연의 절경은 땅이 아닌 하늘, 넓고도 불가사의하게 맑은 하늘입니다. 많은 사람은 스칸디나비아의 겨울을 대표하는 아름다움을 하늘에서 발견합니다. 북극광인 오로라 보리알리스 말이지요. 자연을 예측할 수는 없지만 이번 여행을 통해 여러분께서 북극광의 찬란한 아름다움을 만끽하시기를 바랍니다. 누구나 죽기 전에 꼭 한 번은 오로라를 봐야 합니다. 자, 신사 숙녀 여러분. 이제 잔을 들고 오로라 보리알리스호의 첫 항해를 위해 건배합시다. 같은 이름을 가진 오로라 보리알리스의 아름다움도 영원히 시들지 않기를."

"오로라 보리알리스를 위하여."

모두 불머를 따라 합창하고 잔을 비웠다. 알코올이 퍼지며 온몸의 긴장이 풀렸고 계속해서 쑤시던 뺨의 통증도 가라앉았다.

"가자, 로. 우리도 일 좀 하면서 수다를 떨어보자고." 벤이 빈 잔을 내려놓으며 말했다.

솔직히 벤과 함께 저 사람들에게 다가가고 싶지는 않았다. 과거가 있는 우리가 남들에게 연인이라는 오해를 받는다고 생각하니 불편하기 짝이 없었다. 그렇다고 벤이 인맥을 쌓는 동안 혼자 뒤처질 수는 없었다. 우리가 그쪽으로 다가가는 동안 앤 불머가 남편의 팔을 잡고 귓속말을 했고, 그는 고개를 끄덕였다. 앤이 숄을 추스르자 두 사람은 문으로 걸음을 옮겼다. 리처드 불머는 아내의 팔을 잡고 세심하게 부축해주었다.

라운지 중앙에서 앤이 우리에게 미소를 지어 보인 순간, 뼈만 남은 창백한 얼굴에 과거의 미모가 얼핏 스쳐 지나갔다. 가까이

서 보니 앤은 눈썹이 전혀 없었다. 눈썹이 없고 광대뼈가 툭 튀어나와 얼굴이 묘하게 해골 같았다.

"실례할게요. 많이 피곤해서 오늘 저녁 식사는 빠져야겠어요. 하지만 내일은 꼭 만나요."

앤은 방으로 들어가며 아나운서처럼 완벽한 영어로 말했다. 외국인의 억양은 전혀 느낄 수 없었다.

"물론이죠. 내… 내일 뵐게요."

내가 어색하게 말하며 웃자 그녀 옆에 있던 리처드 불머가 말했다. "이 사람을 선실로 데려다주려고 합니다. 저녁 식사가 나오기 전에 돌아오겠습니다."

두 사람이 천천히 멀어지는 모습을 보다가 벤에게 말했다.

"영어 정말 잘한다. 말만 들으면 노르웨이 사람인지도 모르겠어."

"노르웨이에서 오래 살지 않았대. 어린 시절 대부분을 스위스 기숙학교에서 보냈다더라. 이제 나를 도와줘, 로. 작전 개시다."

벤이 라운지를 가로지르며 카나페를 한 줌 집어 들고 타고난 기자답게 사람들 사이에 스며들었다.

"벨홈 씨."

벤이 이튼스쿨 출신을 흉내 낸 말투로 싹싹하게 인사했다. 실제 벤의 성장 배경과는 전혀 어울리지 않았다. 에식스 임대주택에서 자랐으면서.

"다시 만나 뵙게 되어 반갑습니다. 이분은 라스 옌센 씨죠? 〈파이낸셜타임스〉 인물 탐구 기사를 읽었습니다. 환경을 생각하시는 마음이 정말 존경스러웠습니다. 회장님처럼 사업에 신념을 접목하기가 쉽지 않은데 말이죠."

으아, 꼴사납게 알랑거리는군. 그러니 쟤가 〈타임스〉에서 제대로 된 사건을 취재하는 동안 나는 〈벨로시티〉에서 로완의 보조나 하고 있지. 나도 벤처럼 그들의 비위를 맞추며 말을 걸어야 했다. 이곳은 내게 기회의 장이나 마찬가지였다. 그런데 왜 나는 여기에 가만히 서서 술잔만 들고 움직이지 못하는 거지?

웨이트리스가 샴페인 병을 들고 지나가자 나는 이성적인 판단을 못 하고 한 잔 더 받아 생각 없이 술을 들이켰다.

"똑똑? 어디 갔어요?"

귓가에 낮은 소리가 들렸다. 뒤를 돌아보자 콜 레더러가 서 있었다.

"죄송해요, 뭐라고 하셨죠?"

겨우 대답은 했지만, 긴장해서 손바닥에 땀이 배어 나왔다. 정신을 차려야 했다.

콜이 씩 웃는 모습을 보고서야 그가 농담을 했다는 것을 깨달았다.

"아, 네. 잠깐 다른 생각 중이었어요."

내 자신도 싫었지만 나를 놀리는 그에게도 짜증이 났다.

"미안해요." 콜은 여전히 웃고 있었다.

"어디 갔느냐 묻다니… 바보 같은 농담이었죠? 뭔가 깊이 생각하는 것처럼 보여서요. 입술도 깨물고 있길래요."

내가 입술을 깨물었다고? 기왕 이렇게 된 거 수줍게 애교 부리고 속눈썹도 깜박여봐?

무슨 생각을 하고 있었다고 해야 하나. 벤과 다르게 붙임성이 없어 고민 중이었다고 솔직히 말할 수는 없고, 그나마 떠오르는 것은 우리 집에 쳐들어온 강도 이야기였다. 하지만 여기서 그 이야기를 꺼낼 수는 없다. 콜 레더러는 나를 기자로서 존중해야 한다. 동정은 안 될 말이다.

"어… 정치 문제요?" 나는 간신히 말을 꺼냈다.

샴페인과 피로감이 몸에 영향을 주기 시작했다. 머리가 제대로 돌아가지 않았고 두통이 도졌다. 지금 나는 반쯤 술에 취한 상태였다. 기분 좋게 취한 것도 아니었다. 콜이 미심쩍은 표정으로 나를 보았다.

"그럼 선생님은 무슨 생각을 하셨는데요?" 내가 날카롭게 물었다. 사람이 생각을 머리 안에만 두는 이유가 있다. 밖으로 내보내면 위험해지기 때문이다.

"당신 입술 생각 말고요?"

기가 막힌다는 표정을 짓고 싶었지만, 꾹 참고 로완이라면 어떻게 대처했을지 상상해 보았다. 로완이라면 그의 명함을 받을 때까지 장단을 맞춰줄 것이다.

"그렇게 궁금하다면 알려드리죠."

콜이 말하며 벽에 몸을 기댔다. 배가 파도에 들썩이자 샴페인 바스켓 안에서 얼음이 달그락거렸다.

"곧 헤어질 아내 생각 중이었습니다."

"아, 죄송해요." 나는 짧게 사과했다.

이 사람도 술에 취했군. 잘 숨기고 있을 뿐이다.

"우리 결혼식 때 내 들러리였던 놈과 놀아나고 있거든요. 어떻게 하면 복수를 할지 생각하고 있어요."

"신부 들러리와 놀아나시게요?"

"아니면 뭐… 누구든 상관없죠."

흠. 아주 직접적인 제안이었다. 콜이 다시 미소를 짓자 어쩐지 대사가 더 매력적으로 들렸다. 하룻밤을 보낼 상대를 찾아 유혹하는 추잡한 느낌은 아니고 그저 오늘의 운을 시험해 보는 느낌이랄까.

"그렇게 어렵지는 않을 거예요. 티나라면 기꺼이 응할걸요."

가볍게 던진 내 말에 콜이 코웃음을 치자, 갑자기 죄책감이 들었다. 만약 내가 경력을 위해 콜에게 몸을 내던지는 사람이라고 벤과 티나가 뒤에서 떠들고 있으면 기분이 어떨까. 그래, 티나는 자기 매력을 발산하고 있다. 그게 뭐 어때서? 세기의 범죄도 아니잖아?

"죄송해요. 조금 치사한 말이었죠." 말을 주워 담을 수 있다면 좋겠다.

"맞는 말인데요. 티나는 기사를 위해 자기 할머니도 벗겨 먹을 사람이니까요."

콜이 냉정하게 말하며 샴페인을 한 모금 더 마시고 미소를 지었다.

"그런데 그녀와 하룻밤을 보낸다면 아침에 과연 내 목숨이 붙어 있을까 걱정은 되는군요."

"신사 숙녀 여러분."

남자 승무원의 말에 우리의 대화가 그쳤다.

"식당인 얀손 실로 이동해 주세요. 곧 저녁 만찬이 시작됩니다."

식당으로 향하던 중 뒤통수가 따가워 뒤를 돌아보았다. 티나가 바로 뒤에서 아주 의심스러운 눈으로 나를 보고 있었다.

8

 승무원의 안내를 받아 라운지 옆에 있는 작은 식당으로 이동하는 데는 놀랍도록 오랜 시간이 걸렸다. 일반적인 페리처럼 테이블이 여러 개 늘어서 있고 한쪽에 긴 배식구가 있는 실용적인 식당일 것이라고 생각했지만, 예상은 이번에도 빗나갔다. 오로라호의 식당은 여느 가정집 같은 모습이었다. 물론 내 주변에는 집에 실크 커튼과 고급 유리잔이 있는 사람이 없지만.
 테이블에 앉으니 두통이 심해져 빨리 식사를 하고 싶었다. 음식보다는 커피 생각이 간절했지만 디저트 코스까지는 한참을 기다려야 했다. 테이블 한 개에 여섯 명씩, 총 두 개로 나누어 앉았다. 그런데 테이블마다 하나씩 빈자리가 있었다. 10호실의 여자는 어디에 앉을까? 속으로 빠르게 셈을 세보았다.
 첫 번째 테이블에는 리처드 불머, 티나 웨스트, 알렉산더 벨홈, 오언 화이트, 벤 하워드가 있었고, 리처드 불머의 바로 맞은

편이 비어 있었다.

두 번째 테이블에는 나, 라스 옌센, 클로이 옌센, 아처 펜런, 콜 레더러가 앉아 있었고, 콜의 옆자리가 비어 있었다.

"치워도 됩니다. 집사람은 오지 않았어요."

콜이 와인 병을 들고 도착한 웨이트리스에게 빈자리의 식기를 가리키며 말했다.

"아, 죄송합니다, 손님."

가볍게 허리를 숙여 인사한 웨이트리스가 동료에게 상황을 전하고 식기를 거두어갔다. 이제 내 테이블에 빈자리가 있는 이유를 알았다. 하지만 첫 번째 테이블의 빈자리는 여전히 이유를 알 수 없었다.

"샤블리* 어떠세요?"

"네, 좋습니다."

웨이트리스가 묻자 콜이 잔을 내밀었다. 동시에 클로이 옌센이 테이블 건너편으로 몸을 숙이며 내게 손을 내밀었다.

"처음 뵙네요."

에섹스 사투리가 약간 섞인 목소리는 작은 체구와는 어울리지 않게 낮고 허스키했다.

"클로이라고 해요. 클로이 옌센. 일할 때는 와일드라는 성을 쓰지만요."

아하. 듣고 보니 누구인지 알겠다. 둥근 광대뼈와 슬라브족 특

---

* 해산물과 잘 어울리는 프랑스산 화이트와인.

유의 위로 찢어진 눈, 옅은 금발은 그녀의 트레이드마크였다.

클로이는 무대 화장과 조명이 없어도 다른 세계에서 온 사람처럼 보였다. 아이슬란드의 작은 어촌 마을이나 시베리아의 숲속 오두막에서 막 튀어나온 듯 이국적인 분위기를 풍겼다. 그녀의 외모는 도시 근교의 슈퍼마켓에서 장을 보던 중 모델 캐스팅 담당자에게 스카우트되었다는 비화를 믿을 수 없게 만들었다.

"만나서 반가워요."

그녀에게 악수를 청했는데, 나와 마주 잡은 손은 차갑고 악력이 굉장했다. 큼지막한 반지가 손가락 마디를 더 아프게 짓눌렀다.

가까이서 본 클로이는 훨씬 더 아름다웠다. 그녀의 소박하면서도 아름다운 드레스 앞에서 내 드레스는 빛을 잃었고 우리 둘이 서로 다른 행성에서 왔다는 느낌마저 들었다. 드레스의 목선을 위로 잡아당기고 싶은 마음을 간신히 억눌렀다.

"저는 로 블랙록이에요."

"로 블랙록!" 클로이가 까르르 웃었다.

"멋진 이름이네요. 개미허리에 가슴을 턱까지 올린 50년대 영화배우 이름 같아요."

"그러면 얼마나 좋겠어요."

갈수록 두통이 심해졌지만 미소를 지었다. 클로이의 웃음에는 전염성이 있었다.

"그럼 이분은 남편…?"

"맞아요, 라스."

클로이가 내게 남편을 소개하려고 했지만 라스는 콜, 아처와 대화하느라 정신이 없었다. 클로이는 못 말린다는 표정만 짓고 다시 나를 보았다.

"저기는 누구 자리인지 아세요?"

내가 첫 번째 테이블의 빈자리를 가리키며 물었지만, 클로이는 고개를 저었다.

"앤 자리 아닐까요? 리처드 부인 말이에요. 건강이 별로 안 좋대요. 선실에서 식사하기로 했나 보죠."

"그렇겠네요."

왜 그 생각을 못 했지?

"잘 아는 사이세요?"

"아니요, 리처드는 라스 때문에 친해져서 몇 번 봤지만 앤은 웬만해서 노르웨이 밖으로 나오지 않아요."

클로이가 목소리를 낮추고 비밀스럽게 속삭였다.

"사실 칩거 생활을 하는 사람이 배에 탔다고 해서 놀랐어요. 하지만 암 환자이니…."

짙은 색의 네모난 접시 다섯 개가 나타나는 바람에 클로이의 뒷말을 들을 수는 없었다. 접시마다 깎은 잔디처럼 생긴 풀 위에 형형색색의 작은 큐브와 거품이 놓여 있었다. 대체 무엇을 먹으라는 거지?

"비트에 절인 맛조개 요리입니다. 향모*로 만든 거품과 자연

---

* 달콤한 맛과 향이 특징인 풀.

건조한 샘파이어* 조각을 곁들였습니다."

수석 웨이터는 요리를 설명한 후 물러났다. 아처는 포크를 들고 형광을 띤 큐브를 쿡 찌르며 믿을 수 없다는 듯 말했다.

"맛조개라고?"

텔레비전에서 봤을 때보다 요크셔 사투리가 더 강하게 들렸다.

"안 익힌 조개는 별로인데. 영 꺼림칙하단 말이지."

"정말요?"

클로이가 매혹적인 고양이 같은 미소를 지으면서도 한편으로는 놀란 표정으로 말했다.

"날로 먹는 게 취향 아니었어요? 벌레나 도마뱀처럼요."

"일할 때 짐승 똥을 먹고 돈을 받는다면 쉬는 날에는 질 좋은 스테이크가 먹고 싶은 법입니다."

웃으며 말한 아처가 내 쪽으로 몸을 틀고 손을 내밀었다.

"아처 펜런입니다. 아직 정식으로 소개하지 않았죠."

"로 블랙록이에요."

나는 음식을 입에 문 채로 얼떨결에 말했다. 이것이 거품벌레의 거품은 아니기를 바랐지만 자신이 없었다.

"선생님께서는 기억 못 하시겠지만 전에 뵌 적 있어요. 〈벨로시티〉에서 일하거든요."

"아하. 로완 론스데일과 같은 부서 사람?"

---

*   유럽 해안지역의 절벽에서 자라는 미나릿과 식물.

"맞아요."

"내 기사를 마음에 들어했나요?"

"네, 독자 반응이 좋았어요. 트위터로 메시지도 많이 받았고요."

그의 기사는 '당신이 식용인지 몰랐던 의외의 별미 열두 가지'라는 제목의 칼럼이었다. 아처가 정체 모를 음식을 불에 구우며 카메라를 향해 미소 짓고 있는 사진이 함께 실렸다.

"안 드시게요?"

클로이가 아처의 접시를 턱으로 가리켰다. 접시를 다 비운 그녀는 남은 거품을 손가락에 묻혀 핥고 있었다.

아처는 망설이다가 접시를 밀었다.

"이번은 넘기겠습니다. 다음 코스를 기다리죠."

"잘 생각했어요."

클로이가 입꼬리를 서서히 올리며 웃었다. 왜 그러지 싶은 순간 갑자기 내 무릎 부근에서 무언가 움직였다. 벌어진 테이블보 틈으로 클로이가 남편 라스의 손을 잡은 모습이 힐끗 보였다.

라스의 엄지가 리드미컬하게 클로이의 손등을 쓰다듬고 있었다. 은밀하면서도 공개적인 애정 행각을 보자 조금은 충격적이었다. 이 남자, 저 남자에게 끼를 부리는 말투와 태도는 다 연기였던 건가?

그 장면을 목격하느라 아처가 다시 내게 말을 거는 것도 몰랐다. 겨우 정신을 차리고 아처를 돌아보았다.

"죄송해요. 잠깐 딴생각을 했어요. 뭐라고 하셨죠?"

"술 더 하겠느냐고요. 잔이 비었어요."

내 잔에는 샤블리가 한 방울도 남아 있지 않았다. 어떻게 된 거지? 마신 기억이 없는데….

"네, 감사합니다."

아처가 술을 따라주는 동안 내가 지금 어느 정도로 취했는지 곰곰이 따져보다가 결국 술을 한 모금 홀짝였다. 그때 클로이가 가까이 다가와 조용히 말했다.

"이런 질문을 해도 되는지 모르겠지만 뺨은 왜 그래요?"

내가 놀란 표정을 지었는지 클로이가 손을 저었다.

"미안, 못 들은 것으로 해줘요. 내가 주제넘게 참견했네요. 그냥… 나도 연애에 실패해본 경험이 있어서 궁금했어요."

"아… 아니에요!"

그런 오해를 받다니 창피했다. 아무 말도 하지 않는다면 내 잘못이라고 인정하거나, 주다가 나쁜 사람이라고 욕하는 셈이다. 어느 쪽도 사실이 아닌데.

"아니, 그런 일은 아니에요. 강도를 당했어요."

"정말요? 집에서요?" 클로이는 충격을 받은 표정이었다.

"네. 경찰 말로는 그런 경우가 많대요."

"강도에게 맞은 거예요? 세상에."

"그렇지는 않아요."

자세히 말하고 싶지는 않았다. 그날 있었던 불쾌한 기억이 떠오르고 자존심도 상했기 때문이다. 나는 이 자리에 프로 기자로서 있고 싶었다. 능수능란하게 다른 사람들을 휘어잡아 대화를 이끄는 능력 있는 기자이기를 바랐다. 겁에 질려서 침실에 숨은 피해자로 보이고 싶지는 않았다.

하지만 이미 이야기가 90퍼센트 정도 나왔고, 설명하지 않고 넘어가면 괜한 오해로 동정을 받을 분위기였다.

"상처는… 정말 우연히 생겼어요. 강도가 얼굴 바로 앞에서 문을 닫는 바람에요. 뺨이 문에 부딪혔거든요. 딱히 해칠 생각은 없었던 것 같아요."

사실 진심은 '그냥 방에서 이불을 뒤집어쓰고 있어야 했어요' 라는 말을 하고 싶었다. 바보같이 위험을 자초하다니.

"호신술을 배워요. 나도 해병대에서 배웠어요. 몸집 차이는 문제가 안 됩니다. 당신 같은 여자도 힘을 잘 쓰면 남자를 제압할 수 있어요. 내가 보여줄게요. 일어서봐요."

아처가 의자를 밀며 일어났고, 내가 쭈뼛거리며 서자 아처가 재빠르게 내 팔을 잡고 등 뒤로 꺾었다. 균형을 잃고 휘청거렸다. 남은 손으로 테이블을 붙잡았지만 그는 계속 내 어깨를 꺾으며 뒤로 잡아당겼다. 아프다고 근육이 비명을 질렀다. 내가 고통 반 두려움 반으로 신음하는 도중, 클로이의 놀란 표정이 보였다.

"아처, 아처! 겁주지 말아요!"

클로이의 다급한 외침에 아처가 내 팔을 놓았다. 나는 어깨의 통증을 참고 후들거리는 다리로 의자에 앉았다.

"미안해요." 아처가 웃으며 테이블 쪽으로 의자를 당겨 앉았다.

"다치지 않았죠? 나도 내 힘을 잘 모른다니까. 하지만 내 말 무슨 뜻인지 알겠죠? 공격하는 사람이 더 커도 쉽게 빠져나가기 힘들어요. 한 수 배우고 싶으면 언제든…."
 괜찮은 척 웃었지만 목소리가 떨리고 억지웃음처럼 들렸다.
 "술 한잔해요."
 클로이가 내 마음을 눈치챘는지 불쑥 끼어들어 내 잔을 채웠다. 그리고 아처가 뒤에 있는 웨이터와 대화하는 사이 작은 소리로 덧붙였다.
 "아처는 무시해요. 오늘 보니 첫 번째 부인에 관한 소문도 진짜라는 생각이 드네요. 멍을 가리고 싶으면 내 선실로 와요. 화장품이란 화장품은 다 가져 왔으니까. 나, 메이크업 정말 잘하거든요. 일하려면 가려야죠."
 "그럴게요. 고맙습니다."
 내가 대답하며 웃어 보였다. 하지만 왠지 어색하고 가식적인 미소로 보일 것 같아 얼굴을 가리려 술을 마셨다.

 첫 번째 코스 후 자리가 바뀌었다. 다행히 아처와는 다른 테이블이었다. 내 양옆에서는 티나와 알렉산더가 나를 투명 인간 취급하며 세계 음식에 관한 토론을 벌이고 있었다.
 "꼭 먹어봐야 할 회는 복어죠. 정말 최고의 맛이에요."
 알렉산더가 팽팽한 허리띠 위로 냅킨을 펼치며 주장했다.
 "복어요? 독이 있지 않나요?"
 나도 대화에 참여하려 질문했다.
 "네. 그래서 경험이라는 겁니다. 내가 마약은 한 번도 안 해 봤어요. 내 약점도 알고 쾌락주의자들이 어떻게 사는지 잘 알아서 그런 쪽은 감히 쳐다보지도 않았죠. 하지만 마약을 한다면 복어를 먹고 난 후의 황홀한 느낌과 비슷한 뉴런 반응이 일어나지 않을까 싶어요. 목숨을 걸고 먹어서 살아남았다는 황홀감 말입니다."

그 말을 듣던 티나가 와인을 홀짝이며 천천히 물었다.

"최고의 주방장은 생선살을 독이 있는 부분에 최대한 가깝게 썰어서 독을 소량 남긴다면서요? 황홀감을 높이려고요."

"그 이야기는 나도 들어봤어요." 알렉산더가 고개를 끄덕였다.

"극소량은 흥분제 역할을 한다고 해요. 물론 그 기술은 생선이 비싸서 조금도 낭비하고 싶지 않은 주방장 마음이 더 크게 작용한 결과겠지만요."

"그럼 독이 어느 정도예요?" 내가 물었다.

"독의 양 말이에요. 어느 정도까지가 괜찮은 거죠?"

흥분한 알렉산더가 그리 유쾌하지만은 않은 눈빛을 번뜩이며 가까이 다가왔다.

"글쎄, 때에 따라 다르겠죠. 생선 부위마다 독의 양이 다르니까요. 하지만 독이 많이 있는 간, 눈, 알의 경우는 극소량을 먹는다고 합니다. 먹어야 그램 단위겠죠. 청산가리보다 천 배는 더 치명적이라고들 하니까요."

그는 생선 카르파초를 포크로 찍어 입에 넣고 부드러운 살을 씹으며 말을 이었다.

"그렇게 죽으면 참 끔찍할 거예요. 내가 갔던 도쿄의 한 가게 주방장은 어떻게 복어 독에 중독되는지 신이 나서 설명하더군

9월 20일 일요일

요. 근육은 마비되지만, 머리는 별로 영향을 받지 않는대요. 그래서 근육이 수축하는 내내 의식이 또렷하다가 숨을 쉬기 힘들어진답니다."

알렉산더가 생선을 삼키고 축축한 입술을 핥으며 미소를 지었다.

"결국에는 질식해서 죽는 거죠."

접시에 있는 생선회를 내려다보았다. 술을 마셔서인지, 알렉산더의 생생한 묘사를 들어서인지, 파도가 강해져서인지 갑자기 입맛이 뚝 떨어졌다. 한 조각을 억지로 입에 넣고 씹었다.

"자기 이야기도 듣고 싶어요. 로완과 일한다면서요?"

티나가 갑자기 알렉산더에서 내게로 관심을 돌렸다.

티나는 80년대 후반에 〈벨로시티〉에서 기자 일을 시작했기 때문에 잠깐이지만 로완과 같이 근무한 적도 있었다. 로완은 티나가 얼마나 잔혹한지 전설처럼 이야기하고는 했다.

"맞아요." 입 안의 음식을 서둘러 삼키고 대답했다.

"다닌 지 10년쯤 됐어요."

"이런 여행에 보낸 것을 보면 로완이 아주 높게 평가하나 봐요. 굉장한 쿠데타인데요?"

의자에서 어색하게 자세를 고쳐 앉았다.

뭐라고 대답해야 할까? '병원에서 링거를 맞고 있지 않으면 나를 믿고 일을 맡겼을 리 없어요'라고?

"운이 좋았죠." 그렇게만 대답하기로 했다.

"저로서는 영광이에요. 제가 얼마나 능력을 증명하고 싶어 하는지 로완도 잘 알고요."
"조언하자면, 즐겨요."
티나가 내 팔을 토닥였다. 피부에 닿는 반지가 차가웠다.
"인생은 한 번뿐이라잖아요?"

9

 자리를 두 번 더 바꿨지만, 불머의 옆자리는 계속 나를 피해 갔다. 커피가 나오고 린드그렌 라운지로 돌아온 후에야 겨우 불머에게 말을 걸 기회가 생겼다.
 커피잔을 들고 라운지를 가로지르다 배가 흔들려 위태롭게 균형을 잡고 있는데 얼굴로 플래시가 터졌다. 깜짝 놀라 휘청거리다 하마터면 커피를 뒤집어쓸 뻔했다. 빌린 드레스와 흰색 소파에 커피 몇 방울이 튀었다.
 "웃어요."
 귀에 대고 말하는 목소리의 주인공은 사진을 찍은 콜이었다.
 "짜증 나."
 나도 모르게 신경질을 냈다가 흠칫했다. 내 입을 때리고 싶었다. 무슨 일이 있어도 내가 무례했다는 말이 로완의 귀에 들어가면 안 된다.

생각보다 술이 많이 취했나 보다. 말실수를 덮으려고 어설픈 변명을 했다.

"선생님께 한 말이 아니에요. 저보고 한 말이었어요. 소파에 커피를 흘려서요."

불편해하는 나를 보고 콜은 웃음을 터뜨렸다.

"수습 실력이 대단한데요? 걱정하지 말아요. 위에 이를 생각은 없어요. 그 정도로 자존감 낮은 사람은 아닙니다."

"그런 뜻이 아니라…."

당황스러웠지만 정말로 그렇게 생각하던 참이라 말을 맺을 수 없었다.

"저는 그냥…."

"됐어요. 아무튼, 어디를 그렇게 서둘러 가요? 다친 영양을 노리는 사냥꾼처럼 거침이 없던데."

"저는…."

솔직히 말하려니 쑥스러웠다. 하지만 피곤하고 술을 많이 마셔서 머리가 깨질 듯 아팠고 진실을 말하는 편이 나을 듯했다.

"리처드 불머 경과 이야기하고 싶어서요. 저녁 내내 말을 걸려고 했는데 기회를 못 잡았어요."

"작전을 개시하던 중에 나 때문에 망한 거군요."

콜이 눈을 반짝거리며 다시 활짝 웃었다. 지금 보니 늑대 같은 포식자 분위기는 뾰족한 앞니에서 나온 것이었다.

"내가 해결해주죠. 불머!"

라스와 대화하던 리처드 불머가 이쪽을 돌아보자 민망해서 숨고 싶었다.

"누가 나 불렀어?"

"그렇다네." 콜이 말했다.

"이리로 와서 여기 미인과 같이 대화하지. 내가 기습 공격한 일이 있어서 보상해줘야 해."

불머가 웃으며 의자 팔걸이에 놓아둔 컵을 들고 다가왔다. 배가 흔들거리는데도 걸음이 물 흐르듯 자연스러웠다. 운동 실력이 뛰어나고 완벽하게 재단된 정장 아래의 몸이 아주 탄탄한 사람이라는 인상을 받았다.

"리처드. 여기는 로. 자네에게 다가가고 있는데 내가 카메라를 들이대는 바람에 놀라서 커피를 쏟으셨어."

내 얼굴이 붉게 달아올랐지만 불머는 콜에게 고개를 절레절레 저을 뿐이었다.

"내가 그 물건 조심하라고 했지."

불머가 콜의 목에 걸린 무거운 카메라를 가리키며 말했다.

"방심했을 때 몰래 사진을 찍는 파파라치를 안 좋아하는 사람도 많다고."

"에이, 다들 좋아해. 이렇게 멋진 장소에서 연예인 같은 경험을 할 수 있잖아."

대수롭지 않다는 듯 말한 콜은 치아가 보이도록 활짝 웃었다.

"농담 아니야."

불머가 미소를 지으면서도 따끔하게 말했다.

"특히 앤은 조심해. 지금 자기 모습에 자신감이…."

소리 낮춰 덧붙인 말에 콜이 얼굴에서 웃음기를 지우고 고개를 끄덕였다.

"알았어, 친구. 앤이라면 이야기가 달라지지. 하지만 로는 괜찮다고 할걸. 그렇죠, 로?"

그러더니 내 어깨에 팔을 두르고 끌어당겼다. 그의 카메라 줄이 어깨를 짓눌렀지만 나는 억지로 웃어 보였다.

"그럼요. 당연하죠."

"다행이군요."

불머가 작게 윙크를 했다. 커밀라 리드먼에게 이야기하는 것을 볼 때도 느꼈지만 그의 행동에는 묘한 구석이 있었다. 딱히 친근한 느낌은 없었지만, 현재 동등하지 않은 우리의 관계를 동등하게 만들려는 듯했다. 그의 윙크에는 '나를 세계적인 백만장자라고 생각하지 말아요. 나도 평범하고 쉽게 다가갈 수 있는 남자랍니다' 같은 말이 담겨있는 듯했다.

어떻게 반응해야 하나 고민하고 있을 때, 오언 화이트가 불머의 어깨를 두드렸다.

"무슨 일이에요, 오언?"

불머가 뒤를 돌아보며 오언에게 대답했다. 아직 나는 대화를 시작하지도 못했는데.

"저…." 내가 어렵게 입을 열자 불머가 나를 돌아보았다.

"사실 이런 때는 대화를 하기 힘들어요. 내일 일정이 끝난 후에 내 선실로 와요. 그때 정식으로 이야기해봅시다."

"감사합니다." 너무 고마웠지만 그 마음을 최대한 숨기고 말했다.

"좋아요. 1호실입니다. 기대하고 있을게요."

"미안해요."

뒤에서 콜이 낮게 속삭이자 그의 숨결이 내 머리카락을 간지럽혔다.

"최선을 다했지만 어쩌겠어요? 찾는 사람이 많은 친구라. 어떻게 보상해줄까요?"

"신경 쓰지 마세요."

내가 어색하게 말했다. 그와 불편할 정도로 거리가 가까워 한 발 뒤로 물러나고 싶었지만, 머릿속에서 로완의 잔소리가 들렸다.

'사람들과 적극적으로 어울려, 로!'

"그럼… 선생님 이야기를 해주세요. 여기는 무슨 일로 오셨어요? 보통은 이런 일 하지 않으신다면서요."

"리처드와 오랜 친구 비슷한 사이예요. 베일리얼 동창이죠. 그래서 초대를 거절하지 못하겠더군요."

콜이 지나가는 웨이트리스의 쟁반에서 커피를 들고 한 모금 마셨다.

"친하세요?"

"친하다고 할 수는 없어요. 아무래도 활동하는 세계가 서로 다르니까요. 한쪽은 살아남으려고 몸부림치는 사진작가이고, 한쪽은 유럽에서 가장 돈이 많은 여자와 결혼한 남자이니 친하게 지내기는 힘들죠."

콜이 씩 웃었다.

"그렇다고 해도 리처드는 좋은 놈입니다. 모르는 사람은 금수저를 물고 태어났다고 생각하지만, 사실과 달라요. 힘든 시기도 겪었고, 그래서 더 열심히 노력하는 것 같아요. 이런 것들을 지키려고요."

주위의 실크와 크리스털과 반질반질한 가구를 손으로 가리키며 말했다.

"그 친구는 무언가를 잃는 느낌이 어떤지 잘 알 테니까요."

앤 불머가 떠올랐다. 리처드는 그와 대화하려고 줄을 선 사람들을 뒤로하고 아내를 선실까지 데려다주었다. 콜의 말뜻을 알 것도 같았다.

선실로 돌아오자 거의 11시였고, 나는 술에 취한 상태였다. 그것도 많이, 아주 많이 취했다. 정확히 어느 정도로 취했는지는 모르겠다. 지금 바다 한가운데에 있는 데다 파도가 치면서 샴페인… 와인… 그리고 얼린 아콰비트*가 마구 뒤섞였다. 미쳤어, 대체 무슨 생각으로 이렇게 마신 거지?

선실 앞에 도착해 문틀에 몸을 기대고 서 있으니 잠깐 정신이 맑아졌다. 내가 술을 왜 이렇게 많이 마셨는지 정확한 이유가 떠올랐다. 시체처럼 잠을 자기 위해서였다. 여기에서도 뜬눈으로 밤을 지새울 수는 없으니까. 그래서는 안 된다.

* 감자를 증류한 스웨덴 민속주.

생각을 밀어내고 브래지어 안에 보관한 카드키를 찾기 시작했다.

"도와줄까, 블랙록?"

뒤에서 혀가 꼬인 목소리가 들려 돌아보니, 문에 벤 하워드의 그림자가 나타났다.

"괜찮아."

낑낑대는 모습을 보이지 않으려고 등을 돌렸지만 갑자기 파도가 치는 바람에 발을 헛디뎌 넘어질 뻔했다. 저리 가라고, 벤.

"정말?"

벤이 가까이 붙어 내 어깨 너머로 상체를 기울였다.

"그래. 정말이야."

화가 나서 이를 악물고 대답했다.

"내가 도와줄 수 있는데."

벤이 도발적인 미소를 지으며 내가 한 손으로 붙잡고 있는 드레스 윗부분을 턱으로 가리켰다.

"거들어줄게."

"저리 꺼져."

왼쪽 어깨 아래에서 따뜻하고 딱딱한 카드가 느껴졌다. 손을 조금만 더 뻗으면….

그때, 벤이 가까이 다가오더니 기습적으로 내 드레스 앞자락에 거칠게 손을 찔렀다. 커프스단추가 아프게 살을 할퀴었고 이내 그의 손이 내 맨가슴을 움켜쥐었다. 성적인 의도였나 본데 흥분되지 않았다.

전혀.

아예 아무 생각이 들지 않았다. 화가 난 고양이 같은 소리를 내며 무릎으로 벤의 급소를 힘껏 찍었다. 그는 비명도 지르지 못하고 숨을 헐떡이며 바닥으로 천천히 무너져 내렸다.

내 눈에서 눈물이 터져 나왔다.

약 20분 후, 선실 침대에 앉아 아직도 울면서 뺨까지 흘러내린 마스카라를 닦았다. 옆에 쭈그리고 앉은 벤은 한 손을 내 어깨에 두르고 다른 손으로는 얼음주머니를 사타구니에 대고 있었다.

"미안해."

벤은 고통을 참느라 아직도 쉰 목소리였다.

"제발, 로. 그만 울어. 정말 미안해. 내가 미친놈이었어. 완전히 돌았지. 맞아도 싸."

"너 때문이 아니야."

말을 알아듣기 힘들 정도로 흐느껴 울며 말했다.

"더는 못 참겠어, 벤. 강도를 당한 후로 그냥… 내가 미쳐가나 봐."

"강도라니?"

훌쩍거리는 목소리로 벤에게 털어놓았다. 주다에게 말하지 않은 내용까지도. 자다가 일어나 내 집에 다른 사람이 침입했다는 사실을 깨달은 순간, 비명을 질러도 들을 사람 하나 없고 침입자와 맞서 싸울 수 없다는 사실을 깨달은 순간, 내가 얼마나 약한지 처음으로 깨달은 그 순간 어떤 기분이었는지 전부 다 들려주었다.

"힘들었겠네."

벤이 속삭이며 내 등을 쓰다듬었다.

"고생했어."

어설픈 동정을 받으니 눈물만 더 나왔다.

"자기야…."

순간 정신이 번쩍 들었다.

"그렇게 부르지 마." 벌떡 일어나 얼굴로 쏟아진 머리를 넘기고 벤의 손을 떨쳐 냈다.

"미안, 나도 모르게… 그냥 흘러나왔어."

"관심 없어. 다시는 그렇게 부르지 마, 벤."

"알아. 하지만, 로. 솔직히 나는…."

"그만하라고."

벤이 심란한 듯 말하기에 얼른 말을 끊었다.

"로, 그때 내가 한 짓 말이야. 내가 개새끼였어. 나도 아는데…."

"그만하랬지. 다 끝난 일이야."

벤이 고개를 저었다. 하지만 상심해서 어깨를 잔뜩 움츠리고 괴로워하는 그의 모습을 보니 눈물이 멈추었다.

"하지만 로…."

벤이 나를 올려다보았다. 전등 불빛에 비친 갈색 눈이 강아지처럼 애처로웠다.

"로, 나는…."

"됐어!"

큰 소리로 다그칠 생각은 아니었지만, 벤의 입을 막아야 했다. 무슨 말을 하려는지는 몰라도 그의 말을 들어줄 생각 따위 없었다. 앞으로 닷새는 이 배에 있을 텐데, 벤이 후회할 짓을 하게 둘 수는 없었다. 아침에 술 깨고 얼마나 민망해하려고 저래. 맨정신으로 다시 서로의 얼굴을 보면 여행을 계속하기 힘들어질 수도 있다.

"벤, 안 돼. 오래전에 끝난 일이야. 끝내자고 한 사람은 너였어, 기억 안 나?"

누그러진 목소리로 달래자 벤이 고통스럽게 한탄했다.

"알아. 안다고. 내가 병신이었어."

"무슨 소리야."

처음에는 그렇게 대답했지만 거짓말을 하고 싶지 않아 솔직히 말했다.

"맞아, 너 그랬어. 뭐, 나도 좋은 여자친구는 아니었으니까. 하지만 지금 그런 걸 따져서 뭐하게. 우리는 이제 친구잖아."

친구라고 하기에는 무리가 있었지만 어쨌든 벤은 고개를 끄덕였다.

"그래, 이 관계마저 망치지는 말자고."

"알았어."

그렇게 말한 벤이 고통을 참으며 자리에서 일어났다. 야회복 소매로 얼굴을 닦고는 소맷자락을 씁쓸히 쳐다보았.

9월 20일 일요일

"배에 드라이클리닝 서비스가 있으려나 모르겠다."

"나도 드레스 수선해야 하는데."

내 회색 실크 드레스는 옆이 다 뜯어진 상태였다.

"괜찮겠어?"

벤이 말했다.

"무서우면 내가 여기서 잘게. 불순한 의도는 절대 아니야. 소파에서 잘 수 있어."

"잘 수야 있지."

소파 길이를 한 번 가늠해 보기는 했지만, 곧 고개를 저었다. 오해의 소지가 있는 일을 벌이고 싶지는 않았다.

"아니, 안 돼. 소파 크기는 충분하지만 내가 싫어. 안 그래도 되니까 네 방으로 돌아가. 여기는 바다 한가운데잖아. 이보다 안전한 곳이 어디 있겠어?"

"그래."

벤이 절뚝거리며 문으로 걸어갔다. 하지만 문을 반쯤 열어놓고도 나가지 않았다.

"미… 미안해. 진심이야."

벤이 무엇을 기다리는지, 무엇을 바라는지 알았다. 단순한 용서 그 이상을 바라고 있었다. 가슴을 움켜쥐던 손길이 싫지만은 않았다는 그런 말 같은 것.

내가 미쳤다고 그런 말을 할까.

"가서 자, 벤."

기운은 없었지만, 또렷한 정신으로 말했다. 벤은 문가에 조금 더 오래 서 있었다. 파도가 치며 덩달아 속이 요동치는 와중에, 계속 안 가겠다고 버티면 어떻게 할지 생각했다. 문을 닫고 돌아서서 안으로 다시 들어오면 어쩌지? 다행히 그는 돌아서서 선실을 나갔다. 나는 문을 잠그고 머리를 감싸 쥐며 소파에 주저앉았다.

얼마나 지났을까, 소파에서 일어나 미니바에 있던 위스키를 잔에 따랐다. 세 번에 나누어 길게 들이켰다. 몸을 떨며 입가를 닦고는 드레스를 벗었다. 허물처럼 발밑으로 떨어진 드레스는 둥글게 똬리를 틀었다.

브래지어까지 벗은 후 옷더미에서 발을 빼고 침대에 누워 잠이 들었다. 물에 빠지는 것처럼 아주 깊은 잠이었다.

무엇이 잠을 깨웠는지는 모르겠다. 하지만 아드레날린 주사기가 심장에 꽂힌 듯 의식이 번쩍 들었다. 두려워서 꼼짝도 할 수 없었고 심장이 미친 듯이 뛰었다. 나는 불과 몇 시간 전 벤에게 했던 말을 떠올리며 흥분을 가라앉혔다.

괜찮아. 나는 안전해. 여기는 바다 한가운데잖아. 아무도 드나들지 못해. 이보다 안전한 곳이 어디 있다고 그래?

죽어서 뻣뻣하게 굳은 시체처럼 시트를 움켜쥐고 가만히 있었다. 주먹을 억지로 풀고 반복적으로 손을 천천히 움켜쥐었다 펴자, 관절의 통증이 차츰 가라앉았다. 숨을 천천히 들이마셨다가 내뱉는 일에 집중했다. 미친 듯이 뛰던 심장이 마침내 잠잠해졌다.

9월 20일 일요일

귓가에서 쿵쿵 울리던 소리도 잦아들었다. 파도치는 소리와 배 전체에 낮게 울려 퍼지는 엔진 소리가 규칙적으로 들리는 것을 제외하면 다른 소리는 전혀 없었다.

안 돼. 이러면 안 된다고. 정신 차리자.

남은 기간 내내 힘들다고 술에 의지할 수는 없다. 그랬다가는 기자로서 내 이름에 먹칠을 하고, 〈벨로시티〉에서 승진할 기회도 모조리 날아간다. 그렇다면 다른 방법은… 뭐가 있지? 수면제? 명상? 쓸 만한 것은 하나도 없다.

돌아누워 불을 켜고 휴대전화를 확인했다. 새벽 3시 4분. 이메일을 다시 확인했다. 여전히 주다가 보낸 메일은 없었다. 다시 잠들기는 힘들 것 같아서 한숨을 쉬고 침대 옆 테이블에 아무렇게나 놓아둔 책을 집어 들었다.

하지만 글자에 집중하려고 해도 자꾸만 신경이 쓰였다. 근거 없는 망상은 아니다. 분명 잠에서 깬 이유가 있었다. 각성제에 중독된 사람처럼 민감하게 반응하고 안절부절못하게 된 이유가 분명히 있었다. 왜 자꾸 비명이 생각나지?

책장을 한 장 넘겼다. 그때, 갑자기 어디에서 낯선 소리가 들렸다. 엔진 소리와 파도가 철썩이는 소리 때문에 알아듣기 힘들었지만, 종이와 종이가 마찰하는 소리에 묻힐 정도로 작은 소리였지만….

옆 선실 베란다 문이 천천히 열리고 있었다.

숨을 죽이고 소리에 귀를 기울였다.

물이 풍덩 튀었다.

작게 첨벙 하는 소리가 아니었다.
아니, 그렇게 가벼운 소리가 아니었다.
사람의 몸이 수면에 부딪힐 때 나는 그런 소리였다.

주다 루이스

9월 24일 오전 8시 50분

로가 며칠 전 취재차 여행을 떠난 후로 페이스북에 접속하지 않았어. 소식 들은 사람? 조금 걱정이 드네. 그럼 이만.

좋아요 · 댓글 · 공유

리지 와이트 안녕, 주다! 일요일에 메시지 받았어. 20일이었나? 배가 진짜 멋지다던데!
좋아요 · 댓글 · 9월 24일 오전 9시 2분

> **주다 루이스** 아, 그때는 나도 연락을 받았어. 하지만 월요일에 보낸 메일과 문자에는 답장이 없어서… 페이스북, 트위터도 업데이트하지 않았고.
> 좋아요 · 댓글 · 9월 24일 오전 9시 3분

주다 루이스 아무도 없어요? @파멜라 크루 @제니퍼 웨스트 @칼 폭스 @엠마 스탠튼 함부로 태그를 걸어서 죄송해요. 하지만 로답지 않은 일이라서요.
좋아요 · 댓글 · 9월 24일 오전 10시 44분

> **파멜라 크루** 주다, 일요일에 나한테 메일을 보냈단다. 배가 굉장하대. 로 아빠에게 혹시 연락 받은 거 있나 물어봐줄까?
> 좋아요 · 댓글 · 9월 24일 오전 11시 13분

주다 루이스 네, 부탁드려요, 어머니. 두 분께 걱정 끼치고 싶지는 않지만 별일이 없으면 지금쯤 연락을 했을 것 같아요. 제가 지금 모스크바에 있어서 로가 전화를 못 받고 있는지도 모르겠어요.

좋아요 · 댓글 · 9월 24일 오전 11시 21분

주다 루이스 어머니, 로가 배 이름을 말했나요? 찾을 수가 없어요.

좋아요 · 댓글 · 9월 24일 오전 11시 33분

파멜라 크루 안녕, 주다. 미안해, 애 아빠와 통화를 하고 있었어. 아무 소식도 못 들었다는구나. 배 이름은 오로라호래. 소식이 있으면 알려줘. 잘 있어라.

좋아요 · 댓글 · 9월 24일 오전 11시 48분

주다 루이스 감사합니다, 어머니. 다른 분들도 소식이 있으면 메시지 주세요.

좋아요 · 댓글 · 9월 24일 오전 11시 49분

주다 루이스 아무도 없어요?

좋아요 · 댓글 · 9월 24일 오후 3시 47분

주다 루이스 부탁이에요, 정말 아무도 없어요?

좋아요 · 댓글 · 9월 24일 오후 6시 9분

9월 21일 월요일, 새벽

10

 아무 생각도 할 수 없었다.
 곧바로 베란다로 달려 나가 미닫이문을 활짝 열고 난간을 붙잡았다. 파도가 넘실대는 바다에서 어떤 물체, 혹은 어떤 사람의 흔적을 필사적으로 찾았다. 배의 창문에서 쏟아지는 밝은 불빛이 굴절되어 검은 수면에 일렁거렸다. 바닷속에 있는 것을 포착하기란 불가능에 가까웠다.
 하지만 검은 파도가 솟아오른 순간, 무언가 보였다. 여자의 손 같은 하얀 형체가 소용돌이를 남기다 이내 수면 아래로 가라앉았다.
 옆 선실 베란다로 고개를 돌렸다. 두 선실 사이에는 사생활 보호용 칸막이가 있어 안이 잘 보이지 않았지만 두 가지 사실을 알 수 있었다.
 첫째, 옆 베란다의 유리 난간에 얼룩이 있었다. 검고 미끌미끌해 보이는 얼룩. 그 얼룩은 피와 무척이나 비슷했다.

그러나 그다음, 두 번째 사실을 깨달은 순간 배가 땅기고 속이 뒤집혔다. 누구인지 몰라도 거기 서서 배 밖으로 시체를 던진 사람이 내가 멍청하게 베란다로 돌진하는 모습을 놓쳤을 리 없었다. 내가 베란다로 달려오는 동안 범인은 옆 선실 베란다에 서 있었을 것이다. 베란다 문이 시끄럽게 열리는 소리를 들었을 것이다. 내 얼굴을 보았을지도 모른다.

얼른 방으로 들어와 몸을 감추고 베란다 문을 닫았다. 선실 문으로 가서 문고리의 잠금 버튼을 제대로 눌렀는지 확인하고 방범용 체인까지 걸었다. 심장이 마구 뛰었지만, 머리는 침착했다. 이렇게 침착한 정신은 실로 오랜만이었다.

그래. 실제로 위험한 상황인데도 잘 대처하고 있어.

선실 문을 확인한 후 다시 베란다로 달려갔지만 베란다 창문에는 이중 잠금장치가 없었다. 걸쇠라도 있는 힘을 다해 꽉 걸어 잠갔다. 그런 다음 침대 옆에 놓인 전화기를 들고 떨리는 손으로 0번을 눌러 교환원을 연결했다.

"여보세요?"

노래를 부르는 듯한 목소리가 들렸다.

"무슨 일이신가요, 블랙록 님?"

어떻게 전화한 사람이 나란 것을 알지? 당황해서 잠깐 멍해졌지만 곧 깨달았다. 데스크 전화기에 당연히 내 선실 번호가 뜰 것이다. 그러니 나라는 사실을 알지. 한밤중에 내 선실에서 전화할 사람이 나 말고 누가 있겠어?

"여… 여보세요!"

나는 떨리는 목소리로 간신히 대답했다. 생각보다 목소리가 침착하게 나왔다.

"전화 받는 분은 누구시죠?"

"담당 승무원 칼라입니다. 블랙록 님. 무엇을 도와드릴까요? 괜찮으세요?" 예의상 쾌활하게 응대를 하고 있었지만, 칼라의 목소리에는 은근한 걱정이 묻어났다.

"아니, 아니요. 괜찮지 않아요. 저…."

이 말이 얼마나 우스꽝스럽게 들릴지 생각하니 말문이 막혔다.

"블랙록 님?"

"방금…."

침을 꿀꺽 삼켰다.

"방금 살인 사건을 목격한 것 같아요."

"어머나, 세상에."

칼라는 충격을 받은 듯했다. 스웨덴어인지, 덴마크어인지 모를 외국어로 무슨 말을 하더니 흥분을 가라앉히고 내게 영어로 다시 물었다.

"블랙록 님께서는 안전하신가요?"

내가 안전한가? 선실 문을 쳐다보았다. 저 문으로는 아무도 들어오지 못할 것이다.

"네, 네. 그런 것 같아요. 현장은 옆 선실이었어요. 10호, 팔름그렌실 말이에요. 어… 어떤 사람이 배 밖으로 시체를 던졌어요."

갈라지는 내 목소리에 문득 웃고 싶기도, 울고 싶기도 했다. 정신을 차리려 심호흡을 하고 콧대를 꼬집었다.

"곧바로 사람을 보내드릴게요, 블랙록 님. 움직이지 마시고요. 문 앞에 도착하면 연락을 드리겠습니다. 조금만 기다려주세요."

전화가 딸각 끊겼다.

나는 수화기를 천천히 내려놓았다. 유체이탈을 경험하는 것처럼 몸과 정신이 묘하게 분리된 기분이 들었다. 머리가 지끈거렸다. 사람이 도착하기 전에 옷부터 입어야 했다.

욕실 문 뒤에 걸려 있던 목욕 가운을 집으려다… 흠칫 놀라 욕실을 다시 쳐다보았다. 분명 저녁 식사를 하러 내려가기 전, 목욕 가운과 기차에서 입었던 옷을 바닥에 벗어 던졌다. 나가기 전에 난장판이 된 욕실을 돌아보았던 기억이 난다. 바닥에 널브러진 옷, 화장대에 뿔뿔이 흐트러뜨린 화장품, 세면대에 던진 립스틱 묻은 화장지를 보고 갔다 와서 치워야겠다고 생각했었다.

그런데 욕실이 말끔했다. 가운은 고리에 걸려 있고, 벗어놓은 옷과 속옷은 감쪽같이 없어졌다. 대체 어디로 사라졌지?

화장품은 화장대에 가지런히 늘어서 있었다. 칫솔과 치약도 보였다. 탐폰과 피임약만 세면도구 파우치에 남아 있었다. 차라리 다른 물건들과 같이 바깥에 늘어놓지. 묘하게 부끄러워한 느낌이라 더 불쾌하고 소름이 끼쳤다.

내 선실에 들어온 사람이 있다. 당연한 소리다. 객실 청소 서비스가 왜 있겠냐고. 하지만 이번에 내 공간에 들어온 사람은 물건을 함부로 뒤지고 구멍 난 스타킹과 반쯤 쓴 아이라이너 펜슬에 손을 댔다. 이유 없이 울고 싶은 기분이 밀려왔다.
 침대에 앉아 머리를 감싸 쥐고 미니바 안에 든 술을 생각하고 있을 때, 전화벨이 울렸다. 전화를 받으려고 이불 위를 기어가는데 뒤이어 노크 소리가 들렸다. 수화기를 먼저 집어 들었다.
"여보세요?"
"여보세요, 블랙록 님?"
 칼라였다.
"네. 문 앞에 사람이 왔어요. 열어도 될까요?"
"네, 열어주세요. 보안팀장 요한 닐손이에요. 저는 이만 물러갈게요, 블랙록 님. 하지만 도움이 필요하면 주저 말고 언제든 연락해주세요."
 전화가 뚝 끊겼고 노크 소리가 다시 들렸다. 목욕 가운 벨트를 더 꽉 여미고 문으로 다가갔다.
 문밖에는 유니폼 차림의 낯선 남자가 서 있었다. 경찰 비슷한 사람을 기대했는데 유니폼만 보면 그냥 선원 같았다. 선박 사무장 같은 느낌. 나이는 마흔쯤 되었고 키가 커서 고개를 숙이고 문을 통과해야 할 것 같았다. 막 자다가 일어났는지 머리카락이 헝클어져 있었고 푸른색 눈이 컬러 렌즈를 낀 것처럼 선명했다. 그 눈을 빤히 바라보느라 악수를 청하고 있는지도 몰랐다.
"안녕하세요, 블랙록 님이시죠?"
 그는 스코틀랜드인이나 캐나다인이라고 봐도 될 만큼 영어가 아주 유창했다. 스칸디나비아 억양은 거의 없었다.
"요한 닐손입니다. 오로라호의 보안팀장이지요. 불편한 장면을 목격하셨다고요."

"네."

단호하게 대답하고 나니 문득 어색한 기분이 들었다. 나는 가운 차림이고, 뺨까지 마스카라가 번진 몰골인 반면 그는 제복을 완전하게 갖춰 입었기 때문이다. 초조한 손길로 벨트를 더 꽉 묶었다.

"맞아요. 배 밖으로 뭔가 던지는 모습을 봤어요. 소리를 들었고요. 제 생각에는… 아마도… 시체 같아요."

"봤다는 겁니까? 들었다는 겁니까?"

닐손이 고개를 갸우뚱했다.

"바다에 빠지는 소리를 들었어요. 풍덩 하고요. 배 밖으로 무거운 물체가 떨어진 소리가 확실해요. 누가 떠밀었을 수도 있고요. 소리를 듣고 베란다로 달려갔다가 시체처럼 생긴 것이 파도 아래로 사라지는 장면도 봤어요."

닐손은 진지하면서도 조심스러운 표정으로 내 말을 듣고 있었지만, 점점 미간에 주름이 잡혔다.

"베란다 유리 난간에는 피가 묻어 있었고요."

내가 덧붙이자 닐손은 입을 꾹 다물고 베란다 문을 향해 고개를 까딱했다.

"이 베란다 말입니까?"

"피 묻은 곳요? 아니, 옆 선실이에요."

"보여주실 수 있나요?"

고개를 끄덕이며 다시 벨트를 조이고 닐손이 베란다 문의 걸쇠를 풀 동안 그 모습을 지켜보았다.

바깥으로 나가자 바람이 강하게 불어 몹시 추웠다. 덩치 큰 닐손이 곁에 있어서인지 좁은 베란다가 더 비좁게 느껴졌다. 그가 공간을 다 차지하고 있어 불편해도 한편으로는 안심되었다. 혼자서는 도저히 베란다로 나갈 용기가 없었으니까.

"저기예요."

내 베란다와 10호실 베란다를 분리하는 칸막이를 가리키며 말했다.

"저기요. 가서 보면 무슨 말인지 알 거예요."

하지만 칸막이 너머를 보던 닐손은 살짝 인상을 쓰며 고개를 돌렸다.

"말씀하신 피는 안 보입니다. 어딘지 알려주시겠어요?"

"무슨 소리예요? 유리 전체에 피가 다 묻었는데."

닐손이 직접 와서 보라는 듯 칸막이를 가리키며 뒤로 물러났다. 그를 밀치고 유리를 들여다보았다. 심장이 빠르게 뛰었다. 살인자가 이제 그곳에 없다는 것은 알고 있었다. 얼굴에 주먹이 날아오거나 귀 옆으로 총알이 스치는 일은 없을 것이다. 하지만 반대편에 무엇이 있을지도 모른다는 생각이 자꾸만 들었고, 칸막이를 들여다보려니 소름 끼칠 정도로 겁이 났다.

그런데… 정말 아무것도 없었다.

숨어 있다가 순식간에 덤벼들 살인자도, 얼룩진 피도 없었다. 깨끗한 유리 난간은 달빛을 받아 반짝거렸다. 지문 하나 찍혀 있지 않았다.

닐손을 돌아보았다. 내 얼굴은 보나 마나 충격으로 딱딱하게 굳어 있겠지. 적당한 말을 찾지 못해 고개만 흔들자 닐손이 푸른 눈으로 안쓰럽게 나를 바라보았다.

저 안쓰러운 시선이 내 가슴을 더 아프게 후벼팠다. 나는 화가 나서 큰 소리로 말했다.

"저기 있었어요. 그 사람이 닦은 게 분명해요."

"그 사람이라고요?"

"살인자요! 당연히 미친 살인범 얘기죠!"

"흥분하실 필요는 없습니다, 블랙록 님."

닐손이 부드럽게 말하고 선실로 돌아갔다. 내가 따라 들어가자 그는 조심스럽게 베란다 문을 닫고 걸쇠까지 잠근 후 하고 싶은 말이 있으면 하라는 듯 자세를 바로 했다. 희미한 향수 냄새가 났다. 나무 향과 비슷한 냄새가 나쁘지 않았지만, 갑자기 널찍한 선실이 답답할 만큼 좁게 느껴졌다.

"왜 그렇게 봐요?"

공격적으로 들리지 않기를 바랐지만 소용없었다.

"내가 뭘 봤는지 말했잖아요. 내가 거짓말을 한다고 생각해요?"

"옆 선실로 가보죠."

닐손이 정중히 제안했다. 배가 조일 정도로 가운 벨트를 단단하게 당겨 묶고 맨발로 선실을 나섰다. 닐손이 10호실 문에 짧게 노크를 했다. 응답이 없자 주머니에서 마스터키를 꺼내 문을 열었다.

9월 21일 월요일, 새벽

우리는 안으로 들어가지 않고 문 앞에 멈춰 섰다. 내가 멍하니 입을 벌리고 선실 내부를 바라볼 동안, 닐손은 침묵을 지키며 뒤에 가만히 서 있었다.

선실은 완벽하게 비어 있었다. 사람만이 아니라 물건도 사라졌다. 여행용 가방, 옷, 욕실의 화장품까지. 침구도 매트리스만 남기고 다 벗겨갔다.

"여자가 있었어요."

목소리가 다시 떨리며 겨우 말을 뱉었다. 힘을 다해 꽉 쥔 주먹을 보이기 싫어 목욕 가운 주머니에 손을 찔러 넣었다.

"이 방에 여자가 있었단 말이에요. 내가 봤어요. 나랑 대화도 했다고요. 분명 여기 있었어요!"

닐손은 묵묵부답으로 일관하며 달빛이 비치는 선실로 들어가 베란다 문을 열고 밖을 내다보았다. 기분 나쁠 정도로 꼼꼼하게 유리 난간을 뜯어보았지만, 그곳에도 내가 말한 흔적은 없었다. 짙은 해무 때문에 달빛에 반짝이는 유리가 뿌옇지만, 사람의 손길이라고는 보이지 않았다.

"여기 있었어요! 왜 내 말을 안 믿어요?"

말을 하고 있는 나조차도 내 히스테리 섞인 날카로운 목소리가 혐오스러웠다.

"안 믿는다는 말은 하지 않았습니다."

닐손이 안으로 돌아와 베란다 문을 닫고 걸쇠를 걸었다. 그런 다음 아직 문 앞에 서 있는 내 옆으로 와서 선실 문을 닫았다.

"말 안 해도 알겠는데요."

내가 빈정거리며 닐손을 따라 아직 문이 열려 있는 내 선실로 돌아왔다.

"하지만 여자는 정말 있었어요. 나한테… 맞다!"

나는 굉장한 단서를 찾은 듯 욕실로 달려갔다.

"나한테 마스카라를 빌려줬어요. 잠깐만요, 어디에 있더라?"

가지런히 늘어서 있는 화장품을 마구 뒤졌지만 마스카라는 없었다. 어디로 갔지?

"여기 있어요. 확실해요."

절박하게 말하며 미친 듯이 주위를 둘러보다가 무언가를 발견했다. 세면대 옆 접이식 면도 거울 뒤로 얼핏 보이는 진분홍색. 그 물건을 꺼내자… 이거다. 초록색 뚜껑이 달린 작은 분홍색 마스카라.

"여기요!" 의기양양하게 마스카라를 들고 마치 무기처럼 내밀었다. 닐손은 한 걸음 물러나 마스카라를 조심스럽게 받아 들었다.

"알겠습니다. 하지만 블랙록 님, 이것이 무엇을 증명하는지 저는 잘 모르겠습니다. 오늘 다른 사람에게 마스카라를 빌렸다는 사실을 말고는…."

"무엇을 증명하냐고요? 그 여자가 정말 저기 있었다는 사실이죠! 그 여자가 존재했다는 사실요!"

"네, 손님께서 어떤 여자를 봤다는 사실은 증명하지만…."

"무슨 말을 듣고 싶은 거예요?"

악에 받쳐 그의 말을 잘랐다.

"나한테 뭘 더 원하는 거죠? 무엇을 봤고, 무엇을 들었는지 다 말했잖아요. 저 선실에 여자가 있었는데 사라졌다고요. 승객 명단을 봐요. 승객이 사라졌단 말이에요. 걱정이 안 돼요?"

"저기는 빈 선실입니다."

"알아요!"

나는 고함을 지르다가 닐손의 표정을 보고는 흥분을 가라앉혔다.

"나도 알아요. 지금까지 계속 그 말을 하고 있잖아요."

차분하게 말하는 닐손에게 고함을 지르다가 그의 표정을 보고는 흥분을 가라앉혔다.

"아니요."

닐손은 여전히 나직한 목소리로 정중하게 말했다. 신체적으로 우위에 있을 뿐만 아니라 자기 주장을 증명할 필요도 없는 사람 특유의 여유가 느껴졌다.

"제 말은 이런 뜻입니다, 블랙록 님. 10호실은 계속 비어 있었어요. 승객이 타지 않았습니다. 처음부터 아무도 없었어요."

11

입을 다물지 못하고 멍하니 닐손을 바라보았다.
"무슨 말이에요? 무슨 말이죠? 승객이 타지 않았다니요?"
내가 겨우 답하자 닐손이 대답했다.
"10호실은 빈 선실입니다. 투자자 중 에른스트 솔베르그라는 분으로 예약이 되어 있었지만, 출항 직전에 개인적인 이유로 취소하셨다고 들었습니다."
"그럼 제가 본 여자는… 원래 저 선실 주인이 아니라고요?"
"직원이 아닐까요? 청소부일 수도 있고요."
"아니었어요. 옷을 갈아입고 있었다고요. 저기서 머무는 사람이었어요."
닐손은 아무 말도 하지 않았다. 굳이 말을 할 필요도 없었다. 그의 눈빛은 여자가 그곳에 머물고 있다면 짐은 전부 어디로 갔겠냐는 아주 명백한 의문을 제기하고 있었다.

"누군가 가져갔을지도 몰라요. 내가 현장을 보고 당신이 오기 전까지요."

"정말요?"

자신 없는 내 목소리와 달리 닐손의 목소리는 평온했다. 의심하는 투도, 조롱하는 투도 아니었다. 그냥… 나를 이해하지 못했다. 그가 육중한 몸으로 소파에 앉자 스프링이 삐걱거렸다. 나는 침대에 앉아 얼굴을 감싸 쥐었다.

닐손이 맞다. 누가 방을 치웠을 리는 없다. 내가 칼라에게 연락하고 닐손이 문 앞에 도착하기까지 시간이 정확히 얼마나 지났는지는 모르지만 길지 않은 시간이었다. 기껏해야 5분, 7분. 그보다 짧을 수도 있다.

그동안 유리 난간에 묻은 피 정도는 닦을 수 있지만 그 이상은 불가능하다. 고작 몇 분 안에 선실 전체를 비울 방법은 없었다. 짐을 다 어떻게 했을까? 배 밖으로 던졌다면 소리가 들렸을 것이고 짐을 싸서 복도 밖으로 가지고 나갈 시간은 없었다.

"말도 안 돼. 이럴 수는 없어."

손에 얼굴을 묻은 채 탄식했다.

"블랙록 님."

닐손이 천천히 말했다. 다음 질문이 마음에 들지 않으리라는 예감이 들었다.

"블랙록 님, 어젯밤 술을 얼마나 드셨습니까?"

고개를 들고 화장이 망가진 얼굴로 닐손을 쳐다보았다. 잠을 못 자 퀭해진 눈에서는 분노가 뿜어져 나왔다.

"뭐라고요?"

"제 질문은 그냥….…"

술을 마시지 않았다고 할 수는 없었다. 어제 저녁 식사 자리에서 내가 샴페인에 와인, 식후주까지 부어라 마셔라 하던 모습을 본 사람은 많았다. 내 정신이 말짱했다는 주장은 금세 무너질 것이다.

"네, 좀 마셨어요." 나는 쏘아붙이듯 말을 이어갔다.

"하지만 와인 반 잔 마셨다고 현실과 공상을 구분하지 못하는 미친 술주정뱅이가 된다고 생각한다면 오산이에요."

닐손은 대답 대신 미니바 옆에 있는 쓰레기통을 바라보았다. 그 안에는 비어 있는 미니어처 위스키, 진, 그리고 조그마한 토닉 캔 여러 개가 산을 이루고 있었다.

침묵이 흘렀다. 닐손은 굳이 더 우길 필요도 없었다. 선실 청소하는 인간들, 쓰레기통은 안 비우고 뭐 한 거야.

"술은 마셨지만 취하지는 않았어요. 취할 정도는 아니었다고요. 내 눈으로 똑똑히 봤어요. 설마 내가 거짓말을 하겠어요?"

나는 이를 악물고 말했다.

"알겠습니다, 블랙록 님."

닐손이 고개를 힘없이 끄덕이며 자기 얼굴을 쓸어내리자 금빛 턱수염이 손바닥에 마찰하는 소리가 들렸다. 피곤한 모양이었다. 그리고 보니 유니폼 상의 단추도 잘못 채워 마지막 단춧구멍이 홀로 남아 있었다. "시간이 많이 늦었습니다. 피곤하실 테고요."

"피곤한 건 내가 아니라 그쪽이겠죠."

불쾌한 투로 대꾸했지만 닐손은 유감없이 고개만 끄덕였다.

"네, 피곤합니다. 내일 아침까지는 별다른 방법이 없을 것 같아요."

"여자가 배 밖으로…."

"증거가 없잖습니까!"

닐손이 내 말을 자르고 버럭 외쳤다. 나를 답답해하는 속내를 처음으로 드러내 보였다. 하지만 이내 목소리를 낮추고 설명했다.

"죄송합니다, 블랙록 님. 무례했다면 사과드릴게요. 그러나 다른 승객을 깨우면서까지 무언가를 조사하기에는 증거가 충분하지 않습니다. 저희도 잠을 조금 자고(그 말에 숨은 뜻: 당신도 술이 깨고) 아침에 문제를 해결해 보자고요. 직원들과 이야기를 나눠 보면 10호실에서 보셨다는 여자를 찾을 수 있을 겁니다. 승객은 확실히 아니었죠?"

"어젯밤 저녁 만찬 때는 없었어요. 하지만 직원이라면 괜찮은 건가요? 누군가 실종된 게 사실이고, 그 사람을 구할 시간만 낭비하고 있어도요?"

"선장님과 사무장님께 상황을 전하겠습니다. 하지만 제가 아는 한 사라진 직원은 없고 사라졌다면 누군가가 이미 알아차렸을 겁니다. 이 크루즈는 규모가 작고 직원들끼리 사이가 좋아서 사라진 사실을 몇 시간이나 모르고 있기가 힘들어요."

"내 생각에는…."

하지만 닐손은 정중하면서 단호하게 내 말을 잘랐다.

"블랙록 님. 정당한 이유 없이 자는 직원과 승객을 깨우지는 않을 겁니다. 죄송해요. 적절한 조치를 취하도록 제가 선장님과 사무장님에게 상황을 보고하겠습니다. 우선 그 여자의 인상착의를 설명해주세요. 승객 명단을 다시 확인하지요. 인상착의와 일치하는 직원이 있으면 근무 시간이 아니어도 내일 아침 이후 직원 식당에 전부 소집해서 만나게 해드리겠습니다."

"알았어요."

내가 볼멘소리로 말했다. 일단은 항복해야 했다. 나는 분명 범죄 현장을 목격하고 소리를 들었지만 닐손은 내 주장을 받아줄 생각이 조금도 없어 보였다. 그리고 바다 한가운데에서 내가 뭘 할 수 있겠는가.

"말씀해주시죠." 닐손이 재촉했다.

"나이는 어느 정도였습니까? 키는요? 백인이었나요? 동양인? 흑인…?"

"20대 후반이었어요. 키는 저랑 비슷했고 피부색이 아주 창백한 백인이었어요. 영어를 썼고요."

"억양이 있었습니까?"

"아뇨, 영국인이었어요. 영국인이 아니라면 완벽하게 두 개 국어를 구사하는 사람이었을 거예요. 길고 검은 머리에… 눈 색깔은 기억나지 않아요. 아마 짙은 갈색이었을 거예요. 확실히는 모르겠어요. 날씬한 편이고… 간단히 말해서 예뻤어요. 더는 기억나지 않아요."

"예뻤다고요?"

"네, 예뻤어요. 왜 있잖아요? 이목구비가 반듯하고 피부가 좋은 사람이요. 화장을 했어요. 눈 화장을 특히 많이 했더라고요. 아, 그리고 핑크 플로이드 티셔츠를 입고 있었어요."

닐손은 전부 진지하게 받아 적고 소파에서 일어났다. 반동 때문인지, 무게에서 해방되어서인지 스프링이 다시 삐걱거렸다.

"감사합니다, 블랙록 님. 이제 주무세요."

그가 얼굴을 문지르며 말했다. 마치 커다란 금색 곰이 겨울잠을 자다 나온 듯한 모습이었다.

"그럼 내일 몇 시에 찾아가면 되죠?"

"언제가 좋으시겠어요? 10시? 10시 30분?"

"그 전이요. 아무래도 잠을 못 잘 것 같아서요."

이렇게 온 신경이 곤두선 상태로는 잠을 잘 수 없다.

"저는 8시에 근무를 시작합니다. 너무 이른가요?"

"딱 좋아요."

내 자신 있는 대답을 마지막으로, 닐손은 하품을 참으며 문을 열고 나가 계단 쪽으로 느릿느릿 걸음을 옮겼다. 그가 떠난 후 문을 굳게 잠그고 침대에 누워 바다를 바라보았다. 달빛 아래 윤이 나는 짙은 색 파도가 고래 등처럼 위로 솟았다가 아래로 가라앉았다. 파도가 칠 때마다 배도 오르내렸다.

잠이 들 리 없었다. 그건 확실했다. 심장이 미친 듯이 뛰고 귀에 피 끓는 소리가 들리는데 어떻게 잠을 잘 수 있을까. 지금은 편하게 쉴 수 없었다.

화도 났다. 왜 이렇게 화가 나는지는 모르겠지만. 어둡고 새까만 북해에 표류하는 여자의 시신을 영영 찾지 못할까 봐 불안한 걸까? 아니면 그보다 더 사소하고 치사한 이유 때문일까? 닐손이 나를 믿지 않아서?

'닐손이 맞을지도 몰라.'

머릿속의 얄미운 목소리가 작게 속삭였다. 기억이 눈앞을 스쳐 지나갔다. 나는 바람에 문이 닫혔다고 샤워를 하다 주저앉았고, 존재하지도 않는 침입자로를 방어한답시고 주다를 공격했다.

'확실해? 너는 별로 믿을 만한 목격자가 아니잖아. 정확히 어떤 장면을 본 거야?'

유리 난간에 묻은 피를 봤지. 그리고 여자가 사라졌잖아. 심각한 상황이 아니면 뭔데.

조명을 끄고 이불을 덮었지만 잠은 오지 않았다. 옆으로 누워 바다를 내다보았다. 폭풍우도 견디는 선체 너머에서 고요한 바다가 너울지고 있었다.

이 배에는 살인자가 있다. 그리고 그 사실을 아는 사람은 나뿐이다.

12

"블랙록 님!"

문을 두드리는 소리에 이어 누군가 마스터키를 꽂는 소리가 들렸다. 쾅 소리가 났지만, 방범용 체인이 걸려 있어 문은 열리다 말았다.

"블랙록 님, 요한 닐손입니다. 괜찮으세요? 8시입니다. 전화로 깨워 달라고 부탁하셨는데 받지 않으셔서요."

뭐? 허겁지겁 상체를 일으켰다. 갑자기 움직이자 머리가 지끈거렸다. 내가 무슨 일로 8시에 전화를 부탁해?

"잠깐만요!"

간신히 한 마디를 외쳤다. 재를 삼킨 것처럼 입 안이 바짝 말라 있었다. 침대 옆에 둔 물컵을 들고 단숨에 물을 들이키자 어젯밤의 기억이 되살아나기 시작했다.

밤중에 나를 깨운 소리.

베란다 유리 난간에 묻은 피.

시체.

물에 풍덩 빠지는 소리….

황급히 침대에서 일어났다. 배가 요동치며 발밑의 바닥이 흔들리자 갑자기 속이 울렁거렸다.

욕실로 달려가 변기 앞에 앉자마자 구역질이 나왔다. 깨끗하고 흰 변기에 어제 먹은 저녁 식사를 전부 다 쏟아냈다.

"블랙록 님?"

저리 가.

그 말을 입 밖으로 꺼내지는 않았지만 구역질 소리가 내 심정을 전달했는지 아주 조용히 문이 닫혔다. 그 덕에 구경꾼 없이 내 모습을 살펴볼 수 있었다.

눈 뜨고 봐줄 수가 없었다. 지우지 않은 눈 화장이 뺨까지 번졌고 머리카락에 구토가 묻어 있는 데다 눈은 잔뜩 충혈되었다. 뺨에 난 멍까지 더하니 아주 가관이었다.

오늘따라 파도가 거친지 배가 위로 솟았다 옆으로 기울면서 세면대 주위의 물건이 이리저리 움직이며 부딪혔다. 가운을 단단히 여미고 선실로 돌아가 바깥이 보일 정도로만 문을 살짝, 아주 살짝 열었다.

"샤워를 해야겠어요. 기다려주실래요?"

그렇게 말하고 문을 닫았다. 욕실로 돌아와 변기 물을 내리고 토한 흔적을 없애기 위해 가장자리를 닦았다. 그러고 나서 허리를 편 순간, 창백하고 퀭한 내 얼굴은 눈에 들어오지도 않았다.

메이블린 마스카라가 세면대를 지키듯 서 있었기 때문이었다.

선반을 붙잡고 일어서는데 호흡이 가빠졌다. 배가 다시 흔들리며 화장대 위의 물건들이 흔들렸고 마스카라가 작은 소리를 내며 쓰레기통으로 떨어졌다. 쓰레기통에 손을 넣어 마스카라를 꺼내고 주먹으로 꽉 쥐었다.

이 마스카라는 유일한 증거였다. 그 여자가 존재했다는, 내가 미쳐가고 있지 않다는.

10분 후, 어제 내 짐을 푼 누군가가 빳빳하게 다려놓은 흰 셔츠와 청바지를 입고 여전히 창백한 얼굴을 깨끗하게 씻었다. 방범용 체인을 풀고 문을 여니 아직 그곳에 서 있는 닐손이 보였다. 무전기에 대고 업무 지시를 하던 닐손이 나를 발견하고 무전기를 껐다.

"주무시는데 정말 죄송합니다, 블랙록 님. 어제 너무 단호하셔서…."

"됐어요."

이를 악물고 대답했다. 말이 너무 퉁명스럽게 나와 후회했지만 입을 열면 또 토할 것만 같았다. 배가 움직여서 속이 안 좋다고 변명할 수 있어 다행이었다. 촌스럽게 뱃멀미나 한다는 말을 들을 수도 있지만 프로 의식 없는 알코올 중독자로 찍히느니 촌스러운 사람을 택하겠다.

"직원들과 이야기를 했습니다만 사라진 사람은 없어요. 하지만 말씀하신 여성이 있는지 아래 직원용 숙소로 오셔서 확인해 보시죠. 그러면 걱정을 좀 더실 겁니다."

그 여자는 직원이 아니었다고 반박하고 싶었다. 어느 청소부가 핑크 플로이드 티셔츠만 입고 선실을 청소한단 말인가. 그래도 그냥 입을 다물었다. 아래쪽 갑판을 내 눈으로 보고 싶기도 했다.

닐손을 따라 흔들리는 복도를 지나 계단 옆의 작은 직원용 출입문으로 향했다. 그가 키패드에 여섯 자리 비밀번호를 빠르게 입력하자 문이 열렸다. 밖에서 봤을 때는 청소도구함을 가리는 문 같았는데 배의 아래쪽으로 내려가는 좁고 어두운 계단이 나왔다. 계단을 내려가고 있으니 왠지 불안해졌다. 지금 우리는 해수면 아래, 적어도 해수면 근처에 있을 것이기 때문이다.

아래층 복도는 승객이 사용하는 쪽과 달리 매우 답답했다. 하나부터 열까지 달랐다. 천장이 낮고 더 후텁지근했으며 칙칙한 베이지색을 칠한 벽 간격은 좁았다. 침침한 형광등이 빠르게 깜박여서 금세 눈이 피곤해졌다.

복도 양쪽에 문이 늘어서 있었다. 위에 있는 승객용 갑판과 같은 넓이의 공간에 선실을 여덟 개에서 열 개 더 쑤셔 넣은 듯했다. 복도를 지날 때, 열린 방문을 통해 흐린 형광등을 켠 창문 없는 선실을 들여다보았다. 이층 침대 아래쪽에서 아시아계 여성이 좁은 공간에 어깨를 웅크리고 스타킹을 신고 있었다.

닐손이 지나가자 불안하게 고개를 든 그녀는 나를 보고 굳은 표정을 지었다. 꼭 자동차 전조등을 보고 겁먹은 토끼 같았다. 여자는 잠시 가만히 앉아 있다가 발로 황급히 문을 닫았다. 좁은 공간에 쾅 소리가 총성처럼 울려 퍼졌다. 나는 엿보다가 들킨 사람처럼 얼굴을 붉히며 멀어져 가는 닐손을 황급히 뒤쫓았다.

"이쪽입니다."

닐손이 나를 돌아보며 말하고 '직원 식당' 표시가 붙은 문으로 방향을 틀었다.

문을 열고 들어가자 아담한 식당이 나왔다. 병원 매점을 줄여 놓은 듯한 공간이었다. 여전히 천장이 낮고 창문도 없었지만 그나마 이 공간은 널찍해 폐소공포증이 조금 가라앉았다. 테이블은 세 개뿐이었고 한 테이블에 대여섯 명씩 앉을 수 있었다. 플라스틱 테이블과 철제 손잡이, 대량 조리를 하는 강한 음식 냄새 등 위쪽 갑판과는 극명하게 달랐다.

테이블 하나를 독차지한 커밀라 리드먼은 노트북으로 자료를 검토하고 있었다. 다른 테이블에서 페이스트리*를 먹던 여자 다섯 명이 식당에 들어서는 우리를 보고 고개를 들었다.

"Hej(안녕), 요한."

그중 한 명이 인사를 하며 스웨덴어 혹은 덴마크어로 무슨 말인가를 했다. 정확히 어느 나라 말인지는 모르겠다.

"손님 앞에서는 영어로 말하도록 해요."

닐손이 말했다.

"여기 블랙록 님이 10호실인 팔름그렌실에서 본 여성을 찾고 계십니다. 20대 후반에서 30대 초반으로 보이는 백인 여성으로,

---

*   밀가루, 버터, 계란을 재료로 바삭하게 구운 무발효 빵.

검은 머리를 길게 기르고 영어를 아주 능숙하게 썼다고 합니다."

"말씀하시는 여자는 저 아니면 비르기타겠네요. 저는 하니라고 해요. 하지만 팔름그렌실은 간 적 없어요. 주로 바에서 일하거든요. 비르기타, 너는?"

하니가 웃으며 건너편에 앉은 친구에게 물었고, 나는 고개를 저을 수밖에 없었다. 하니와 비르기타 모두 하얀 피부와 검은 머리라는 특징만 같을 뿐 선실에서 본 여자는 아니었다. 또 하니의 영어는 유창했지만 스칸디나비아 억양이 묻어 있었다.

"저 칼라예요, 블랙록 님."

금발 여자가 말했다.

"기억하실지 모르지만 어제 뵈었죠. 밤에는 통화도 했고요."

"기억하죠."

대답은 했지만 사실 다른 여자들의 얼굴을 훑느라 바빴다. 칼라와 네 번째 여자는 둘 다 금발이었고 다섯 번째 여자는 지중해 사람 특유의 피부색에 머리카락이 짧았다. 그러나 내가 생생하게 기억하는 짜증 섞인 얼굴과 닮은 사람은 한 명도 없었다.

"이분들은 아니에요. 비슷하게 생긴 다른 분은 없나요? 청소하는 분들은요? 선원들은요?"

내 말에 비르기타가 얼굴을 찌푸리며 하니에게 스웨덴어로 무슨 말을 속삭였다. 하니는 고개를 젓고 영어로 말했다.

"선원은 거의 다 남자예요. 여자가 한 명 있지만 빨간 머리고 사오십 대쯤 됐을 거예요. 청소부 중에 이보나는 말씀하시는 분과 비슷할 수 있겠네요. 폴란드 사람이에요."

"이보나는 내가 데려올게."

칼라가 웃으며 일어나 테이블 뒤의 좁은 공간을 비집고 나갔다.

"에바도 있어요. 에바는 스파 테라피스트입니다."

칼라가 식당을 나간 후 닐손이 곰곰이 생각하다 한 명을 더 떠올리자 하니가 말했다.

"에바는 위층 스파에 있어요. 오늘 업무를 시작할 준비를 하고 있을 거예요. 하지만 나이가 삼십 대 후반은 됐을 텐데요. 사십 대일수도 있고요."

"위층에 가서 만나 보죠."

"울라도 있어요."

닐손이 나를 데리고 위층으로 가려고 하자 짧은 머리를 한 여자가 처음으로 입을 열었다.

"아, 그렇군. 지금 근무 중인가?"

여자에게 질문한 닐손이 나를 돌아보고 설명했다.

"울라는 앞쪽 선실과 노벨 스위트룸을 담당하는 승무원입니다."

짧은 머리의 승무원이 고개를 끄덕였다.

"네, 하지만 금방 올 거예요."

"블랙록 님, 이보나예요."

나를 부르는 소리에 뒤를 돌아보자, 칼라가 땅딸막한 사십 대 여자를 소개했다. 검은색으로 염색한 머리의 뿌리 부분에 흰머리가 군데군데 보였다.

"어떻게 도와드릴까요? 무슨 문제라도 있나요?"

이보나는 강한 폴란드 억양을 가지고 있었다. 그녀의 얼굴을 보고 나는 고개를 저었다.

"죄송하지만 이분은… 제가 본 여자가 아니에요. 하지만 이 여자가 위험한 상황에 처했다는 건 분명해요. 물건을 도둑맞았다거나 하는 문제가 아니에요. 비명을 들었거든요. 걱정돼서 이러는 거예요."

"비명이라고요?"

내 말에 하니가 놀란 표정을 짓자 가느다란 눈썹이 앞머리 아래로 사라졌다. 하니와 칼라가 눈빛을 주고받았다. 칼라가 무슨 말을 하려고 입을 열었지만 지금까지 뒤에 가만히 있던 커밀라 리드먼이 일어났다.

"저희 직원 중에는 찾는 분이 없는 것 같습니다, 블랙록 님."

커밀라가 테이블 옆으로 다가와 하니의 어깨에 손을 올리며 말했다. "무슨 문제가 생겼다면 이야기가 나왔을 겁니다. 저희는 아주… 뭐라고 표현하죠? 아주 끈끈한 사이라서요."

"서로 굉장히 친해요."

칼라도 한마디 거들며 커밀라 리드먼과 나를 번갈아 쳐다보았다. 미소를 지었지만 숱을 지나치게 친 갈매기형 눈썹 때문인지 묘하게 수상하고 불안한 표정이 되었다.

"저희는 아주 행복하게 일하고 있습니다."

"알겠어요."

내가 말했다. 그만두자. 이 여자들에게서는 아무것도 알아낼 수 없다. 비명을 들었다고 말하지 말았어야 했다. 그 말은 이들을 똘똘 뭉치게 할 뿐이다. 커밀라와 닐손 앞에서 이야기한 것도 실수였다.

"걱정하지 마세요. 내가 따로 가서 만나 볼게요. 에바라고 했죠? 올라하고요. 도와주셔서 감사합니다. 하지만 뭐라도 좋으니 들리는 말이 있으면 언제든 9호 린네실로 찾아와주세요."

"저희는 아무 말도 못 들었어요."

하니가 장담하듯 말했다.

"물론 새로운 소식이 있으면 알려드릴게요. 좋은 하루 보내세요, 블랙록 님."

"고마워요."

인사하고 돌아서는 순간 배가 흔들렸다. 테이블에 있던 여자들이 놀라서 웃음 섞인 비명을 내지르며 커피잔을 붙잡았다. 발을 헛디뎌 넘어질 뻔한 나를 닐손이 잡아 주었다.

"괜찮으십니까, 블랙록 님?"

고개를 끄덕였다. 하지만 팔을 너무 세게 붙잡혀 아픈 데다가 배가 흔들린 충격으로 머리가 깨질 것만 같았다. 나오기 전에 아스피린을 먹을걸.

"카리브 해를 다니는 큰 크루즈선에 비해서 오로라호는 규모가 작아 좋은 점도 많지만, 큰 배보다는 파도의 충격을 더 강하게 느끼죠. 괜찮으세요?"

"괜찮아요."

나는 팔을 문지르며 짧게 대답했다.

"에바를 만나러 가요."

"우선 주방을 통해 지름길로 가죠. 스파로 올라가서 에바와 이야기를 하고 식당에서 마무리하면 되겠네요. 그렇게 되면 선원 두 명과 선실 승무원 몇 명을 빼고 다 만나볼 수 있겠어요."

닐손은 손에 든 직원 명단에서 이름을 하나씩 지웠다.

"좋아요."

단호하게 대답했지만, 사실은 탈출하고 싶은 마음이 더 컸다. 벽 사이가 좁아 답답했고 복도는 환기가 되지 않았다. 더군다나 이곳은 해수면 아래로 바닷물이 나를 에워싸고 있었다. 배가 무언가와 충돌하는 끔찍한 상상이 들었다. 꽉 막힌 공간에 바닷물이 쏟아지고 사람들은 얼마 남지 않은 산소를 마시려고 입을 벙긋벙긋하는 모습이 눈앞을 스쳐 지나갔다.

그렇다고 지금 포기한다면 내가 틀렸고 닐손이 옳았다고 인정하는 셈이다. 그럴 수는 없었다. 닐손을 따라 배의 앞부분으로 향했다. 바닥이 움직이고 흔들리는 동안 음식을 요리하는 냄새는 점점 강해졌다.

뜨거운 기름에 베이컨을 지지는 냄새, 버터향 가득한 크루아상을 굽는 냄새가 났다. 거기다 생선찜, 그레이비 소스*, 무엇인지 모를 달콤한 디저트까지 여러 가지 음식 냄새가 섞이자 입에 침이 고였다.

하지만 먹고 싶은 마음이 드는 것은 아니었다. 나는 다시 이

---

* 구운 고기의 육즙을 이용해 만든 소스.

를 악물고 난간을 붙잡았다. 또 파도가 치면서 배가 들썩였다가 파도 사이의 골로 떨어졌다. 가슴이 철렁 내려앉았다.

닐손에게 다음으로 미루자고 하면 안 될까? 하지만 그는 벌써 작은 유리창 두 개가 달린 쇠문을 열고 있었다. 하얀 모자를 쓴 사람들이 고개를 돌려 나를 보고 놀라서 예의를 갖추었다.

"Hej, alla(자, 여러분)!"

닐손이 유쾌하게 인사하며 스웨덴어로 뭐라 이야기하고는 나를 돌아보았다.

"죄송합니다. 접객 담당 직원들은 영어를 하지만 요리사 중에는 영어를 못하는 사람도 있어서요. 왜 여기 왔는지 설명했습니다."

요리사들이 웃으며 고개 숙여 인사를 했고 주방장이 앞으로 나와 손을 내밀었다. 그는 완벽한 영어를 구사했다.

"안녕하세요, 블랙록 님. 오토 얀손입니다. 저희 직원들이 영어는 잘 못 하지만 도와드릴 일이 있으면 기꺼이 도와드릴 겁니다. 제가 통역해드리죠. 무슨 일입니까?"

하지만 말이 나오진 않았다. 그가 음식을 준비하기 위해 낀 하얀 라텍스 장갑을 보고 마른침만 삼킬 뿐이었다. 귓가에 피가 끓었다. 고개를 들어 얀손의 다정한 푸른색 눈을 보았다가 다시 라텍스 장갑으로 시선을 떨구었다.

고무 장갑에 눌린 검은 털이 보였다. 비명을 지르지 말자. 비명을 지르면 안 돼. 내 시선을 따라 얀손도 자기 손을 내려다보았다. 그가 웃으며 다른 손으로 장갑을 벗었다.

"죄송합니다. 장갑을 끼고 있다는 것을 잊었네요. 음식을 나르려던 참이라서요."

축 늘어진 하얀 장갑을 쓰레기통에 버린 그가 힘없는 내 손을 잡고 악수했다. 따스한 손가락에는 라텍스에서 나온 가루가 살짝 묻어 있었다.

"어떤 여자를 찾고 있어요."

내가 불쑥 말을 꺼냈다. 무례하다고 생각하든 말든, 지금은 그때의 충격이 다시 떠올라 어쩔 수가 없었다.

"머리는 검은색이고 제 또래거나 더 어릴 거예요. 예쁘장하고 피부는 하얀 편이었고요. 특별한 억양은 없었어요. 영국인이거나 완벽하게 두 개 국어를 사용하는 사람이었어요."

"죄송합니다."

얀손이 유감스러운 듯 말했다. 진심으로 미안해하는 표정이었다.

"저희 직원 중에 그런 사람은 없는 것 같습니다. 그래도 혹시 모르니 마음껏 둘러보세요. 여성 요리사가 두 명 있지만 둘 다 영어에 서툴러요. 자밀라는 배식구에 있고 잉그리드는 샐러드 담당입니다. 저기 석쇠 코너 뒤에 있어요. 둘 다 손님께서 말씀하시는 여자와는 다르지만요. 승무원이나 웨이트리스 중에 있지 않을까요?"

고개를 빼고 얀손이 가리킨 여자 두 명을 보았다. 그의 말이 맞았다. 둘 다 내가 본 여자와는 조금도 닮은 구석이 없었다. 자밀라는 나를 등졌고 고개도 숙이고 있었지만 여기로 내려오는 길에 선실 안에서 본 아시아계 여자가 분명했다. 파키스탄 아니면 방글라데시 사람 같았고 체구가 정말 작았다. 150센티미터도 안 되어 보였다.

한편 잉그리드는 스칸디나비아 쪽 사람이었고 몸무게가 최소 90킬로그램은 되는 것 같은 데다 나보다 족히 15센티미터는 컸다. 내가 쳐다보자 잉그리드는 허리에 팔을 얹고 거의 공격적인 태도로 어깨를 폈다.

아니, 그건 오해였다. 단지 키가 커서 행동이 위협적으로 보였을 뿐이다.

"아니, 신경 쓰지 마세요. 방해해서 죄송합니다."

내가 말했다.

"Tack(고마워), 오토."

그러고는 닐손이 스웨덴어로 농담을 하자 오토가 웃음을 터뜨렸다. 그는 닐손의 등을 두드리고 무슨 말을 했다. 그러자 닐손이 툭 튀어나온 배를 들썩이며 너털웃음을 지었다. 그 후 나머지 사람들을 향해 손을 올려 "Hej då(그럼 이만)!"라 외치고 나를 복도로 데리고 나갔다.

"죄송합니다."

계단으로 앞장서던 닐손이 뒤에 있는 나를 보며 말했다.

"배에서는 공식적으로 영어를 써야 하고, 특히 영국 승객들 앞에서는 다른 말로 이야기하지 않는 것이 규정입니다만 상황에 따라서는…."

닐손이 말을 흐렸지만 나는 이해한다고 고개를 끄덕였다.

"괜찮아요. 다들 편안한 분위기에서 질문 내용을 정확히 이해하는 편이 좋죠."

우리는 다시 직원용 숙소를 지났다. 열린 문을 통해 몇 개의 선실 내부를 힐끗 보자 얼마나 비좁고 지저분한지 새삼 놀라웠다. 몇 주, 몇 달씩 창문도 없는 감옥에서 보낸다니 상상도 할 수 없었다. 내 불편한 침묵을 느꼈는지 닐손이 다시 말을 걸었다.

"조금 좁죠? 하지만 선원을 제외하면 배에 직원이 스무 명도 되지 않아서 공간이 그렇게 많이 필요하지 않습니다. 그리고 경쟁업체의 배에 비하면 저희 숙소가 훨씬 좋다고 자신 있게 말할 수 있어요."

내 생각을 굳이 말하지는 않았다. 비좁은 공간 때문에 충격을 받은 것이 아니었다. 사실 영국해협을 횡단하며 무수히 타본 페리의 선실도 이곳과 크게 다르지는 않았다. 하지만 직원 숙소는 위쪽의 밝고 쾌적한 객실들과 달라도 너무 달랐다. 가진 자와 가지지 못한 자의 극명한 차이를 엿본 것 같은 불쾌감이 들었다. 눈앞에 펼쳐진 현대판 계급제도였다.

"다들 방을 같이 쓰나요?"

어둑한 선실 앞을 지나며 내가 물었다. 누군가 문을 열어둔 채로 옷을 갈아입고 있었고 그의 룸메이트는 이층 침대에서 코를 고는 중이었다.

"직위가 낮은 사람들은 여럿이 같이 씁니다. 청소부나 나이가 어린 승무원도 그렇고요. 하지만 어느 정도 직위가 있으면 독방을 쓰지요."

드디어 위쪽 갑판으로 올라가는 계단에 도착했다. 닐손의 넓은 등을 바라보며 난간을 붙잡고 천천히 계단을 올랐다. 승객과 직원 공간을 분리하는 문을 열고 나왔을 때 닐손이 뒤를 돌아 말했다.

"일이 잘 안 풀려서 유감입니다. 손님께서 보신 여자가 직원이기를 바랐는데요. 마음 편해지시게요."

"저기…."

손바닥으로 얼굴을 문지르자 아직 덜 아문 뺨의 상처가 까끌까끌하게 느껴졌다. 두통 때문에 머리도 점점 무거워졌다.

"아무래도…."

"그럼 이제 에바를 보러 가지요."

닐손이 단호히 내 말을 자르고 복도에서 또 다른 계단으로 방향을 꺾었다.

쉴 새 없이 커다란 파도가 치면서 배는 이리저리 흔들리며 힘겹게 나아가고 있었다. 침을 삼켰다. 셔츠 아래에서 등줄기를 타고 내리는 땀이 차갑고 끈적거렸다. 잠깐 선실로 돌아가 숨어 있을까?

머리만 아픈 것이 아니었다. 기가 막히게도 나는 보도자료를 아직 다 읽지 않았고 로완에게 제출해야 할 기사를 한 줄도 쓰지 않았다. 벤, 티나, 알렉산더는 이미 메모를 하고 기사를 쓰고 불머를 검색하고 기사 사진을 정리하고 있을 텐데.

심란한 마음을 다잡았다. 닐손이 내 말을 진지하게 받아들이기를 원한다면 이대로 밀고 나가야 한다. 물론 〈벨로시티〉에서 승진을 하고 싶지만 그보다 더 중요한 일도 있는 법이다.

에바는 스파 접수대에 있었다. 위쪽 갑판에 위치한 소파는 고요하고 아름다운 분위기였고 사방이 유리로 되어 있었다. 문을 열자 기다란 커튼이 바람에 나부꼈고 유리 벽 너머로 야외 갑판이 보였다. 침침한 베이지색 토끼 굴에서 막 나와서인지 환한 햇빛에 눈을 제대로 뜰 수 없었다.

닐손과 내가 들어서자 커다란 금색 링 귀걸이를 단 사십 대 검은 머리 여자가 고개를 들어 반갑게 맞아주었다.

"요한! 무슨 일이에요? 이분은…?"

"로 블랙록이에요."

나는 자기소개를 하며 손을 내밀었다. 폐소공포증을 일으키던 직원용 갑판에서 벗어나자 금세 기분 전환이 되었다. 불쾌한 메스꺼움도 바닷바람을 맞으니 가라앉았다.

"안녕하세요, 블랙록 님. 어떻게 도와드릴까요?"

에바가 웃으며 내 손을 꽉 잡고 악수했다. 에바의 손가락은 뼈밖에 없었지만 힘이 강했다. 영어도 깜짝 놀랄 만큼 잘했다. 그 선실에서 본 여자만큼이나. 하지만 그녀는 내가 찾던 여자가 아니었다. 나이가 너무 많았고 정성 들여 피부에 수분을 공급했어도 햇빛을 너무 많이 봐서 거칠어진 피부를 숨길 수는 없었다.

"죄송해요. 제가 사람을 찾고 있거든요. 아래쪽 갑판에서 당신일지 모른다고 해서 왔는데 아니네요."

"블랙록 님이 어제 어떤 여자를 봤답니다."

닐손이 끼어들었다.

"옆 선실에서요. 이십 대쯤 되고 검은 머리를 길게 기른 백인 여자래요. 블랙록 님이 걱정할 만한 소리를 들었다고 해서서 그 사람이 직원인지 확인하는 중입니다."

"저는 아닌 것 같아요."

에바의 말투는 제법 친절했다. 자기들끼리 똘똘 뭉친 아래층 여자들 같은 방어적인 태도도 없었다. 에바가 가볍게 웃었다.

"이십 대 때는 까마득해서 기억도 안 나고요. 승무원들은 만나 보셨나요? 하니와 비르기타가 검은 머리에 비슷한 나이예요. 올라도요."

"두 사람은 만났어요."

닐손이 말했다.

"이제 올라를 보러 가려고요."

나는 혹시나 오해를 할까 싶어 덧붙였다.

"그 여자가 문제를 일으킨 건 아니에요. 그냥 걱정돼서요. 혹시 생각나는 사람이 있다면…."

"도움을 못 드려 죄송해요. 정말이에요."

에바가 나를 보며 말했고, 그 모습은 정말로 미안해 보였다. 지금까지 만난 사람 중에 가장 나를 생각해주는 듯했다. 곱게 정리한 눈썹 사이에 작은 주름이 잡혔다.

"무슨 얘기라도 들으면 알려드릴게요."

"고마워요."

"고마워요, 에바."

나와 닐손은 그녀에게 감사 인사를 하고 돌아섰다.

"천만에요."

문까지 우리를 배웅하던 에바가 말했다.

"이따가 뵙겠습니다, 블랙록 님."

"네?"

"오전 11시에 여성 승객분들 스파 체험이 있잖아요. 취재 일정에 나와 있지 않나요?"

"아, 알려줘서 고마워요. 그럼 그때 뵐게요."

읽다 만 보도자료를 생각하니 죄책감이 들었다. 내가 모르는 일정이 또 있을까?

스파 문을 열고 야외 갑판으로 나왔다. 갑자기 강한 바람이 불었고 문이 내 손에서 빠져나가 흔들리다가 완충 역할을 하는 고무 스탠드에 쿵 부딪쳤다. 닐손이 문을 다시 제대로 닫았다. 나는 바람에 몸을 떨며 배의 난간으로 걸어갔다.

"추우세요?"

시끄러운 바람과 엔진 소리 때문에 안 들릴까 봐 닐손이 큰 소리로 외쳤다. 나는 고개를 저었다.

"아니요. 사실 춥지만 신선한 공기가 필요해요."

"아직도 몸이 안 좋으신가요?"

"지금은 괜찮아요. 머리만 좀 아플 뿐이에요."

차가운 쇠 난간을 붙잡고 서서 꼬리 쪽 선실 베란다의 유리벽과 아래의 바다를 내려다보았다. 배가 지나간 자리마다 파도 거품이 남아 있었고 그 너머는 온통 짙은 색 바다였다. 바다는 상상도 할 수 없을 만큼 깊고 차가울 것이다. 배 아래에서 소용돌이치는 암흑을 생각했다. 어둡고 고요한 바다 속으로 누군가 한없이 떨어지다가 마침내 빛이 없는 해저에 영원히 잠들지도 모른다.

어젯밤에 본 여자를 생각했다. 닐손이든 에바든 내 뒤로 걸어와서 툭 하고 나를 민다면….

몸이 떨렸다.

대체 무슨 일이었을까? 내 상상일 리는 없었다. 비명과 물에 빠지는 소리는 상상할 수 있다 치자. 하지만 핏자국은 절대 상상이 아니다.

맑은 북해 공기를 깊이 들이마시고 뒤를 돌았다. 고개를 흔들어 바람에 날리는 머리카락을 넘기고 자신감 있는 미소를 띤 채 닐손에게 물었다.

"여기는 어디쯤인가요?"

"공해상입니다. 트론헤임으로 가고 있을 거예요."

"트론헤임이요?"

어젯밤의 대화를 떠올려보았다.

"불머 경은 베르겐부터 들른다고 하셨는데요."

"계획이 바뀌었겠죠. 불머 경은 승객분들이 북극광을 감상하기를 바라고 있어요. 오늘 날씨가 좋아서 서둘러 북쪽으로 가고 싶으신가 보죠. 선장님 제안일 수도 있고요. 기상과 관련한 이유로 그쪽으로 움직이는 편이 낫다고 판단하셨을 수도 있으니까요. 오로라호는 고정된 항해 일정을 갖고 있지 않습니다. 최대한 승객 여러분의 기분에 맞춰드리려 하죠. 어젯밤 만찬 때 트론헤임을 가고 싶다고 말씀하신 분이 계실지도 모르겠네요."

"트론헤임에는 뭐가 있나요?"

"트론헤임이요? 뭐, 유명한 대성당이 있지요. 도시가 아주 매력적입니다. 하지만 주로 피오르 해안이 유명하죠. 베르겐보다 훨씬 북쪽에 있어 오로라를 볼 가능성도 크고요. 더 북쪽에 있는 보되나 트롬쇠로 목적지가 바뀔 수도 있습니다. 요맘때에는 어디가 좋은지 확실하게 알기 힘들어서요."

"그렇군요."

그 말을 들으니 어쩐지 불안했다. 딱딱 계획된 여행 일정을 따르는 기분과 다른 사람 손에 무력하게 끌려다니는 기분은 천지 차이였다.

"블랙록 님…."

"로라고 불러주세요. 부탁이에요."

"알겠습니다, 로."

사람 좋아 보이는 닐손의 얼굴 위로 고통스러운 빛이 떠올랐다.

"손님 말을 믿지 않는다고 생각하지는 말아주세요. 혹시 아직도…."

"아직도 확신하느냐고요?"

내가 대신 말을 맺었다. 그가 고개를 끄덕이며 불편하게 한숨을 쉬었다. 어젯밤 내가 가졌던 의혹, 그리고 닐손이 차마 말로 표현하지 못한 질문은 내 머릿속을 울리는 악마의 잔소리와 다를 바 없었다. 나는 입고 있는 상의를 손가락으로 꼬며 말했다.

"솔직히 모르겠어요. 늦은 시간이었고 당신 말대로 술을 마시고 있었죠. 비명과 물에 빠지는 소리는 잘못 들었을지도 몰라요. 핏자국도… 분명 봤다고 확신은 하지만, 불빛 때문에 착각했을 수도 있어요. 하지만 선실에서 본 여자는 절대 상상이 아니에요. 그럴 수가 없어요. 나와 마주 보고 말을 했어요. 여기 없다면, 그러니까 이 배에 타고 있지 않다면 그 여자는 어디로 간 거죠?"

닐손은 한참 동안 대답하지 않았다가, 침묵을 깨고 말했다.

"…아직 울라가 남아 있으니까요."

닐손이 무전기를 꺼내며 말을 이었다.

"설명하신 인상착의로 보면 울라는 아니겠지만 확인은 해야죠. 손님은 어떠실지 몰라도 저는 커피가 당기네요. 승객용 식당에서 만나자고 하겠습니다."

아침을 먹는 식당은 어젯밤 저녁을 먹은 곳과 같았지만 커다란 테이블 두 개를 작은 테이블 대여섯 개로 나누어놓았다. 닐손이 문을 열자 가르마를 넘긴 노란 머리의 젊은 웨이터 말고는 아무도 없었다. 그가 앞으로 다가와 웃으며 맞아주었다.

"블랙록 님? 아침 식사하시겠어요?"

"네."

나는 식당을 무심히 둘러보며 대답했다.

"어디에 앉을까요?"

"원하시는 자리에 앉으세요."

웨이터가 빈 테이블을 가리키며 말했다.

"다른 승객분들은 선실에서 식사하시겠답니다. 창가가 어떨까요? 차와 커피 중 어떤 음료를 드릴까요?"

"커피요. 우유는 넣는데 설탕은 빼고 주세요."

"나도 커피 한 잔 부탁해, 비욘."

잠시 후 닐손이 웨이터 비욘의 뒤를 보며 말했다.

"아, 울라, 왔어?"

고개를 돌리자 숱 많은 검은 머리를 하나로 묶은 미인이 우리 테이블을 향해 다가오고 있었다.

"안녕하세요, 요한."

울라가 단조로운 억양으로 말했다. 입을 열기 전부터 선실에서 본 여자가 아님을 알 수 있었다. 울라는 정말 아름다웠다. 검은 머리와 대조되는 하얗고 깨끗한 피부는 도자기 같았다. 선실에서 본 여자도 예뻤지만, 르네상스 시대 미술 작품에 나올 법한 여리고 고전적인 미인은 아니었다.

게다가 울라는 키가 거의 180센티미터는 되는 것 같았다. 하지만 선실의 여자는 나와 키가 비슷해서 울라 근처에도 미치지 못했다. 닐손이 궁금하다는 표정으로 나를 보았다. 나는 고개를 저었다.

비욘이 쟁반에 커피 두 잔을 받쳐 들고 돌아와 서빙하고 내게 메뉴를 건넸다. 닐손이 헛기침을 했다.

"같이 커피 한잔 하겠어, 울라?"

"고마워요. 아침은 먹었지만 잠깐 앉을게요."

울라가 고개를 흔들자 하나로 묶은 머리가 뒷목에서 찰랑거렸다. 그녀는 맞은편 의자에 앉아 하고 싶은 말이 있으면 하라는 듯 웃으며 바라보았다. 닐손이 다시 헛기침했다.

"블랙록 님, 여기는 울라입니다. 불머 경 부부, 엔센 부부, 콜레더러 님과 오언 화이트 님이 묵고 계시는 앞쪽 선실을 담당하죠. 울라, 블랙록 님께서 어제 보신 여자를 찾고 싶어 하셔. 승객 명단에는 없어서 직원 중 하나가 아닐까 생각하는 중인데 아직은 찾지 못했어. 블랙록 님, 어제 보셨다는 여자를 설명해주시겠습니까?"

벌써 백 번은 반복한 느낌인 이야기를 울라에게도 들려주었다. 이제는 거의 애원하다시피 하는 목소리가 나왔다.

"혹시 생각나는 사람이 있나요? 제 설명과 일치하는 사람이 한 명도 없을까요?"

"글쎄요, 보시다시피 제 머리도 검은색이죠. 하지만 저는 아니었으니 잘 모르겠네요. 하니가 검은 머리이고 비르기타도…."

"벌써 만났어요." 내가 말을 잘랐다.

"그 사람들은 아니에요. 다른 사람은 없나요? 청소부? 선원?"

"아니요… 선원 중에는 그런 사람 없어요."

울라가 천천히 말했다.

"직원 중에 에바도 있지만 나이가 너무 많고요. 주방 사람들은 만나 보셨어요?"

"그만하죠."

절망스러웠다. 악몽 같은 전개가 끝도 없이 반복되고 있었다. 이 사람, 저 사람에게 질문을 반복할수록 검은 머리 여자의 기억은 어렴풋이 흐려져 물처럼 손가락 사이로 빠져나갔다. 만나는 사람들 중에는 내 기억과 비슷한 여자도 있었지만, 완전히 일치하지는 않았다. 이제는 머릿속의 이미지를 붙잡고 있기가 점점 힘들어졌다.

그 여자에게는 분명한 특징이 있었다. 다시 본다면 한눈에 알아볼 수 있을 정도로. 얼굴 때문은 아니다. 예쁘장했지만 평범한 편이었다. 머리카락이나 핑크 플로이드 티셔츠도 아니다. 하지만 그 여자 특유의 분위기가 있었다. 날카로운 눈으로 복도를 보던 표정, 내 얼굴을 보고 놀란 표정에는 활기와 생동감이 넘쳤다.

정말로 그 여자가 죽었을까?

하지만 죽지 않았다고 해서 안심할 수는 없었다. 그렇다면 남은 가능성은 하나였으니까. 어느 쪽이 더 나은지는 모르겠다. 여자가 죽지 않았다면 내가 미쳐가고 있다는 뜻이었으므로.

13

 아침 식사가 도착한 후 울라와 닐손은 자리를 떴고 나 혼자 창밖을 바라보며 식사를 했다. 바다와 갑판이 보이는 곳에 있으니 아까만큼 괴롭지는 않았다. 아침도 나름대로 든든히 먹어 에너지를 충전하자 불편하던 메스꺼움도 가라앉았다. 저혈당 때문에 컨디션이 좋지 않았을지도 모른다. 빈속일 때는 항상 몸이 이상하게 불안정해지곤 했으니까.
 음식과 바다 풍경 덕분에 몸 상태는 좋아졌지만 어제 벌어진 일들이 머릿속을 떠나지 않았다. 여자와 나누었던 대화, 그 여자의 놀란 얼굴, 마스카라를 건넬 때의 짜증스러운 몸짓이 계속 생각났다. 무슨 일이 있었다. 그것만은 확실하다. 꼭 영화 중간에 극장에 들어와 누가 누구인지 갈피를 잡지 못하는 관객이 된 느낌이었다.
 여자는 어떤 일을 하던 중에 내 방해를 받은 듯했다. 무슨 일을 하고 있었던 것일까?

어쨌든 그 일은 여자의 실종과 관련이 있을 것이다. 닐손은 여자가 방을 청소하고 있었다고 했지만 내 생각은 달랐다. 허벅지를 간신히 덮는 핑크 플로이드 티셔츠를 입고 방을 치우는 청소부가 어디 있겠는가. 청소부처럼 보이지도 않았다. 청소부 봉급으로는 머리와 손톱을 그렇게 단장하지 못한다. 풍성하고 윤기가 흐르는 모발은 수년 동안 헤어 클리닉을 받으며 값비싼 염색을 해야 가능했다.

산업 스파이일까? 밀항자? 누군가의 내연녀? 차가운 눈으로 헤어진 아내를 말하던 콜, 아래층에서 직원들이 동요하지 않게 안심시키던 커밀라 리드먼을 생각했다. 거대하고 힘이 장사인 닐손, 어제 저녁 식사 자리에서 독으로 죽는 과정을 불편할 만큼 장황하게 설명하던 알렉산더를 생각했다. 뒤로 갈수록 여자와 관련 있을 가능성은 낮아졌다.

기억하려 할수록 여자의 얼굴이 더 희미해진다는 것도 문제였다. 키, 머리카락 색, 손톱 상태 같은 구체적인 특징은 선명하게 그릴 수 있었지만, 얼굴은… 오목조목한 코, 깔끔하게 정리한 검은 눈썹… 그것뿐이었다.

뚱뚱한 사람, 나이 든 사람, 여드름이 난 사람은 절대 아니었다. 여자는 그렇게 간단히 설명하기가 힘든 부류였다. 코는… 평범했다. 입도 평범했다. 크지 않고 작지 않고 삐죽 튀어나오지도 않고 두툼하지도 않았다. 그냥 평범하다는 말이 딱이었다. 꼭 찍어 말할 수 있을 만큼 뚜렷한 특징은 하나도 없었다.

어쩌면 나와 비슷하다고도 할 수 있다.

닐손의 속마음을 알았다. 그는 내가 들은 소리를 잊기를 원한다. 여자의 비명, 베란다 문이 은밀하게 열리는 소리, 사람의 몸이 바다로 풍덩 떨어지는 끔찍한 소리를.

그는 내가 나를 의심하기를 원한다. 내 질문을 전부 받아주고 내 이야기를 진지하게 들어주고 있지만 모두 내 믿음을 흔들기 위해서일 뿐이다. 결국은 내가 실수했다는 것을 인정하리라 생각하는 것이다.

그를 탓할 수는 없다. 이번은 오로라호의 첫 항해였고 기자와 사진작가와 영향력 있는 사람들이 배에 가득했다. 이런 시기에 문제가 터지면 곤란하겠지. 신문 머리기사가 눈앞에 그려졌다.

'죽음으로 가는 항해: 초호화 취재 여행에 나섰던 승객이 익사하다.' 보안팀장으로서 닐손의 입장은 위태로워진다. 첫 번째 항해에, 더군다나 그가 감시 업무를 보는 동안에 무슨 일이 일어났다면, 그는 보나 마나 해고를 당할 것이다.

그뿐인가. 수수께끼 같은 사망 사건이 언론의 관심을 받으면 기업 전체가 흔들릴 것이다. 오로라호 사업은 본격적으로 시작하기도 전에 망하고 선장부터 청소부 이보나까지 모든 직원이 일자리를 잃을 것이다. 당연한 일이다.

하지만 나는 분명 어떤 소리를 들었다. 듣자마자 심장이 빠르게 뛰고 손바닥이 땀으로 축축해졌다. 아주 가까운 곳에서 모르는 여자가 심각한 위험에 빠져 있었다. 그 여자의 심정을 나도 알 수 있다. 인간의 생명력이 얼마나 하찮은지, 나를 보호한다고 생각했던 벽이 사실은 얼마나 얇은지를 깨닫는 기분을 나도 잘 안다.

닐손 말처럼 그 여자에게 아무 일도 없었다면 그녀는 지금 어디 있다는 말인가? 비명이나 핏자국은 내가 상상했을 수도 있다. 하지만 그 여자… 그 여자는 절대 상상이 아니다. 다른 사람의 도움 없이는 사라질 수도 없다.

눈을 비비자 어젯밤 지우지 않은 눈 화장 찌꺼기가 꺼끌꺼끌하게 만져졌다. 아, 맞다. 여자가 내 상상이 아니라는 증거가 하나 있다. 메이블린 마스카라.

황당한 생각이 꼬리에 꼬리를 물고 이어졌다. 비닐봉지에 마스카라를 담아 영국으로 갖고 가서 지문 채취를 맡기자. 아니, DNA 테스트를 받으면 더 좋겠지? 메이크업 브러시에도 DNA가 있나? 〈CSI 마이애미〉에서는 속눈썹 한 올만으로도 사건을 수사하던데. 경찰은 분명 할 수 있을 것이다.

비닐에 든 마스카라를 들고 크라우치 엔드 경찰서로 당당하게 들어가 과학수사를 요구하는 내 모습을 그려보았다. 비웃음을 참는 경찰의 표정은 애써 지웠다. 누군가는 내 말을 믿어줄 것이다. 그래야만 한다. 만약 그렇지 않다면… 내 돈을 들여서라도 밝혀내야 한다.

개인 DNA 테스트 비용을 구글에 검색하려고 휴대전화를 꺼냈지만, 홈 화면으로 들어가기도 전에 얼마나 미친 짓인지 깨달았다. 배우자의 외도를 전문으로 하는 인터넷 경비회사에서 경찰 수준의 DNA 테스트가 가능할 리 없다. 그리고 가능하다 한들 누구의 DNA와 대조하여 데이터 결과를 만들어낸단 말인가?

대신 이메일을 확인했다. 주다에게서 온 메일은 없었다. 아니, 다시 보니 메일함 자체에 들어가지질 않았다. 수신 신호는 없어도 배의 와이파이망에 연결되어 있을 텐데. 확인 버튼을 다시 눌렀지만 똑같았다. 작은 업데이트 아이콘이 계속 빙글빙글 돌다가 '연결된 네트워크가 없습니다'라는 메시지만 떴다.

한숨을 쉬며 휴대전화를 주머니에 넣고 접시에 남은 블루베리를 보았다. 팬케이크는 맛있었지만 더는 먹고 싶지 않았다. 어떻게 이런 상황이 가능하지? 실감이 나지 않았다. 나는 살인 사건을 목격했다. 적어도 그 소리를 들었다. 그런데 지금 팬케이크를 먹고 커피를 마시려 하고 있다니. 살인자가 자유롭게 돌아다녀도 내가 할 수 있는 일은 없었다.

범인은 누가 소리를 듣고 신고했다는 사실을 알까? 내가 베란다로 뛰어가며 소리를 냈고 오늘 배 안을 돌아다니며 사람들에게 온갖 질문을 하고 있으니 어젯밤에는 내 존재를 몰랐다고 하더라도 지금쯤 알 것이다.

다시 파도가 치며 배가 좌우로 흔들렸다. 접시를 앞으로 밀고 자리에서 일어났다.

"더 필요한 것 있으세요, 블랙록 님?"

비욘의 질문에 화들짝 놀라 뒤를 돌아보았다. 그는 식당 뒤편의 벽에서 마법처럼 나타났다. 모르는 사람은 저기 나무 패널에 문이 있다고 상상조차 할 수 없을 것이다. 지금까지 그곳에서 나를 지켜본 거야? 엿보는 구멍이라도 있는 것일까?

고개를 젓고 억지로 미소를 지어 보이며 서서히 기울어지는 바닥을 가로질렀다.

"괜찮아요, 비욘. 고맙습니다."

"즐거운 아침 보내시기를 바랍니다. 따로 계획이 있으신가요? 야외 갑판의 노천탕에서 보는 전망이 끝내준답니다."

노천탕에 홀로 앉아 있는 내 모습이 갑자기 떠올랐다. 라텍스 장갑을 낀 손이 나를 물로 밀어 넣고…. 그러다 다시 고개를 저었다.

"스파로 가야 해요. 하지만 우선은 선실에 가서 조금 누워 있으려고요. 너무 피곤해서요. 어젯밤 잠을 설쳤어요."

"알겠습니다."

그 말이 꼭 '알궤쑴니다' 처럼 들렸다.

"충분히 이해합니다. 약간의 '유식'이 필요하겠지요!"

"'유식'이라고요?"

"'유식'이라는 말이 있지 않나요? 쉬는 것 말이에요."

"아! 휴식 말이죠." 당황해서 얼굴이 빨개졌다.

"미안해요. 말했다시피 너무 피곤해서요…."

말을 흐리며 문으로 슬금슬금 걸어갔다. 보이지 않는 곳에서 누가 우리 대화를 엿들을 수 있다는 생각을 하니 갑자기 소름이 돋았다. 적어도 내 선실에서는 나 혼자뿐이다.

"편안히 쉬세요!"

"그럴게요."

그렇게 말하며 몸을 틀었는데, 게슴츠레한 눈의 벤 하워드와 정면으로 충돌했다.

"안녕, 블랙록!"

"안녕, 하워드."

"어젯밤 일은…."

벤이 어색하게 꺼낸 말에 나는 고개를 저었다. 식당 맞은편에서 친절하게 미소 짓고 있는 비욘 앞에서는 이런 대화를 하고 싶지 않았다.

"그만하자. 우리 둘 다 취했었는데, 뭘. 이제 일어난 거야?"

"응." 벤은 입이 찢어질 듯 나오는 하품을 참으며 말했다. "네 선실에서 나오던 길에 아처와 만나서 새벽까지 라스, 리처드 불머와 포커를 쳤거든."

"그래? 그럼 언제 자러 갔어?"

"글쎄다. 아마 4시쯤이었을 거야."

"왜냐하면…."

더 이야기를 하려다 입을 다물었다. 닐손은 나를 믿지 않았다. 나도 나 자신을 믿지 못하는 지경에 이르렀다. 하지만 벤은… 벤이라면 나를 믿어주지 않을까? 우리가 사귀었던 때가 떠올랐다. 우리가 어떻게 헤어졌는지 생각하면… 갑자기 자신이 없어졌다.

"됐어. 나중에 말해줄게. 가서 아침이나 먹어."

"너 괜찮아? 얼굴이 엉망이야."

돌아서는 내게 벤이 말했다.

"말 참 예쁘게 한다."

"아니, 그런 뜻이 아니라… 한숨도 못 잔 사람처럼 보인다고."

"못 잤으니까."

쏘아붙일 생각은 아니었는데 불안과 피로 때문에 말이 퉁명스럽게 나왔다. 그 순간, 또 한 번 파도가 쳤고 배가 흔들렸다.

"파도가 너무 세서."

"그래? 나는 다행히 뱃멀미는 안 해."

잘난 체하는 벤의 목소리를 들으니 빨리 대화를 끊내고 싶었지만 짜증을 꾹 참았다.

"참, 내일 아침 일찍 트론헤임에 도착한대."

벤이 말했다.

"내일?"

목소리에서 당황한 티가 났는지 벤이 놀라서 나를 쳐다보았다.

"응. 그게 왜? 무슨 문제 있어?"

"나는 오늘인 줄 알았는데…."

내가 말을 흐리자 벤이 어깨를 으쓱하며 말했다.

"먼 길이잖아."

"하기는."

얼른 방으로 돌아가 내가 무엇을 보고 무엇을 보지 않았는지 생각을 정리해야 했다.

"나는 그만 선실로 돌아갈게. 잠깐 누워야겠어."

"그래. 이따 보자, 로."

벤의 말투는 가벼웠다. 하지만 나를 보는 눈빛에는 걱정이 가득했다.

아래층 갑판으로 가는 계단 방향이라고 생각했는데 길을 잘못 들었는지 도서관에 도착했다. 시골의 목조건물을 축소한 듯한 도서관은 녹색 갓을 쓴 독서 등과 줄지어 늘어선 책장을 완비하고 있었다.

어디로 잘못 들어왔는지 생각하며 한숨을 내쉬었다. 왔던 길로 돌아가 벤을 다시 만나고 싶지는 않았다. 더 빠르게 가는 길은 없을까? 이렇게 작은 배에서 길을 잃을 수가 있나?

하지만 공간을 빈틈없이 사용하려고 선실들을 퍼즐처럼 배치해놓은 터라 길을 찾기가 혼란스러웠다. 방향 감각도 떨어지는 데다 배가 움직이고 있어 미로를 빠져나가기는 더욱 힘들었다.

게다가 일반 페리와 달리 이 배에는 평면도나 지도가 없었고 표지판도 최소한으로만 사용했다. 어쩌다 부자들이 묵게 된 가정집 같은 느낌을 주기 위해서인 듯했다.

어디와 이어졌는지도 모를 출입문 두 개 중 하나를 열자 야외 갑판이 보였다. 적어도 바깥에 있으면 어느 방향으로 가고 있는지 알 수 있겠지. 밖으로 나온 순간, 바람이 얼굴을 때렸고 니코틴에 찌든 쉰 목소리가 뒤에서 들렸다.

"자기, 서 있는 게 기적이네! 몸은 좀 괜찮아요?"

뒤를 돌아보니 곡선 형태의 유리 흡연실에 티나가 서 있었다. 그녀가 담배를 한 모금 길게 빨고 내게 물었다.

"아직 술이 덜 깼나?"

돌아서서 도망치고 싶은 마음을 다스렸다. 사람들과 교류해야 했다. 내가 자초한 숙취로 기회를 잃을 수 없었다. 진심처럼 보이기를 바라며 억지로 미소를 지었다.

"조금은요. 왜 그렇게 많이 마셨는지 모르겠어요."

"나는 자기 주량에 감탄했어."

티나는 나를 놀리는 듯한 미소를 지었다.

"예전에 내가 〈익스프레스〉에서 일을 시작했을 때 말이야, 그때는 점심을 정말로 길게 먹던 시절이었거든. 당시 상사가 나한테 해준 말이 있어. 인터뷰 대상보다 술을 더 많이 마실 수 있으면 첫 번째 특종이 멀지 않았다고."

흐린 담배 연기 너머로 티나를 바라보았다. 사무실에서 들은 소문에 따르면 티나는 자기보다 어린 여자들의 등을 밟고 승진 사다리를 올랐고 유리 천장 위에 도착하자 사다리를 거두었다고 한다. 로완도 언젠가 이런 말을 한 적 있다. '티나는 중역 회의실에 여성 호르몬이 조금만 있어도 자기 존재를 위협한다고 생각해.'

하지만 내 앞에 있는 여자와 로완이 말한 여자는 다른 사람 같았다. 사실 티나 덕분에 경력을 쌓았다고 한 동료도 있기는 했다. 진하게 화장을 한 눈으로 웃고 있는 그녀를 보자 그 세대의 남자들만 있는 조직에서 여성 저널리스트로서 치열하게 승진을 하는 삶이 어땠을지 상상해볼 수 있었다. 다른 여자들을 다 데리고 갈 수 없던 것은 티나의 잘못이 아닐지도 모른다.

"이리 와봐요, 내가 작은 비밀을 하나 알려주지."

티나가 가까이 오라고 손짓하자 뼈만 남은 손가락에서 반지가 짤랑거렸다.

"과음 후 술을 깨는 팁은 해장술을 마시고 남자를 하나 구해서 오랫동안 천천히 섹스하는 거야."

나는 답으로 헛구역질 대신 어정쩡한 침묵을 선택했다. 티나가 니코틴에 찌든 쉰 목소리로 다시 웃었다.

"놀랐나 보군."

"그런 건 아니에요. 그냥… 여기에는 후보가 조금 부족한 것 같아서요."

"어젯밤에 보니 섹시한 벤 하워드와 꽤 가까워 보이던데…."

그 말에 몸서리가 쳐졌지만, 티를 내지 않고 단호히 말했다.

"예전에 사귀던 사이예요. 그때로 돌아갈 마음은 전혀 없고요."

"아주 현명하네."

티나가 내 팔을 토닥이자 주렁주렁 낀 반지가 짤랑거리며 내 피부에 닿았다.

"아프가니스탄에 이런 말이 있지. 같은 호수에서 두 번은 목욕할 수 없다고."

이 말에는 대체 뭐라고 대답해야 할까.

"이름이 뭐랬지?"

우물쭈물하는 내게 티나가 불쑥 물었다.

"루이스였나?"

"로예요. 로라를 줄여서 그렇게 불러요."

"만나서 반가워요, 로. 〈벨로시티〉에서 로완과 일한다고?"

"네, 저는 특집기사 담당인데 로완의 출산휴가 동안 자리를 대신할 것 같아요. 이번 여행에 참가한 것도 위에서 저를 시험해 보려고 보내서예요."

이번 여행이 시험이라면 나는 낙제로 향하고 있었다. 〈벨로시티〉는 내가 주최 측에 살인을 은폐했다고 비난하리라고는 꿈에도 생각하지 못할 것이다.

담배를 빨던 티나가 입에서 담뱃잎 하나를 뱉고 나를 평가하듯 뜯어보았다.

"로완의 자리는 많은 것을 책임져야 하지. 그래도 위로 올라가고 싶은 마음이 있다니, 훌륭하네. 그럼 로완이 돌아오면 어떻게 할 생각일까?"

대답하려고 입을 열었다가 다물었다. 어떻게 하지? 예전 일로 돌아가나? 고민하고 있을 때 티나가 먼저 말을 했다.

"여행 끝나고 시간 있을 때 나한테 전화 한 통 줘요. 프리랜서를 항상 구하고 있으니까. 야심 있고 영리한 친구들은 특히 환영이지."

"그런데 저는 정직원으로 계약되어 있어요."

아쉬웠다. 티나의 제안은 칭찬이었고 거절하고 싶지 않았지만 경쟁 금지 조항이 있는 회사에서 부업을 허락할 리 없다.

"좋을 대로."

티나가 어깨를 으쓱했다. 동시에 배가 흔들렸고 그녀는 금속 난간을 붙잡고 비틀거렸다.

"이런, 담배가 꺼졌네. 라이터 없죠? 내 라이터를 라운지에 두고 와서."

"저는 담배를 안 피워요."

"젠장."

티나가 난간 밖으로 담배꽁초를 날렸다. 담배는 소용돌이치는 바다에 닿기도 전에 바람에 휩싸여 날아가 버렸다.

티나에게 내 명함을 줘야 했나? 앞으로 〈버니언타임스〉의 계획이 어떻게 되고 불머 경을 어디까지 구워삶았는지 은근슬쩍 떠볼걸. 로완이라면 그렇게 했을 텐데. 그리고 벤이었다면… 지금쯤 경쟁금지 조항이고 뭐고 고민하지 않고 프리랜서 계약을 완료했을 것이다.

하지만 닐손이 선장에게 내 이야기의 허점을 전하고 있을 지금, 경력 따위는 중요하지 않았다. 티나에게 질문을 할 수 있다면 어젯밤 행적을 물어봐야 했다. 벤은 라스, 아처, 불머와 포커를 쳤으니 옆 선실에 들어갈 수 있는 사람은 몇 명 남지 않는다. 티나에게 배 밖으로 여자를 던질 만큼의 힘이 있을까?

그녀가 소금 뿌려진 갑판을 위태롭게 걸어가는 모습을 지켜보았다. 페인트칠한 철제 갑판 위에서 가느다란 하이힐이 옆으로 미끄러졌다. 티나는 사냥개처럼 말랐고 근육보다는 힘줄로 이루어져 있을 법한 몸이었다.

하지만 저 팔에 단단하게 숨은 힘을 상상할 수 있었다. 로완은 그녀가 보기보다 더 무자비한 여자라고 말했다. 마음을 굳게 먹고 티나를 따라 문으로 가며 말했다.

"편집장님은 어젯밤에 편안하게 주무셨어요?"

한 손으로 육중한 문을 붙잡고 있던 티나가 우뚝 멈춰 섰다. 금속 손잡이를 움켜쥔 손등의 힘줄이 철사 케이블처럼 튀어나왔다.

"뭐라고?"

티나가 뒤돌아 공룡처럼 목을 빼고 나를 똑바로 쳐다보았다.

"그게…."

공격적인 반응에 놀라 말문이 막혔다.

"그런 뜻이 아니라 그냥 궁금해서…."

"충고 하나 할까? 궁금해하지 말고 함부로 떠보지도 마. 업계에 적을 만들면 안 된다는 진리를 자기처럼 똑똑한 여자가 왜 몰라."

그러더니 잡고 있던 문을 놓았다. 문이 쾅 소리를 내며 닫혔다.

나는 갑판에 멍하니 서서 해무 낀 유리창 너머로 멀어지는 티나의 모습을 바라보았다. 방금 무슨 일이 있었던 거지?

고개를 가로젓고 정신을 가다듬었다. 의미 없는 질문이었다. 그보다는 선실로 돌아가 내게 남은 단 하나의 증거를 확보해야 했다.

선실 갑판으로 내려가는 동안 청소부들이 청소기를 끌고 수건과 리넨 침구를 손수레에 쌓는 모습이 보였다. 닐손과 방을 나가면서 선실 문을 잠갔지만 '방해 금지' 사인은 깜박하고 걸어두지 않았다는 사실이 퍼뜩 떠올랐다.

선실 안은 구석구석 깨끗하게 청소가 되어 있었다. 세면대는 광이 났다. 창문에 묻은 바닷물도 깨끗하게 닦여 있었다. 더러워진 옷가지도 마법처럼 사라졌다. 찢긴 이브닝드레스도 사라졌다.

하지만 그런 것들에는 관심 없었다. 나는 욕실에 있는 화장대로 직행했다. 그 위에 화장품과 클렌저가 질서정연하게 늘어서 있었다.

어디에 있지?

립스틱과 립글로스, 치약, 로션, 아이메이크업 리무버, 반쯤 먹은 약 상자를 옆으로 밀쳐냈다. 그런데… 튀는 분홍색과 초록색이 보이지 않았다. 세면대 아래에 있나? 아니면 쓰레기통에? 여기에도 없다.

선실로 돌아가 서랍을 일일이 열어보고 의자 아래를 살폈다. 어디로 간 거야? 대체 어디 있어?

머리를 감싸 쥐고 침대에 주저앉았을 때는 이미 대답이 나와 있었다. 사라졌다. 실종된 여자와 나의 유일한 연결고리였던 마스카라는 사라졌다.

〈해린게이 에코〉, 9월 26일 토요일
노르웨이 유람선에서 런던 여행객이 실종되다

실종된 런던 시민 로라 블랙록(32)의 친구와 가족들은 블랙록의 안전이 '점점 걱정스럽다'라고 말하고 있다. 실종 신고를 한 남자 친구 주다 루이스(35)는 해링게이 웨스트그로브에 사는 블랙록이 오로라 보리알리스라는 호화 크루즈선을 탔다가 사라졌다고 밝혔다. 블랙록과 동승하지 않은 루이스는 블랙록이 크루즈선에 탑승한 후로 메시지에 답장하지 않고 연락이 되지 않아 걱정하기 시작했다고 말했다.

지난 일요일 첫 항해를 한 오로라 보리알리스호의 대변인은 블랙록이 9월 22일 화요일 트론헤임에서 하선할 예정되어 있던 관광을 한 이후로 종적을 감췄다고 확인했다. 오로라호 측은 그녀가 남은 크루즈를 포기하고 돌아간 것이라 추측했지만, 금요일에 블랙록 씨가 영국으로 돌아가지 않았다는 남자 친구의 신고를 전해 듣고서야 계획된 행동이 아니라는 사실을 알았다고 한다.

실종 여성의 어머니인 파멜라 크루는 연락을 하지 않는 것은 딸답지 않은 행동이라고 말하며 애칭 '로'라고도 불리는 블랙록을 본 사람이 있다면 제보를 부탁한다고 호소했다.

9월 21일 월요일, 오전

14

 밀려드는 공포를 참기 어려웠다. 누군가 내 방에 들어왔다. 아는 사람이다.
 내가 무엇을 봤고, 무엇을 들었고, 무엇을 말했는지 아는 사람.
 다시 채워진 미니바를 보자 술을 마시고 싶은 마음이 간절했지만 욕구를 누르고 선실 안을 서성였다. 어제 그토록 넓어 보였던 공간이 지금은 사방에서 나를 옥죄는 것 같았다.
 누군가 선실에 들어왔다. 하지만 누가?
 비명을 지르고 침대 아래에 숨어 평생 나오고 싶지 않았다. 하지만 탈출할 길이 없다. 트론헤임에 도착하기 전까지는.
 트론헤임을 떠올리자 쳇바퀴처럼 돌던 생각들에서 벗어날 수 있었다. 화장대를 짚고 서서 어깨를 축 늘어뜨린 채 거울 속의 창백하고 수척한 내 얼굴을 보았다. 피곤해서 눈 밑에 짙은 다크서클이 드리워져 있었다. 단순히 잠이 부족해서가 아니었다.

지금 나는 겁에 질려 굴속으로 도망치는 짐승 같은 눈빛을 하고 있었다.

복도에서 들리는 커다란 소음에 정신이 들었다. 청소부들이 방을 치우는 소리였다. 심호흡을 하고 허리를 똑바로 편 후 머리카락을 어깨 뒤로 넘겼다. 문을 열고 청소기가 시끄럽게 울리고 있는 복도 밖으로 머리를 내밀었다. 아래층에서 만난 폴란드 여자 이보나가 벤의 선실 문을 활짝 열어놓고 청소를 하는 중이었다.

"저기요!"

하지만 청소기 소리 때문에 들리지 않는 듯했다. 할 수 없이 더 가까이 다가가 불렀다.

"저기요!"

"엄마야!"

청소부용 남색 유니폼 차림인 이보나가 깜짝 놀라며 뒤를 돌아 가슴을 부여잡았다. 그녀는 숨을 제대로 쉬지 못하면서도 발로 능숙하게 청소기 전원을 껐다. 일하느라 지쳤는지 선 굵은 얼굴이 붉게 달아올라 있었다.

"놀랐잖아요."

"미안해요. 놀라게 할 생각은 아니었어요. 질문이 있어서요. 혹시, 내 방 청소했어요?"

"네, 이미 했어요. 덜 치운 부분이 있나요?"

"아니요, 아주 깨끗해요. 완벽할 정도예요. 그냥 궁금해서 그러는데요… 혹시 내 마스카라 보셨어요?"

"마스…? 그게 뭔데요?"

이해하지 못하는 표정으로 이보나가 고개를 저었다.

"마스카라요. 눈에 바르는 화장품… 이렇게요."

마스카라를 바르는 흉내를 내자 이제 알겠다는 표정을 지었다.

"아! 알죠. 투시 두 래시*!"

폴란드어로 무언가를 말했는지, 그 말이 '마스카라'를 뜻하는지 '쓰레기통에 넣었어요'를 뜻하는지 모르지만 일단 힘차게 고개를 끄덕였다.

"네, 맞아요. 분홍색과 초록색 튜브예요. 이렇게 생긴…."

메이블린을 검색하려고 휴대전화를 꺼냈지만 와이파이는 여전히 먹통이었다.

"이런, 안 되네요. 아무튼 분홍색과 초록색이 섞였어요. 혹시 보셨어요?"

"네, 어젯밤 청소할 때 봤어요."

"오늘 아침에는 못 봤고요?"

"네."

이보나가 혼란스러운 얼굴로 고개를 저으며 되물었다.

"화장실에 없어요?"

"없어요."

"죄송해요. 저는 못 봤어요. 승무원 칼라에게도 한번 물어볼게

---

* 폴란드어로 마스카라는 tusz do rzęs라고 한다.

요. 혹시… 뭐라고 하지… 새로 사드리…?"
 이보나는 걱정스러운 얼굴로 말을 더듬었다. 지금 이 모습이 남들 눈에는 어떻게 보일까. 쓰다 남은 마스카라를 훔쳤다고 미친 여자가 청소부를 추궁한다고 생각하겠지? 고개를 젓고 이보나의 팔에 손을 올렸다.
 "아니에요. 별일 아니니까 신경 쓰지 말아요."
 "별일 아니긴요!"
 "정말 괜찮아요. 내가 어디에다 뒀을 거예요. 주머니에 있겠죠."
 하지만 나는 진실을 알았다. 마스카라는 사라졌다.

 선실로 돌아와 문고리의 잠금 버튼을 누르고 방범용 체인을 걸었다. 그다음 전화기를 들고 0번을 눌러 닐손을 연결해 달라고 부탁했다. 연결을 기다리는 동안 파이프 음악이 들리더니 커밀라 리드먼인 듯한 여자가 전화를 받았다.
 "블랙록 님? 기다려주셔서 감사해요. 바꿔드릴게요."
 달칵하는 소리와 잡음이 들린 후에 저음의 남자와 연결되었다.
 "여보세요? 요한 닐손입니다. 무엇을 도와드릴까요?"
 "마스카라가 사라졌어요."
 나는 앞뒤 설명을 다 자르고 대뜸 말했다. 침묵이 흘렀다. 닐손은 머릿속으로 승객들에 관한 정보를 훑고 있을 터였다.
 "마스카라요."
 나도 모르게 짜증이 났다.

"10호실에 있던 여자가 췄다고 어젯밤에 말했잖아요. 내 말을 증명하는 물건 말이에요. 모르겠어요?"

"저는 잘…."

"범인이 선실로 들어와 가져간 게 틀림없어요."

흥분을 다스리며 천천히 말했다. 또박또박 침착하게 말해야 한다고 마음을 다잡지 않으면 전화기에 대고 소리를 지를 것만 같았다.

"당당하다면 왜 그랬겠어요?"

닐손은 한참이나 답이 없었다.

"여보세요?"

"제가 가서 뵙죠. 지금 선실에 계십니까?"

"네."

"10분 후에 가겠습니다. 지금은 선장님과 있어서요. 이곳 일을 마무리하고 최대한 빨리 가도록 하지요."

"끊어요."

수화기를 쾅 내려놓았다. 두렵기보다는 화가 났다. 하지만 화가 난 대상이 나인지 닐손인지는 알 수 없었다.

좁은 선실 안을 다시 서성이며 어젯밤 일을 떠올리자 몇 개의 장면, 소리, 두려움이 머릿속을 가득 채웠다. 누군가 침입했다는 느낌을 떨칠 수가 없었다. 누군가 내 선실에 들어왔다. 내가 닐손과 다니느라 바쁘다는 사실을 알고 이곳으로 와 내 소지품을 뒤지고 내가 내세울 수 있는 유일한 증거를 가져갔다.

대체 누가 열쇠에 접근할 수 있지? 이보나? 칼라? 요세프?

노크 소리에 황급히 문을 열었다. 문밖에는 신경질과 피로가 불편하게 뒤섞인 닐손이 서 있었다. 나만큼 심하지는 않아도 눈 밑에 다크서클이 생기고 있었다.

"누가 마스카라를 가져갔어요."

내가 다시 말하자 닐손이 고개를 끄덕였다.

"들어가도 될까요?"

뒤로 물러서자 그가 나를 조심스럽게 나를 지나 방으로 들어왔다.

"앉아도 됩니까?

"앉아요."

닐손이 앉자 소파가 무게에 눌려 삐걱 소리를 냈다. 나는 맞은편에 화장대 의자를 놓고 앉았다. 둘 다 아무 말이 없었다. 나는 그가 먼저 말을 꺼내기를 기다렸다. 닐손도 그러는 눈치였다. 아니면 적당한 말을 찾으려 할 뿐이든가. 닐손이 콧등을 손가락으로 꼬집었다. 덩치 큰 남자가 그런 동작을 하니 묘하게 코믹했다.

"블랙록 님…."

"로라고 불러요."

닐손은 한숨을 쉬고 다시 말을 꺼냈다.

"그래요, 로. 선장님과도 이야기를 했습니다만, 지금까지 사라진 직원은 없다는 결론이 나왔습니다. 10호실에 관해 의심스러운 점을 봤다는 직원도 없었고요. 결국…."

"여보세요."

내가 화를 내며 말을 잘랐다. 그 말을 막으면 그와 선장이 내린 결론이 달라지기라도 할 것처럼.

"블랙록 님…."

"아니. 안 돼요, 그러지 말아요."

"뭘 하지 말라는 겁니까?"

"'블랙록 님'이라고 부르면서 내가 귀중한 승객인 척, 무엇을 걱정하는지 이해하는 척 이러쿵저러쿵 말하더니 헛것을 본 미친 여자 취급을 하고 있잖아요."

"그렇지 않습…."

닐손이 입을 열었지만 화가 나서 더는 듣기 힘들었다.

"둘 중 하나예요. 나를 믿거나… 어, 잠깐!

왜 그 생각을 못 했지?

"CCTV는요? 보안 시스템이 있지 않나요?"

"블랙록 님…."

"복도 카메라 영상을 확인해 봐요. 여자가 있을 거예요. 분명히 있어요!"

"블랙록 님!"

닐손이 더 크게 외쳤다.

"하워드 님을 만났습니다."

"뭐라고요?"

"하워드 님과 대화를 했습니다." 그가 힘빠진 목소리로 계속했다.

"벤 하워드 님이요."

"그래서요?"

아무렇지 않은 듯 대답했지만 심장이 두근거렸다.

"벤이 이번 일에 대해 뭘 안다고 만나요?"

"그분 선실이 빈 선실 맞은편이어서 찾아뵀습니다. 그분도 무슨 소리를 들었는지, 물에 빠지는 소리를 들었다는 손님 이야기를 증언할 수 있는지 알아보려고요."

"벤은 거기 없었어요. 포커를 치고 있었다고요."

"압니다. 하지만 그분 말씀으로는…."

닐손이 말을 흐렸다.

가슴이 철렁 내려앉았다. 벤, 이 배신자야. 대체 무슨 말을 한 거야?

무슨 말을 했는지 알 것 같았다. 닐손의 얼굴에 답이 쓰여 있었다. 그렇다고 이대로 넘어갈 수는 없었다.

"뭐랬는데요?"

이를 악물고 물었다. 벤이 뭐라고 했는지 다 들어야 했다. 한 마디, 한 마디 고통스럽게 다 털어놓도록 할 작정이었다.

"집에 어떤 남자가 들어왔었다고 하더군요. 강도를 당하셨다고요."

"이번 일과는 상관없어요."

"그게, 음…."

닐손이 헛기침을 하고 팔짱을 끼더니 다리를 꼬았다. 덩치 큰 남자가 소파에 불편하게 걸터앉아 몸을 움츠리는 모습은 우스꽝스러웠다. 나는 아무 말도 하지 않았다. 그가 안절부절못하는 모습을 보니 즐겁기까지 했다. 이런 잔인한 생각도 들었다. 당신도 알지. 자기가 얼마나 못된 인간인지.

"손님께서 그… 강도 사건 이후로 음… 잠을 잘 주무시지 못한다고 하더군요."

나는 아무 말도 하지 않았다. 화가 나서 몸이 차갑게 굳었다. 닐손보다는 벤 하워드에게 더 화가 났다. 내가 다시는 비밀을 털어놓나 봐라. 대체 그 인간은 언제쯤 정신을 차릴까.

"그리고 술도 드셨죠. 술은, 음… 같이 섞이면…."

닐손이 말을 흐렸다. 금발에 가려진 얼굴은 우울하게 일그러졌다. 그는 내 소지품이 한심하게 쌓여 있는 욕실로 고개를 돌렸다.

"뭐랑 섞인다는 거예요?"

그 말은 내 목소리답지 않게 낮고 딱딱하게 들렸다. 닐손은 이 상황이 너무도 불편한 듯 천장을 올려다보며 말했다.

"그… 항우울제 말입니다."

세면대에 놓인 구겨진 약 상자를 보며 속삭임에 가까운 목소리로 대답한 그가 내게로 다시 시선을 돌렸다. 온몸으로 미안하다고 말하고 있었지만 그의 말은 이미 뱉어진 후였다. 무슨 의도로 그런 말을 했는지 우리 둘 다 잘 알았다.

따귀를 맞은 것처럼 뺨이 뜨거워졌다. 벤 하워드… 그 비열한 자식이 정말로 다 이야기했단 말이지. 그 자식은 닐손과 고작 몇 분 대화하면서 내 증언을 뒷받침해 주지는 못할지언정 나라는 사람에 대해 모든 정보를 쏟아냈다. 내가 믿을 수 없고 약에 취해 비정상적인 망상을 하는 사람이라고 말한 셈이었다.

내가 항우울제를 복용하는 건 사실이다. 그게 어쨌단 말인가? 몇 년 동안 약을 먹어왔고 또 술을 마셨다고 해서 뭐? 내가 겪은 것은 망상이 아니라 불안 발작이었다.

설령 내가 중증 정신병을 앓고 있더라도 내가 목격한 장면이 거짓이라고 치부할 수는 없는 것이다. 약은 이번 일과 아무 상관이 없었다.

"그렇단 말이죠. 약을 먹는다는 이유로 내가 진실과 허구를 구분하지 못하는 미친 편집증 환자라고 생각하는군요? 이 약을 먹는 사람이 전 세계에 수십만 명이라는 사실은 알아요?"

덤덤한 말투로 말하자 닐손이 어색하게 대꾸했다.

"그런 말이 아닙니다. 하지만 손님의 이야기를 뒷받침할 증거가 없지 않습니까. 블랙록 님, 죄송하지만 말씀하신 사건은 얼마 전 직접 겪으신 일과 아주 비슷…"

"아니야!"

고함을 치며 벌떡 일어나, 나보다 15센티미터는 더 큰 그가 우울하게 웅크리고 있는 모습을 내려다보았다.

"그러지 말라고 했죠. 알랑거리는 호칭으로 나를 존중하는 척하다가 내가 한 말을 무시하지 말라고요. 그래요, 잠을 못 잤어요. 그래요, 술도 마셨어요. 그래요, 집에 강도가 들어온 적도 있어요. 하지만 내가 본 일과는 아무 상관이 없어요."

"하지만 그게 문제 아닙니까?"

닐손도 자리에서 일어났다. 그의 넓은 뺨에 홍조가 떠올랐다.

"손님은 현장을 목격하지 않으셨습니다. 어떤 여자를 보셨죠. 이 배 안에 수두룩한 여자요. 그러다 한참 후에 무엇인가가 물에 빠지는 소리를 들었습니다. 그래서 며칠 전 직접 경험한 사건과 비슷하다고 성급하게 결론을 내린 겁니다. 2 더하기 2가 5가 된 꼴이죠. 그런 이유로 살인 사건을 수사할 수는 없습니다."

"나가요."

내 심장을 꽁꽁 얼렸던 얼음이 녹기 시작했다. 이대로 있다가는 아주 멍청한 짓을 하고 말 것 같았다.

"손님…."

"당장 나가요!"

현관 쪽으로 성큼성큼 다가가 거칠게 문을 열었다. 손이 떨리고 있었다.

"나가지 않으면 선장을 불러서 혼자 있는 여자 승객이 몇 번이고 선실에서 나가 달라고 했는데 거부했다고 말하겠어요. 그러니까 내 선실에서 빨리 꺼지라고!"

닐손은 고개를 푹 숙이고 문으로 어색하게 걸어갔다. 무슨 말을 하려는 듯 잠시 멈춰 서 있었지만 나와 눈이 마주치자 내 표정 때문인지 눈빛 때문인지, 움찔하며 돌아섰다.

"안녕히 계십시오, 블랙…."

그의 말을 더는 듣고 싶지 않아 닐손의 얼굴을 향해 문을 닫고 침대에 쓰러졌다. 그리고 가슴이 터지도록 흐느껴 울었다.

15

 내가 왜 약을 먹어야 살 수 있는지 그 이유가 문서로 기록되어 있지는 않다. 유복한 어린 시절을 보냈고 부모님은 나를 애지중지 키웠다. 나를 때리거나 괴롭힌 사람도 없었고 성적도 늘 A만 받았다. 내게는 사랑과 응원뿐이었다. 하지만 그것만으로는 부족했던 모양이다.
 내 친구 에린은 모든 사람의 내면에 악마가 있다고 말한다. 내가 쓸모없는 사람이라고, 이번 승진에서 제외되거나 시험을 잘 보지 못하면 내가 정말로 가치 없는 껍데기일 뿐이라고 이 세상에 알릴 것이라 속삭이는 목소리가 있다고 한다. 그 말이 정말인지도 모르겠다. 내 안에 있는 악마의 목소리가 조금 더 큰 것뿐일지도.
 사실은 그렇게 단순하지는 않다. 대학 졸업 후 시작된 우울증의 원인은 시험이나 자존감이 아니었다. 그보다 더 기이한 무엇이었고, 내 병은 약이 아니면 치료할 방법이 없었다.

인지 행동요법, 상담, 심리 치료… 무엇도 약과 같은 효과를 내지는 못했다. 리지는 약으로 감정을 제어한다는 사실이 무섭다고 했다. 내 본질을 바꿀 수 있는 약을 먹는다는 것이 두렵다고. 하지만 내 생각은 다르다. 내게는 약을 먹는 것이 화장하는 것과 비슷했다. 변장이 아니라 내 원초적인 모습을 감추고 나를 더 나답게 만들었다. 나를 최고의 모습으로 만들어주었다.

벤은 그런 화장을 하지 않은 나를 본 적이 있다. 그래서 나를 떠났다. 한동안은 분노를 느꼈지만 그를 원망할 수는 없었다. 스물다섯 살이 된 그해의 나는 아주 끔찍했으니까. 나를 떠날 수 있다면 나라도 기꺼이 그렇게 했을 것이다.

하지만 지금은 그때보다 더, 벤을 용서할 수 없다.

"문 열어!"

노트북 자판을 두드리는 소리가 멈추고 의자 다리가 바닥을 끄는 소리가 났다. 뒤이어 조심스럽게 선실 문이 열렸다.

"누구세요?"

문틈 사이로 얼굴을 비친 벤이 나를 보자 놀란 표정을 지었다.

"로! 어쩐 일이야?"

"무슨 일로 왔다고 생각해?"

"아, 그 일."

민망한 듯한 표정을 보니 양심은 남아 있나 보다.

"그래, 그 일."

선실로 벤을 밀치고 들어가며 따졌다.

"닐슨하고 이야기했다며."

"저기…." 그가 나를 달래려고 손을 들었지만 여기서 물러설 생각은 없었다.

"쳐다보지 마. 어떻게 그럴 수 있어? 다 말하는데 얼마나 걸렸니? 발작, 약, 직장에서 잘릴 뻔했다는 사실까지 다 말했어? 내가 옷도 제대로 입지 못하고 집 밖으로 한 걸음도 나가지 못하던 때에 대해서도 말했어?"

"아니! 당연히 아니지. 어떻게 그런 생각을 해?"

"그럼 약만 말한 거야? 집에 강도가 들었고 나는 절대 믿을 사람이 아니라는 몇 가지 흥미로운 사실도 보태고?"

"아니야! 그렇지 않아!"

벤이 베란다 문으로 걸어가며 나를 돌아보았다. 손으로 쥐어뜯은 바람에 그의 머리카락이 삐죽삐죽 솟았다.

"나는 그냥… 젠장, 그냥 튀어나왔어. 어쩌다 그랬는지 모르겠어. 그 사람, 취조하는 능력이 대단하더라."

"너는 기자잖아! '노코멘트' 몰라?"

"아… 노코멘트."

"네가 무슨 짓을 했는지 너는 모르겠지."

주먹을 꽉 쥐자 손톱이 손바닥을 아프게 짓눌렀다. 억지로 주먹을 풀고 쑤시는 손바닥을 청바지에 문질렀다.

"그게 무슨 뜻이야? 잠깐만, 기다려봐. 커피 좀 마셔야겠어. 너도 마실래?"

꺼지라고 말하고 싶었지만, 솔직히 나도 커피가 필요했다. 고개를 끄덕였다.
"우유는 넣고, 설탕 빼고. 맞지?"
"응."
"변하지 않았군."
에스프레소 머신에 생수를 채우고 캡슐을 넣으며 그렇게 말하기에 내가 벤을 째려보았다.
"아니, 많은 것이 변했어. 너도 알잖아. 그런데 어떻게 그런 말을 할 수 있어?"
"나는… 나도 모르겠어."
벤이 흐트러진 머리에 손을 찌르고 머리카락 뿌리를 움켜쥐었다. 머리카락을 세게 잡아당기면 머릿속에서 변명거리들을 붙잡을 수 있다고 생각하는 것일까?
"아침 먹고 돌아오던 길에 닐손과 마주쳤어. 복도에서 나를 붙잡더니 네가 걱정된다고 말하더라고. 밤에 무슨 소리를 들었다면서? 나는 술이 덜 깨서 그 사람이 무슨 말을 하는지 몰랐어. 처음에는 강도 사건을 이야기하는 줄 알았지. 그러더니 네 상태가 안 좋다는 거야. 로, 정말 미안해. 내가 일부러 찾아간 건 아니야. 그나저나 그 사람은 대체 무슨 일로 그러는 거야?"
"너하고는 상관없는 일이야."
벤이 내민 커피를 받아 들었지만, 너무 뜨거워서 바로 마시지는 못하고 무릎 위로 들고만 있었다.
"아니, 상관있어. 너 많이 화났잖아. 간밤에 무슨 일 있었어?"

내 마음의 95퍼센트는 벤 하워드에게 꺼지라고, 닐손에게 내 사생활을 떠벌리고 내 증언의 신빙성을 떨어뜨렸으니 나도 너를 믿을 수 없다고 말하고 싶었다. 그러나 불행히도 남은 5퍼센트의 마음이 더 강했다.

"사실…."

마른침을 삼켰다. 목이 꽉 막혔지만 누군가에게 이번 일을 이야기하고 싶었다. 벤에게 이야기하면 내가 미처 생각하지 못한 아이디어가 떠오르지 않을까? 어쨌든 벤은 기자였다. 인정하기 싫지만 꽤나 유능한 기자였다.

심호흡을 한 후 어제 닐손에게 한 이야기를 들려주었다. 이번에는 내 주장을 확실하게 전달하려고 빠르게 말을 쏟아냈다.

"그 안에 여자가 있었어, 벤. 내 말을 믿어줘!"

"이봐, 이봐. 당연히 난 너를 믿지."

벤이 눈을 깜박거리며 말했다.

"내 말을 믿는다고?"

놀라웠다. 유리로 된 테이블에 탕 소리가 날 정도로 커피잔을 내려놓으며 되물었다.

"정말이야?"

"당연히 믿지. 네가 뭘 상상해서 꾸며낼 줄 알기나 해?"

"닐손은 날 못 믿는대."

"닐손이 왜 네 말을 의심하는지는 짐작할 것 같아. 크루즈선에서 일어난 범죄는 수상한 냄새를 풍긴다는 것, 다들 아는 사실이잖아."

그의 말에 고개를 끄덕였다. 크루즈선에 대해 떠도는 소문이라면 다른 여행기자들만큼 나도 잘 알았다. 크루즈선 소유주들의 범죄 성향이 강하다는 것은 아니다. 그보다는 해상에서 일어난 범죄에는 애매한 영역이 있다는 말이었다.

오로라호는 내가 기사에서 다룬 배들처럼 바다에 떠다니는 도시 같지는 않았다. 하지만 공해상에서는 똑같이 모순적인 법적 지위를 가지고 있었다. 실종 증거가 넘쳐나도 얼마든지 은폐가 가능했다.

바다에서 일어난 사건은 관할 구역이 불분명해서 대개 경찰이 아닌 선상의 보안팀이 수사를 담당한다. 그리고 크루즈선에 고용된 그들로서는 상부의 심기를 건드리지 않는 것이 정확한 수사보다 중요하기 마련이었다.

선실 안은 숨이 막히도록 따뜻했지만 갑자기 한기가 느껴져 팔을 문질렀다. 벤에게 악을 쓰고 따지기 위해 이곳으로 왔는데 후련해지기는커녕 더 불안해질 줄이야.

"가장 걱정되는 점은…." 천천히 말을 꺼냈다가 입을 다물었다.
"뭔데?"
벤이 재촉했다.
"그 여자가… 마스카라를 빌려줬어. 나는 선실에 주인이 없는지도 모르고 마스카라를 빌리려고 문을 두드렸어. 그때 그 여자를 만났던 거야."
"그랬구나…."
벤이 커피를 한 모금 더 마셨다. 찻잔이 얼굴을 가렸지만 어리둥절한 표정이 보였다. 지금 내가 하려는 말을 이해하지 못한 것이 분명했다.

"그리고?"

"그리고… 그게 사라졌어."

"뭐, 마스카라가? 무슨 말이야? 사라지다니?"

"사라졌어. 내가 닐손하고 돌아다니는 동안 누가 내 선실에 들어와 가져갔어. 다른 것은 착각이라고 해도 믿겠어. 하지만 아무 일도 없다면 마스카라를 왜 가져가? 마스카라는 10호실에 누가 있었다는 사실을 증명할 유일한 증거였어. 그게 없어졌단 말이야."

벤이 일어나 베란다로 가더니 커튼을 닫았다. 이상하고 불필요한 행동이었다. 내 얼굴을 일부러 외면하고 무슨 말을 할지 고민하고 있다는 느낌이 묘하게 들었다.

벤이 다시 뒤를 돌더니 딱딱하고 사무적인 표정으로 침대 끝에 앉았다.

"다른 사람은 또 누가 알아?"

"마스카라에 대해서?"

좋은 질문이었다. 분하게도 전혀 생각하지 못한 질문이기도 했다.

"음… 아마… 닐손 말고는 없을 거야."

그래도 마음이 놓이지는 않았다. 우리는 한참 서로를 바라보았다. 벤의 눈빛에는 꺼림칙한 의심이 담겨 있었다. 지금 내 머리에도 불현듯 떠오른 의심이.

"하지만 닐손은 마스카라가 사라졌을 때 나랑 같이 있었는걸."

"내내?"

"글쎄… 아마도…. 아니, 잠깐만. 나와 떨어졌던 시간이 있어. 아침을 먹을 때하고 내가 티나와 대화할 때."

"그럼 닐손이 가져갔겠네."

"그래. 가능성은 있어."

천천히 대답하며 닐손이 내 선실에 들어온 사람일까 생각했다. 그래서 내 약에 대해 알고 술과 같이 먹지 말라고 조언한 것일까?

"저기." 벤이 침묵을 깨고 말했다.

"가서 리처드 불머를 만나봐."

"불머 경?"

"그래. 어젯밤에 같이 포커를 쳐보니 좋은 사람 같더라. 닐손과 다녀봐야 소용없어. 책임자는 불머야. 우리 아버지가 항상 하시던 말씀이 있지. 불만이 있으면 곧장 사장에게 가라."

"이건 고객 서비스 문제가 아니야, 벤."

"어쨌든. 하지만 그 닐손이라는 사람… 조금 수상하지 않아? 이 배에서 닐손에게 책임을 물을 수 있는 사람이 있다면 불머야."

"과연 그럴까? 정말로 책임을 묻겠냐는 말이야. 닐손처럼 불머에게도 이번 일을 막을 동기가 있어. 아니, 더 많지. 네 말대로 사건이 터지면 손해가 이만저만이 아닐 테니까. 사건이 밖으로 알려지면 오로라호는 회생할 수 없을 거야. 사람이 살해된 크루즈에 누가 수만 파운드를 내면서 타려고 하겠어?"

"수요가 없지는 않을걸."

벤이 음침한 미소를 지으며 말했다. 소름 끼치는 느낌에 몸을 부르르 떨었다.

"가서 이야기해 본다고 손해 볼 것은 없잖아."

그는 주장을 굽히지 않았다.

"불머는 어젯밤 행적이 확실한 사람이고. 닐손보다야 낫지."

"같이 있었던 사람 중에 정말 밖에 나간 사람은 없어?"

"없어. 우리는 옌센 부부 선실에 있었어. 문은 하나뿐이고 내가 밤새도록 문 앞에 있었어. 일어나서 화장실을 가는 사람은 있었지만 다들 선실에 딸린 욕실을 사용했고. 클로이는 책을 읽다가 침실로 자러 들어갔어. 거실을 통하지 않으면 밖으로 나갈 방법이 없었다니까. 적어도 4시까지는 아무도 나가지 않았어. 거기 있던 남자들과 클로이는 용의선상에서 제외해도 돼."

나는 얼굴을 찌푸리고 손가락으로 승객들을 한 명씩 꼽았다.

"그럼… 너, 불머, 아처, 라스, 클로이를 빼면 남은 사람은 콜, 티나, 알렉산더, 오언 화이트, 레이디 불머네. 직원들하고."

"레이디 불머? 그건 무리 아닐까?"

벤이 눈썹 하나를 세우며 말했다.

"왜? 보기보다 멀쩡할 수도 있어."

"그래, 잘도 그렇겠다. 살인 사건에 대한 알리바이를 만들려고 4년 동안 암이 재발했다고 하면서 힘든 화학 요법과 방사능 치료를 가짜로 꾸몄다고?"

"비꼴 필요는 없잖아. 그냥 그렇다는 이야기야."

"내 생각에 승객들은 눈속임 같아. 마스카라에 대해 아는 사람은 너와 닐손뿐이라는 사실을 잊지 마. 닐손이 가져가지 않았다면 적어도 가져간 사람에게 너에 대해 말해줬을 거야."

"그게…."

나는 말을 잇지 못했다. 죄책감과는 또 다르게 찜찜한 감정이 등줄기를 타고 흘렀다.

"응?"

"새… 생각 중이야. 닐손이 직원들을 만나게 해줬을 때, 기억은 안 나는데… 내가 마스카라에 대해 말했을지도 몰라."

"이런, 로. 한 거야, 안 한 거야? 이건 중요한 문제라고."

"나도 알아."

나를 빤히 바라보는 벤에게 괜히 짜증을 냈다. 파도에 배가 아래위로 흔들렸고 다시 메스꺼워졌다. 반쯤 소화된 팬케이크가 속에서 불편하게 출렁였다. 아래쪽 갑판에서 나눈 대화를 생각하려 했지만 기억하기 힘들었다.

그때는 술이 덜 깬 상태였고, 인위적인 조명 아래 창문 하나 없이 좁고 답답한 선실에 있다 보니 폐소공포증이 도져 정신을 제대로 차릴 수 없었다. 흔들리고 기우는 소파에 앉아 눈을 감고 직원 식당에서 있었던 일들을 떠올려보았다. 깨끗하게 얼굴을 단장한 여자들이 상냥한 태도로 나를 바라보았다. 무슨 말을 했더라?

"기억이 안 나. 정말로. 하지만 지나가는 말로 언급했을 수도 있어. 아닐 것 같은데 장담은 못 하겠어."

"제길. 그렇다면 범위가 넓어지는군."

나도 심각하게 고개를 끄덕였다.

"아, 다른 승객이 봤을지도 몰라. 빈 선실에 누가 드나드는 모습이나 마스카라를 훔친 사람이 네 선실로 들어가는 모습을 말이야. 뒤쪽 선실에 누가 있지?"

"음…." 손가락으로 한 명씩 세어 보았다.

"9호는 나고, 네가 8호지. 알렉산더는… 6호였나?"

"티나가 5호에 있어. 어제 5호로 들어가는 모습을 봤어. 그 말은 아처가 7호라는 뜻이네. 좋아. 가서 하나씩 만나볼까?"

"그래."

어째서인지 벤의 제안에 기운이 났다. 분노가 나를 휘감아서일 수도 있고, 누가 나를 믿어줬기 때문일 수도 있다. 아니면 계획이 생겨서일 수도. 벤의 노트북으로 시간을 확인했다.

"이런, 안 되겠다. 지금은 안 돼. 여성용 스파인지 뭔지에 가야 돼."

"몇 시에 끝나?"

"모르지. 하지만 점심시간을 넘기지는 않을 거야. 남자들은 뭐 하기로 했어?"

벤이 일어나 책상에 놓인 책자를 넘겨 보았다.

"조타실 견학. 참 성차별적인 계획이로군. 남자는 기계를 보고 여자는 아로마테라피를 한다. 아니다, 잠깐. 남자는 내일 아침에 스파를 하는구나. 그냥 공간이 좁아서 그런가 보네."

벤이 화장대에서 수첩과 펜을 들고 말을 이었다.

"나도 그만 일어나야겠다. 오늘 아침에 뭘 캐낼 수 있는지 생각해 보고 점심 먹은 후에 여기서 다시 만나자. 사람들을 일일이 만나보고 그런 다음 불머를 찾아가서 다 이야기하는 거야. 그러면 배를 돌려서 가까운 경찰을 배에 태울 수도 있어."

고개를 끄덕였다. 닐손이 내 말을 진지하게 받아들이지 않았어도 내 주장을 입증하는 증거가 나온다면, 사람이 물에 빠지는 소리를 들었다는 증인이 나타난다면 불머는 나를 무시할 수 없을 것이다.

"자꾸 그 여자 생각이 나."

문에 이르렀을 때 내가 불쑥 말하자 문고리를 쥐고 있던 벤이 걸음을 멈추었다.

"무슨 뜻이야?"

"그 여자… 팔름그렌실에 있던 여자 말이야. 범인과 마주했을 때 어떤 기분이었을까. 배 밖으로 밀렸을 때 살아 있었을까. 자꾸 그런 것들이 생각나. 물이 얼마나 차가웠을까. 배가 점점 멀어지는 모습을 보면서…."

파도가 덮쳤을 때 그녀는 비명을 질렀을까? 소금물이 폐 안으로 밀려들 때 도와달라고 외쳤을까? 뼛속까지 추위가 스며들고 혈액에서 산소에 빠져나가며 숨을 쉬기 힘들어졌을 것이다. 그러다 점점 더 깊이 가라앉아….

뼈처럼 하얗게 변한 여자의 시신은 깊고 차가운 바다의 암흑속을 표류하고 있을 것이다. 물고기에 눈알을 파먹히고 머리카락은 검은 연기처럼 해류에 떠밀려…. 그 생각은 감히 입 밖으로 꺼낼 수 없었다.

"안 돼. 상상에 놀아나지 마, 로."

벤이 문을 열며 말했다. 나는 문밖으로 나가며 대꾸했다.

"나는 어떤 심정인지 알아. 무슨 말인지 모르겠어? 한밤중에 누가 나를 찾아왔을 때 어떤 심정이었을지 안다고. 그래서 범인을 찾아야 하는 거야."

그리고 내가 찾지 않으면 다음 차례는 나일지도 모르기 때문이다.

16

 내가 도착했을 때 클로이와 티나는 벌써 스파에 있었다. 티나는 접수대에 기대서 에바가 펼쳐놓은 노트북을 보고 있었고 클로이는 고급스러운 빈티지 가죽 의자에 앉아 휴대전화를 만지고 있었다. 화장하지 않은 얼굴은 전혀 다른 사람 같았다. 어젯밤 스모키 메이크업으로 커다랗게 보였던 눈과 툭 튀어나온 광대뼈는 낮이 되자 흐리고 밋밋해졌다.
 나와 거울로 눈이 마주친 클로이가 미소를 보였다.
 "분장 안 한 얼굴이 신기해요? 나 메이크업 정말 잘한다고 했잖아요. 안면 마사지를 받게 돼서 화장을 지웠어요."
 "아, 그런 게 아니라…."
 나는 얼굴을 붉히며 말을 흐렸다.
 "컨투어링 화장이에요. 정말 인생을 바꾼다니까. 내 선실에 있는 메이크업 도구만 있으면 누구든 킴 카다시안이나 나탈리 포트먼으로 변신할 수 있어요."

클로이가 의자를 돌려 윙크했다. 재치 있는 대답으로 응수하고 싶었지만 이상한 움직임이 눈에 들어와 고개를 돌렸다. 놀랍게도 데스크 뒤에 있는 전신 거울 하나가 안쪽으로 움직이고 있었다. 문이 또 있다니. 대체 이 배에는 비밀 통로가 몇 개나 있는 거지?

에바가 정중한 미소를 지으며 들어오자 노트북을 보던 티나가 고개를 번쩍 들었다.

"무엇을 도와드릴까요, 티나 웨스트 님? 그 컴퓨터에는 고객 명단과 기밀 정보가 있어 사용하실 수 없습니다. 컴퓨터를 사용하고 싶으시다면 커밀라 리드먼이 선실에 마련해 드릴 겁니다."

티나가 어색하게 허리를 펴고 노트북을 반대쪽으로 돌려놓으며 머쓱한 표정을 지었다.

"미안해요. 나는, 어… 어떤 마사지가 있는지 보고 있었을 뿐이에요."

보도자료에 다 나와 있다는 사실을 고려하면 어설픈 핑계였다.

"제가 인쇄물을 드릴게요."

에바는 친절하게 말하면서도 티나를 위아래로 뜯어보았다.

"일반적인 마사지와 테라피, 얼굴 마사지, 페디큐어 등등이 있습니다. 매니큐어와 헤어트리트먼트는 이 자리에서 실시하고요."

그러면서 클로이가 앉아 있는 의자를 가리켰다.

다른 마사지는 어디서 하는지 궁금했다. 이곳에는 의자가 하나뿐이고, 내가 아는 한 야외 갑판에는 욕조와 사우나 때문에 남는 공간이 없었다.

그때 갑판 쪽으로 난 문이 열리더니 뜻밖에도 앤 불머가 들어왔다. 어젯밤보다는 몸 상태가 조금 좋아 보였다. 흙빛이었던 얼굴에 혈색이 돌고 얼굴도 덜 핼쑥했다. 하지만 잠을 못 잔 사람처럼 눈가에 다크서클이 짙었다.

"미안해요. 계단을 오르는 데도 오래 걸리네요."

앤이 힘겹게 웃으며 숨을 몰아쉬었다.

"여기요. 여기 앉으세요."

클로이가 벌떡 일어나더니 좁은 공간을 비집고 나와 구석으로 물러났다.

"괜찮아요."

앤이 말했다. 클로이는 고집스럽게 앤을 앉히려 했지만, 에바가 안내를 시작하는 바람에 뜻을 이루지 못했다.

"이제 처치실로 이동하겠습니다, 여러분. 레이디 불머, 여기 앉으시겠어요? 티나 웨스트 님과 료라 블랙록 님, 클로이 옌센 님은 아래층으로 모실게요."

아래층? 무슨 뜻인지 의문을 품기도 전에 에바가 데스크 뒤에 있는 거울 프레임을 건드렸다. 문이 안으로 활짝 열렸고, 우리는 줄을 지어 좁고 어두운 계단을 내려가기 시작했다.

그곳은 밝고 선선한 접수대와는 전혀 다른 세상이었다. 어두운 불빛에 익숙해지려고 눈이 자꾸만 깜박거렸다. 계단을 따라 작은 전기 양초가 간간이 꽂혀 있었지만 흐릿한 노란 불빛은 주위의 어둠을 강조할 뿐이었다.

커다란 파도가 쳤는지 배가 기울었다. 계단 아래쪽이 캄캄해서일까? 아니면 내 뒤에 붙어 있는 클로이가 나를 살짝만 건드려도 앞에 있는 티나와 에바 쪽으로 굴러 떨어질 수 있다는 사실을 깨달아서일까? 순간적으로 현기증이 일었다. 만약 여기에서 목이 부러진다고 해도 어둠 속에서 발을 헛디뎠기 때문인지 아닌지 확인할 방법은 없었다.

끝이 보이지 않던 계단을 다 내려와 작은 로비에 도착했다. 벽의 틈에 있는 작은 분수에서 물소리가 들렸다. 계속 재활용되는 물이 돌로 만든 지구본 위로 졸졸 떨어졌다. 평소라면 그 소리에 마음이 편안해져야 했다.

하지만 육지가 아닌 배 안에서는 느낌이 달랐다. 떨어지는 물을 보며 비상 탈출구가 어디일지 생각했다. 지금 해수면 아래로 내려왔나? 창문이 하나도 없었다. 갑자기 가슴이 답답하게 조여 주먹을 움켜쥐었다. 겁먹지 말자. 그러지 마, 제발. 여기서 발작을 일으키면 안 돼. 하나, 둘, 셋….

에바가 무슨 말을 하고 있었다. 나는 낮은 천장과 비좁고 답답한 이 공간이 아닌 에바의 말에 집중했다. 처치실에 들어가면 사람이 줄어드니 괜찮아질 것이다.

"스파에는 위층의 의자까지 포함해 처치실이 세 개 있습니다. 동시에 프로그램이 진행될 수 있도록 제가 임의로 마사지를 선택했어요."

제발, 제발, 제발, 내가 위층에서 받을 수 있게 해주세요. 손톱이 손바닥에 파고들었다.

"티나 웨스트 님은 1번 처치실에서 하니에게 아로마테라피를 받으실 겁니다. 클로이 옌센 님은 2번 처치실에서 클라우스에게 안면 마사지를 받으시고요. 남자 테라피스트도 괜찮으시죠? 로라 블랙록 님은 3번 처치실에서 올라에게 진흙 마사지를 받으시도록 예약했습니다."

숨이 가빠졌다.

"레이디 불머는요? 지금 어디 계시죠?" 클로이가 주위를 둘러보며 말했다.

"위에서 매니큐어를 받으실 겁니다."

"저기…." 내가 쭈뼛쭈뼛 말을 꺼냈다.

"혹시… 저도 위층에서 매니큐어를 받을 수 있을까요?"

"죄송해요."

에바는 진심으로 미안한 말투로 말했다.

"위층에는 의자가 하나뿐이라서요. 마사지가 끝난 후 오후에 따로 예약해 드릴 수는 있습니다. 아니면 선호하는 마사지가 있나요? 기 치료, 스웨덴 마사지, 태국 마사지, 반사요법 등등이 준비되어 있습니다. 무중력 탱크도 있고요. 진정 효과가 아주 탁월하답니다."

"싫어요!"

반사적으로 외친 소리가 너무 컸는지 티나와 클로이가 나를 쳐다보았다. 그들의 시선을 의식하고 목소리를 낮추었다.

"아니, 괜찮습니다. 무중력 탱크는… 제 취향이 아니에요."

물로 가득하고 밀폐된 플라스틱 관에 누워 있다는 생각만으로도 끔찍한 기분이 들었다.

"알겠습니다." 에바가 웃으며 말했다.

"자, 준비되셨는지요? 처치실은 복도를 따라가면 나옵니다. 처치실마다 샤워실이 딸려 있고 가운과 수건도 제공됩니다."

에바의 설명을 한 귀로 흘리며 고개를 끄덕였다. 그녀가 돌아서서 위층으로 올라간 후에는 클로이와 티나를 따라 복도로 향했다. 점점 커지는 두려움이 얼굴에 드러나지 않기를 바랐다.

할 수 있다. 공포증 따위에 일을 망칠 수는 없어. '안녕하세요, 로완. 아니요, 처치실이 지하에 있고 창문도 없어서 스파는 시도할 수 없었어요. 죄송합니다'라는 변명은 말도 안 된다. 좁은 복도를 벗어나 각자 처치실로 들어가면 괜찮아질 것이다.

스파에서 티나, 앤, 클로이와 대화를 나누며 어젯밤 행적을 떠볼 생각이었다. 하지만 클로이가 들어간 처치실의 문이 닫히는 모습을 보고 그조차 불가능하다는 사실을 깨달았다.

1번 처치실 문 앞에는 티나가 서 있었다. 그녀가 들어가야만 비좁은 복도를 지날 수 있어 가만히 서서 기다렸다. 티나는 문고리를 쥔 채 나를 돌아보았다.

"자기. 내가, 음… 조금 갑작스러웠지. 우리 마지막으로 대화했을 때 말이야."

잠시 갸웃하다가 티나가 왜 그런 말을 하는지 이해했다. 오늘 아침 갑판에서 만났을 때 티나는 내 질문에 분노를 쏟아냈다. 어젯밤 어디 있었냐는 질문에 왜 그렇게 날카롭게 반응했을까?

"뭐라고 해야 할까… 숙취도 있고… 담배를 못 피워서 그랬어. 물론 그렇다고 화를 내면 안 됐지만."

말투와 행동을 보니 알겠다. 티나는 사과하기보다는 사과를 요구하는 데 더 익숙한 여자였다.

"괜찮습니다. 다 이해해요. 저도 아침형 인간이 아니거든요. 저는 그냥… 다 잊었어요."

하지만 진심이 아닌 것을 증명이라도 하듯 얼굴이 달아올랐다. 티나는 손을 뻗어 내 팔을 가볍게 쥐었다. 다정하게 작별 인사를 할 의도였겠지만 피부에 와 닿은 반지가 차가웠다.

티나가 처치실로 들어가 문을 닫은 후에야 긴장이 풀려 몸을 떨었다. 심호흡을 하고 3번 처치실 문을 두드렸다.

"들어오세요, 블랙록 님!"

환한 인사와 함께 문이 활짝 열렸다. 하얀 스파 유니폼 차림의 울라가 웃으며 서 있었다. 작은 방으로 들어가 주위를 둘러보았다. 아담하지만 복도처럼 좁지는 않았고 울라와 나뿐이라 답답한 느낌도 덜했다. 꽉 막혔던 가슴이 조금 트였다.

처치실은 계단처럼 은은한 불빛의 전기 양초로 조명을 밝혔다. 중앙의 높은 침대에는 투명한 비닐 커버를 씌웠고 깔끔하게 포갠 하얀 시트도 침대 발치에 놓여 있었다.

"스파에 오신 것을 환영합니다, 블랙록 님. 오늘은 진흙 마사지를 해드릴 거예요. 전에 해보신 적 있나요?"

울라의 질문에 말없이 고개를 저었다.

"아주 개운하고 피부의 독소를 빼는 효과가 좋습니다. 우선 옷을 벗고 침대에 누워 이불을 덮어주세요."

"속옷을 입어야 하나요?"

스파를 자주 다니는 사람처럼 대수롭지 않은 말투로 물었다.

"아니요, 진흙 때문에 얼룩이 질 거예요."

울라는 단호히 말하면서도 내 생각을 알아챘는지 수납장에서 작은 수건처럼 보이는 물건을 꺼내주었다.

"원하신다면 1회용 속옷을 입으셔도 됩니다. 입는 손님도 계시고, 안 입는 손님도 계시니 편한 대로 선택하세요. 옷을 벗으실 동안 저는 나가 있겠습니다. 먼저 몸을 씻고 싶으시다면 이쪽 샤워실을 이용하시면 돼요."

울라가 침대 왼쪽에 있는 문을 가리키고는 싱긋 웃으며 방에서 나간 후 살짝 문을 닫았다. 하나씩 옷을 벗을수록 마음은 더 불안해졌다. 의자에 옷을 쌓고 신발까지 올린 후 알몸에 조잡한 종이로 된 속옷을 걸치고 침대로 올라갔다. 맨살에 불편하게 달라붙는 비닐을 느끼며 하얀 이불을 턱까지 올렸다.

곧 작은 노크 소리가 들리고 울라의 말소리가 들렸다.

"들어가도 될까요, 블랙록 님?"

눕자마자 바로 노크를 하다니. 방 안에 카메라라도 있나?

"네."

갈라지는 목소리로 대답했다. 울라는 따뜻한 진흙이 든 대야를 들고 들어와 나직이 말했다.

"엎드려주세요."

꿈틀거리며 돌아누웠다. 비닐이 끈끈하게 피부에 달라붙어 몸을 틀기가 힘들었고 그 와중에 이불이 흘러내렸다. 울라가 재

빨리 이불을 원위치로 돌려놓고 문 옆에 있는 무언가를 건드렸다. 그러자 방 안에 은은한 고래 소리와 파도 소리가 가득 찼다. 불길한 상상이 다시 떠올랐다. 얇은 금속 선체의 반대편에서 어마어마한 양의 물이 쏟아지는….

"저기….." 침대에 얼굴을 묻은 채로 어색하게 말했다.

"혹시 다른 소리도 있나요?"

"그럼요."

울라가 또 버튼을 누른 듯 음악이 티베트의 금속 종과 풍경 소리로 바뀌었다.

"이 소리는 괜찮으신가요?"

내가 고개를 끄덕이자 울라가 말했다.

"그럼 이제 마사지를 시작하겠습니다."

의도적으로 몸의 긴장을 풀고 나니 마사지는 의외로 아주 개운했다. 전혀 모르는 사람이 내 헐벗은 몸에 진흙으로 마사지를 해주는 이 느낌에 익숙해지기까지 했다. 반쯤 잠들었을 때 울라가 내게 말을 걸고 있다는 사실을 깨달았다.

"죄송해요. 뭐라고 하셨죠?"

몽롱한 정신으로 겨우 물었다.

"이제 돌아누우세요."

울라의 속삭임에 돌아누우려고 몸을 움직이자, 진흙이 비닐 시트로 떨어졌다. 울라는 다시 상체에 이불을 덮어 주고 앞쪽 다리를 주물렀다. 내 몸 위로 올라와 순서대로 마사지했고 마지막으로는 내 이마와 뺨, 감은 눈에 진흙을 바른 후 낮고 진정되는 목소리로 말했다.

"이제 진흙이 스며들도록 래핑을 하겠습니다, 블랙록 님. 30분 후 돌아와 랩을 풀고 샤워를 할 수 있게 도와드릴게요. 필요한 것이 있으면 오른쪽에 있는 이 호출 버튼을 눌러주세요."

울라가 내 손을 잡고 침대 옆에 있는 버튼 위치를 알려주었다.

"지금 불편한 점 있으실까요?"

"없어요."

내가 졸린 목소리로 말했다. 따뜻한 방 안 공기와 부드러운 종소리는 잠을 불렀다. 어젯밤에 있었던 일을 속속들이 기억하기가 힘들었다. 신경 쓰이지도 않았다. 그냥 잠을 자고 싶을 뿐….

몸에 비닐 랩이 감겼고 이어서 묵직하고 따뜻한 것이 위에 얹혔다. 수건인 것 같았다. 눈을 감고도 방 안의 조명이 어두워졌음을 알 수 있었다.

"저는 문 앞에 대기하고 있을게요."

문이 가볍게 닫히는 소리가 들렸다. 나는 피로와 싸우는 대신 온기와 어둠이 머리를 잠식하게 두었다.

꿈에 그 여자가 나왔다. 여자는 햇빛 하나 들지 않는 차가운 북해 깊은 곳을 표류하고 있었다. 웃음기 어렸던 눈은 허옇게 빛을 잃고 바닷물에 퉁퉁 불었다. 새하얀 피부는 쭈글쭈글하게 변했으며 옷은 거친 바위에 찢겨 누더기가 되었다.

변하지 않은 것은 길고 까만 머리뿐. 검은 해초 같은 머리카락이 바다를 이리저리 떠다니다 고기잡이 그물에 조개껍데기와 엉킨 채 해변으로 쓸려 내려와 낡은 밧줄처럼 축 늘어졌다. 자갈에 부딪히는 파도 소리가 귀청을 울린다.

소스라치게 놀라 잠에서 깨어났다. 여기가 어디지? 한참 만에 정신을 차리고 보니 요란하게 들리는 이 소리는 꿈이 아닌 현실이었다.

오슬오슬 떨리는 몸으로 침대에서 내려왔다. 여기에 얼마나 오래 누워 있었던 것일까? 따뜻한 수건은 차게 식었고 몸에 바른 진흙은 바짝 말라 갈라졌다. 소리는 욕실에서 들리고 있었다.

닫힌 문에 다가갈수록 심장이 뛰었지만, 용기를 그러모아 욕실 문을 벌컥 열어젖혔다. 뜨거운 김이 밀려와 나를 감쌌다. 샤워기를 잠그려고 기침을 하며 습기 찬 욕실을 가로지르는 사이 몸이 흠뻑 젖었다. 올라가 들어와서 샤워기를 켰을까? 하지만 왜 나를 깨우지 않고?

샤워기는 남은 물을 흘려보낸 후 비로소 작동을 멈추었다. 나는 젖은 머리를 얼굴에 붙인 채 문가에 있을 스위치를 더듬어 찾았다.

스위치를 켜자 샤워실에 불빛이 쏟아졌다. 욕실에 빛이 쏟아지는 바로 그 순간, 무언가가 보였다.

습기 찬 거울 위에서 손바닥만 한 글씨가 이렇게 말하고 있었다.

참견하지 마.

〈BBC 뉴스〉, 9월 28일 월요일
실종 영국인 로라 블랙록: 덴마크 어민에 의해 시신 발견

덴마크 어민이 노르웨이 연안 북해에서 여성의 시신을 건져 올렸다.
덴마크 어민이 월요일 오전에 발견한 이 시신에 관해 노르웨이 경찰은 런던 경찰청에게 공조 수사를 요청했다. 이로써 이 변사체가 지난주 노르웨이로 출장을 갔다가 실종된 영국 기자 로라 블랙록(32)이라는 추측에 무게가 실렸다. 런던 경찰청 대변인은 수사 협조 요청을 받았다고 인정했지만 블랙록의 실종과 연관 있다는 가능성은 언급하지 않았다. 노르웨이 경찰은 변사체가 젊은 백인 여성이며 여성의 신원을 확인하는 중이라고 밝혔다.
로라 블랙록의 남자 친구 주다 루이스가 살고 있는 북런던 자택으로 전화 연결을 시도했으나 그는 새로운 의혹에 관해 언급하지 않고 '로라가 나타나지 않아 절망하고 있다'라는 말만 남겼다.

9월 21일 월요일, 오후

17

아무것도 할 수 없었다. 거울의 글자에서 떨어지는 물방울을 보며 서 있을 뿐이었다. 심장이 얼마나 빠르게 뛰는지 토할 것만 같았다. 이명이 울렸고 겁에 질린 짐승처럼 흐느끼는 소리가 들렸다. 공포와 고통 사이의 끔찍한 소리였다. 절반만 남은 이성으로 알아낸 그 소리의 근원지는, 바로 나였다.

방이 빙글빙글 돌고 벽이 좁아지기 시작했다. 나는 공황 발작을 일으키고 있었다. 안전한 곳으로 가지 않으면 기절할 것이다. 반은 기다시피 침대로 걸어가 태아의 자세로 웅크리고 누워 호흡을 늦추려 했다. 인지 행동요법을 가르치던 코치의 말을 떠올렸다.

'침착하게 의식적으로 숨을 쉬어요, 로. 점진적으로 근육을 이완합니다. 한 번에 근육 하나씩 긴장을 풀어요. 침착하게 숨을 쉬고… 의식적으로 긴장을 풀어요. 침착하게… 의식적으로. 의

식적으로… 그리고… 침착하게.'

처음부터 그 코치가 싫었다. 당시에도 그 방법으로는 발작을 가라앉히지 못했는데, 정말로 두려운 일이 생긴 지금은 오죽할까.

'침착하게… 의식적으로…'

코치의 방정맞고 으스대는 고음을 머릿속으로 떠올리자, 그때와 비슷한 분노가 솟으며 정신을 붙잡을 수 있었다. 분노로 힘을 얻은 나는 겁에 질려 가빠지던 호흡을 가라앉혔다.

간신히 일어나 젖은 머리를 뒤로 넘기고 전화기를 찾았다. 전화기는 포장된 마사지용 진흙과 나란히 계산대에 있었다.

손이 떨리고 손가락에 마른 진흙이 붙어 있어 수화기를 들기도 어려웠다. 간신히 0번을 누르자 스칸디나비아 억양의 목소리가 들렸다.

"안녕하세요, 무엇을 도와드릴까요?"

아무 말도 못하고 다이얼 위에 손가락을 올린 채 가만히 앉아 있었다. 그리고 전화기를 내려놓았다.

메시지가 사라졌기 때문이었다. 내가 앉은 침대에서 샤워실 거울을 볼 수 있었다. 샤워기를 끄고 환풍기가 돌아가자 증기가 전부 사라져 버렸다. '참견'에 있는 받침 두 개에서 물줄기가 몇 가닥 흘러내릴 뿐이었다.

닐손은 이번에도 내 말을 믿어주지 않을 것이다.

샤워를 하고 옷을 입은 후 복도로 나갔다. 복도를 빠져나가며 문이 열려 있는 다른 처치실 두 곳을 들여다보니 모두 비어 있었다. 다음 손님을 위해 깨끗하게 청소한 소파만 보였다. 내가 얼마나 잠들어 있던 거지?

위층도 사람이 없기는 마찬가지였다. 에바만 접수 데스크에 앉아 노트북을 하고 있었다. 내가 비밀 통로에서 나오자, 에바가 고개를 들고 미소 지었다.

"아! 블랙록 님. 마사지는 즐거우셨나요? 울라가 조금 전에 랩을 제거하러 내려갔는데 깊이 잠들어 계셨대요. 15분 후에 다시 돌아갈 계획이라고 했어요. 일어났는데 아무도 없어서 당황하지는 않으셨죠?"

"괜찮아요. 클로이와 티나는 언제 나갔나요?"

"20분 전쯤요."

조금 전 내가 나온 문을 돌아보았다. 문이 닫히고 나니 거울의 비밀을 모르는 사람은 입구를 절대 발견하지 못할 것처럼 보였다. 턱으로 거울을 가리키며 물었다.

"여기가 스파로 가는 유일한 길인가요?"

"길이 어떤 의미인지에 따라 다르죠."

에바가 질문을 이해하지 못하고 천천히 말했다.

"유일한 입구는 맞지만 출구는 아닙니다. 아래층에 직원용 숙소로 이어지는 화재용 비상구가 있어요. 그런데… 뭐라고 하죠? 일방통행? 바깥에서는 열리지 않고 안에서만 열 수 있어요. 경보 장치가 되어 있어 대피할 일이 아니라면 사용하지 않는 편이 좋아요. 왜 그러시죠?"

"아니에요."

오늘 아침 닐손에게 주절대는 실수를 했다. 같은 실수를 반복하지는 않을 것이다.

"다른 승객들은 린드그렌 라운지에서 점심을 먹고 계실 거예요. 하지만 특별히 놓친 코스는 없으니 걱정하지 마세요. 점심은 뷔페라 언제든 가서서 자유롭게 드시면 됩니다. 아, 잊을 뻔했네요."

돌아서려는 나를 에바가 다시 불러 세웠다.

"하워드 님은 만나셨나요?"

"아니요." 문고리에 손을 올린 채로 얼어붙은 듯 몸이 굳었다. "왜요?"

"블랙록 님을 찾으려 내려오셨어요. 마사지를 받고 있어 개인적으로 대화할 수 없다고 설명했지만, 울라에게 메시지를 남기겠다고 아래층으로 내려가셨습니다. 못 보셨으면 제가 메시지를 찾아볼까요?"

"아니에요. 제가 알아서 찾을게요. 또 아래로 간 사람이 있었나요?"

에바가 고개를 저었다.

"아니요. 저만 계속 여기에 있었어요. 블랙록 님, 정말 괜찮으세요?"

대답하지 않고 몸을 돌려 스파를 빠져나갔다. 옷 아래로 젖은 피부가 싸늘했고 공포가 퍼지며 온몸이 오싹해졌다.

린드그렌 라운지에는 카메라를 앞에 두고 테이블에 앉은 콜과 그의 맞은편에서 창밖을 바라보며 멍하니 샐러드를 입에 넣고 있는 클로이뿐이었다. 내가 들어가자, 클로이가 고개를 들고 옆자리에 앉으라고 손짓했다.

"안녕! 스파 정말 좋지 않았어요?"

"그러게요."

의자에 앉으려다 얼마나 이상하고 무례한 대답인지 깨닫고 고쳐 말했다.

"아, 좋았죠, 물론. 마사지가 정말 개운하더라고요. 그런데… 제가 꽉 막힌 공간을 별로 좋아하지 않거든요. 폐소공포증이 약간 있어서요."

"어머!"

클로이가 이제야 이해된다는 표정을 지었다.

"어쩐지 아래에서 긴장한 표정이더라니. 술이 아직 덜 깬 줄 알았어요."

"그런 이유도 있고요."

가식적인 웃음을 터뜨리며 내가 말했다.

스파의 그 사람은 클로이였을까? 가능성은 분명히 존재한다. 그러나 벤의 말에 의하면 클로이는 어젯밤 선실을 나가지 않았다.

그렇다면 티나는? 말랐지만 강단 있는 몸에는 힘이 있었다. 어젯밤 어디 있었냐는 내 질문에 화를 내며 반응했다. 그녀라면 사람을 배 밖으로 밀 수 있다는 확신이 들었다.

혹시 벤? 벤은 스파로 내려왔었고 어젯밤에 대한 알리바이가 있지만 자기 입으로 말한 것에 불과하다.
비명을 지르고 싶었다. 이러다 미칠 것만 같았다. 클로이를 가볍게 떠보기로 했다.
"어제 포커 치셨다고요?"
"포커는 안 치고 그 자리에만 있었어요. 라스가 딱하게도 강탈을 당했죠. 그래도 뭐, 그만큼 돈이 있으니까."
클로이가 냉정한 목소리로 짧게 웃자 다른 테이블에서 콜이 고개를 들고 웃었다.
"이상한 질문 같겠지만… 선실을 나간 사람이 있었나요?"
"솔직히 모르겠어요." 클로이가 말했다.
"나는 조금 있다가 침실로 갔으니까요. 구경하는 사람 입장에서 포커만큼 재미없는 게임도 없어요. 콜도 잠깐은 같이 있지 않았어요?"
"30분 정도지만요. 클로이 말처럼 포커는 별로 구경하기 좋은 게임이 아니에요. 하워드가 방을 나갔던 기억은 나요. 지갑을 가지러 간댔어요."
갑자기 입이 바짝 말랐다.
"뭐가 궁금한 거예요?"
콜이 물었다.
"별일 아니에요."
억지로 미소를 짓고 콜이 더 추궁하기 전에 황급히 화제를 바꾸었다.

"사진은 많이 찍으셨어요?"

"보고 싶으면 봐요."

콜이 대수롭지 않게 카메라를 던졌다. 나는 놀라서 헉 소리를 내다가 카메라를 떨어뜨릴 뻔했다.

"뒤에 있는 재생 버튼을 누르고 넘겨보면 됩니다. 원하는 사진이 있으면 뽑아서 보내줄게요."

이번 여행에서 콜이 찍은 사진을 역방향으로 넘기기 시작했다. 구름과 날아가는 갈매기 떼의 분위기 있는 사진 다음으로는 어젯밤 포커 게임에서 찍은 듯한 사진이 나왔다.

불머가 웃으며 벤의 칩을 자기 쪽으로 끌어당기고 있었고 라스는 벤의 트리플 앞에 투 페어인 자기 패를 내려놓으며 상심한 표정을 지었다.

어젯밤에 찍힌 사진 하나는 거의 숨이 막힐 지경이었다. 아주 가까이에서 찍은 클로이였다. 막 카메라 쪽을 돌아보던 순간에 찍힌 사진 같았고, 전등 불빛이 뺨의 솜털까지 금색으로 물들이고 있었다.

클로이가 입꼬리를 올려 미소 짓고 있는 그 사진에는 너무도 은밀한 애정이 담겨 있어 사진을 보는 것만으로도 두 사람을 몰래 엿보는 기분이 들었다. 무심코 클로이를 돌아보며 콜과 무슨 사이일까 궁금해하는데 클로이가 고개를 들었다.

"왜요? 내 사진이라도 있어요?"

고개를 젓고 클로이가 내 어깨 너머로 카메라 화면을 들여다볼까 봐 얼른 다음 버튼을 눌렀다. 다음은 내 사진이었다. 방심하다가 플래시에 놀라 커피를 쏟았을 때 찍힌 사진. 내가 놀라서 고개를 든 순간에 콜은 셔터를 눌렀다. 사진 속의 눈빛을 보자 민망함에 어깨가 움츠러들었다.

버튼을 눌러 다음 사진으로 넘겼다.

나머지는 그냥 배를 찍은 사진이 대부분이었다. 티나가 갑판에서 맹수 같은 눈으로 카메라를 꿰뚫듯 보는 사진, 벤이 커다란 가방을 들고 배에 오르는 사진도 있었다.

콜의 거대한 여행 가방이 다시 머릿속에 떠올랐다. 그 안에 무엇이 있을까? 그는 사진 장비라고 말했지만, 지금까지는 이 디지털카메라만 사용하고 있다.

이윽고 오로라호가 아닌 사교 파티로 배경이 바뀌었다. 콜에게 카메라를 돌려주려던 찰나, 심장이 뛰고 몸이 얼어붙었다. 화면 속에서는 한 남자가 카나페를 먹고 있었다.

"누구예요?"

내 뒤에서 클로이가 참견했다.

"아, 저 뒤에 있는 사람 알렉산더 벨홈 아니에요? 아처와 대화하고 있는 사람?"

그랬다. 하지만 내가 보고 있는 사람은 알렉산더도, 아처도 아니었다. 카나페 쟁반을 든 웨이트리스였다.

그 여자는 카메라 반대쪽으로 고개를 반쯤 돌리고 있었다. 머리핀에서 흘러내린 검은 머리카락이 뺨을 가렸다.

하지만 확실했다. 절대적으로 확신할 수 있었다. 바로 그 여자였다. 10호실에서 본 그 여자.

18

콜에게 조심스럽게 카메라를 돌려주었지만, 가슴이 두근거리고 목소리가 나오지 않았다. 이 사진은 증거였다. 콜, 아처, 알렉산더가 그 여자와 같은 공간에 있었다는 반박할 수 없는 증거. 콜에게 이 여자를 알고 있냐고 물어볼까?

아직 결정을 내리지 못하고 갈등하고 있었는데, 콜이 카메라 전원을 끄고 가방에 넣어버렸다.

젠장. 젠장. 무슨 말이라도 해야 하나?

어떻게 해야 할지 모르겠다. 자기가 찍은 사진이 얼마나 중요한지 콜은 모를 수도 있다. 그 여자는 프레임에서 반쯤 나가 있고 포커스는 내가 모르는 없는 남자에게 맞춰져 있었으니까.

콜이 무엇인가 숨기고 있다면 방금 그 사진에 관심을 보이는 것만큼 어리석은 행동은 없다. 분명 부인하고 사진을 삭제하겠지.

여자의 정체와 상관없이, 일단 무턱대고 사진을 자세히 보라고 권해볼 수는 있다. 그렇다고 해도 지금은 이야기를 꺼낼 수는 없다. 앞에 클로이가 있고 누가 엿듣고 있을지 모르는 상황에서는….

아침을 먹을 때 비욘이 불쑥 나타났던 기억이 떠올라 무심코 뒤쪽 벽을 돌아보았다. 이 사진이 마스카라처럼 사라지는 것만은 원하지 않았다. 같은 실수를 두 번 반복하지는 않을 것이다. 콜에게 맞설 결심을 했다면 단둘이 있을 때 해야 했다. 그 사진은 콜의 카메라에 안전하게 보관되어 있다. 조금 더 기다려도 괜찮을 것이다.

자리에서 일어나자 갑자기 무릎이 후들거렸다. 간신히 클로이에게 이야기를 했다.

"저는… 사실 배가 별로 안 고파요. 또 벤 하워드와 만나기로 했고요."

"아, 깜박했다."

클로이가 갑자기 떠오른 듯 말했다.

"벤이 로를 찾아 여기 왔었어요. 스파에서 나오다 만났는데 긴히 할 말이 있다던데."

"어디로 간다고 말했나요?"

"일이 있다고 자기 선실로 돌아갔을 거예요."

"고맙습니다."

그때, 어김없이 뒤편의 장막에서 비욘이 램프의 요정 지니처럼 나타났다.

"음료를 가져다 드릴까요, 블랙록 님?"

고개를 저었다.

"아니요, 다른 사람을 만나기로 한 약속이 생각났어요. 샌드위치를 내 선실로 보내주겠어요?"

"물론이죠."

비욘이 고개를 끄덕였다.

나는 콜과 클로이에게 미안하다고 인사하고 식당을 빠져나왔다.

뒤쪽 선실로 가는 복도를 지나며 황급히 모퉁이를 돌다 벤과 말 그대로 충돌했다. 부딪힌 힘에 숨이 턱 막혔다.

"로!"

벤이 내 팔을 붙잡으며 말했다.

"너 때문에 온 동네를 찾아다녔어."

"알아. 스파에서는 뭘 하고 있었던 거야?"

"방금 내 말 못 들었어? 너를 찾아다녔다니까."

순진무구한 표정으로 나를 보는 벤을 빤히 쳐다보았다. 검은색 수염 위로 보이는 눈에는 다급한 기색이 역력했다. 과연 그를 믿을 수 있을까? 도저히 모르겠다.

몇 년 전이라면 벤을 속속들이 다 안다고 말했을 것이다. 그가 나를 떠나는 바로 그 순간까지도 그렇게 믿었으니까. 하지만 지금은 다른 사람은 고사하고 나 자신도 믿을 수 없었다.

"내 처치실에 들어왔어?"

불쑥 질문을 던지자 벤은 잠시 어리둥절한 표정을 지었다.

"뭐? 아니, 그럴 리가. 진흙 마사지 중이었다며. 함부로 들어가면 싫어할 거 아냐. 올라라는 여자를 찾으라던데 찾을 수가 없어서 방문 아래로 쪽지를 넣고 다시 나왔어."

"쪽지는 못 봤어."

"아무튼 나는 남겼어. 왜 그러는 거야?"

가슴 속에 있는 짜증과 두려움이 폭발할 것만 같았다. 벤이 진실을 말하는지 어떻게 알 수 있을까? 하지만 거울에 메시지를 쓴 사람이 벤이라면 쪽지를 남겼다는 거짓말을 왜 하겠는가. 금방 거짓말이 들통날 텐데 멍청한 짓이지. 벤이 정말로 쪽지를 남겼고 내가 당황해서 미처 못 봤는지도 모른다.

"누가 메시지를 써놓고 갔어. 내가 마사지를 받는 동안 옆에 붙은 샤워실 거울에 '참견하지 마'라고 썼다고."

"뭐야?"

붉은 얼굴의 벤이 놀라서 입을 떡 벌렸다. 지금 이 모습이 연기라면 벤에게는 일생의 연기일 것이다.

"정말이야?"

"확실해."

"하지만… 들어가는 모습은 못 봤고? 욕실 문이 다른 곳에도 있나?"

"아니야. 분명 처치실을 통해 들어갔을 거야. 내가…."

왠지 부끄러웠지만 그런 티를 내고 싶지 않아 턱을 치켜들었다.

"잠이 들었거든. 에바가 그러는데 스파로 가는 입구는 하나뿐이고 티나와 클로이 말고 지나간 사람이 없대. 그리고 너랑."
"스파 직원도 있지." 벤이 지적했다.
"아래쪽에 화재용 비상구도 있지 않을까?"
"직원용 숙소로 통하는 비상문이 있지만 한쪽에서만 열 수 있댔어. 스파에서는 열 수 없다더라고. 내가 물어봤어."
벤은 미심쩍은 표정이었다.
"누가 억지로 열 수 있지 않을까?"
"경보 장치가 있댔어. 억지로 연다면 배 전체에 사이렌이 울릴 거야."
"그런 시스템에 대해 잘 안다면 설정을 건드릴 수 있잖아. 참, 에바도 내내 자리를 지키지는 않았어."
"무슨 말이야?"
"내가 위층으로 올라왔을 때 없었다고. 앤 불머는 매니큐어가 마르기를 기다리고 있었지만 에바는 없었어. 그러니까 계속 거기 있었다고 말했다면 거짓말이야."
이럴 수가. 처치실에 누워 있는 내 모습을 생각했다. 나는 얇은 비닐 랩과 수건 아래로 반쯤 벗고 있었다. 누군가 들어와서 입을 틀어막고 머리에 비닐을 씌운다면….
"그러는 너는 무슨 일로 찾아왔는데?"
불안한 마음을 감추고 물어보았다.
벤은 어쩐지 거북해 보였다.
"아… 그거. 남자들은 조타실 견학을 갈 거라고 했었지? 아처가 문자를 보내던 중에 휴대전화를 떨어뜨렸거든? 내가 줍다가 우연히 주소록을 봤어."

"그런데서?"

"'제스'라고 저장된 이름이 있더라고. 프로필 사진 속 여자가 네가 말한 여자와 아주 비슷했어. 이십 대 후반이고 검은색 긴 머리, 검은 눈…. 중요한 건 이거야. 핑크 플로이드 티셔츠를 입고 있었어."

등줄기를 타고 한기가 흘렀다. 어젯밤 아처가 내 팔을 뒤로 꺾으며 웃던 얼굴이 떠올랐다. 그때 클로이는 못마땅해하며 이렇게 말했다. '오늘 보니 첫 번째 부인에 관한 소문도 진짜라는 생각이 드네요.'

"그 여자한테 문자를 보내고 있었던 거야?"

내 질문에 벤은 고개를 저었다.

"모르지. 전화기를 놓쳤을 때 버튼을 잘못 눌렀을 수도 있고."

얼른 휴대전화를 꺼냈다. 구글에 아처의 성을 포함해 '제스 펜런'이라고 검색하려 했지만 검색창은 헛되이 빙빙 돌기만 했다. 인터넷은 여전히 먹통이었고 이메일도 확인할 수 없었다.

"벤, 네 전화는 인터넷 돼?"

벤은 고개를 저었다.

"아니, 라우터가 고장인가 봐. 첫 항해니까 초기에 손봐야 할 문제들이 있겠지. 아무리 그래도 어떻게 인터넷이 안 되냐. 아처는 점심시간에 큰 소리로 항의하더라고. 화풀이 대상이 된 하니만 불쌍하지. 꼭 울 것 같은 표정이더라니까. 아무튼, 하니가 커밀라라는 사람에게 보고한댔으니까 곧 고쳐질 거야. 그러기를 바라고 있어. 나도 기사를 보내야 한다고."

나는 휴대전화를 주머니에 도로 집어넣으며 인상을 찌푸렸다. 아처가 수증기에 메시지를 쓴 사람일까? 그의 힘, 어젯밤의 잔인한 미소를 생각했다. 내가 자는 동안 아처가 까치발을 하고 지나간다고 생각하니 구역질이 나왔다.

"아까 엔진실로도 내려갔었거든."

내 생각을 읽은 듯 벤이 말했다.

"세 층 아래에 있으니, 우리도 네가 말한 스파 출구 근처를 지나갔을 거야."

"한 명이 몰래 빠져나가면 알 수 있었을까?"

내 질문에 벤은 고개를 저었다.

"아니. 엔진실 갑판은 진짜 좁아서 나왔다 들어갈 때도 다들 줄지어 가다시피 했어. 위층으로 올라와서야 다시 모였는걸."

갑자기 폐소공포증이 도지고 속이 메스꺼워졌다. 숨 막힐 정도로 화려한 배의 내부가 사방에서 나를 에워싸는 기분이었다.

"여기서 나갈래. 어디든 가야겠어."

"로."

벤이 어깨에 손을 뻗었지만 그를 밀치고 비틀거리며 야외 갑판 문으로 향했다. 바람 때문에 잘 열리지 않는 문을 힘껏 밀었다.

주먹처럼 얼굴을 때리는 바람을 맞으며 비틀비틀 난간으로 가서 매달렸다. 배가 이리저리 요동을 쳤고 진회색 파도는 수평

선까지 끝도 없이 뻗어 있었다. 육지의 흔적도, 단 한 척의 배도 보이지 않았다. 눈을 감자 헛되이 돌아가는 인터넷 검색 아이콘이 떠올랐다. 도움을 요청할 방법은 전혀 없었다.

"괜찮아?"

뒤에서 들린 벤의 말이 바람을 타고 날아갔다. 벤도 나를 따라 나왔나 보다. 나는 배의 옆면을 때리며 튀기는 바닷물에 눈도 뜨지 못하고 고개를 저었다.

"로…."

"만지지 마." 이를 악문 채로 말했다.

그 순간, 유독 높은 파도에 배가 위아래로 흔들렸다. 속이 뒤집혀 난간 너머로 구토를 했다. 위산 말고는 아무것도 남지 않을 때까지 속을 비우고 또 비웠다. 눈에 그렁그렁 눈물이 맺혔다. 선체와 아래의 둥근 창문에 묻은 토사물을 보니 왠지 기분이 좋아졌다. 소매로 입을 닦으며, '이제는 페인트칠이 완벽하지 않지'라고 악마 같은 생각을 했다.

"괜찮은 거야?" 뒤에서 벤이 또 물었다.

난간을 꽉 움켜쥐고 생각했다. 진정하자, 로…. 잠시 후 돌아서서 억지로 고개를 끄덕였다.

"괜찮아졌어. 원래 배 체질이 아니라서 그런 것뿐이야."

"이런, 로."

벤이 나를 꼭 끌어안았다. 밀어내고 싶었지만 거부하지 않고 그의 품에 안겼다. 내 편인 벤이 필요했다. 그가 나를 믿어줘야 했고, 내가 자기를 믿는다고 생각해야…. 그때, 코로 담배 연기가 훅 들어오고 배의 좌측에서 하이힐 소리가 들렸다.

"어떡해."

벤에게 안긴 것이 마치 실수였던 것처럼 몸을 떼고 똑바로 섰다.

"티나가 오는 것 같아. 안으로 들어가면 안 돼? 지금은 티나 얼굴을 보기 싫어."

지금은 안 된다. 뺨에 눈물이 말라붙고 소매에 토사물이 묻어 있는 지금은 안 돼. 내가 원하는 프로답고 야심 찬 이미지와 거리가 멀다.

"당연하지."

벤이 걱정스럽게 말하고 문을 열어주었다. 우리가 서둘러 안으로 들어오자마자 티나가 모퉁이를 돌았다. 방금 전까지 우렁찬 바람 소리가 나던 갑판에 있어서인지 귀가 먹먹하고 숨 막히게 더웠다. 티나는 내가 토한 자리에서 바람의 반대 방향으로 몇 걸음 더 걸어갔다. 우리는 그녀가 난간에 기대는 모습을 말없이 지켜보았다.

"진실을 알고 싶어?"

유리를 통해 티나의 뒷모습을 보던 벤이 말했다.

"나는 저 여자가 범인이라는 데에 돈을 걸겠어. 아주 지독한 년이야."

놀라서 벤을 쳐다보았다. 벤이 전에도 여자 동료를 안 좋게 이야기한 적이 있다. 하지만 이 정도로 싫어하는 모습은 처음이었다.

"무슨 그런 말이 있어? 왜, 야심가라서?"

"그게 다가 아니야. 너는 같이 일한 적 없겠지만 나는 있어. 우리 세대에도 출세가 제일이라는 사람들은 있지만 저 여자는 차원이 달라. 특종이나 승진을 위해서라면 살인도 할걸. 그것도 꼭 여자만 괴롭힌다니까? 저런 여자가 최악이야. 같은 여자들에게 제일 해로운 부류지."

나는 잠자코 있었다. 벤의 말과 말투에 혐오가 느껴졌다. 하지만 로완에게 들은 말과 소름 끼치게 비슷해 단순한 여성혐오로 치부할 수도 없었다.

그래, 티나는 거울 속 메시지가 생겼을 때 아래층 스파에 나와 같이 있었다. 오늘 아침의 방어적인 태도도….

"사실 어제 어디에 있었냐고 물어봤어."

내가 마지못해 털어놓았다.

"그런데… 정말 이상하더라. 아주 공격적이었어. 굳이 나서서 적을 만들지 말래."

"아, 그거."

벤이 웃으며 말했다. 하지만 유쾌하기보다는 왠지 고약한 웃음이었다.

"본인은 절대 인정하지 않겠지만 내가 우연히 알아냈지. 티나는 요세프와 있었어."

"요세프? 누구, 선실 승무원 요세프 말이야? 거짓말이지?"

"아니. 견학 중에 알렉산더에게 들었어. 새벽에 요세프가 티나 선실에서 몰래 나오는 걸 봤는데 그때 모습이… 거의 속옷 차림이었지."

"기가 막혀."

"기가 막히지. 승객의 편안함을 위한 요세프의 헌신이 그 정도까지일 줄 누가 알았겠어? 요세프는 됐고 울라에게 같은 서비스를 해달라고 설득할 수 있으려나…."

웃음이 나오지 않았다. 지금 우리가 서 있는 곳에서 몇 층만 내려가면 좁고 햇빛 들지 않는 선실들이 있다. 감옥 같은 그곳에서 탈출하기 위해서라면 무슨 짓이든 할 수 있는 것일까?

그때 난간에서 담배를 피우던 티나가 뒤를 돌아보다 배 안에 있는 나와 벤을 발견했다. 그녀는 난간 너머로 담배를 튕겨 날리며 찡긋 윙크를 하고는 저쪽 갑판으로 계속 걸어갔다. 남자들이 티나의 뒤에서 그녀의 사생활에 대해 이러쿵저러쿵하고 있다 생각하니 문득 불쾌해졌다.

"그러는 알렉산더는? 그 사람 선실도 우리 방처럼 뒤쪽에 있잖아. 한밤중에 뭘 하느라 티나를 엿봤대?"

내 질문에 벤이 코웃음을 쳤다.

"장난쳐? 그 사람은 150킬로그램도 넘을 거야. 그 둔한 몸으로 어떻게 성인 여자를 난간 너머로 번쩍 들어 올리겠어?"

"알렉산더는 포커를 치지 않았잖아. 그러니까 새벽에 어슬렁거리며 돌아다녔다는 사실 말고는 알리바이가 없는 거야."

콜이 찍은 사진에 알렉산더도 있었다는 사실을 떠올리자 갑자기 소름이 끼쳤다.

"덩치가 바다코끼리 같은 사람이야. 계단 올라가는 모습 못 봤어? 하나 더, 그 사람 숨소리를 들어 봐. 증기 기관차 같은 소리를 낸다고. 분명히 심장이 안 좋은 거야. 계단을 오르다가 뒤에 있던 내 쪽으로 넘어진다면 몰라도 몸싸움 중에 누구를 제압한다고? 말도 안 돼."

"여자가 술에 취했을 수도 있어. 약에 취했거나. 의식 없는 여자는 누구든 배 밖으로 던질 수 있어. 힘만 잘 조절하면 돼."

"여자가 의식이 없었다면 비명은 뭔데?"

벤의 반박을 계속 듣고 있자니 화가 났다.

"지겹다, 이제. 다들 내가 모든 대답을 알고 있어야 한다는 듯이 내 말에 꼬투리를 잡는데, 나도 몰라. 어떻게 생각해야 할지 모르겠다고. 됐어?"

"미안해⋯. 그런 의미는 아니었어. 그냥 생각을 입 밖으로 말한 거야. 알렉산더가⋯."

벤이 순순히 사과하고 있는데 복도에서 다른 사람의 목소리가 들렸다.

"뒤에서 내 험담을 하시나?"

우리는 놀라서 뒤를 돌아보았다. 내 뺨이 뜨거워졌다. 알렉산더는 언제부터 거기 있었을까? 내 추측을 들었을까?

"아, 안녕하세요. 벨홈 씨. 막 벨홈 씨 이야기 중이었어요."

벤이 당황한 기색도 없이 차분하게 말했다.

"나도 들었어요. 칭찬이었겠지?"

알렉산더가 살짝 숨을 헐떡이며 우리에게 다가왔다. 벤 말이 맞았다. 그는 힘이 조금만 들어도 숨을 제대로 쉬지 못했다.

"그럼요." 벤이 말했다.

"오늘 밤 저녁 식사에 관해 이야기하던 중이었어요. 로가 그러는데 음식에 대해 정말 많이 아신다면서요."

잠시 말문이 막혔다. 우리가 헤어진 후로 벤은 변했다. 거짓말이 얼마나 자연스러운지, 충격적일 정도였다. 아니면 내가 알아차리지 못했을 뿐 원래부터 비열한 거짓말쟁이였나? 그러다 벤과 알렉산더가 내 말을 기다리고 있다는 것을 깨닫고 더듬거리며 말했다.

"아, 맞아요. 기억하시죠, 알렉산더? 복어 이야기요."

"물론. 굉장한 스릴을 만끽할 수 있지. 사람으로 태어났으면 모름지기 모든 감각을 느껴야 할 책임이 있다고 생각해요. 그렇지 않소? 안 그러면 인생이란, 죽을 때까지 잠깐 스쳐 지나가는 더럽고 잔인한 시간일 뿐이지."

알렉산더가 악어 같은 미소를 활짝 지으며 옆구리에 끼고 있던 책을 추켜올렸다. 퍼트리샤 하이스미스의 책인 것 같았다.

"어디 가세요? 저녁 전까지는 자유 시간이죠?"

벤이 불쑥 묻자 알렉산더가 자신의 밤색 뺨을 어루만지며 은밀한 목소리로 말했다.

"아무한테도 말하지 말아요. 이 피부색이 타고난 건 아니거든. 스파에서 조금 손질을 받으려고. 우리 집사람 말로는 얼굴에 색이 있을 때 더 보기 좋대."

"결혼하신 줄 몰랐어요."

나는 놀란 티가 나지 않기를 빌며 말했고, 알렉산더가 고개를 끄덕였다.

"내가 죄가 많은 사람이라, 올해가 벌써 38주년이에요. 살인을 해도 그보다 형량을 적게 받을 텐데!"

그러고는 다소 귀에 거슬리는 웃음을 터뜨렸다. 나는 속으로 움찔했다. 죄가 많다니, 우리가 아까 한 말을 들은 것일까? 만약 그렇다면 농담 취향이 아주 저질이었다.

"스파 즐겁게 하세요."

내 조심스러운 인사에 알렉산더는 다시 미소를 지었다.

"그러지요. 저녁때 봅시다!"

그가 자리를 뜨려고 돌아설 때, 갑자기 이해할 수 없는 충동이 나를 사로잡았다.

"잠깐만요, 벨홈 씨…."

알렉산더가 돌아보며 눈썹 하나를 추켜세웠다. 자신감이 꺾였지만, 하고 싶었던 말은 끝까지 하기로 했다.

"저기, 조금 이상하게 들리겠지만 제가 어젯밤에 배 끝의 10호실에서 어떤 소리를 들었어요. 원래는 빈 선실이지만 어제 분명 어떤 여자가 거기 있었고요. 그런데 지금은 그 여자를 찾을 수가 없네요. 어젯밤에 어떤 장면을 보거나 소리를 듣지 못하셨나요? 물에 빠지는 것 같은 소리요. 다른 소리도 괜찮고요? 벤은 선생님께서 깨어 계셨다고 하던데요."

"깨어 있었지." 알렉산더가 건조하게 말했다.

"내가 불면증이 있어요. 다들 알겠지만 내 나이가 되면 잠을 못 자고 잠자리가 바뀌면 증상이 더 심해지지. 그래서 잠깐 갑판으로 올라가 산책했어요. 거기서 돌아오는 길에 오고 가는 사람 몇 명을 보기는 했죠. 우리의 친구 티나는 아주 매력적인 선실 승무원을 잠깐 초대했더군. 섹시한 레더러 씨도 어느 시점에선가 여기저기를 돌아다녔고. 배 반대편에 있는 자기 선실을 두고 뭘 했는지는 모르겠지만요. 당신을 보러 갔을지도 모른다고 생각했는데…?"

알렉산더가 의미심장한 표정으로 나를 쳐다보았다. 얼굴이 탈 것처럼 뜨거웠다.

"아니, 절대 아니에요. 레더러 씨가 10호실에 들어갔을까요?"

"그것까지는 못 봤어요." 알렉산더가 아쉽다는 듯 말했다.

"모퉁이를 도는 모습만 얼핏 봤을 뿐이야. 선실로 돌아오는 길에 알리바이를 만들기 위해서였을까?"

"그때가 몇 시였어요?"

벤이 묻자 알렉산더는 입을 꾹 다물고 곰곰이 생각하다 대답했다.

"흠… 아마 4시인가 4시 30분쯤 됐을 거요."

벤과 눈빛을 주고받았다. 내가 잠에서 깬 시간은 새벽 3시 4분이었다. 요세프가 새벽 4시에 목격되었으니 티나는 용의선상에서 제외할 수 있었다. 요세프가 밤새 티나의 선실에 있었을 테니까. 하지만 콜은… 무슨 이유로 배의 뒤편까지 왔을까? 승선 통로에 쿵쿵 부딪히던 그의 커다란 여행 가방이 다시 떠올랐다.

"그럼 자네 선실에서 나오던 그 여자는 누구지?"

알렉산더가 갑자기 벤을 보며 음흉하게 질문했다. 벤이 눈을 깜박였다.

"예? 제 선실이 확실해요?"

"8호실 맞지 않나?"

"맞습니다."

벤의 입에서 불안한 웃음소리가 나왔다.

"하지만 저 말고 제 선실에 들어온 사람은 없는걸요."

"그래?"

알렉산더가 다시 의미심장한 표정을 짓더니 껄껄 웃고는 옆구리에 낀 책을 다시 추켜올렸다.

"뭐, 그렇게 말한다면야. 어두워서 선실을 착각했나 보군. 자, 질문이 더 있나?"

"아, 아니요…."

미심쩍은 구석이 남아 있었지만 일단은 그렇게 대답했다. "적어도 지금은요. 다른 게 떠오르면 찾아봬도 될까요?"

"물론. 그렇다면 저녁 시간까지는 작별 인사를 해야겠군. 이만 안녕히…. 젊은 아도니스처럼 구릿빛 피부에 크리스마스 칠면조 같은 매끈한 피부로 나타나리다."

알렉산더가 다시 숨을 몰아쉬며 복도로 걸어갔다. 벤과 나는 그가 모퉁이를 도는 모습을 지켜보았다.

"정말 자신감이 대단하지?"

알렉산더가 사라지자 벤이 말했다.

"그러게. 정말 너무 자신만만하다. 저 캐릭터가 전부 연기라고 생각해? 아니면 원래 늘 저럴까?"

"글쎄. 처음에는 연기로 시작했지만, 지금은 제2의 천성이 되었을 수도 있지."

"부인 말이야… 본 적 있어?"

"아니. 하지만 정말 존재한다나 봐. 꽤나 불같은 성격이라던데. 독일 백작의 딸이고 전성기에는 상당한 미인이었대. 사우스 켄싱턴 자택에는 예술품 원본이 가득하다는 소문이 있고, 루벤스 한 점, 티치아노 한두 점, 정말 굉장하대. 예전에 〈헬로〉에 특집기사로 나간 적도 있어. 나치 소유품을 훔쳤고 세계예술품조사단 연락을 받았다는 소문도 돌았지만 그건 헛소문 같아."

"쓸 만한 정보는 못 건진 느낌이네."

먹구름처럼 나를 덮치는 피로를 씻으려고 얼굴을 쓸어내렸다.

"그래도 콜에 대한 이야기는 이상했지?"

"그러게. 하지만 4시쯤이었다면 딱히 관련 없지 않아? 솔직히 말해서 우리 반응을 보려고 그냥 지어낸 것 같아. 내 선실에 여자가 있었던 말도 새빨간 거짓말이니까. 내 말 믿지?"

"나는…."

목이 꽉 막혀 말이 나오지 않았다. 피곤했다. 너무 피곤했다. 하지만 쉴 수는 없었다. 이번 여행으로 출세하기는 틀렸다는 생각이 들었다. 이렇게 말썽을 일으키고 다니다가는 주소록이 인맥이 아니라 적으로 가득해질 것이다.

"그럼, 당연히 믿지."

겨우 내뱉은 그 말이 진심인지 가늠하듯 벤은 한참이나 나를 바라보았다.

"다행이네." 그가 말했다.

"왜냐하면 내 선실에는 정말 아무도 없었거든. 내가 방을 비운 사이에 누가 들어왔다면 모를까."

"우리가 하는 말을 들었을까?"

궁금하다기보다는 빨리 화제를 바꾸고 싶어 물었다.

"아까 전에 말이야, 모퉁이를 돌기 전에… 그렇게 커다란 사람이 소리 없이 움직일지 누가 알았겠어."

벤은 어깨를 으쓱했다.

"아닐 거야. 들었어도 악감정을 품을 사람 같지는 않고."

반박하지 않았지만, 벤처럼 확신할 수도 없었다. 내가 보기에 알렉산더는 악감정을 가질 사람이었다. 그것도 악감정을 갖고 즐거워할 사람.

"이제 뭐 할래? 같이 불머 경을 찾아줄까?"

벤의 질문에 고개를 저었다. 내 선실로 돌아가 배 속에 음식을 넣어야 했다. 그리고 불머 경을 만날 때 벤과 같이 가고 싶지도 않은 마음도 있었기 때문이다.

9월 21일 월요일, 오후

19

　내 선실 문은 잠겨 있었지만 안으로 들어가자 방 안의 화장대 위에 오픈 샌드위치와 생수 한 병이 놓여 있었다. 생수병 표면에 물이 흐르는 것으로 보아 가져온 지 한참 된 모양이었다.
　배가 고프지는 않았다. 그래도 아침 식사 이후로 아무것도 먹지 않았고 그마저도 대부분 게워냈기 때문에 억지로 샌드위치를 입에 욱여넣었다. 두꺼운 호밀빵에 새우와 완숙 달걀을 얹은 샌드위치를 씹으며 창밖으로 바다가 오르내리는 모습을 지켜보았다. 쉴 새 없는 바다의 움직임은 내 머릿속을 돌아다니는 싱숭생숭한 생각과도 비슷했다.
　콜, 알렉산더, 아처는 그 여자와 실제로 같은 공간에 있었다. 확실했다. 사진 속 여자는 카메라에서 얼굴을 돌리고 있었고, 어제 선실 문이 열렸을 때 잠깐 본 얼굴을 선명하게 기억할 수는 없지만 그 사진을 본 순간 동일 인물이라는 것을 느꼈다. 전기 충격처럼 찾아온 그 확신에 매달려야 했다.

아처에게는 알리바이가 있지만 사실 따지고 보면 그 알리바이는 벤의 증언일 뿐이다. 벤도 그럴싸하게 변명을 하고 있지만 내게 거짓말을 했다. 콜이 우연히 언급하지 않았더라면, 나는 벤이 선실을 나갔다는 사실을 평생 몰랐을 것이다.

하지만 벤이라니. 벤? 그럴 리가 없다. 내가 이 배에서 믿을 수 있는 사람은 벤 하나였다. 안 그런가?

이제는 나도 모르겠다.

빵 가장자리까지 다 삼킨 후 냅킨으로 손가락을 닦았다. 발밑에서 배가 이리저리 흔들거렸다. 식사하는 동안 스멀스멀 들어온 해무 때문에 선실은 어두컴컴했다.

전등을 켜고 휴대전화를 확인했다. 아직도 반응이 없다. 누구든 메일을 보냈기를 바라는 헛된 희망을 품고 페이지를 새로고침 했다. 주다의 침묵이 무엇을 의미하는지는 생각조차 하고 싶지 않았다.

'연결 실패' 알림이 떴을 때는 안도감과 두려움으로 속이 울렁거렸다. 안도감은 주다가 내게 연락했을지도 모른다는 희망 때문이었고, 두려움은 주다가 내게 연락하지 않았을지도 모른다는 가능성 때문이었다.

하지만 두려움의 근원은 그것만이 아니었다. 인터넷이 끊긴 지 오래될수록 누군가 일부러 연결을 차단하고 있다는 생각이 강하게 들었기 때문이다. 그것이 정말로 두려웠다.

9월 21일 월요일, 오후

1호실인 노벨 스위트룸의 문은 나머지 선실처럼 무늬 없는 하얀 나무였다. 하지만 문을 등지면 텅 빈 복도가 쭉 뻗어 있어서 그 자체만으로도 내가 뱃머리에 있다는 사실을 알 수 있었다. 이런 곳에 머물면 자신이 꽤 특별한 사람이 된 기분일 것이다.

누가 나올지는 알 수 없었지만, 조심스럽게 노크했다. 리처드 불머일 수도 있고, 청소부일 수도 있다. 어느 쪽이 나와도 놀라지 않을 것이라 생각했지만 문이 열렸을 때 화들짝 놀라고 말았다. 문 앞에는 앤 불머가 서 있었다.

앤은 딱 봐도 울고 있었다. 다크서클로 둘러싸인 검은 눈의 가장자리가 붉었고 핼쑥한 뺨에 눈물 자국이 보였다.

신중하게 준비해서 예행연습까지 마친 말을 완전히 잊고 눈만 깜박였다. 머릿속으로 수많은 말들이 스쳐 지나갔다. 괜찮으세요? 무슨 일이에요? 제가 해드릴 일이라도 있나요? 하지만 모두 부적절한 것 같아 아무 말도 하지 않고 침만 삼켰다.

"무슨 일이죠?"

조금은 차갑게 물은 앤이 실크 가운 끄트머리를 들어 눈물을 닦고는 도도하게 턱을 치켜들었다.

"할 말이라도 있는 건가요?"

다시 침을 꿀꺽 삼키고 말했다.

"아, 네. 방해해서 죄송합니다. 아침에 스파를 해서 피곤하실 텐데요."

"그렇지는 않아요."

퉁명스러운 대답에 입술을 깨물었다. 괜히 눈치 없이 환자처럼 대한 것일까?

"남편분께 드릴 말씀이 있어 왔어요."

"리처드요? 그 사람은 바쁠 거예요. 제가 도울 수는 없는 일인가요?"

"아… 아마도요."

어색하게 대답한 후 고민했다. 대충 둘러대고 물러날까? 아니면 남아서 설명을 할까? 쉬는 사람을 방해해서 미안했지만 노크까지 하고 불러내서는 갑자기 돌아서는 모습도 좋아 보이지는 않을 것 같았다.

앤의 눈물도 마음에 걸렸다. 혼자 슬퍼하게 놔둘까? 아니면 남아서 위로를 해줄까? 수척한 얼굴이 너무도 불안해 보였다.

앤 불머처럼 신약, 최고의 의사진과 치료법 등 모든 것을 돈으로 살 수 있는 특권층이 병마와 싸우고 있는 모습을 바로 눈앞에서 보니 마음이 너무 이상했다.

도망치고 싶었지만, 쉽게 자리를 뜰 수가 없었다.

"도움이 못 된다니 유감이네요. 급한 일은 아니죠? 그이에게 무슨 일인지 대신 전할까요?"

"그게…."

말을 잇지 못하고 손가락만 꼼지락거렸다. 무슨 말을 하겠는가? 금방이라도 부서질 것 같은 여자 앞에서 내 의심을 고백할 수는 없었다.

"저… 남편분께서 인터뷰를 약속하셨어요. 오늘 오후에 선실로 오라고 하셨거든요."

저녁 식사 후 리처드가 인사치레로 한 말이었지만 어쨌든 사실이었다.

"아."

앤이 이해하겠다는 표정을 지었다.

"미안해요. 남편이 잊었나 보네요. 라스와 노천탕에 갔을 거예요. 다른 분들과도 같이요. 저녁 식사 때 만날 수 있기를 바랄게요."

그렇게 오래 기다릴 생각은 없었지만 그냥 고개만 끄덕였다.

"혹시… 저녁 식사 때 뵐 수 있을까요?"

말을 더듬는 나 자신이 한심해 견딜 수 없었다. 내가 못 살아. 이 사람은 암 환자이지 문둥이가 아니라고. 앤이 고개를 끄덕이며 말했다.

"그러고 싶어요. 오늘은 컨디션도 조금 괜찮아졌고요. 피곤하다고 매번 쉬어버리면 꼭 몸에 항복하는 것 같잖아요?"

"아직도 치료 중이세요?"

내 물음에 앤이 고개를 젓자 머리에 쓴 부드러운 실크 스카프가 바스락거렸다.

"지금은 아니에요. 일단은 마지막 화학 요법을 마친 상태예요. 다음 치료는 돌아가서 방사선 치료를 한 후에 결정되겠죠."

"행운을 빌게요."

말하고 나서 인상을 썼다. 별 뜻 없이 한 말이었지만 그녀의 생존 여부가 운에 달렸다는 느낌을 준 것 같아 미안했다.

"그리고, 음… 감사합니다."

"천만에요."

앤이 문을 닫았다. 위쪽 갑판 계단으로 걸어가는 동안 내 얼굴은 수치심으로 타들어 갔다.

노천탕을 이용해 본 경험은 없지만 어디에 있는지는 알았다. 야외 갑판은 린드그렌 라운지의 위층에 있었고 스파를 통하면 바로 갈 수 있다. 카펫이 두껍게 깔린 계단이 있는 레스토랑 쪽 갑판을 오르며, 전처럼 밝고 탁 트인 분위기를 기대했다.

하지만 안개라는 예상치 못한 복병이 있었다. 갑판으로 나가는 문에 이르자 유리 뒤에서 안개가 회색 벽처럼 나를 맞았다. 갑판의 반대편 끝이 보이지 않을 정도로 안개는 배를 겹겹이 둘러쌌다. 묘하게 사방이 가로막힌 느낌이었다.

안개 때문에 공기가 쌀쌀했고 팔에 난 털에는 이슬이 맺혔다. 바람을 피할 수 있는 곳에 어정쩡하게 서서 몸을 떨며 여기가 어디인지 가늠하는 동안 무적* 소리가 길고 애절하게 울려 퍼졌다.

희뿌연 안개가 모든 것을 낯설게 만들었다. 상갑판으로 올라가는 계단이 어디인지 알아내는 데만 몇 분이 걸렸다. 마침내 오른쪽으로 방향을 틀어 뱃머리 쪽으로 올라가면 된다는 사실을 깨달았다.

그런데 대체 누가 이런 날씨에 노천탕에 있다는 거지? 앤이

---

*   안개가 끼었을 때 충돌을 막기 위해 부는 고동.

착각한 것이 아닐까 생각하며 레스토랑 유리 벽을 끼고 모퉁이를 돌 때, 위쪽서 웃음소리가 들렸다. 고개를 드니 안개 너머로 불빛이 반짝였다. 이런 추위에도 옷을 벗을 정도로 미친 사람들이 있기는 한 모양이다.

코트를 가져올 걸 하고 후회했지만 되돌아갈 수는 없었다. 팔로 몸을 감싸며 상갑판에서 들리는 대화와 웃음소리를 따라 현기증이 나게 미끄러운 계단을 올랐다.

갑판 중간쯤에 유리 가림막이 놓여 있었고, 그 안으로 슬그머니 들어가자 라스, 클로이, 리처드 불머, 콜이 보였다. 그들은 난생처음 보는 거대한 자쿠지*에 들어가 있었다.

폭이 3미터는 되어 보이는 욕조 가장자리에 등을 기대고 어깨와 머리만 내민 채였다. 거품이 끓는 욕조에서 증기가 빽빽하게 솟아올라 잠깐 동안은 누가 누구인지도 구분하기 힘들었다.

"블랙록 씨!"

리처드 불머가 반갑게 인사했다. 시끄럽게 쏟아지는 물줄기 위로 그의 목소리가 똑똑하게 들렸다.

"어젯밤 숙취는 회복했어요?"

그러면서 내게 악수를 청하자 뜨거운 피부가 차가운 공기와 닿으며 구릿빛의 탄탄한 팔에 닭살이 돋아났다. 물이 뚝뚝 떨어지는 손을 잡았을 때 전달된 온기는 싸늘한 바람에 금세 식었다. 나는 다시 몸을 감싸 안았다.

* 기포가 나오는 욕조 브랜드.

"와서 몸 담가요."

클로이가 웃으며 거품 욕조에 들어오라고 손짓했다.

"말씀은 감사하지만 조금 추워서요."

몸을 떨지 않으려고 애쓰며 고개를 저었다.

"이 안은 따뜻합니다. 제가 장담하죠! 뜨거운 욕조에 몸을 담갔다가 차가운 물로 샤워를 하고…"

불머가 욕조 한쪽에 있는 개방형 샤워 부스를 가리키며 윙크했다. 우뚝 서 있는 빗물 샤워기에 온도 조절 장치는 없었다. 누르면 찬물이 나오는 푸른색 쇠 버튼을 보기만 해도 몸이 부르르 떨렸다.

"…곧바로 사우나로 들어가죠."

그러고는 유리 가림막 뒤에 숨은 나무 오두막을 엄지로 가리켰다. 목을 길게 빼고 보니 오두막의 유리문에는 뿌옇게 습기가 차 있었고 흘러내리는 물줄기 틈으로 화로의 붉은 불빛이 보였다.

"몸을 헹구고 나서 처음부터 다시 반복하는 겁니다. 심장이 버틸 수 있을 때까지요."

"별로 제 취향은 아닌 것 같네요."

내가 어색하게 말했다.

"시도하기 전까지는 함부로 판단하지 말아요."

콜이 뾰족한 앞니를 드러내 보이며 웃었다.

"사우나에서 뛰어나와 차가운 샤워를 하는 기분은 꽤 대단해요. 죽지 않으면 더 강해진다는 뜻이잖아요?"

그 말에 움찔했다.

"제안은 감사하지만 저는 사양할게요."

"편할 대로 해요."

클로이가 웃으며 말하고 작은 테이블로 나른하게 팔을 뻗어 반투명 샴페인 잔을 들었다. 아래 바닥에 놓인 콜의 카메라 위로 물이 뚝뚝 떨어졌다.

"저기. 불머 경…."

심호흡을 하고 불머에게 말을 걸었다. 흥미로운 표정으로 쳐다보는 다른 사람들의 시선은 애써 무시했다.

"리처드라고 불러요."

"리처드, 드릴 말씀이 있는데요. 지금이 적절한 때인지 모르겠네요. 나중에 선실로 가서 봬도 될까요?"

"뭐하러 기다립니까?" 불머가 어깨를 으쓱하며 말을 이었다.

"내가 사업을 하며 배운 것이 하나 있어요. 적당한 때는 언제나 지금이라는 것. 신중하게 생각한다고 물러나지만, 사실은 비겁하기 때문이죠. 망설이는 사이 다른 사람이 선수를 치고요."

"글쎄요…."

말을 하다 말았다. 정말 다른 사람들 앞에서는 이야기하고 싶지 않은데. '다른 사람이 선수를 친다'라는 표현도 왠지 찝찝했다.

"와서 한잔해요."

불머가 욕조 가장자리에 있는 버튼을 누르자 어디선가 나타난 울라가 깍듯하게 인사를 하고 말했다.

"네, 회장님?"

"블랙록 씨에게 샴페인 부탁해요."

"알겠습니다."

울라가 자리를 뜬 후 나는 심호흡을 했다. 대안은 없었다. 배를 돌릴 수 있는 사람은 오직 불머였다. 지금 이야기하지 않으면 다시는 기회가 오지 않을 수도 있다. 그런 위험을 감수하느니 구경꾼이 있더라도 지금 말을 하는 편이 낫지 않을까….

손톱이 손바닥에 박힐 정도로 주먹을 세게 쥐고 위험한 가능성을 머리에서 지웠다.

'참견하지 마'

머릿속의 목소리가 야유했지만 용기 내어 말을 꺼냈다.

"불머 경…."

"리처드라고 부르라니까요."

"리처드, 보안팀장인 요한 닐손 씨에게 들으셨는지 모르겠네요. 오늘 그를 만나셨나요?"

"닐손이요? 아니요."

불머가 얼굴을 찌푸렸다.

"그는 내가 아니라 선장에게 보고합니다. 왜 그런 질문을 하죠?"

"그게…."

하지만 울라가 샴페인 잔과 얼음 통에 든 샴페인 병을 들고 나타나는 바람에 말이 끊겼다.

"음, 고마워요."

내가 머뭇거리며 말했다. 지금 술을 마셔도 되는지 모르겠다. 닐손에게 가슴을 후비는 말을 들어놓고, 어젯밤에 마신 술도 덜 깬 상태였다. 지금 하려는 말도 샴페인과는 어울리지 않았다.

하지만 지금 내 상황을 생각해 보자. 나는 〈벨로시티〉를 대표해 불머의 손님으로 이곳에 왔다. 이 사람들에게 프로다운 면모로 깊은 인상을 주고 매력을 발산해야 하는데 그러기는커녕 이제 불머의 직원과 손님들 앞에서 최악의 이야기를 꺼내려고 한다.

그래, 샴페인쯤은 흔쾌히 받아도 될 것이다. 잔을 받아서 몇 모금 마시며 생각을 정리했다. 쓴맛에 얼굴이 구겨지고 몸이 떨렸지만 불머 앞에서 무례하게 보이기 싫어 표정을 관리했다.

"그… 말을 꺼내기가 힘드네요."

"닐손이요. 닐손과 이야기를 했느냐고 물었죠."

"네. 저, 어젯밤 닐손에게 전화를 했어요. 제가… 제가 소리를 들었거든요. 제 옆 선실에서 나오는 소리였어요. 10호실 말이에요."

여기까지 말하고 입을 닫았다. 불머는 내 말을 듣고 있었다. 하지만 다른 세 명도 마찬가지였고 라스는 그 누구보다도 귀를 쫑긋 세우고 있었다.

어쩔 수 없다. 이 상황을 기회로 활용해야지. 둘러앉은 사람들을 둘러보며 반응을 확인했다. 얼굴에 죄책감이나 불안감이 드러나는지. 라스는 내 말을 믿지 못하겠다는 듯 축축하고 붉은 입술로 비웃음을 지었다. 클로이는 호기심을 숨기지 못하고 초록색 눈은 휘둥그레 떴다. 나를 걱정스럽게 바라보는 사람은 콜뿐이었다.

"팔름그렌실 말이죠."

불머는 이야기가 어디로 흘러가는지 감을 잡지 못하고 인상을 찌푸렸다.

"그 방은 비어 있다고 생각했는데요. 솔베르그가 취소하지 않았나요?"

"제가 베란다로 나가서 옆방을 봤거든요."

갑자기 말이 술술 나오기 시작했다. 나는 주위에 모인 사람들의 얼굴을 다시 한번 살폈다.

"소리가 난 쪽을 봤는데, 사람은 없었지만, 유리 난간에 핏자국이 있었어요."

"세상에. 꼭 소설에 나오는 이야기 같군."

라스는 의심을 숨기지도 않고 히죽히죽 웃었다.

평정심을 잃으라고 나를 자극하는 건가? 내 이야기에 흠집을 내려고? 아니면 원래 이런 태도를 보이는 사람인가? 알 수 없었다.

"계속해 봐요."

라스가 빈정거림에 가까운 말투로 말했다.

"이야기가 어떻게 전개되는지 궁금해 죽겠으니까."

"보안팀장이 저를 10호실로 들여보내줬어요."

나는 더 강한 어조로 불머에게 말을 쏟아냈다.

"하지만 선실이 비어 있더라고요. 그리고 피가 묻었던 유리는…."

그 순간, '챙'하고 부딪히는 소리에 이어 물에 풍덩 빠지는 소리가 들렸다. 모두의 고개가 그쪽으로 돌아갔다. 콜이 욕조 밖으로 팔을 뻗고 있었다. 무언가를 쥔 손에서 나무 갑판 위로 피가 뚝뚝 떨어졌다.

"괜찮아요, 괜찮을 겁니다."

콜이 당황한 목소리로 말했다.

"미안해, 리처드. 어쩌다 그랬는지 모르겠지만 샴페인 잔을 쳐서…."

손바닥을 펼치자 피로 물든 유리 조각이 보였다. 클로이가 침을 삼키고 눈을 질끈 감았다.

"세상에!" 그녀의 얼굴에서 핏기가 사라졌다.

"어떡해, 라스…."

불머가 잔을 내려놓고 욕조에서 헐벗은 몸을 일으켰다. 차가운 공기가 닿자 뜨끈뜨끈한 몸에서 김이 피어올랐다. 벤치에 쌓여 있던 흰색 가운을 집어 든 그는 갑판으로 피를 흘리는 콜의 손을 잠시 아무 말 없이 냉정하게 바라보더니, 기절하기 직전인 클로이를 쳐다보았다. 그런 다음 수술실의 의사처럼 큰 소리로 지시를 내렸다.

"콜, 제발 그 유리는 내려놔. 내가 울라를 불러서 치우라고 할 테니까. 라스, 클로이 좀 데려가서 눕혀줘요. 얼굴이 하얗게 질렸어요. 필요하다면 신경안정제도 먹이고요. 에바에게 부탁하면 약을 가져다줄 겁니다. 그리고 블랙록 씨…."

불머가 나를 돌아보았다. 그는 가운 허리띠를 두르며 신중하게 말을 골랐다.
"블랙록 씨, 가서 레스토랑에 앉아 계세요. 여기 난장판을 해결하고 나서 그날 어떤 장면을 봤는지 같이 이야기해 봅시다."

20

약 한 시간 후, 나는 리처드 불머가 어떻게 지금의 위치까지 올라갔는지 알 수 있었다.

그는 내 이야기를 단순히 듣기만 하지 않았다. 내가 한마디, 한마디 할 때마다 진지하게 질문을 했고 정확한 시각과 구체적인 특징을 요구했다. 유리 난간에 피가 어떤 형태로 튀었는지, 표면에 흩뿌렸는지, 얼룩졌는지 등등 내가 전혀 알지 못하는 세세한 사항까지 물어봤다.

추측으로 빈틈을 메우려 하지 않았고 유도신문도 하지 않았다. 내가 확신하지 못하는 사실을 억지로 이해시키지도 않았다. 그저 뜨거운 블랙커피를 마시며 간간이 푸른색 눈을 밝히고 질문을 했다.

몇 시였어요? 얼마나 오래 걸렸죠? 그게 언제였습니까? 소리는 얼마나 컸나요? 그 여자는 어떻게 생겼죠? 첫날 연설을 할 때 들었던 런던 토박이를 흉내 내는 말투는 사라지고 사무적인 이튼스쿨 출신의 억양이 나왔다. 내 말에 완벽하게 집중했고 절대적인 관심을 보였다.

그러면서도 얼굴에 감정을 드러내지는 않았다. 누군가 야외 갑판을 지나다가 창문을 들여다보았다고 해도, 내가 이 배 안에 사이코패스가 있을지 모른다는 이야기로 불머의 사업을 위협하고 있다고는 절대 짐작할 수 없을 정도였다.

나는 그가 내 이야기를 들으면 닐손처럼 나를 괴롭히거나 여자 승무원들처럼 똘똘 뭉쳐 내 말을 부정하리라 예상했다. 하지만 그의 얼굴을 주의 깊게 봐도 그런 기색은 없었다. 나를 비난하지도, 의심하지도 않았다. 그가 드러낸 감정만 보면 우리가 가로세로 퍼즐을 풀고 있는 것만 같았다.

한편으로는 그의 냉정함이 대단하다는 생각도 했다. 하지만 실제로 마주 앉아 대화하는 기분은 조금 이상했다. 닐손이 나를 의심하고 화를 낼 때는 유쾌하지 않았지만 적어도 그의 반응은 인간적이었다. 불머의 감정은 알 수 없었다. 화가 났나? 아니면 당황했나? 잘 숨기고 있을 뿐인가? 아니면 정말로 겉모습처럼 냉정하고 침착한 것일까?

내가 10호실의 여자와 나눈 대화를 찬찬히 되짚는 불머를 보며 이런 침착한 태도가 그의 성공의 비결 아닐까 하는 생각이 들었다. 그 덕분에 자수성가하여 수백 명의 일자리와 수백만 파운드의 투자를 좌지우지하는 위치에 올라온 것이다.

불머는 내 이야기를 다각도로 분석했고 마침내 모든 정보를 접수한 후에는 고개를 숙이고 미간을 찌푸리며 생각에 빠졌다. 곧 까무잡잡한 팔목에 두른 롤렉스시계를 힐끗 보고 말했다.

"고맙습니다, 블랙록 씨. 필요한 이야기는 다 들은 것 같군요. 이제 직원들이 저녁 식사를 준비할 시간이네요. 이번 일은 제가 사과드릴게요. 두렵고 괴로우셨으리라 생각합니다. 허락해 주시면 닐손과 라센 선장과 의논해서 가능한 한 모든 조처를 하겠습니다. 내일 아침에 만나서 다음 단계를 같이 이야기해 보죠. 안 좋은 경험을 하셨지만, 내일 아침까지는 긴장을 풀고 곧 있을 저녁 식사와 나머지 시간을 즐기시기 바랍니다."

"다음 단계는 뭐죠? 트론헤임으로 가고 있다고 들었어요. 더 가까운 곳에 잠깐 들를 수 없나요? 최대한 빨리 경찰에 신고해야 할 것 같아서요."

내 질문에 불머는 자리에서 일어나며 대답했다.

"물론, 트론헤임보다 더 가까운 곳에 들를 수도 있습니다. 하지만 내일 아침 일찍 트론헤임에 도착할 예정이니 아직은 그곳이 가장 적합한 목적지라고 봅니다. 밤중에 어디에 멈춘다 해도 근무 중인 경찰서를 찾을 확률이 낮아요. 어쨌든 선장과 가장 적절한 방법을 상의해 보겠습니다. 사건이 영국 해상이나 공해상에서 벌어졌다면 노르웨이 경찰은 움직이지 않을지도 모릅니다. 수사 의지보다는 사법 관할권 문제거든요. 장소에 따라 모든 것이 달라집니다."

"공해상에서 벌어진 사건이라면 어떻게 되는 거죠?"

"제 기억이 맞다면, 이 배는 국제선박등록법상 케이맨제도에 등록되어 있습니다. 그 경우 어떤 관할권이 적용되는지는 선장과 이야기를 해봐야 알겠네요."

가슴이 철렁 내려앉았다. 바하마 등등 특정 섬에 등록된 배의 수사에 관한 기사를 읽은 적 있다. 섬에 등록된 배에 사건이 생겼을 경우는 의례적으로 경찰 하나를 보내, 보고하고 최대한 빠르게 사건을 마무리하려 한다고 했다.

그마저도 누군가 사라졌다는 명백한 증거가 있는 사건이어야 한다. 지금처럼 피해자가 존재했다는 유일한 증거조차 오래전에 사라졌다면 어떻게 될까? 그래도 불머와 이야기를 하고 나니 한결 편안해졌다. 그는 내 말을 진지하게 믿는 듯했다. 닐손과는 다르게.

불머가 자리에서 일어나며 손을 내밀었다. 선명한 푸른색 눈이 내 눈과 마주친 순간, 처음으로 웃음을 보였다. 한쪽 얼굴이 희한하게 더 올라가는 비대칭적인 미소였지만 그와 잘 어울렸다. 비틀린 미소가 왠지 매력적이었다.

"말씀드릴 것이 하나 더 있어요."

내가 불쑥 말하자 불머가 놀란 표정을 지으며 손을 놓았다.

"네?"

"저⋯."

침을 삼켰다. 이 말을 하고 싶지 않았지만, 어차피 닐손에게 들을 것이다. 차라리 내가 직접 하는 편이 나았다.

"제가 사건 전날 밤 술을 마셨어요. 항우울제도 먹었고요. 스물다섯 살 때부터 계속 먹고 있는 약이에요. 또⋯ 제가 공황 발작을 겪었거든요. 닐손은… 제 생각에 그는…."
 다시 침을 삼켰다. 불머의 눈썹이 더 높이 올라갔다.
 "우울증약을 먹기 때문에 닐손이 이야기를 의심한다는 말입니까?"
 직설적인 말에 어깨가 움츠러들었지만, 고개를 끄덕였다.
 "그렇게 말하지는 않았지만 그래요. 약을 술과 섞어 먹으면 안 된다고 했고 또…."
 불머는 아무 말도 하지 않고 무표정으로 나를 뜯어보았다. 내 입에서 꼭 닐손을 변호하려는 듯한 말이 쏟아져 나왔다.
 "제가 이 배에 타기 전에 강도를 당한 일이 있어요. 어떤 남자가… 집에 들어와서 저를 공격했어요. 닐손이 그 사실을 알고… 제가 지어냈다고는 안 했지만 제가… 과민 반응을 보였을지도 모른다고 생각하더라고요."
 "저희 직원이 그런 말을 했다니 고개를 들지 못하겠군요. 저를 믿으세요, 블랙록 씨. 저는 당신의 이야기를 믿습니다."
 불머가 내 손을 꼭 쥐었다.
 "고맙습니다."
 그 짧은 단어로는 나를 믿어주는 사람이 마침내 나타났다는 안도감을 표현할 수 없었다. 사람도 보통 사람인가. 오로라호의 소유주였다. 그는 이 문제를 해결할 힘을 가진 유일한 사람이었다.

 선실로 돌아가며 피곤해서 쑤시는 눈을 지그시 눌렀다. 주머니에서 휴대전화를 꺼내 시간을 확인했다. 거의 5시다. 시간이 왜 이렇게 빠르게 가지?

기계적으로 이메일을 열고 접속을 시도했다. 하지만 여전히 인터넷에 연결되지 않았다. 다시 불안해졌다. 지금쯤이면 인터넷을 고쳤어야 하지 않나? 불머에게 이것도 말할 것을 그랬다. 하지만 그는 이미 자리를 떴고 스크린 뒤에 불길하게 숨어 있는 출구 중 하나로 빠져나갔다. 선장이나 관제탑과 이야기를 하러 갔으리라.

주다가 메일을 보냈다면? 전화했다면? 하지만 아직은 육지에 다가가지 않았으니 전화 신호가 들어올 리 없다. 아직도 나를 무시하고 있을까? 문득 내 등을 어루만지는 그의 손길이 떠올랐다. 가슴에 얼굴을 묻고 따뜻한 티셔츠에 뺨을 대는 느낌이 나를 덮쳤다. 주다가 너무도 그리워 마음의 무게를 이기지 못하고 쓰러질 뻔했다.

그래도 내일이면 트론헤임에 도착할 것이다. 그때는 그 누구도 인터넷 접속을 막지 못한다.

"로!"

뒤를 돌아보니 벤이 좁은 복도를 걸어오고 있었다. 덩치가 크지 않은데도 복도가 꽉 차 보였다. 이상한 나라의 앨리스처럼 복도는 점점 조그맣게 줄어들고 가까이 다가올수록 벤은 더 커지는 착시 현상이 일어났다.

"벤."

일부러 밝은 목소리를 내며 말했다. 벤은 선실 방향으로 나와 나란히 걷기 시작했다.

"어떻게 됐어? 불머 만났어?"

"응… 잘된 것 같아. 나를 믿어주는 것 같았어."

불머와 헤어진 후 내가 무슨 생각을 했는지는 벤에게 말하지 않았다. 사실 불머는 손에 든 카드를 전부 보여주지 않았다. 처음에는 이제 걱정을 덜었다는 확신이 들었는데, 대화 내용을 되새겨보니 그가 내게 한 약속은 하나도 없었다. 내 주장을 절대적으로 신뢰한다고 해석할 수 있는 말은 한마디도 하지 않았다. '그 말이 사실이라면…' '그렇게 말한다면…' 같은 조건을 달며 애매하게 이야기했을 뿐이다.

"좋은 소식이다. 배를 돌린대?"

"모르겠어. 지금 배를 돌려도 소용없다고 생각하나 봐. 그냥 내일 최대한 일찍 트론헤임에 도착하는 편이 낫대."

선실에 도착해 주머니에서 카드키를 꺼내고 방문을 열었다.

"오늘 저녁은 8코스짜리 만찬이 아니었으면 좋겠다."

긴장이 풀렸는지 내 목소리에서도 힘이 빠졌다.

"내일 트론헤임 경찰에게 조리 있게 말하려면 잠을 푹 자야 하는데."

"계획은 변함없다는 거네?"

벤이 문틀에 손을 얹고 기대어 섰다. 계산된 행동은 아닌 것 같았지만 그러고 있으니 밖으로 나갈 수도, 문을 닫을 수도 없었다.

"응. 항구에 도착하는 대로 경찰서로 갈 거야."

"사건 당시 배가 어디 있었는지 선장 말부터 들어야 하지 않아?"

"그렇겠지. 지금 불머가 선장과 이야기하고 있을 거야. 하지만 어떻게 되든, 수사를 제대로 할 수 없다고 해도 이번 일을 경찰 문서로는 남기고 싶어."

내 증언을 공식적인 파일에 남겨야 안전하다는 느낌이 들 것 같았다.

"그럴 거야." 벤이 덤덤하게 말을 이었다.

"내일 어떻게 될지 모르겠지만, 경찰은 네 이야기를 처음 듣는 거니까 사실에만 집중하도록 해. 불머 때처럼 명료하게 설명하고 감정을 드러내지 마. 네 말을 믿어줄 거야. 네가 거짓말할 이유는 없으니까."

그제야 문틀에서 팔을 내리고 뒤로 물러났다.

"필요하면 내가 옆에 있다는 거 알지?"

"그래."

피곤한 미소를 지어 보이며 문을 닫으려 했지만 벤이 다시 문틀에 손을 올렸다. 그의 손가락을 찧지 않고서는 문을 닫을 수 없었다.

"아, 깜박할 뻔했다."

벤이 가벼운 말투로 말했다.

"콜 이야기 들었어?"

"손 말이야?"

잠시 잊고 있었던 충격적인 장면이 다시 생생하게 떠올랐다.

갑판으로 서서히 떨어지는 피, 클로이의 하얗게 질린 얼굴.

"정말 안 됐어. 꿰매야 한대?"

"모르지. 그런데 그게 다가 아니야. 욕조에 카메라를 떨어뜨렸대. 완전히 정신이 나갔어. 어떻게 욕조 가장자리에 카메라를 가까이 뒀는지 모르겠대."

"정말이야?"

"그렇다니까. 렌즈는 괜찮을 거라는데 본체하고 SD카드는 날아갔어."

방 안이 조금 흔들렸다. 벽이 어지럽게 가까이 다가왔다가 다시 멀어졌다. 작은 화면으로 본 여자 사진이 눈앞을 스치고 지나갔다. 이제 그 사진은 영영 사라졌다.

"로. 그렇게 죽을상을 할 것까지는 없어! 보험 들어놓은 게 있겠지. 사진이 아까울 뿐이야. 점심 먹으면서 봤는데 정말 사진이 멋졌거든. 어젯밤 너를 찍은 사진도 예쁘던데."

웃으며 말을 하던 벤이 내 턱에 손을 올리고 물었다.

"괜찮은 거야?"

"괜찮아."

고개를 홱 돌렸다가 정말로 괜찮다고 미소를 지었다.

"그냥… 나는 크루즈 여행 다시 못 할 것 같아. 정말로 나랑 안 맞나 봐. 그냥… 바다 때문에… 사방이 꽉 막혀 있는 기분이야. 빨리 내일이 돼서 트론헤임에 도착했으면 좋겠어."

심장이 너무 뛰어서 벤이 문에서 손을 치우고 돌아설 때까지 기다릴 수 없었다. 정신을 차려야 했다. 이 상황을 이해해야 했다.

"좀… 비켜줄래?"

아직 문틀을 잡고 있는 벤의 손을 가리키며 묻자 그는 너털웃음을 짓더니 자세를 바로 했다.

"그럼! 미안해, 내가 말이 많았지? 저녁 식사를 위해 옷도 갈아입어야 할 텐데… 맞지?"

"맞아."

째진 목소리가 가식적으로 들렸다. 나는 미안하다는 미소를 지으며 문을 닫았다. 벤이 떠난 후 문을 잠그고 문에 등을 기댄 채 주저앉았다. 무릎을 끌어안고 무릎에 이마를 파묻었다. 눈을 감아도 선명하게 떠올랐다. 클로이가 자기 샴페인 잔에 손을 뻗는 동안 갑판에 놓인 콜의 카메라로 물이 뚝뚝 떨어지는 모습이.

콜이나 다른 사람이 카메라를 물에 빠뜨렸을 리는 없다. 카메라는 욕조 가장자리에 있지도 않았다. 내가 나타나고 유리가 깨지는 소동이 일어난 틈을 이용해 누군가 카메라를 욕조에 던진 것이다.

그 사람이 누구인지 알 길은 없었다. 기회는 언제든 있었으니까. 우리가 갑판을 떠난 후에도 가능했다. 승객이나 직원 중 누구라도 할 수 있었다. 콜 본인도 제외할 수는 없다.

벽이 사방에서 다가오는 느낌이 들었다. 숨이 막히게 덥고 갑갑한 이 방에서 탈출해야 했다.

베란다로 나가니 아직도 해무가 배를 감싸고 있었다. 그래도 차가운 공기를 한껏 들이마시며 신선한 공기로 폐를 채웠다. 정신이 번쩍 들었다. 잘 생각해 보자. 퍼즐 조각은 전부 앞에 놓여 있었다. 조금만 더 노력하면 전부 맞출 수 있을 것만 같았다. 머리가 이토록 아프지만 않다면.

전날 밤처럼 베란다에 몸을 기대고 내가 겪은 순간들을 기억하려 했다. 베란다 문이 조심스럽게 열렸고, 고요한 가운데 무언가 커다란 소리를 내며 수면을 때렸다. 유리에 핏자국도 남아 있었다. 갑자기 확신이 생겼다. 이건 절대 내 상상이 아니다. 마스카라도, 피도, 10호실에서 본 여자의 얼굴도. 다른 것은 몰라도 그 여자는 진짜 그곳에 있었다.

그녀를 위해서도 포기할 수는 없었다. 그 기분이 어떤지 나는 알기 때문이다. 밤에 누군가 내 방에 들어오는 기척에 잠에서 깼을 때, 끔찍한 일을 예감하지만 막을 방법이 없다는 무력감을 깨달았을 때의 기분을 말이다.

밤공기가 9월치고는 너무 차갑게 느껴졌다. 북쪽으로 한참 올라왔다는 사실이 실감이 났다. 이제 북극권에 다가가고 있을 것이다. 경련하듯 몸을 떨고 주머니에서 휴대전화를 꺼냈다.

다시 한번 신호를 확인했다. 그렇게 하면 신호가 나타날 것이라는 헛된 바람을 안고 휴대전화를 높이 들어보았지만, 여전히 신호는 들어오지 않았다.

하지만 내일은 전부 가능해질 것이다. 트론헤임에 도착하면 무슨 일이 있어도 이 배에서 내려 가장 가까운 경찰서로 달려가겠다.

21

그날 저녁 식사를 위해 몸단장을 하면서 마치 전장에 나가기 전 위장 크림을 바르는 기분이었다. 이 상황을 극복하게 도와줄 프로의 가면을 얼굴에 겹겹이 칠했다.

한편으로는 이불을 뒤집어쓰고 숨어 있고 싶었다. 살인자일지 모르는 사람과 담소를 나누고 어젯밤 여자를 죽였을지 모르는 사람이 나르는 음식을 먹는다고 생각을 하니 두려웠다. 도무지 현실 같지가 않았다.

하지만 두려움보다는 포기하고 싶지 않은 마음이 더 강했다. 클로이에게 빌린 마스카라를 칠하며 욕실 거울을 보던 중, 15년 전 대학에서 언론 공부를 시작한 분노에 찬 이상주의자 소녀와 마주했다. 범죄 사건을 취재하는 기자가 되어 세상을 바꾸겠다는 꿈이 있던 소녀.

그 아이는 공과금을 내기 위해 〈벨로시티〉에서 여행기를 쓰는 길로 빠졌고 어느새 그 일을 즐기게 되었다. 심지어 여행기자가 누릴 수 있는 특혜를 선망하며 로완 같은 잡지 편집장을 꿈꾸기 시작했다. 그래도 괜찮았다. 이런 기사를 쓰는 것이 부끄럽지 않았으니까.

다른 사람들처럼 나도 내가 할 수 있는 일을 택했고, 내가 하는 일에 최선을 다하려고 했다. 그렇지만 지금 밖으로 나가서 내 앞에 놓인 이야기를 조사할 용기가 없다면, 거울 속의 이 소녀와 어떻게 눈을 맞출 수 있겠는가?

내가 존경했던 모든 여성 종군기자들을 생각했다. 부패 정권을 폭로하고 정보 제공자를 보호하기 위해 감옥에 가고 진실을 얻기 위해 자기 목숨을 건 사람들을 생각했다. 마사 겔혼*이라면 범인의 '참견하지 마'라는 명령을 순순히 따를까? 케이트 에디**가 무엇을 발견할지 두렵다고 호텔 방에 숨어만 있겠냐고.

'참견하지 마.' 거울에 적혀 있던 그 글자는 내 뇌리에 강렬하게 남았다. 립글로스로 화장을 마무리한 후 거울에 입김을 불어 한 단어를 썼다.

'싫어.'

욕실을 나와 구두를 신는 동안, 이기적인 마음은 또 이렇게 속삭였다. 사람들 사이에 있을 때가 가장 안전하다고. 증인으로 가득한 곳에서 나를 해칠 사람은 아무도 없다고.

---

*   20세기 최고의 종군 기자로 꼽히는 인물 중 하나.
**   영국의 기자로, 1980년에 최초로 테러 현장을 생중계하기도 했다.

막 드레스의 주름을 펴는데 누군가 문을 두드렸다.

"누구세요?"

"칼라입니다, 블랙록 님."

문을 열었다. 칼라는 언제나 그렇듯 놀라고 긴장한 표정으로 웃고 있었다.

"안녕하세요, 블랙록 님. 10분 후에 저녁 식사가 시작됩니다. 음료는 린드그렌 라운지에 있으니 언제든 와서 드세요."

"고마워요."

그러다 갑작스러운 충동에 이끌려 칼라를 붙잡았다.

"있잖아요, 칼라."

"네?"

돌아서던 칼라가 다시 뒤를 돌았다. 눈썹이 높이 치솟고 동그란 얼굴에 겁먹은 표정을 짓고 있었다.

"무슨 일이시죠?"

"그… 글쎄요." 어떻게 표현하면 좋을지 막막해 심호흡부터 했다.

"아까 직원 숙소에서 이야기했을 때… 할 말이 더 있다는 느낌을 받았어요. 리드먼 씨 앞에서는 하고 싶지 않은 말이요. 내일 트론헤임 경찰서로 가서 내가 목격한 장면을 말할 거예요. 하고 싶은 말이 있다면 사소해도 좋으니 지금 말해줘요. 제보한 사람 이름은 절대 공개하지 않을게요."

내가 과거에 동경했던 마사 겔혼과 케이트 에디를 다시 생각하며 최대한 설득력 있게 말해보았다.

"나는 기자예요. 당신도 알다시피 우리는 정보원을 보호하죠. 그게 원칙이에요."

칼라는 아무 말 하지 않고 손가락만 어색하게 꼬고 있었다.

"네?"

내가 답을 재촉했다. 푸른색 눈에 눈물이 고인 듯했으나, 그녀는 눈물을 감추려는 듯 눈을 깜박거렸다.

"안 돼요…."

그러더니 모국어로 무어라 중얼거렸다.

"괜찮아요. 나한테 말해도 돼요. 더는 캐묻지 않겠다고 약속해요. 누가 두려워서 그래요?"

"그런 게 아니에요." 칼라가 절망적으로 말했다.

"손님이 가여워서 그래요. 요한은 손님이 거짓말을 하고 있대요. 뭐라더라? 망상증 환자이고, 이야기를 꾸며서 관심을 끌려 한다고요. 저는 블랙록 님이 좋은 사람이라는 걸 알고, 사실을 말하고 계신다고 생각해요. 그렇지만 우리는 이 일이 필요해요. 경찰이 이 배에서 안 좋은 일이 일어났다고 발표해 버리면 오로라호를 타고 여행할 사람은 아무도 없을 거예요. 다른 일자리를 찾기도 쉽지 않을 거고요. 저는 돈이 필요해요. 집에서 제 아들을 돌보고 있는 엄마에게 돈을 보내야 돼요. 누가 친구를 빈 선실에 태웠다고 해서 그 여자가 죽었다는 뜻은 아니잖아요?"

칼라는 자기 말만 하고 돌아섰다.

"잠깐만요." 서둘러 그녀의 팔을 잡았.

"그게 무슨 말이에요? 그 선실에 여자가 있었다는 거예요? 누가 몰래 배에 태웠어요?"

"그런 말이 아니에요. 부탁이에요, 블랙록 님. 아무 일 없었으면 괜히 문제를 일으키지 말아주세요."

내 손을 뿌리친 칼라가 복도를 달려 직원용 출입문에 비밀번호를 입력하고 문 뒤로 사라졌다.

린드그렌 라운지로 올라가는 길에 칼라와의 대화를 되새기며 그 의미를 이해하려 했다. 선실에서 누군가를 본 것일까? 아니면 누가 있었다고 추측하는 것일까? 내가 안쓰러운 마음과 내 말이 진실일 경우 벌어질 일에 대한 두려움 사이에서 갈등하는 것일까?

육지와 가까워졌으니 이제는 신호가 잡히지 않을까 싶어 라운지 밖에서 휴대전화를 슬쩍 확인해 보았지만 아니었다. 핸드백에 휴대전화를 도로 넣는데 커밀라 리드먼이 미끄러지듯 다가와 내 가방을 가리키며 말했다.

"보관해드릴까요, 블랙록 님?"

"아니요, 괜찮아요."

내 전화기는 로밍 네트워크와 연결되면 알림음이 울리게끔 설정되어 있었다. 신호가 들어오면 당장 전화를 사용해야 한다. 다른 곳에 둘 수는 없었다.

"알겠습니다. 샴페인 한 잔 드릴까요?"

커밀라가 입구 옆 작은 테이블에 놓인 샴페인을 가리켰다. 고개를 끄덕이며 한 잔 받았다. 내일을 위해 머리를 비워야 했지만, 엄청난 용기를 발휘해야 하니 한 잔 정도는 도움이 되겠지.
"알려드릴 사항이 있어요, 블랙록 님. 오늘 밤 노던 라이츠사에 관한 프레젠테이션은 취소되었습니다."

멍하니 커밀라를 보았다. 내가 여행 일정표를 또 확인하지 않았나 보군. 내 표정을 보고 커밀라가 설명했다.

"저녁 식사 후에 불머 경께서 레더러 씨의 사진을 자료로 노던 라이츠 사에 대한 프레젠테이션을 진행할 예정이었는데 아쉽게도 불머 경은 긴급한 계약 건을 해결하셔야 하고 레더러 씨는 손을 다치셔서 일정이 내일로 연기었습니다. 트론헤임에서 관광을 하고 배로 돌아오신 후로요."

나는 일단 고개를 끄덕이고 이 자리에 없는 사람이 누구인지 라운지를 둘러보았다. 커밀라의 말처럼 불머와 콜은 없었다. 클로이도 보이지 않았다.

라스에게 물어보자 몸이 안 좋아 방 안에 누워 있다고 했다. 앤은 있었지만 얼굴이 아주 창백했다. 그녀가 잔을 입술에 가져갔을 때 옷이 흘러내리며 쇄골에 있는 짙은 보라색 멍이 드러났다. 그녀는 내 시선을 느끼고 황급히 고개를 돌리며 겸연쩍은 미소를 지어 보였다.

"보기 흉하죠? 샤워하다 발을 헛디뎠어요. 화학 요법의 부작용 때문에 멍이 쉽게 들어서 그렇지, 보는 것처럼 심각하지는 않아요."

저녁 식사를 위해 테이블에 앉으려고 할 때, 벤이 아처의 맞은편인 자기 옆에 앉으라며 손짓했다. 하지만 못 본 체하고 가장 가까운 오언 화이트의 옆자리에 앉았다. 그는 회사에서 자신이 어떤 역할을 하는지, 그리고 그의 회사에 어떤 투자 상품이 있는지 티나에게 일장연설을 하고 있었다.

한쪽 귀로는 그들의 대화를 듣고 다른 귀는 나머지 테이블에 기울이던 중, 오언이 화제를 전환했다. 그는 다른 사람이 듣기를 바라지 않는 듯 목소리를 낮췄다.

"솔직히 말해서 크루즈는 틈새시장이라서요. 오래간다는 장담을 못합니다. 물론 다른 곳에서 투자자를 끌어오기는 어렵지 않을 겁니다. 본인이나 앤의 자금도 충분하니 적당한 사람이 나타날 때까지 기다릴 수도 있고요. 솔베르그가 오지 못해서 아쉬워요. 이쪽은 나보다는 그 친구 전문 분야에 가깝거든요."

티나는 묵묵히 고개를 끄덕였고 대화는 다른 주제로 넘어갔다. 그들은 어디로 휴가를 가면 좋을지, 방금 앞에 놓인 접시의 미역 옆에 있는 연두색 큐브 모양 젤리가 과연 무엇인지 이야기했다.

라운지를 둘러보니, 아처가 벤에게 무슨 말을 한 후 요란하게 웃음을 터뜨리고 있었다. 취했는지 나비넥타이가 벌써 비뚤어졌다. 같은 테이블의 앤은 라스와 대화 중이었다. 오늘 오후에 봤던 눈물의 흔적은 없지만 어쩐지 겁에 질린 표정이었고 라스의 말에 고개를 끄덕이는 동안에도 억지웃음을 짓는 것 같았다.

"레이디 불머 생각하고 있나?"

테이블 건너편에서 남자의 저음이 들렸다. 고개를 돌리자 알렉산더가 술을 홀짝이며 말을 이었다.

"수수께끼 같은 인물이지. 깨질 듯 연약해 보이지만 사람들 말로는 리처드의 뒤에 있는 실세라더군. 실크 장갑을 낀 쇠주먹이라고 불리던가. 시리얼 그릇에 침을 흘릴 어린 나이부터 그런 큰돈을 갖게 되면 성격도 강해지나 봅니다."

"잘 아는 사이세요?"

내 질문에 알렉산더는 고개를 저었다.

"이번에 처음 봤어요. 리처드는 인생의 절반을 비행기에서 살지만 부인은 노르웨이를 거의 떠나지 않죠. 도저히 이해가 안 된단 말이야. 알다시피 내가 여행으로 먹고살지 않습니까. 전 세계 수도에 멋진 레스토랑이 얼마나 많은데 노르웨이 같은 시시한 나라에 스스로를 가두다니, 원. 엘불리의 아기돼지 요리를 먹지 못하고 방콕 가간*의 기막힌 퓨전 음식을 맛보지 못하는 게 말이 되나! 하기는, 어린 시절의 영향 때문일 수도 있지. 듣기로는 여덟 살인가 아홉 살에 비행기 사고로 부모님을 잃고 조부모님 뜻대로 유럽 기숙학교를 전전했다고 하니까. 성인이 되어서는 다른 선택을 할 만하죠."

알렉산더가 포크를 들었고 나도 막 식사를 시작하려는데 문쪽에서 소란이 일었다. 고개를 들어보니 콜이 휘청거리며 내가 앉아 있는 테이블로 걸어오고 있었다.

"레더러 님!"

승무원이 라운지 구석에 있던 여분의 의자를 서둘러 가져왔다.

---

*   세계적으로 유명한 방콕의 레스토랑.

"블랙록 님, 실례지만 조금 옆으로…."

내가 접시와 의자를 옆으로 옮기자 승무원이 테이블 상석에 콜의 의자를 놓았다. 손에 붕대를 두른 콜이 의자에 주저앉았다. 술에 취한 것 같았다.

"아니, 샴페인은 됐습니다. 나는 스카치 줘요."

콜이 샴페인 쟁반을 들고 다가오는 하니에게 주문했다. 하니가 고개를 끄덕이며 빠르게 사라졌고, 콜은 의자에 등을 기대고 앉아 면도하지 않은 얼굴을 손으로 문질렀다.

"카메라 일은 유감이에요."

내가 조심스럽게 말했지만 콜은 인상을 찌푸렸다. 이미 단단히 취한 듯 보였다.

"악몽도 이런 악몽이 없어요. 더 미치겠는 것은 내 잘못이라는 겁니다. 백업을 왜 안 했는지."

"사진을 다 날린 거예요?"

내 질문에 콜이 어깨를 으쓱했다.

"모르죠. 아마도요. 런던으로 돌아가서 데이터 복구 업체에 맡겨봐야 알겠지만 지금은 컴퓨터에 연결해도 전부 꽝입니다. 카드를 읽지도 못해요."

"걱정되시겠어요."

심장이 두근거렸다. 이런 상황에서 질문을 해도 될까? 잠시 고민했지만 이제는 나도 잃을 것이 없었다.

"이번 여행에서 찍은 사진뿐인가요? 다른 곳에서 찍은 사진을 한 장 본 것 같은데…."

"아, 맞아요. 카드를 여러 장 바꿔가며 끼기 때문에 몇 주 전에 마젤란에서 찍은 사진도 몇 장 있을 겁니다."

마젤란이라면 런던 피커딜리에 있는 초상류층 남성 전용 회원제 클럽이다, 클럽 측의 설명에 따르면 외교관과 신사 여행객의 모임 장소로 창립된 곳이라고 한다. 여성 회원은 받지 않지만 손님으로 들어갈 수는 있고, 나도 로완 대신 한두 번 행사에 참석한 적이 있었다.

"회원이세요?"

내 질문에 콜이 코웃음을 쳤다.

"그럴 리가요. 받아줄 리도 없지만 내 스타일도 아니에요. 너무 딱딱해서 취향에 안 맞아요. 그곳이 어디든 청바지를 못 입게 하는 곳은 사절입니다. 그보다는 프론트라인이라는 클럽이 내 취향에 더 잘 맞아요. 하지만 알렉산더는 마젤란의 회원이에요. 불머도 그럴걸요. 알다시피 회원이 되려면 상류층이거나 돈이 썩어 나야 하잖아요. 다행히 나는 둘 다 아니고요."

하필이면 콜의 마지막 말을 하는 순간 모든 사람의 대화가 멈추고 갑자기 정적이 흘렀다. 혀가 잔뜩 꼬여서는 귀가 따가울 정도로 큰 소리로 말하고 있기 때문에 다른 몇 명이 고개를 돌려 콜을 쳐다봤다. 앤이 '콜에게 술보다는 음식 먼저 서빙해줘요'라는 듯 승무원을 향해 고갯짓을 했다.

"그럼 그곳에서 뭘 하셨어요?"

내가 작은 소리로 말하면 그도 목소리를 낮출 것이라는 생각에 조그맣게 물었다.

"〈하퍼스〉에 실릴 사진을 찍었어요."

그사이 접시가 도착했고 콜은 음식을 포크로 마구 찌르기 시작했다. 부서지기 쉬운 기하학적 형태의 조각을 입에 넣었지만 아무 맛도 느끼지 못하는 듯했다.

"무슨 론칭 행사였을 겁니다. 기억이 안 나요. 젠장!"

콜이 자신의 손을 내려다보았다. 붕대 때문에 포크를 제대로 쥐지 못하고 어설프게 손등에 걸친 채였다.

"손이 이러니 정말 짜증 나는데요. 나는 내일 트론헤임 대성당은 못 보겠네요. 의사에게 가서 진찰을 받고 잘 듣는 진통제를 받아야겠어요."

저녁 식사를 마친 후에는 라운지로 자리를 옮겨 커피를 마셨다. 어쩌다 보니 오언 화이트와 나란히 서서 길쭉한 창문 너머로 안개를 내다보게 되었다.

그는 정중하게 고개를 끄덕이며 인사했지만, 먼저 대화를 시작할 생각은 없어 보였다. 로완이라면 어떻게 했을까? 매력으로 홀려야 하나? 아니면 그를 무시하고 〈벨로시티〉에 더 쓸모 있는 사람을 찾아 말을 걸까? 아처 같은 사람?

슬그머니 돌아보니 아처는 술에 떡이 되어서 하니를 라운지 구석으로 몰아붙이고 있었다. 하니는 창문과 아처의 커다란 몸 사이에서 꼼짝도 하지 못했다. 한 손에 커피포트를 들고 예의 바르게 미소를 지었지만 경계하는 눈빛이 드러나 보였다. 하니가 자리를 뜨려고 커피포트를 가리키며 무슨 말을 했지만 아처는 소름 끼치는 웃음을 지으며 육중한 팔로 그녀의 어깨를 감쌀 뿐이었다.

다행히 하니는 다른 말을 하며 익숙한 솜씨로 품에서 빠져나왔다. 아처의 얼굴에 잠시 후회와 분노가 섞였지만 이내 아무 일 없었다는 듯 벤에게 다가가 대화를 했다.

오언 화이트를 돌아보며 한숨을 쉬었다. 하니가 벗어난 것에 안도했기 때문일까. 아니면 일자리가 달린 일임에도 불편한 사람들에 적대심을 드러내는 내 성격에 질렸기 때문일까. 나도 이유를 알 수 없는 한숨이었다.

그래도 오언은 다가가기에 어려운 사람 같지 않았다. 어둡고 김 서린 창문에 비친 그의 옆모습을 훔쳐보며 그가 〈벨로시티〉에 도움이 될지 생각하다 그에 대해 아는 사실이 전혀 없다는 것을 깨달았다. 벤은 그가 투자자라고 했지만 오언은 이번 여행에서 남들과 어울리지 않고 혼자 행동했다. 그렇기에 실제로 무슨 일을 하는지 확실히 알 방법은 없었다.

어쩌면 신생 기업에 투자하는 엔젤 투자자로 우리에게 완벽한 사람일지도 모른다. 언젠가 〈벨로시티〉가 더 수익성 있는 분야로 사업을 확장한다면 말이지. 아무튼, 그와는 이야기를 해볼 필요가 있었다. 어색하게 말을 걸었다.

"저, 정식으로 인사한 적이 없는 것 같아요. 로라 블랙록입니다. 여행기자예요."

"오언 화이트입니다."

대답이 짧았지만 무시하는 말투는 아니었다. 원래 말이 없는 사람이라는 느낌이 강했다. 오언이 악수를 청해 나는 프티 푸르*를 들고 있던 왼손을 어설프게 내밀었다. 뜨거운 커피를 든 오른손보다는 안전하니까.

"무슨 일로 오로라호에 타셨나요, 화이트 씨?"

"투자 회사에서 일을 합니다." 그가 커피를 마시며 대답했다.

"불머는 내가 투자자들에게 오로라호에 투자하라고 추천하기를 바라는 것 같아요."

"하지만… 아까 말씀하시는 것을 살짝 들었는데, 선생님의 분야는 조금 다르지 않나요?"

나는 최대한 조심스럽게 물어보았다. 대화를 엿들었다고 하면 무례해 보일 수 있지만 다른 핑계가 없었다. 오언은 불쾌한 기색 없이 고개를 끄덕였다.

"그렇습니다. 사실 제 분야가 아니지만, 영광스럽게 초대를 받았어요. 공짜 여행의 기회를 마다하기에는 저란 사람은 돈에 쉽게 넘어가는 성격이지요. 티나에게 말했듯이 솔베르그가 오지 못해 아쉬울 따름입니다."

"10호실을 예약했던 분이죠?"

내 질문에 그가 고개를 끄덕였다. 그러고 보니 나는 이 자리에 없는 솔베르그가 어떤 사람이고 왜 여행에 빠졌는지 알지 못했다.

"혹시… 솔베르그 씨를 아세요?"

---

* 식후에 커피와 함께 내는 작은 과자류.

"예, 잘 압니다. 아무래도 같은 일을 하니까요. 솔베르그는 노르웨이에 있고 저는 런던에서 활동하지만, 업계가 워낙 좁아서 경쟁자를 전부 알 수 있죠. 여행기자들도 마찬가지일 것 같군요."

오언이 웃으며 프티 푸르를 입에 넣었다. 나는 그의 말을 인정하는 의미로 미소를 지었다.

"이번 여행이 그분과 더 잘 맞는다면 왜 오지 않으신 거죠?"

오언 화이트는 아무 말도 하지 않았다. 내가 뻔뻔하게 선을 넘은 것인지 걱정했지만 그는 프티 푸르를 삼키지 못해 힘들어 할 뿐이었다.

"강도가 들었대요."

입안에 든 견과류를 꿀꺽 삼키고 그가 말을 이었다.

"자기 집에서요. 솔베르그 말로는 강도가 여권을 가져갔다고 했지만, 꼭 그래서 불참하지는 않았을 겁니다. 듣기로는 사건 당시에 부인과 아이들도 집에 있었고 충격을 크게 받았다고 해요. 스칸디나비아에서는…."

오언이 말을 잠시 멈추고 엄청난 고행을 치르는 사람처럼 힘겹게 음식을 삼켰다.

"무조건 가족이 우선이죠. 그나저나, 이가 좋지 않으면 이 누가*는 먹지 말아요. 치아 충전재가 나가는 줄 알았네."

무슨 소리인가 의아해하고 있는데 뒤에서 누군가 외쳤다.

---

*　견과류가 든 과자로 끈적거리는 식감이 특징.

"누가는 안 돼!"

알렉산더가 우리 쪽으로 다가오고 있었다.

"오언, 제발 누가는 먹지 않았다고 말해줘요."

"먹었습니다. 후회막심이에요."

오언이 커피로 입을 헹구더니 살짝 인상을 썼다.

"이런 음식에는 치아를 조심하라고 경고문을 달아야 해."

알렉산더가 나를 향해 열변을 토했다.

"기자님. 기사를 써요. 치과 업계와 리처드 불머의 수상한 관계를 〈벨로시티〉가 낱낱이 폭로하는 거지. 다른 사건까지 더하면 앞으로 크루즈선의 승객들은 건강보험을 타기가 아주 힘들어질 것 같지 않소?"

"다른 사건요? 어떤 사건을 말씀하시는 건가요?"

날카롭게 물으며 기억을 더듬었다. 내가 알렉산더에게 무슨 말을 했던가? 그에게 자세한 이야기를 들려준 적은 없을 텐데. 라스가 온탕 욕조에서 들은 이야기를 전했나? 내 질문에 알렉산더가 연극배우처럼 눈을 커다랗게 떴다.

"이런. 당연히 콜의 손 말이지. 무슨 생각을 하는 거요?"

커피를 마신 후 승객들은 각자 흩어졌다. 오언은 인사도 없이 사라졌고 라스는 클로이에 대한 농담을 하며 떠들썩하게 자리를 떴다. 불머는 여전히 코빼기도 보이지 않았고 앤도 마찬가지였다.

"바에서 술 한잔하겠어?"

내가 빈 잔을 테이블에 내려놓자 티나가 말했다.

"알렉산더가 저기서 그랜드피아노를 치려나 본데."

"그… 글쎄요."

나는 아직도 오언 화이트가 커피를 마시며 했던 이야기를 곱씹고 있었다. 그는 솔베르그의 집에 강도가 들었다고 했다. 그게 무슨 뜻일까?

"저는 그만 방으로 가려고요."

"벤 자기는 어때?"

티나가 간드러지는 목소리로 벤을 불렀다. 하지만 벤은 티나를 쳐다보지도 않고 내게 다가왔다.

"로, 네 선실로 같이 가줄까?"

"됐어, 나는 괜찮아."

돌아서서 문에 거의 다다랐을 때 누군가 내 손목을 붙잡고 돌아 세웠다. 벤이었다.

"로, 너 왜 그래?"

"벤."

벤 뒤로 보이는 라운지를 살폈다. 직원들이 주변을 정리하는 동안 손님들은 아랑곳하지 않고 웃으며 수다를 떨고 있었다.

"소란 피우지 마. 아무 일도 아니야."

"그럼 저녁 내내 이상하게 구는 이유가 뭐야? 내가 네 자리를 맡는 걸 봤으면서 일부러 무시했잖아."

"아무 일도 없어."

저녁 내내 억눌렀던 분노가 터져 나오려는지 이마가 지끈거렸다.

"못 믿겠어. 그러지 말고 솔직히 말해 봐."

"너 나한테 거짓말을 했어."

화가 난 목소리로 속삭였다. 지금 벤을 비난해도 되는지 생각할 겨를도 없었다. 벤은 놀란 표정이었다.

"뭐? 무슨 소리야!"

"다른 사람들이 포커를 칠 동안 선실에만 있었다고?"

"그래!"

이번에는 벤이 다른 손님들을 의식하고 뒤를 돌아보았다. 티나가 우리를 주시하고 있었다. 벤이 다시 나를 돌아보고 목소리를 낮췄다.

"선실에만 있었어. 아니다, 잠깐, 지갑 가지러 나갔다 오긴 했구나. 일부러 거짓말한 건 아니야. 아니라고."

"거짓말이 아니라고? 너는 선실을 나간 사람이 없다고 단정했어. 콜 아니었으면 네가 선실을 나간 적 있다는 사실, 네가 없는 동안 다른 사람도 자리를 떴을 수 있다는 사실을 모를 뻔했단 말이야."

"상관없는 일이야." 벤이 속삭였.

"내가 나간 때는 언제인지 모르지만 초저녁이었어. 우리가 말하는 시간이 아니라고."

"그럼 왜 거짓말을 했어?"

"거짓말이 아니야! 그냥 생각이 안 났을 뿐이야. 정말, 로…."

그의 말을 끝까지 듣고 싶지도 않았다. 벤에게 잡힌 팔목을 빼내고 황급히 복도로 나갔다. 뒤에 남은 벤은 얼빠진 얼굴로 나를 보고 있을 것이다.

벤 생각을 하느라 정신없이 모퉁이를 돌다가 누군가와 충돌했다. 앤이었다. 앤은 무슨 결심을 하는 사람처럼 벽에 기대 있었다. 파티 장소로 돌아가려는지, 선실로 돌아가려는지 알 수 없었다. 무척이나 피곤해 보였다. 얼굴은 잿빛이었고 눈 주변의 다크서클이 아까 봤을 때보다 훨씬 짙어졌다.

"어머, 죄송해요!"

그녀의 쇄골에 있던 멍이 떠올라 얼른 말을 덧붙였다.

"저 때문에 다치신 건 아니죠?"

앤은 미소를 지었다. 입 주변의 고운 피부에 주름이 잡혔지만 웃음기가 눈까지 미치지는 않았다.

"괜찮아요, 그냥 피곤해서 그래요. 가끔…."

앤이 침을 삼켰고 잠시 목소리가 갈라지며 상류층 영국 억양이 사라졌다.

"그냥 전부 다 버거울 때가 있네요. 무슨 뜻인지 아세요? 연기를 하는 일이요."

"알아요."

공감한다는 듯 대답했다.

"실례할게요. 이만 자러 가야겠어요."

나도 고개를 끄덕이고 내 선실이 있는 뒤쪽 구역의 계단으로 향했다. 막 선실 문 앞에 도착했을 때 뒤에서 성난 목소리가 들렸다.

"로! 로, 기다려. 그렇게 사람을 매도하고 가면 안 되지."

젠장, 벤이다. 선실로 들어가 문을 쾅 닫고 싶은 마음이 굴뚝같았지만 뒤를 돌아 그를 마주 보고 문에 등을 기댔다.

"매도하지 않았어. 들은 대로 말했을 뿐이야."

"그 말은 나를 의심한다는 뜻이나 다름없잖아! 우리가 알고 지낸 세월이 10년 이상이야! 내 심정을 알기나 해? 어떻게 거짓말을 한다고 나를 비난할 수 있어?"

진심으로 상처 입은 목소리였지만 마음을 누그러뜨릴 생각은 전혀 없었다. 이것은 우리가 연인이었던 시절 말다툼을 할 때면 벤이 애용하던 작전이었다. 내 불만의 이유는 뒤로하고 내가 자기 마음에 상처를 입혔고 비이성적으로 행동한다며 따지곤 했다. 그럴 때면 나는 속상하게 해서 미안하다고 그에게 사과해야 했다. 내 감정은 완전히 무시되었고 애초에 의견 충돌을 일으켰던 문제는 묻히고 말았다. 지금은 속아 넘어가지 않을 것이다.

"네가 어떤 감정을 느끼든 관심 없어. 나는 사실을 말하는 거야."

냉정한 목소리로 말하며 팔짱을 꼈다.

"사실이라고? 헛소리하지 마!"

"헛소리? 무슨 뜻이야?" 벤이 흥분한 목소리로 말을 이었.

"너 지금 완전히 과대망상 환자처럼 행동하고 있다고. 사방에 귀신이 숨어 있다고 생각하잖아! 어쩌면 닐손 말이…."

이성을 되찾았는지 말을 멈추었지만 나는 참을 수 없었다. 부드러운 야회용 핸드백을 주먹으로 움켜쥐었다. 미끈거리는 스팽글 아래로 단단한 휴대전화가 느껴졌다.

"계속해 봐. 어쩌면 닐손 말이… 뭐?"

"아무것도 아니야."

"어쩌면 닐손 말이 옳았다고? 내가 헛것을 상상한다고?"

"그렇게 말하지 않았어."

"하지만 그런 의도였잖아?"

"한걸음 뒤로 물러서서 너 자신을 돌아봐, 로. 상황을 이성적으로 보라고."

온 힘을 다해 화를 참고, 애써 미소를 지었다.

"나 이성적이야. 하지만 기꺼이 한걸음 뒤로 물러나 줄게."

그러고는 문을 열고 선실 안으로 들어가 벤의 얼굴을 향해 문을 닫았다.

"로!"

벤이 문을 세차게 두드리며 외쳤다. 잠시 후 한 번 더 나를 부르는 소리가 들렸다.

"로!"

나는 말없이 걸쇠를 잠그고 체인을 걸었다. 문을 부수는 망치를 들고 오지 않는 다음에야 누구도 이 문을 지나지 못한다. 다른 사람은 몰라도 벤 하워드는 더더욱.

"로!"

벤이 또다시 문을 두드렸다.

"대화 좀 하자, 응? 이건 정말 말도 안 돼. 적어도 내일 경찰에 가서 뭐라고 할 건지는 말해줘! 내 말 듣고 있어?"

내 대답을 기다리는 것 같았지만 그를 무시하고 침대에 핸드백을 던졌다. 이브닝드레스를 벗고 욕실로 갔다. 문을 닫은 후 그의 목소리가 들리지 않게 욕조 수도꼭지를 틀었다. 델 것처럼 뜨거운 물에 들어가 수도꼭지를 끄니 환풍기가 조용하게 돌아가는 소리밖에 들리지 않았다. 다행이다. 결국은 포기했나 보다.

휴대전화를 침실에 두고 온 탓에 욕조에서 나왔을 때의 시간은 알 수 없었지만 얼마나 오래 있었는지 손가락이 물에 불어 쪼글쪼글했고 눈꺼풀도 무거웠다. 그래도 불안하고 초조했던 지난 며칠과 달리 기분만큼은 편안했다.

이를 닦고 머리를 말린 다음 하얀 목욕 가운을 입고 벨트를 둘렀다. 오늘은 잠을 푹 잘 수 있을 것 같다. 내일 경찰에 어떻게 하면 논리적으로 말할 수 있을지도 머릿속으로 신중하게 정리했다.

그런 다음에는… 아아, 생각만으로도 안도감에 온몸의 힘이 풀린다. 경찰에 신고한 후에는 버스가 됐든, 기차가 됐든 트론헤임에 있는 교통수단을 이용하여 가장 가까운 공항으로 가서 '집'으로 돌아갈 것이다.

벤이 아직도 문을 두드리며 고함을 지르고 있을까 봐 조심히 욕실 문을 열었더니 밖은 고요했다. 문에 조심스럽게 다가갔다. 색이 연한 두꺼운 카펫 위로 어떤 발소리도 들리지 않았다. 문구멍 뚜껑을 열어 복도를 내다보았다.

아무도 없었다. 적어도 내 눈에 보이는 사람은 없다. 어안 렌즈라 복도 일부만 볼 수 있었지만 벤이 바닥에 누워 있지 않는 이상 이곳을 떠난 것은 분명했다.

참았던 한숨을 내쉬었다. 시간을 확인하고 내일을 위해 알람을 설정할 마음으로 핸드백을 찾았다. 칼라의 모닝콜을 기다릴 새는 없었다. 최대한 빠르게 일어나 배에서 내려야 했다. 그런데 내 가방 안에 휴대전화가 없다.

가방을 거꾸로 뒤집어 흔들었지만 의미 없는 짓이었다. 작고 가벼운 가방이라 우편엽서보다 무거운 물건은 절대 안에 숨어 있을 수 없었다. 휴대전화는 침대에도 없었다. 가방에서 빠져 바닥으로 떨어진 것일까?

똑바로 생각해 보자.

라운지 테이블에 놓고 왔을 수도 있다. 하지만 가방에서 휴대전화를 꺼낸 적이 없었고, 벤과 말다툼을 하던 도중 분명 핸드백에 든 휴대전화를 만졌다. 사라졌다면 가방을 침대에 던졌을 때 알아차렸을 것이다.

무의식중에 욕실로 들고 갔나 싶어 욕실을 확인했지만, 그곳에도 휴대전화는 없었다. 더 샅샅이 뒤지기 시작했다. 이불을 바닥으로 던지고 침대를 한쪽으로 밀었다. 그때 무언가 내 시선을 끌었다.

발자국이 있었다. 젖은 발자국이 베란다 문 옆의 카펫에 찍혀 있었다. 몸이 제자리에 얼어붙었다.

내 발자국일까? 목욕하고 나온 후에 찍힌 건가?

불가능했다. 욕실에서 발을 말렸고 창가로는 이동하지 않았다. 더 가까이 다가가 차갑고 축축한 자국을 손끝으로 만져 보았다. 신발 자국이었다. 밑창의 형태가 보였다.

가능성은 단 하나였다.

몸을 일으켜 문을 열고 베란다로 나갔다. 난간 밖으로 몸을 내밀고 옆 선실의 빈 베란다를 살펴보았다. 사이에 반투명 칸막이가 솟아 있었지만, 고소공포증이 없는 사람이라면, 물에 빠져 죽을 위험을 감수할 용기가 있는 사람이라면 거뜬히 넘어갈 수 있는 높이였다.

경련하듯 몸을 떨었다. 목욕 가운은 차가운 북해 바람으로부터 나를 보호해 주지 못했다. 하지만 한 가지 더 시도할 것이 남아 있었다. 물론 내 생각이 틀렸다면 후회하고 바보가 된 기분을 느끼겠지만 말이다.

조심스럽게 베란다 문을 당겨서 닫고 달칵 맞물리게 했다. 그런 다음 다시 열어 보았다. 문이 열렸다. 실크처럼 부드럽게.

안으로 들어가 같은 행동을 반복한 다음 걸쇠를 확인했다. 내 생각이 맞았다. 이 베란다에는 누군가 밖에서 안으로 들어오는 것을 막을 장치가 없었다. 당연했다. 베란다에 나갈 사람은 선실을 사용하는 사람뿐이었다. 베란다에 있다가 바람에 문이 잠겨 버리면 안으로 들어오지 못하고 구조 요청도 못 할 테니까. 아이가 반항심에 부모를 가뒀다가 문을 열어주지 못하는 상황도 생길 수 있고.

그리고 사실… 무엇이 두렵겠는가? 베란다는 바다를 보고 있었다. 밖에서 누가 접근할 방법은 없었다.

하지만 방법이 있었다. 그 사람이 아주 용감하고, 아주 무식하다면.

이제야 알겠다. 누군가 빈 선실의 베란다에 접근할 수 있고 강한 상체 힘으로 벽을 넘을 수 있다면 아무리 걸쇠와 빗장을 걸고 '방해 금지' 표시를 달아도 소용 없었다.

내 선실은 안전하지 않았다. 단 한 번도 그랬던 적이 없었다.

다시 안으로 들어가 청바지와 가장 좋아하는 후드티를 입고 부츠를 신었다. 그런 다음 선실 문의 자물쇠를 확인하고 쿠션을 가슴에 끌어안은 채 소파에 웅크리고 앉았다. 오늘 밤에 잠들기는 틀렸다.

빈 선실에는 누구든 들어갈 수 있었다. 그쪽에서 칸막이만 넘으면 내 방으로 들어오는 것이 가능하다. 모든 직원은 마스터카드로 빈 선실의 문을 열 수 있다. 승객의 경우에는….

다시 한번 선실의 배치를 생각했다. 내 선실의 옆은 해병대 출신의 아처가 쓰고 있다. 떠올리면 얼굴이 절로 찌푸려질 정도로 상체가 튼튼한 사람이었다. 왼쪽은… 왼쪽은 빈 선실이다. 그 너머에는 벤 하워드가 있다.

벤. 닐손이 내 이야기를 의심하게 한 사람.

벤. 자기 알리바이를 거짓말한 사람.

그는 나보다 먼저 콜의 카메라 사진을 보았다. 그의 말이 마치 꿈처럼 되돌아왔다. '점심 먹으면서 봤는데 정말 사진이 멋졌거든….'

벤 하워드. 이 배에서 내가 유일하게 믿을 수 있다고 생각했던 사람.

휴대전화를 생각했다. 내가 욕실에 있는 동안 들어와 휴대전화를 훔치는 행동은 어리석고 대담했다. 엄청난 위험을 감수해야 했다. 왜? 왜 지금이지? 하지만 이유를 알겠다.

답은 트론헤임에 있었다. 배의 인터넷이 끊겨 있는 한, 범인은 걱정할 일이 없다. 나는 커밀라 리드먼을 거치지 않고서는 전화를 사용할 수도 없었다. 하지만 일단 배가 육지가 가까워지기 시작하면….

쿠션을 더 꽉 끌어안았다. 그리고 트론헤임, 주다, 경찰을 생각했다.

날이 밝을 때까지만 버티면 된다.

누가 범인인가: 아마추어 탐정을 위한 토론의 장

글을 쓰기 전에 반드시 토론 규칙을 읽어주세요. 사건에 대한 편견을 조장하거나 명예를 훼손할 가능성이 있는 글을 쓰지 않도록 특히 주의하기 바랍니다. 이러한 지침을 위반하는 게시물은 삭제 조치하겠습니다.

9월 28일 월요일 오전 10시 3분: 영국인 실종 사건

나는셜록이다 로나 블랙록 사건 지켜보고 있는 사람? 시체를 찾았나 봐.

마플제인마플 로라 블랙록이겠지. 나도 관심 갖고 보고 있어. 비극이지만 그렇게 특이한 일은 아니지. 지난 몇 년 동안 크루즈선에서 실종된 사람이 160명 이상이라는 글을 읽은 적이 있어. 해결된 사건은 거의 없다던데.

나는셜록이다 나도 그렇게 들은 듯. 〈데일리메일〉 기사를 보니까 그 여자의 전 남친도 배에 탔다더라. 얼마나 걱정하고 있는지 아주 신파 같은 인터뷰를 했더군. 여자가 자기 의지로 배에서 내렸다고 생각한대. 나만 수상한 냄새를 맡은 거야? 여자들 3분의 1이 헤어진 남자 친구나 남편에게 살해당한다는 말도 있지 않아?

마플제인마플 살해를 당한 여자 중 3분의 1이 남편이나 전 남자 친구에게 죽었다는 말이겠지. 모든 여자가 그렇게 죽는다는 게 아니라! 하지만 그럴듯한 수치야. 현 남친도 있잖아. 그 사람 말도 어쩐지 미심쩍어.

당시에 외국에 있었다지? 참 편리한 변명이야. 노르웨이행 비행기를 타기가 어렵지는 않을 텐데?

비공개회원 여기 자주 들르는 회원인데(신상을 공개하고 싶지 않아서 아이디는 잠깐 바꿨어) 이번 사건에 대해 조금은 알아. 가족과 아는 사이거든. 내가 누구인지 알리고 싶지 않고 가족의 사생활을 침해할 것 같아서 길게 쓰고 싶지 않지만, 이것만큼은 확실히 말할 수 있어. 주다는 로가 사라져서 정말 슬퍼하고 있어. 나라면 주다를 의심하는 말은 삼갈 거야. 그랬다가는 이 게시물이 삭제될 테니까.

마플제인마플 비공개회원, 가면을 내려놓으면 우리가 네 주장을 더 믿을 수 있지 않을까? 그리고 위에서 한 이야기 중 명예를 훼손할 만한 내용은 전혀 없었어. 개인적으로 남자 친구라는 사람 말이 의심스럽다고 했을 뿐이야. 어디가 명예훼손이라는 거지?

비공개회원 마플제인마플, 그쪽과 토론할 생각은 없지만 나는 로라 가족과 아주 잘 아는 사이야. 동창이기도 하고. 너는 지금 잘못 짚고 있어. 사실 로에게는 심각한 문제가 있어. 몇 년째 우울증약을 먹고 있고 예전부터… 뭐, 정신이 불안정했다면 무슨 말인지 알아듣겠지? 경찰도 그쪽으로 수사 방향을 잡고 있을 거야.

나는셜록이다 그럼 자살이라고?

비공개회원 경찰 수사를 추측할 입장은 아니지만 나는 대충 그렇게 짐작하고 있어. 잘 보면 언론에서도 절대 살인 사건이라고는 하지 않잖아.

주다루이스01 친구에게 전해 듣고 글을 쓰기 위해 회원 가입을 했습니다. 비공개회원과 달리 실명으로요. 비공개회원, 당신이 누구인지는 모르겠지만 꺼지시죠. 로가 약을 먹는 것은 맞습니다(친구라면 몰랐을 리 없겠지만 우울증이 아니라 불안장애 때문이에요). 하지만 수많은 사람이 같은 약을 먹고, 약을 먹는다고 '불안정'하다거나 자살 충동을 느낀다는 말은 정말 불쾌합니다. 당시에 제가 외국에 있었다는 말도 맞습니다. 러시아에서 일하고 있었어요. 시체를 찾은 것도 맞지만 로라고 확인되지 않았기 때문에 지금 단계에서는 아직 실종 사건입니다. 그래서 언론에서도 살인 사건이라고 말하지 않는 거고요. 제발 이 일이 〈제시카의 추리 극장〉의 한 에피소드가 아니라 현실이라는 사실을 기억해 주세요. 이 쓰레기 사이트 관리자가 누군지 모르겠지만, 이 게시물은 신고합니다.

나는셜록이다 '비공개회원과 달리 실명으로'라. 미안한데 당신 말이 사실이라는 건 어떻게 믿지?

미세스레이즌(관리자) 안녕하세요, 죄송하지만 루이스 씨와 의견이 같습니다. 유쾌하지 않은 추측이 난무하고 있으니, 본 게시물은 삭제하겠습니다. 뉴스 보도에 관한 토론을 막고 싶은 생각은 없으니 다른 게시물에서 자유롭게 의견을 나누기 바랍니다. 하지만 보도된 사실만을 바탕으로 해주세요.

월랜더형사 노르웨이 경찰 조사관 블로그를 보니까 시체의 신원을 확인했대. 로라가 맞다던데. 다들 어떻게 생각해?

미세스레이즌(관리자) 이 게시물은 폐쇄하겠습니다.

9월 22일 화요일

22

나는 지금 갇혀 있다. 여기가 어디인지, 어쩌다 이렇게 됐는지 정확히는 모르겠지만 대강 짐작할 수 있다.

이곳은 창문이 없고 좁아서 숨이 막힌다. 침대에 누워 눈을 감고 팔을 이마에 얹는다. 내 안에서 솟구치려는 공포감에 굴복하지 않도록 마음을 가라앉힌다.

스멀스멀 파고드는 두려움 때문에 머리가 복잡하지만 수도 없이 반복해 당시 상황을 돌이켜 보았다. 나는 얼른 날이 밝아 트론헤임에 도착하기를 기다리며 소파에 앉아 있었다. 그때 문을 두드리는 소리가 났다.

노크 소리는 그리 크지 않았지만 고요한 선실에서는 총성만큼이나 크게 들렸다. 고개를 번쩍 들고 쿠션을 바닥에 떨어뜨렸다. 심장이 빠르게 뛰었다. 뭐지? 나도 모르게 참고 있던 숨을 의식적으로 길게 내쉬고 다시 들이마시고⋯ 숫자를 세기 시작했다.

노크가 다시 들렸다. 문을 거칠게 쾅쾅 치지는 않았다. 똑똑 똑. 그리고 한참 지난 후 마지막으로 한 번 더 '똑'.

마지막 노크는 앞의 세 번보다 소리가 조금 더 컸다. 나는 마지막 노크 소리를 듣고는 벌떡 일어나 최대한 소리를 내지 않으려 조심하며 문으로 향했다.

불빛이 새어 나가지 않도록 문구멍을 손바닥으로 덮은 채 작은 금속 뚜껑을 옆으로 젖혔다. 문구멍에 얼굴을 가까이 대고 창문으로 희뿌옇게 들어오는 새벽 여명을 감춘 후에야 손가락을 치우고 렌즈를 내다보았다.

누구라고 예상했을까. 닐손? 아니면 벤 하워드? 불머를 봤다 해도 놀라지는 않았을 것이다.

하지만 그 사람이 문밖에 서 있으리라고는 상상도 하지 못했다.

그 여자였다.

10호실의 사라진 여자. 그녀가 아무 일도 없었던 것처럼 태연하게 서 있었다.

배를 주먹으로 한 대 맞은 것처럼 숨을 쉴 수 없었고 한동안은 움직이지도 못했다. 여자가 살아 있다니. 닐손이 옳았다니. 지금까지 나만 착각에 사로잡혀 있었다니.

여자가 뒤를 돌아 복도를 걷기 시작했다. 직원 숙소로 가는 출입문 방향이었다. 그녀를 잡아야 했다. 문이 닫히기 전에 반드시.

나는 황급히 도어체인과 잠금장치를 풀고 선실 문을 활짝 열었다.

"이봐요! 저기, 여보세요, 기다려요! 나랑 이야기 좀 해요!"

여자는 멈추지 않았다. 뒤를 힐끗 돌아보지도 않았다. 아래층 갑판으로 가는 문 앞에 서서 비밀번호를 입력했다. 멈춰 서서 생각할 겨를도 없었다. 이번만큼은 그녀가 흔적도 없이 사라질 동안 보고만 있지 않을 것이다. 무작정 달려 나갔다.

반밖에 따라가지 못했는데 여자는 이미 문 뒤로 모습을 감췄다. 닫히려는 문 끝을 붙잡자, 손가락이 문틈에 고통스럽게 짓눌렸다. 힘을 써서 문을 열어젖힌 후 안으로 몸을 날렸다.

계단 위 전구가 나가서 내부는 암흑이었다. 지금 생각하니 전구를 일부러 뺐을 수도 있겠다. 등 뒤로 문이 휙 닫혔고 나는 제자리에 서서 내려가는 계단의 위치를 확인했다. 그 일이 일어난 것도 그때였다.

뒤에서 튀어나온 손이 내 머리카락을 낚아챘고 다른 손은 내 팔을 등 뒤로 꺾었다. 어둠 속에서 우리의 팔다리가 뒤엉켰다. 찰나의 순간, 나는 두려움으로 숨을 헐떡이며 손을 허우적거렸다.

상대방의 살에 손톱을 박고 반대편 손으로는 내 머리카락을 강하게 움켜쥔 가느다란 손을 붙잡으려 했다. 그럴수록 머리카락을 잡아당기는 힘은 더 강해졌다. 손은 내 머리를 고통스럽게 뒤로 꺾은 후 잠겨 있는 문을 향해 내 머리를 거칠게 밀었다. 철제 문틀에 내 머리뼈가 우지끈 부딪혔다. 내 기억은 거기서 끝났다.

정신을 차리자, 나 혼자 침대에 누워 얇은 이불을 덮고 있었다. 머리가 아파서 죽을 것 같았다. 머리가 지끈거릴 때마다 방 안의 약한 불빛이 일그러지고 흔들렸고 불빛 주변에 이상한 후광 효과까지 나타났다. 맞은편 벽에 커튼이 보였다. 떨리는 다리로 침대에서 나와 기다시피 바닥을 가로질렀다. 하지만 이층 침대를 붙잡고 몸을 억지로 펴서 얇은 주황색 커튼을 들춰보니 창문은 없었다. 아무것도 없는 크림색 플라스틱 벽뿐이었다. 질감 있는 벽지처럼 작게 패턴이 그려져 있었다.

갑자기 벽이 점점 다가오는 느낌이 들었다. 사방에서 벽이 나를 향해 다가오고, 방이 좁아진다. 숨이 점점 가빠졌다. 하나. 둘. 셋. 숨을 들이마시고….

어떡하지. 울음이 밀려들어 숨을 쉴 수 없었다.

넷. 다섯. 여섯. 숨을 내쉬고.

내가 갇혔다는 생각밖에 들지 않았다. 어떡해, 어떡하지, 어떡하면 좋아….

하나. 둘. 셋. 숨을 들이마시고.

한 손으로 벽을 붙잡고 서서 비틀비틀 문 쪽으로 이동했지만, 문고리를 당기기 전부터 알고 있었다. 소용없는 짓이라는 것을. 역시나 문은 잠겨 있었다.

그 의미를 생각하지 않으려 노력하며 다른 문으로 향했다. 이상한 각도로 달린 문을 열자 작은 욕실이 나왔다. 세면대에 말라붙은 거미 사체 말고는 안에 아무것도 없었다.

처음 봤던 문으로 비틀거리며 돌아가 다시 열어보았다. 이번에는 온몸의 근육에 힘을 주어 더 세게 당겼다. 문이 문틀에서 덜컹거렸다. 문고리를 너무 세게 잡아당긴 탓에 숨이 가빠졌다. 바닥에 주저앉자 눈앞에 별이 왔다 갔다 했다.

안 돼. 안 돼, 이럴 수는 없어. 내가 정말 갇힌 거야?

문틈에 도구를 끼워 문을 억지로 열어볼까 하고 적당한 도구를 찾아 두리번거렸지만 소용없었다. 방 안의 모든 것은 나사나 못으로 고정되었거나 천으로 만들어져 있었다.

다시 손잡이를 당겼다. 가로 120센티미터, 세로 180센티미터의 창문 없는 감옥에 갇혔다는 사실을, 해수면 한참 아래의 선실이라 이 벽 너머에는 수천 톤의 물이 있다는 사실을 애써 외면했다.

문은 꿈쩍도 하지 않았다. 머리를 때리는 통증만 강해질 뿐이었다. 결국 두통을 이기지 못하고 침대로 휘청거리며 돌아갔다. 엄청난 물이 쏟아질지도 모른다는 생각을 밀어내고 머리의 통증에 집중했다. 머리가 울릴 때마다 관자놀이의 맥박도 느낄 수 있었다. 멍청한 짓이었다. 방에서 달려 나와 제 발로 함정에 들어가다니….

생각하자. 흥분하지 말고, 솟구치는 두려움을 극복하고, 침착해야 한다. 이성을 잃지 말자. 자제력을 잃지 말자. 그래야 했다.

오늘이 무슨 요일이지? 시간이 얼마나 흘렀는지도 알 수 없었다. 침대에 한 자세로 누워 있었던 것처럼 팔다리가 뻣뻣했다. 목이 말랐지만 탈진하지는 않았다. 몇 시간 이상 의식이 없었더라면 심각한 탈수 상태로 깨어났을 것이다. 그렇다면 아직 화요일이라는 뜻이었다.

화요일이면… 벤에게 트론헤임에서 내린다고 말을 했으니 그가 나를 찾아다니지 않을까? 내가 없으면 절대 배를 출발시키지 않았을 것이다.

그때, 엔진이 움직였고 선체 아래에서 파도가 넘실대는 느낌이 들었다. 둘 중 하나였다. 배가 아직 멈추지 않았거나, 벌써 항구를 떠났거나.

배는 계속해서 움직였다. 맙소사, 우리는 바다로 향하고 있었다. 사람들은 내가 트론헤임에 있다고 생각할 것이다. 설령 나를 찾아다닌다 해도 엉뚱한 곳을 수색하겠지.

두통이 잦아든다면, 생각이 자꾸 엉키지만 않는다면, 벽이 관처럼 사방에서 좁아지지 않는다면 얼마나 좋을까. 지금은 숨을 쉬기도, 생각을 하기도 힘들었다.

여권. 트론헤임 항구가 얼마나 큰지 모르지만 세관 검사나 여권 검사는 있을 것이다. 승무원도 배의 출입구에서 오고 가는 승객을 확인할 것이다. 승객을 놔두고 떠날 리 없다. 내가 배에서 내리지 않았다는 기록이 있을 것이고, 내가 아직 여기 있다는 사실을 누구 하나는 알아낼 것이다. 그 사실에 희망을 걸어야 했다.

하지만 쉽지 않았다. 가끔씩 깜박이는 흐릿한 전구가 유일한 조명일 때는. 숨을 쉴 때마다 공기가 사라지는 듯한 느낌일 때는. 정말 너무 힘들었다.

폐소공포증을 일으키며 나를 향해 다가오는 벽과 뒤틀린 불빛을 보지 않으려고 얇은 담요를 머리끝까지 덮은 채 눈을 감았다. 무언가에 집중해야 했다. 뺨에 닿은 납작한 베개의 촉감. 내 숨소리.

허리춤에 손을 얹고 내 방문 앞 복도에 무심히 서 있던 여자, 직원용 출입문으로 빠르게 걸어가는 그녀의 모습이 자꾸만 떠올랐다.

어떻게. 대체 어떻게?

내내 배에 숨어 있었던 걸까? 설마 이 방에? 눈을 뜨고 주위를 보지 않고도 알 수 있었다. 이곳에는 사람이 머무른 흔적이 없다. 카펫의 얼룩, 플라스틱 선반에 남은 커피 자국, 음식과 땀과 체취의 희미한 냄새도 없었다. 세면대에 말라붙은 거미도 같은 말을 하고 있었다.

생기와 활력이 넘치던 그 여자가 아무런 흔적도 남기지 않고 이 방에 살았을 리는 없었다. 지금까지 어디에 있었든, 이곳에 머무르지는 않았다.

이곳은 무덤 같았다. 어쩌면 내 무덤인지도 모르지.

23

언제 의식을 잃었는지 모르겠지만 두통과 배의 엔진 굉음에 시달리다 결국 잠이 들었나 보다. 딸깍하는 소리에 눈을 뜨고 일어나다가 침대 위쪽에 머리를 부딪혔다. 다시 드러누워 머리를 감싸 쥐고 신음했다. 귀가 멍하고 뒷골이 울렸다.

너무 고통스러워 가만히 누워 눈을 꽉 감았다. 마침내 고통이 잦아들었고 옆으로 돌아누워 눈을 천천히 떴다. 흐릿한 형광등 불빛에 눈이 찡그려졌다.

바닥에 쟁반과 유리잔이 있었다. 주스 같았다. 집어 들고 냄새를 맡았다. 오렌지 주스처럼 생기고 오렌지 주스 냄새가 났지만 차마 마실 수 없었다.

힘겹게 일어나 작은 욕실 문을 열고 세면대에 주스를 버렸다. 수도꼭지를 틀어 잔을 물로 채웠다. 미지근한 물에서는 퀴퀴한 냄새가 났지만 너무 목이 말라서 더한 것도 마실 수 있는 상태였다. 단번에 들이켜고 한 번 더 컵을 채워 천천히 홀짝이며 침대로 돌아왔다.

머리가 너무 아파서 진통제가 간절했다. 단순히 두통만이 아니라 몸 상태가 최악이었다. 독감에 걸릴 때처럼 몸이 떨리고 기운이 없었다. 배가 고파서일까. 식사한 지 몇 시간이 흘렀으니, 혈당은 이미 최저치로 떨어졌을 것이다.

다시 누워 두통을 잠재우고 싶었지만 배에서 나는 꼬르륵 소리를 듣고 바닥의 음식을 살펴보았다. 이상한 점은 보이지 않았다. 소스를 뿌린 미트볼, 으깬 감자와 콩, 그리고 롤빵. 먹어야 했다. 하지만 혐오스러운 직감이 치밀었다. 그 느낌 때문에 주스도 버리지 않았던가.

이 상황이 이상하기 그지없었다. 나를 지하 감옥에 가둔 사람이 준 음식을 먹다니. 저 안에 뭐가 있을지 알고. 쥐약, 수면제, 그보다 더한 것이 있을지도 모른다. 하지만 지금 내게는 먹는 것 말고 선택지가 없다.

소스를 한 숟가락 떠서 입에 넣는 생각을 하니 무섭고 구역질이 나왔다. 통째로 주스와 함께 쏟아붓고 싶었다. 접시를 들기 위해 일어나다가 무언가를 깨닫고 떨리는 다리로 천천히 다시 앉았다.

나를 독살할 이유는 없다. 왜 그러겠는가? 나를 죽이고 싶다면 그냥 굶기면 된다. 똑바로 생각하자.

만약 나를 여기로 데려온 자가 나를 죽이고 싶었다면 벌써 해치웠을 것이다. 그렇지 않나?

그렇다. 더 세게 때릴 수도 있었고, 내가 의식을 잃을 때까지 베개로 얼굴을 누르거나 얼굴에 비닐봉지를 씌울 수도 있었다. 하지만 그러지 않았다. 오히려 나를 여기로 끌고 오는 수고를 했다.

나를 죽일 생각은 없는 것이다. 지금 당장은.

콩 하나. 독이 든 콩 한 알을 먹는다고 죽지는 않겠지? 포크 끝으로 콩을 찌르고 살펴보았다. 완벽하게 정상이다. 가루의 흔적은 없다. 색이 이상하지도 않다.

콩을 입에 넣고 천천히 입안에서 굴리며 혹여나 이상한 맛이 날까 봐 걱정했지만 괜찮았다. 콩을 삼켰고, 아무 일도 일어나지 않았다. 무슨 일이 생길 거라고 예상하지도 않았다. 독에 대해 아는 바는 없지만, 사람을 즉사시킬 만큼 강한 독은 흔치 않고 쉽게 얻을 수 있는 것도 아니다.

그런데 몸에서 반응이 일어났다. 배고픔을 느끼기 시작한 것이다.

콩을 몇 개 더 퍼서 입에 넣었다. 처음에는 조심스럽게 시도하다가 음식을 먹고 기분이 나아지자, 속도를 높였다. 포크로 미트볼을 찔렀다. 냄새도, 맛도 전혀 이상하지 않았다. 대량으로 조리한 음식 특유의 느낌이 살짝 났을 뿐.

마침내 접시가 비었다. 가만히 앉아서 누가 접시를 가지러 오기를 기다렸다.

기다렸다.

또 기다렸다.

시간은 아주 제멋대로였다. 불빛도, 시계도 없었다. 시간과 맥박을 세려 했지만 2,000까지 세다가 도중에 잊어버렸다.

머리가 아팠지만 그보다는 가볍게 떨리는 팔다리가 더 걱정이었다. 처음에는 저혈당 때문인 줄 알았고, 식사한 후에는 음식 안에 정말 독이 들어 있어 나타난 증상일까 봐 긴장했다. 그러다 언제 마지막으로 약을 먹었는지 기억을 더듬어보았다.

월요일 아침 닐손을 만났을 때 약 봉투를 꺼낸 기억이 난다. 하지만 먹지는 않았다. 내가 이 무고한 작은 흰색 알약에 중독되지 않았다고 증명해야 한다는 멍청한 이유 때문이었다. 약을 먹을 수 없지만 버리고 싶지도 않아 그냥 카운터에 놓아두었다.

약을 끊을 생각은 아니었다. 그냥… 무엇을 증명하려 했던 것일까. 내게 통제권이 있다는 것? 닐손에게는 사소하고 의미 없겠지만 그에게 바치는 '꺼져'라는 메시지였다.

하지만 벤과 말다툼을 하고 나서는 약을 아예 잊어버렸다. 약을 먹지 않고 스파에 갔고 이후 샤워실에서 있었던 일로….

그렇다면 마지막으로 약을 먹은 지 적어도 48시간이 지났다는 뜻이다. 60시간일 가능성이 더 컸다. 불안했다. 아니, 불안한 정도가 아니었다. 두려웠다.

처음 공황 발작을 경험한 것은… 언제더라. 열셋? 열넷? 아무튼 십 대 시절이었다. 증상은 갑자기 나타났다가 사라졌지만 나는 두려워서 미칠 것 같았다. 아무에게도 말하지 않았다. 그런 일은 이상한 사람에게만 나타난다고 생각했으니까. 남들은 몸이 떨리고 숨이 쉬어지지 않는 증상 없이 잘만 살지 않는가?

한동안은 괜찮았다. GCSE 시험을 치고 A 레벨 과정도 시작했다.* 그 무렵 상태가 안 좋아지기 시작했다. 공황 발작이 재발했고 처음에는 한 번이더니 몇 번이나 연속적으로 찾아왔다. 얼마 지나서는 불안증이 일상이 되었고 매일 같이 벽이 사방에서 나의 숨통을 조였다.

심리치료사와 상담을 했다. 사실 만나본 심리치료사만 해도 여러 명이다. 그중에는 엄마가 전화번호부에서 고른 '대화 치료'를 하는 사람도 있었다. 안경을 쓰고 머리를 길게 기른 치료사는 모든 문제를 해결할 열쇠는 내가 갖고 있다며 심각한 얼굴로 은밀한 비밀을 털어놓으라 강요했다. 하지만 그런 비밀 따위는 없었다. 하나를 지어낼까 생각도 했다. 그렇게 하면 상태가 좋아지는지 보고 싶었다. 하지만 그럴싸한 이야기를 지어내기도 전에 엄마가 그 치료사에 불만을 품고(또 청구서를 보고) 치료를 중단했다.

젊은 사회단체 지도자도 있었다. 그는 식이장애부터 자해까지 여러 문제가 있는 어린 소녀들을 이끌고 다녔다. 마지막으로 만난 사람은 보건소 의사가 추천한 인지행동 치료사 배리였다. 배리는 내게 호흡하며 숫자를 세는 법을 알려주는 동시에, 고음으로 부드럽게 응원을 보내는 대머리 남자에 대한 거부감도 심

---

*   영국에서는 중등교육자격시험인 GCSE를 치른 후 A 레벨 과정으로 대학 입시를 준비한다.

어주었다.

어떤 방법으로도 발작은 낫지 않았다. 낫더라도 완벽하게 증상을 없애지는 못했다. 그래도 시험을 치를 때까지 견뎌냈고 대학을 가면서 조금씩 회복했다. 어쩌면… 그런 증상도 아이돌이나 체리 맛 립글로스처럼 크면서 멀어지는 것이 아닐까 생각했다. 발작도 어린 시절의 추억과 함께 부모님 댁에 있는 내 방에 남겨 두고 온 것 같았다.

대학 생활은 제법 괜찮았다. 빛나는 학위를 따고 졸업했을 때는 뭐든 도전할 준비가 되어 있었다. 벤을 만났고 〈벨로시티〉에 취직하고 런던에 집을 얻었다. 모든 것이 제자리를 찾는 듯했다.

내가 무너지기 시작한 것은 그때였다.

약을 끊으려 한 적도 있었다. 인생은 순탄했고 벤을 완전히 잊은 때였다. 보건소 의사는 하루 복용량을 20밀리그램으로, 다음에는 10밀리그램으로 낮추라고 했고 이틀에 한 번씩만 10밀리그램을 먹어도 내가 비교적 잘 견디자 마침내 약을 끊게 했다.

나는 두 달도 버티지 못하고 미친 사람이 되었다. 체중이 10킬로그램 넘게 빠지고 〈벨로시티〉에서 잘릴 뻔했다. 회사에서는 내가 출근하지 않는 이유를 몰랐다. 결국 리지가 우리 엄마에게 전화했고, 엄마는 나를 의사에게 끌고 갔다.

의사는 어깨만 으쓱하며 금단 증상으로 추정되는데 약을 끊을 타이밍을 잘못 잡은 것 같다고 말했다. 예전처럼 하루 40밀리그램을 처방받았고, 하루도 되지 않아 상태가 호전되었다. 다음에 다시 끊어보기로 했지만 의사가 말한 '다음'은 아직 오지 않았다.

더군다나 지금은 적당한 타이밍이 아니었다. 이곳에서는 아니다. 바다 2미터 아래의 철제 상자에 갇힌 지금은 절대.

전에 약을 끊었을 때, 얼마나 버텼는지 떠올려보았다. 언제부터 정말 미칠 것 같았더라? 그리 오래 버티지는 못했다. 나흘? 그보다 짧을 수도 있었다. 솔직히 말하면 차가운 전기 충격처럼 피부가 따끔거리는 발작은 지금도 느껴졌다.

'너는 여기서 죽을 거야.'

'아무도 모를걸.'

어떡하지. 어떡해, 어쩌면 좋아, 어떡….

그때, 문에서 소리가 들렸다. 나는 그대로 얼어붙었다. 모든 것을 멈추었다. 호흡, 생각, 발작을 멈추었다. 가만히 앉아 침대에 등을 붙였다. 덤벼야 할까? 공격할까?

손잡이가 돌아가는 것이 보였다.

심장이 요동쳤다. 일어나서 문과 멀리 떨어진 벽으로 물러났다. 싸워야 했다. 하지만 저 문으로 누가 들어오는지 모르는 상황에서 제대로 대처할 수 있을까? 아니, 불가능했다.

머릿속으로 온갖 생각이 스쳐 지나갔다. 닐손. 라텍스 장갑을 낀 주방장. 핑크 플로이드 티셔츠를 입고 손에 칼을 든 여자….

그때 문틈으로 손 하나가 슬그머니 들어와 눈 깜짝할 사이에 쟁반을 들고 문을 닫았다. 불빛이 사라지며 선실에는 칠흑 같은 어둠이 내려앉았다. 어둠이 너무 짙어 혀끝에 그 맛이 느껴질 정도였다.

나는 이제 끝났다.

내가 할 수 있는 일은 없었다. 몇 시간처럼 느껴지지만 실상 며칠, 혹은 몇 초일 수 있는 시간 동안 아무것도 보이지 않는 어둠 속에 누워만 있었다. 의식이 들어왔다 나갔다 하며 눈을 뜰 때마다 무엇이든 보게 되기를 기대했다. 복도에서 가느다란 한 줄기 빛이라도 비쳤으면 했다. 내가 정말 여기 있다고 증명할 무언가가 보이기를 바랐다. 내가 정말로 존재한다는 증거, 그리고 머릿속에 있는 지옥에서 길을 잃지 않았다는 증거를 원했다.

나도 모르게 잠이 깊이 들었는지 깜짝 놀라서 일어났다. 심장이 불규칙적으로 두근거리며 뛰었다. 선실은 여전히 깜깜했다. 몸을 떨고 땀을 흘리며 누워 침대를 구명보트처럼 붙잡고는 오랜만에 꾼 악몽에서 간신히 깨어났다.

꿈에서 핑크 플로이드 티셔츠를 입은 여자는 내 선실에 있었다. 어두워서 그녀를 볼 수 없었지만… 느낄 수는 있었다. 선실 한가운데 서 있다는 것을 직감으로 알았다. 몸을 움직일 수 없었다. 어둠이 생명체처럼 내 가슴에 올라타고, 나를 짓눌렀다. 여자는 점점 더 가까이 다가와 불과 몇 센티미터의 간격을 두고 내 앞에 섰다. 티셔츠가 길고 날씬한 허벅지 윗부분을 스쳤다.

여자는 미소를 지으며 단 한 번의 동작으로 셔츠를 벗었다. 드러난 몸은 사냥개처럼 깡말랐다. 갈비뼈와 쇄골뿐이었고 골반이 툭 튀어나왔다. 팔꿈치 뼈가 팔보다 더 넓었고 어린아이처럼 손목뼈도 선명했다.

그녀는 자기 몸을 내려다보고 브래지어를 벗었다. 스트립쇼를 하듯 천천히 벗었지만 야한 느낌은 없었다. 작고 납작한 가슴과 움푹 들어간 배는 전혀 관능적인 몸과 거리가 멀었다.

내가 두려움에 마비되어 숨을 헐떡이며 침대에 누워 있는데도 그녀는 멈추지 않았다. 계속 옷을 벗었다. 팬티가 마른 골반에서 내려와 발밑에 떨어졌다. 알몸이 된 그녀는 머리카락을 뿌리부터 잡아 뜯었다. 그다음에는 눈썹을 뜯었다. 한쪽, 이어서 반대편을 뜯고 입술도 뜯었다. 코를 발밑에 떨어뜨렸다. 장갑을 벗는 것처럼 손톱을 하나씩 뜯어 바닥에 던졌다. 이어서 치아가 톡… 톡… 톡… 소리를 내며 하나씩 떨어졌다.

가장 끔찍한 것은 마지막이었다. 여자는 몸에 딱 달라붙는 이브닝드레스를 벗는 것처럼 살갗을 벗기기 시작했다. 이제는 근육과 뼈만 남은 붉은 덩어리였다. 껍질을 벗긴 토끼 같았다.

내게 여자가 네 발로 기어 다가오기 시작했다. 흉측하게 웃음을 짓자 입술이 없는 입이 크게 벌어졌다. 거리가 가까워질수록 나는 침대에 앉은 채로 뒤로 도망쳤지만, 벽에 다다라서는 더는 물러날 곳이 없었다.

숨이 턱 막혔다. 말을 하려 했지만 혀가 얼어붙었다. 움직이려 했지만 두려워서 꼼짝도 할 수 없었다. 이번엔 여자가 입을 열었다. 무슨 말을 하려는 듯했지만, 그녀는 입안에 손을 넣어 자기 혀를 꺼냈다.

두려움에 숨을 몰아쉬며 잠에서 깼다. 어둠이 주먹처럼 나를 움켜쥐었다. 비명을 지르고 싶었다. 속에서 화산처럼 공포가 솟아올라 꽉 막힌 목과 다문 입을 뚫고 나오려 했다.

하지만 의식이 혼미한 가운데 이런 생각이 들었다. 비명을 지른다고 뭐? 밖에 들릴까 봐 겁이 나? 들으라지. 들으라고 해. 소리를 들으면 와서 나를 꺼내줄지 또 누가 알아.

목청껏 소리를 질렀다. 내 안에서 솟아올라 점점 커지고 부풀어 밖으로 나오겠다고 아우성치는 비명을 내질렀다.

비명을 지르고, 지르고, 또 질렀다.

얼마나 오래 비명을 질렀는지 모르겠다. 얼마나 몸을 떨며 축 늘어진 얇고 베개를 움켜쥔 채 시트 없는 매트리스에 손톱을 박고 있었는지 모른다.

작은 선실이 마침내 고요해졌다. 낮게 울리는 엔진 소리와 거칠게 목을 긁는 내 호흡 말고는 아무 소리도 들리지 않았다.

아무도 오지 않았다.

문을 두드리며 무슨 일이냐고 묻는 사람은 없었다. 닥치지 않으면 죽이겠다고 위협하는 사람도 없었다. 그 누구도, 어떤 반응도 없었다. 나는 외계에서, 무음의 진공 상태에서 비명을 지르는 것이나 다름없었다.

꿈에서 본 여자의 모습을 잊을 수 없어 손이 떨렸다. 살가죽을 벗은 축축한 형체가 나를 향해 기어 왔다. 나를 붙잡으려 했다.

내가 무슨 짓을 한 거지? 대체 왜 그랬던 걸까? 나는 증거를 찾으며 계속 사건의 진실을 캐고 입 다물기를 거부했다. 스스로 표적이 된 셈이었다. 그 선실에서 일어난 일에 침묵하기를 거부한 죄로. 그런데… 무엇이 진실이란 말인가?

숨 막히는 어둠 속에서 손으로 눈을 꾹 누르며 상황을 이해하려 했다. 여자는 살아 있었다. 내가 무엇을 들었든, 무엇을 봤다고 생각하든, 그날 살인은 일어나지 않았다.

여자는 내내 배에 있었을 것이다. 출항한 후 내가 여기에 갇힐 때까지, 배는 멈춘 적이 없었다. 육지에 가까이 간 적도 없다. 그 여자는 대체 누구이기에 배에 숨어 있었을까?

지끈거리는 두통을 무시하고 논리적으로 생각했다. 승무원 중 하나일까? 실제로 그녀는 직원용 출입문을 드나들 수 있었다. 하지만 닐손은 내가 뒤에 서 있는 동안 비밀번호를 눌렀고 번호판을 가리려고 하지도 않았다. 마음만 먹으면 누구나 승무원 뒤에 서서 비밀번호를 훔쳐볼 수 있다는 뜻이었다. 애들 장난처럼 간단하게. 그 문을 열고 갑판 아래로 내려오면… 닫힌 문은 거의 없다.

하지만 여자는 비어 있던 10호실에 들어갔다. 그러려면 그 문만 열리도록 설정된 승객용 카드키가 있거나 모든 선실 문에 적용되는 직원용 마스터키가 있어야 했다. 아래쪽 갑판의 비좁은 우리에서 생활하던 청소부들을, 겁에 질린 얼굴로 나를 보다 문을 닫던 여자의 모습을 떠올렸다.

얼마를 주면 마스터키를 팔까? 100크로네? 1,000크로네? 아니, 굳이 거래할 필요도 없다. 미리 카드키를 복사했을 수도 있다. 한두 시간 쓴다고 하면 두말없이 빌려줄 직원이 있을 것이다. 칼라도 비슷한 말을 하지 않았던가. 누군가 친구에게 선실을 빌려줬을 수 있다고 했다.

아예 카드키를 훔치는 방법도 있다. 인터넷에서 따로 구매했을 가능성도 있다. 전자자물쇠의 작동 방식을 알지 못하지만, 직원들은 이번 일과 아무 관련이 없을지도 모른다.

지금껏 승무원이나 승객 중에서 범인을 찾았다. 그들은 전부 결백했던 것일까? 나는 벤을 추궁하고 콜과 닐손, 모든 사람을 의심했다. 그 생각을 하자 구역질이 나왔다.

하지만 이 여자가 존재하고 살아 있다는 사실만으로 다른 사람이 개입했을 가능성을 배제하기는 어려웠다. 생각하면 할수록 갑판 위에 그녀를 돕는 사람이 있다는 확신이 들었다.

누군가 스파 벽에 메시지를 썼고, 콜의 카메라를 욕조에 빠뜨렸고, 내 휴대전화를 훔쳤다. 전부 그녀의 짓일 리는 없다. 여자가 배 안을 돌아다녔다면, 내가 설치고 다닌 이틀 동안 그녀를 알아본 사람이 있었을 것이다.

그렇게 생각하니 머리가 아팠다. 왜? 그 질문에는 도무지 대답할 수가 없다. 왜 힘들게 배에 숨어 있었지? 왜 내가 질문하고 다니는 것을 막으려고 했지? 만약 그 여자가 죽었다면 이런 의문은 해소된다. 하지만 여자는 멀쩡히 살아 있었다. 핵심은 그녀의 정체일 것이다. 누구의 아내일까? 누구의 딸? 연인? 다른 나라로 도망치려는 사람?

콜과 그의 전 부인, 아처와 베일에 싸여 있는 여자 '제스'를 생각했다. 카메라에서 사라진 사진을 생각했다.

전부 다 말이 되지 않는다.

돌아눕자, 사방에서 어둠이 밀려들었다. 어디인지 몰라도 나는 배의 아주 깊은 곳에 들어와 있다. 이제는 확신했다. 엔진 소리가 객실 갑판보다 훨씬 크게 들렸다. 직원 숙소가 있던 갑판에서 들은 소리보다 더 컸다. 나는 지금 낯선 곳에 있다. 아마도 엔진 갑판쯤, 해수면에서 한참 내려온 어딘가.

다시 공포가 엄습했다. 선체에 닿은 수천 톤의 물이 내 머리와 어깨를 짓눌렀다. 선실 안의 공기는 무한히 돌아가고 있는데 나는 두려움에 질식할 지경이었다.

떨리는 다리로 조심스럽게 침대에서 내려와 두 팔을 내밀고서 천천히 바닥을 가로질렀다. 캄캄한 어둠 속에 무엇이 있을지 두려웠기 때문이다.

상상력은 어린 시절 악몽에서 보았던 무서운 이미지를 그려냈다. 얼굴을 기어가는 대왕 거미, 팔을 붙잡는 남자. 눈꺼풀과 입술, 혀가 없는 꿈속의 그 여자도 떠올랐다. 물론 이곳에는 나뿐이다. 이렇게 밀폐된 공간에 다른 사람이 존재한다면 분명 소리와 냄새로 감지할 수 있을 테니까.

조금씩 움직인 끝에 손가락이 문에 닿았다. 문고리를 돌렸다. 문은 여전히 잠겨 있었다. 예상한 그대로였다. 밖을 내다보는 구멍이 있을까 싶어 문을 더듬었지만, 거대한 플라스틱 문짝에는 정말 아무것도 없었다. 애초에 그런 것을 본 기억도 없다.

하지만 문 왼쪽에 납작한 베이지색 전등 스위치가 있었던 기억은 난다. 어둠 속에서 스위치를 찾아 눌러보았다. 기대감으로 심장이 세차게 뛰었다.

아무 일도 일어나지 않았다. 다시 눌렀다. 조금 전의 기대감은 사라진 후였다. 그들이 무슨 수작을 부렸는지 뻔했다. 바깥에 제어 장치가 있을 것이다. 마스터 스위치나 퓨즈가 있겠지. 아까도 문이 닫힌 후에 불이 나갔으니까.

지금껏 본 선실에는 모두 보안등이 있었다. 불을 꺼도 완전한 어둠은 존재하지 않았다. 이곳은 달랐다. 이런 절대적인 어둠은 전기를 완전히 차단해야만 가능했다.

침대로 다시 기어가 이불을 덮었다. 무섭기도 했고 독감 초기 증상처럼 근육이 떨렸다. 선실의 어둠이 머리뼈를 뚫고 시냅스에 침투해 머리를 암흑으로 가득 채웠다. 속에서 차오르고 있는 공포 말고는 모든 것이 차단되었다.

안 돼. 무너지지 마. 지금은 아니야.

그럴 수 없었다. 그러지 않을 것이다. 그 여자가 이기게 두지는 않을 것이다. 밀려드는 분노를 붙잡았다. 고요하고 어두운 상자 같은 공간 속에서 오직 분노만이 뚜렷하게 느껴졌다. 망할 년. 무슨 그런 배신자가 다 있어. 같은 여자라는 유대감으로 행동한 결과가 이거야?

나는 그 여자를 위해 싸웠고 오해를 받았다. 닐손의 의심과 벤의 추궁을 견뎠다. 다 무엇을 위해서였지? 그 여자는 나를 배신했다. 내 머리를 문틀에 박고 이런 거지 같은 관에 나를 가두었다.

이 계획에는 그 여자가 개입되어 있다. 복도에서 나를 기습한 사람은 그 여자가 분명하다. 슬그머니 들어와서 음식 쟁반을 가져간 손도 그녀라는 확신이 든다. 마르고 가늘지만 힘이 센 손. 사람의 머리를 벽에 긁고 치고 때릴 수 있는 손.

다 이유가 있을 것이다. 괜히 장난삼아 이런 정교한 위장을 할 사람은 없다. 자기 죽음을 위장한 것일까? 내가 현장을 목격하게 할 계획이었나? 하지만 왜 굳이 그곳에 없었던 척을 하지? 왜 선실을 정리하고 피를 닦고 마스카라를 없애고 그날 밤에 대한 내 이야기가 의심받게 한 거지?

아니다. 그녀는 눈에 띄고 싶지 않았던 것이다. 그 선실에서 무슨 일이 일어났는지는 몰라도 내가 목격해서는 안 되는 일이었다.

이유를 알아내라고 지친 두뇌를 다그쳤다. 하지만 정보를 모으려고 할수록, 이 퍼즐에 맞지 않는 정체 모를 조각이 너무 많이 보였다. 비명, 핏자국, 은폐 공작, 생각나는 가능성을 전부 따져보았다.

그냥 싸움이었을까? 코를 주먹으로 맞아 비명을 질렀고 베란다로 달려가 바다에 피를 흘리다 유리에 핏자국을 남겼다면? 죽은 사람은 없고 말이지. 그 여자가 밀항자라면 현장을 왜 은폐했는지 설명할 수 있다. 피를 닦고 은신처만 옮기면 된다.

하지만 그렇게 생각하면 다른 조각이 맞지 않았다. 싸움이라면 사전 계획 없이 우연히 일어나야 했다. 어떻게 선실을 그렇게 빨리 치우지? 여자를 처음 보았을 때 뒤로 보였던 선실은 옷과 소지품으로 어지러웠다. 갑작스러운 싸움이라면 내가 닐손에게 전화를 건 몇 분 사이에 선실을 치우고 정리할 수는 없다.

그 시나리오도 아니다. 뭐가 됐든 그 안에서 일어난 일은 계획적이었다. 사전에 꼼꼼하게 계획되었다. 비어 있던 선실이 10호실인 것이 우연은 아니라는 의심이 들었다. 선실 하나를 일부러 비워두었고, 빈 선실은 반드시 10호실이어야 했다. 팔름그렌 실은 배의 끝에 있다. 배가 움직이며 일으키는 거품 속으로 사라져야 할 물체를 다른 선실에서 우연히라도 목격할 가능성은 없었다.

분명 누군가 죽었다. 그것은 확실하다. 그 여자가 아닐 뿐이다. 그렇다면 누구일까?

어둠 속에서 몸을 뒤척이며 엔진 소리가 아닌 모든 소리에 귀를 기울였다. 속에서 불안하게 요동치는 질문의 답을 찾으려 했다. 머리가 무겁고 어지러웠지만 질문 하나가 자꾸만 떠올랐다.

누구일까? 대체 누가 죽었지?

24

 이번에도 문이 열리는 소리에 잠이 깼다. 방 안에 불이 들어왔다. 깜박거리며 저압 전구가 달궈지는 소리가 엔진음 위로 들리며 이명과 섞였다. 가슴이 빠르게 뛰었고 벌떡 일어나다가 무언가를 침대 옆 바닥에 떨어뜨렸다. 미친 듯이 주위를 둘러보았다.
 기회를 놓쳤다. 젠장, 기회를 또 놓치고 말았다.
 지금 대체 닥친 상황을 이해해야 했다. 저들이 나를 어떻게 할 생각인지, 왜 나를 가두고 있는 것인지. 이곳에 갇힌 지 얼마나 됐을까? 지금은 낮일까? 아니면 나를 붙잡아두는 저 여자가 전기를 켜기 적당하다고 판단했을 뿐인가?
 날짜를 추측해 보았다. 화요일 아침에 공격을 당했으니, 지금은 적어도 수요일 아침일 것이다. 그보다 더 지났을지도 모른다. 기분상으로는 24시간보다 더 오래 있었던 것 같다. 훨씬 오래 있었던 것이 분명하다.

 욕실로 가서 얼굴에 물을 끼얹었다. 물기를 닦고 있는데 현기증이 밀려들어 머리가 핑 돌고 방 안이 마구 흔들렸다. 갑자기 넘어질 것 같아 손으로 문틀을 붙잡고 몸을 지탱했다. 깊고 캄캄한 물속으로 빠르게 곤두박질치는 기분을 떨치려고 눈을 꽉 감았다.

 그 느낌이 사라진 후에야 침대에 앉아 다리 사이로 고개를 숙였다. 한기와 열기가 동시에 느껴져 피부에 소름이 돋았다. 배가 움직이고 있나? 이렇게 깊은 곳에서는 현기증과 파도의 움직임을 구분하기 힘들었다. 배가 움직이는 느낌이 선실에 있을 때와 아주 다르게 전달됐다. 리드미컬하게 오르내리지 않고 엔진 소리의 울림과 함께 느릿느릿 들썩거리는 느낌이 묘하게 최면을 거는 듯했다.

 침대 옆 쟁반에는 페이스트리와 그릇 밖으로 넘친 시리얼이 있었다. 자다가 놀라서 일어났을 때 시리얼 그릇을 건드린 모양이었다. 그릇을 들고 억지로 숟가락질했다. 배가 고프지는 않았다. 하지만 월요일 밤 이후로 먹은 것은 미트볼 몇 개뿐이다. 여기서 탈출하려면 싸워야 한다. 그리고 싸우려면 먹어야 했다.

 하지만 내가 정말 원하는 것은 따로 있었다. 약. 내 약이 간절했다. 마지막으로 약을 끊으려 했을 때의 강렬한 욕구를 느꼈다. 그때는 약을 먹지 않아도 괜찮을 것이라고 계속 되뇌었지만, 이제는 그 믿음이 통하지 않는다는 사실을 안다. 내 상태는 점점 더 심각해질 터였다.

'살아서 그 꼴을 볼 수 있겠느냐마는….'

머릿속의 사악한 목소리가 속삭였다. 목에 걸린 시리얼을 삼킬 수가 없었다. 선실에서 본 그 여자가 돌아왔을 때를 상상했다. 아주 폭력적인 이미지가 생생하게 떠올랐다. 그녀가 내 머리채를 잡았던 것처럼 여자의 머리카락을 움켜쥐고 침대의 날카로운 금속 프레임에 광대뼈를 박살 낼 것이다. 피가 흐르는 모습을 지켜봐야지. 좁고 답답한 선실에서 갓 터져 나온 피 냄새는 코를 찌를 것이다. 베란다 유리 난간에 얼룩졌던 핏자국을 다시 떠올렸다. 악마 같은 마음으로 간절히 빌었다. 그 피가 그 여자의 피였기를.

증오심이 들었다. 침을 삼켜 꽉 막힌 목을 뚫고 눅눅해진 시리얼을 넘겼다. 한 숟가락 더 퍼서 입으로 가져가는 내내 손이 떨렸다. 그 여자가 싫었다. 정말로 물에 빠져 죽기를 바랐다. 시리얼을 삼키려 해도 자꾸 시멘트처럼 목에 걸렸다. 하지만 그릇의 반을 비울 때까지는 계속 숟가락질을 했다.

자신은 없었지만 어쨌든 머릿속에 떠오른 아이디어를 시도는 해봐야 했다. 얇은 멜라민 쟁반을 들고 침대의 철제 프레임에 내리쳤다. 반동으로 튀어 오른 쟁반을 간신히 피했다. 강도가 들었던 날 문이 뺨을 때리던 기억이 번쩍 떠올랐다. 잠시 눈을 감고 침대를 붙잡았다. 흥분을 가라앉히자.

이번에는 쟁반을 침대의 철제 프레임에 걸치고 무릎으로 눌렀다. 그리고 양손으로 쟁반 끝을 붙잡고 온몸의 무게를 실었다. 처음에는 아무 일도 일어나지 않았다. 아랑곳하지 않고 더 세게 눌렀다. 그러자 총성 같은 소리를 내며 쟁반이 반으로 부러졌고 나는 침대에 철퍼덕 엎어졌다. 목표를 이루었다. 면도날처럼 날카롭지는 않아도 어느 정도 상처를 남기기 충분한 플라스틱 무기가 두 개 생겼다.

하나씩 집어 들고 무게를 재며 가장 쥐기 좋은 방법을 찾았다. 그런 다음 더 위협적인 무기로 보이는 조각 하나를 가지고 문으로 다가갔다. 문 옆의 벽에 쭈그리고 앉았다.

이제는 기다릴 뿐이다.

하루가 끝도 없이 계속되는 것 같았다. 아드레날린과 두려움이 집채처럼 밀려드는 와중에도 한두 번은 눈이 스르르 감기고 몸이 기능을 멈추려 했다. 하지만 얼른 눈을 다시 떴다. 정신 차려, 로!

숫자를 세기 시작했다. 발작 때문이 아니었다. 깨어 있기 위해서였다. 하나. 둘. 셋. 넷. 1,000에 이르자 이번엔 처음부터 다시 프랑스어로 세기 시작했다. un(하나). de(둘), trois(셋)… 그다음에는 둘씩 묶어서 셌다. 또 그다음에는 머릿속으로 '피즈버즈'라는 어린 시절에 했던 게임을 했다. 5나 5배수가 나오면 '피즈'라고 외치고 7이 나오면 '버즈'라고 외치는 게임이었다. 하나. 둘. 셋. 넷. 피즈(손이 떨렸다). 여섯. 버즈. 여덟. 아홉. 열. 아니, 잠깐. 열이 아니라 '피즈'라고 해야지.

짜증스럽게 고개를 흔들고 쑤시는 팔을 문질렀다. 다시 수를 세기 시작했다. 하나. 둘….

그때 복도에서 소리가 났다. 문이 닫히는 소리였다. 숨을 참았다. 소리가 가까워졌다. 심장이 빠르게 뛰고 뱃속이 뒤틀리기 시작했다.

자물쇠에 열쇠가 돌아가고….

문이 조심스럽게 열린 틈을 타 나는 덤벼들었다.

그 여자다.

내가 문틈 사이로 몸을 날리자 그녀는 황급히 문을 닫았다. 하지만 내가 더 빨랐다. 문틈 사이에 팔이 꼈다. 그것도 세게. 아파서 비명을 질렀지만, 반동으로 문이 열리며 몸의 절반을 끼워 넣을 수 있었다.

나를 붙잡으려는 팔을 쟁반의 거친 날로 찔렀다. 여자는 쓰러지지 않았다. 오히려 방 안으로 달려들어 나를 벽에 밀어붙였다. 쟁반이 내 팔에 상처를 냈고 손등에서 피가 뚝뚝 떨어졌다. 몸을 세워 움직이려 했지만 그 여자가 더 빨랐다. 그녀는 문을 잠그고 열쇠를 움켜쥔 채 문을 등지고 섰다.

"보내줘."

내 입에서 나온 말은 짐승이 으르렁거리는 소리 같았다. 인간의 목소리가 아니었다.

얼굴에 내 피를 묻힌 여자가 고개를 저었다. 겁에 질린 듯했지만 흥분한 상태이기도 했다. 눈빛으로 알 수 있었다. 우위는 그녀가 차지하고 있었고 나 자신도 그 사실을 알았다.

"죽여버릴 거야. 목을 베어버릴 줄 알아."

내 말은 진심이었다. 피로 물든 쟁반을 들어 보였다.

"너는 나를 못 죽여. 네 꼴을 봐. 제대로 서 있기도 힘들면서. 불쌍한 년."

내가 기억하는 목소리였다. 차갑게 내뱉은 말에는 경멸과 무시가 깔려 있었다.

"이유가 뭐야?"

내 목소리는 투정을 부리는 어린아이처럼 들렸다.

"왜 이런 짓을 하는 거야?"

여자가 벌컥 화를 냈다.

"네가 자초했으니까. 네가 자꾸 참견하고 다녔잖아. 나는 몇 번이나 경고했어. 그 선실에서 무엇을 봤는지 입만 다물고 있으면…."

"내가 뭘 봤는데?"

내 말에 여자는 고개를 젓고 입꼬리만 올렸다.

"이야, 너 내가 보기보다 멍청하다고 생각하는구나? 정말 죽고 싶어?"

나는 아니라고 고개를 저었다.

"좋아. 그렇다면 원하는 게 뭐지?"

"여기서 나가고 싶어."

내가 말하며 얼른 침대에 앉았다. 다리가 더는 버티지 못할 것 같았다. 여자는 다시 고개를 저었다. 이번에는 더 격하게. 얼핏 두려워하는 눈빛도 떠올랐다.

"그이가 절대 허락하지 않을 거야."

그이? 그 말을 듣자 몸에 전율이 흘렀다. 위층에 있는 사람이

이 여자를 돕고 있다는 첫 번째 확증이었다. 그 사람이 누구지? 하지만 물을 수는 없었다. 지금은 그것보다 더 중요한 문제가 있었기 때문이다.

"그럼 약을 줘. 약을 먹게 해줘."

여자는 내가 무슨 수작을 부리는지 가늠하는 듯한 눈으로 나를 뜯어보았다.

"세면대 옆에 뒀던 약 말이야? 그건 가능해. 이유가 뭐지?"

"항우울제야. 너무 빨리 끊으면 안 돼."

"아…." 그녀의 얼굴에 이해하겠다는 표정이 떠올랐다.

"그래서 상태가 심각했던 거군. 어쩐지 이상하더라니. 난 또 내가 머리를 너무 세게 때렸나 했지. 좋아. 그건 할 수 있어. 하지만 약속해."

"뭘?"

"다시는 나를 공격하지 마. 말을 잘 듣는다면 줄게. 알았지?"

"알았어."

쟁반과 그릇을 집어 든 여자가 쟁반 조각을 달라고 손을 내밀었다. 시 망설이다가 내 무기를 건넸다.

"이제 문을 열 거야. 멍청한 짓은 하지 마. 이 문밖에는 비밀번호로 열리는 문이 하나 더 있어. 어차피 멀리 가지 못하니까 바보 같은 짓은 생각도 말라고. 알았지?"

"알았어."

나는 마지못해 대답했다.

여자가 나간 후 침대에 앉아 허공을 바라보며 그녀가 한 말을 곱씹었다. 그이.

정말로 배에 공범이 있었다. 여자인 티나, 클로이, 앤과 직원의 3분의 2는 이제 용의선상에서 배제해도 된다.

대체 누구일까? 속으로 한 명씩 확인했다.

닐손.

불머.

콜.

벤.

아처.

오언 화이트, 알렉산더, 남자 선원과 승무원은 가능성이 낮은 후보군에 넣었다. 여러 가지 시나리오를 생각하며 머리를 굴려 보았다.

스파에 있던 '참견하지 마'라는 메시지가 자꾸만 떠올랐다. 스파에 있었던 남자, 그 메시지를 쓸 수 있었던 남자는 단 한 명이다. 벤.

범행 동기는 잠시 잊자. '왜'라는 의문을 풀기에는 정보가 너무 부족했다.

하지만 범행 수법이라면… 그 메시지를 쓸 수 있는 사람은 얼마 없었다. 스파 입구는 하나뿐이고, 내가 아는 한 그 문을 넘은 남자는 벤 하나이다.

많은 것들의 아귀가 들어맞았다. 벤은 내가 닐손에게 한 이야기의 신빙성을 떨어뜨렸다. 어젯밤 내 선실로 들어오려 했던 사람도 벤밖에 없었다. 벤이라면 내가 욕실에 있다는 사실을 알고 그동안 전화기를 훔칠 수도 있었다.

  벤의 선실은 빈 선실의 반대편에 있다. 그런데도 아무 소리를 듣지 못하고 아무것도 보지 못했다고 했다.

  포커를 치는 동안 밖에 나오지 않았다고 거짓 알리바이를 꾸몄다.

  내가 수사를 진행하지 못하게 부단히 노력했다.

  퍼즐이 완성되고 있었다. 만족감이 들어야 했지만 그렇지 않았다. 이 아래에서 정답을 찾아봐야 무슨 소용이 있다는 말인가.

  나는 여기서 나가야 했다.

25

옆으로 누워 크림색 플라스틱 벽을 바라보고 있을 때 노크 소리가 들렸다.
"들어와."
힘없이 대답을 하고 나니, 헛웃음이 나올 것 같았다. 이런 상황에서 예의를 차리다니. 내가 무슨 말을 하든 듣지 않을 사람에게 '들어와'라는 말을 왜 하지?
"나야."
그 여자 목소리였다.
"이제는 쟁반으로 쓸데없는 짓 안 하지? 그랬다가는 이게 마지막 약이 될 거야, 알았어?"
"알았어."
약을 간절히 원한다는 티를 내지 싫었지만, 벌떡 일어나 앉고 얇은 담요를 몸에 둘렀다. 여기 갇힌 후로 한 번도 샤워를 하지 않았다. 몸에서 땀 냄새와 공포에 질린 냄새가 진하게 풍겼다.

문이 슬그머니 열렸다. 여자는 문 아래쪽으로 식판을 내려놓고 좁은 틈 사이로 들어와 문을 잠갔다.

"여기."

여자가 내민 손바닥에 하얀 알약이 한 알 놓여 있었다.

"겨우 한 알?"

기가 막혔다.

"그래, 한 알. 봐서 내일 몇 알 더 가져다줄게. 말을 잘 듣는다면."

이 여자로서는 나를 마음껏 휘두를 수 있는 협박 장치를 입수한 셈이다. 나는 잠자코 고개를 끄덕이고 손바닥 위의 알약을 집어 들었다.

여자가 주머니에서 책을 한 권 꺼냈다. 내 방에 있던 책, 실비아 플라스의 《유리병 속에 갇힌 세상》*이다. 이런 처지에 읽고 싶은 제목은 아니었지만 책이 없는 것보다야 낫겠지.

"뭐라도 읽으라고. 할 일 없이 가만히 있으면 돌아버릴 것 같지 않아?" 그러다 내 약을 보고 덧붙였다.

"기분 나빴다면 사과할게."

"괜찮아."

그대로 방을 나가려고 돌아서는 여자를 붙잡았다.

---

* 《벨 자》라는 제목으로 더 유명하지만, 로의 상황에 맞춰 예전 번역서 제목을 사용했다.

"잠깐만."

"왜?"

"저기…."

갑자기 용기가 나지 않았다. 이 질문을 어떻게 해야 하지? 알약을 손을 꽉 움켜쥐었다. 미치겠다.

"나… 나 이제 어떻게 되는 거야?"

여자의 얼굴빛이 바뀌었다. 그녀는 마치 창문에 커튼을 치듯 신중하게 표정을 감추었다.

"내가 결정할 문제가 아니야."

"그럼 누가 결정해? 벤?"

여자가 코웃음을 쳤다.

"잘 있어."

그 말을 남기고 돌아서던 여자의 시선이 화장실 문 뒤에 붙은 작은 거울에 꽂혔다.

"아이씨, 얼굴에 피 묻었잖아. 왜 진작 말 안 했어? 그쪽이 나를 공격했다는 사실을 들키면…."

여자는 화장실로 들어가 세수를 했다. 하지만 물로 씻어낸 것은 피만이 아니었다. 화장실에서 나오는 모습을 보고 나는 그 자리에 얼어붙었다.

별것 아닌 행동 하나로 그녀의 정체가 드러났다. 여자는 피를 씻으며 양쪽 눈썹까지 깨끗하게 지웠다. 눈썹과 머리카락이 없어 해골처럼 보이는 얼굴은 어디에서도 알아볼 수 있었다.

10호실의 여자, 그녀는 바로 앤 불머였다.

26

 충격이 너무 커서 아무 말도 나오지 않았다. 놀라서 입을 벌리고 앉아 있을 뿐이었다. 나를 보던 여자는 욕실 거울로 고개를 돌리고서야 상황을 파악했다. 얼굴에 짜증스러운 표정이 잠시 스쳤지만 이내 무시하고 방을 성큼성큼 나가 문을 굳게 닫았다. 자물쇠에서 열쇠가 돌아가는 소리가 들렸고 멀리서 문 하나가 또 닫혔다.
 앤 불머. 앤 불머라고?
 말도 안 된다. 내가 보고 대화를 나눈 앤 불머는 수척하고 창백하고 제 나이보다 몇 살은 더 나이 들어 보이는 여자였다. 하지만 그 얼굴은 틀림없이 앤이었다. 검은 눈이 똑같았다. 툭 튀어나온 광대뼈도 똑같았다. 이해할 수 없는 것은 하나뿐이다. 왜 진작 알아차리지 못했을까?
 변신하는 모습을 목격하지 않았다면 믿지 못했을 것이다. 하지만 머리카락과 섬세하게 그린 눈썹은 사람의 얼굴을 완전히 바꾸어놓았다. 머리카락과 눈썹이 없는 얼굴은 평범하고 밋밋했다. 뼈가 다 드러나는 얇은 피부를 보고 병과 죽음을 생각하지 않기란 불가능했다. 머리에 단단하게 두른 스카프는 부러질 것 같은 목선과 스카프 아래에 있을 머리뼈를 불편하게 강조했다.

그런데 단정한 검은색 눈썹과 숱 많은 검은 머리카락이 있을 때는 모습이 확 바뀌었다. 젊고 건강하고 생동감 넘치는 여자가 되었다.

돌이켜보니 나는 앤 불머와 대화할 때 병색 짙어 보이는 겉모습에 속아 그 아래 있는 본모습을 제대로 보지 않았다. 오히려 외면했다고 할 수 있다. 독특하고 치렁치렁한 옷과 텅 빈 눈썹, 얇은 스카프 아래에 있을 매끄러운 머리에만 시선이 팔렸었다.

머리카락은 가발이었을 것이다. 분명했다. 숱 많은 길고 검은 머리를 실크 스카프로 감추기는 어려웠다.

병이 사실인가? 실제로 죽어가고 있나? 아니면 멀쩡한가? 전부 연기인가? 도무지 알 수 없었다.

벤의 말이 떠올랐다. 앤은 4년 동안 화학 요법과 방사선 치료를 했다고 했다. 그것도 꾸며낼 수 있을까? 개인 의사를 두고 몇 달마다 다른 나라로 옮겨 다닐 수 있는 조건과 환경을 이용해서? 가능성이 없지는 않았다.

적어도 두 가지는 확실했다. 여자가 어떤 방법으로 배에 올랐는지, 그날 밤 무엇인가 바다에 빠진 후 어떻게 행동했는지. 그녀는 가발을 벗고 스카프를 쓰고 앤 불머로의 삶을 이어갔다. 어떻게 마스터키를 손에 넣고 직원 구역과 선체 바닥에 있는 밀실까지 접근했는지도 설명할 수 있다. 남편이 소유주라면 접근 금지 구역은 없다.

그런데 이유만큼은 도저히 이해할 수 없었다. 대체 왜? 왜 가발을 쓰고 핑크 플로이드 티셔츠를 입고 빈 선실에서 오후를 보내지? 거기서 무엇을 하고 있었던 거야? 비밀스러운 일이라면 왜 노크에 문을 열었지?

마지막 질문의 답을 찾던 중, 문을 두드리던 내 모습이 문득 떠올랐다.

한 번, 두 번, 세 번 쿵쿵쿵 두드리고 멈췄다가 또 한 번 두드렸다. 그 순간, 마지막 노크를 기다리고 있었다는 듯 문이 벌컥 열렸다. 특이한 노크였다. 암호를 만들 때나 사용할 법한 노크처럼 말이다.

선실에 있던 여자, 그러니까 앤 불머가 누군가와 사전에 신호를 맞췄는데 우연히 내가 똑같은 방법으로 노크를 한 것인가?

왜 그랬을까. 평범한 사람처럼 노크를 두 번만 했더라면… 아니면 한 번만. 그렇다면 10호실의 여자를 평생 몰랐을 것이고, 이런 처지가 되지도 않았을 것이다. 갇혀서 입막음을 당하는….

입막음을 당할 것이었다. 그리 유쾌하지 않은 생각이 뇌리에 박혀 메아리처럼 울려 퍼졌다.

그녀는 내 입을 막으려 할 것이다. 하지만 언제까지 나를 이곳에 가둘 생각일까? 미리 정해둔 기한이 지날 때까지? 아니면… 영원히?

저녁은 크림소스를 얹은 흰살 생선과 찐 감자였다. 음식은 이미 식었고 가장자리가 굳었지만 배가 고프니 먹어야 했다. 그 전에 손에 든 약을 보며 어떻게 할지 생각했다. 평소 먹던 양의 절반이었다. 지금 전체를 삼킬 수도 있었다. 만약을 대비해 반씩 잘라 모아 여유분을 만들까도 고민했다. 하지만 무엇을 대비한단 말인가? 탈출할 길은 없다. 또 앤이 약을 끊어버리면? 나를 불쌍히 여겨 다시 가져다준다 해도 그때쯤이면 비축한 약은 다 떨어졌을 것이다.

결국에는 그동안 못 먹었으니 보충해야 한다는 핑계로 한 알을 통째로 삼켰다. 필요하다고 판단이 되면 내일부터 반으로 잘라 먹자. 즉각 기분이 좋아졌다. 물론 논리적으로 생각하면 약 때문이 아니다. 약이 체내에 흡수되어 효과가 나타나려면 한참이 걸린다. 내가 지금 경험하는 안도감은 전적으로 플라세보 효과이다. 그래도 상관없다. 순간의 기분이 더 중요하기도 하니까.

곧이어 식은 음식으로 저녁 식사를 했다. 미지근하고 끈적거리는 식감이 싫어 일부러 천천히 씹었다. 그러면서 침대에 앉아 머릿속으로는 공들여 짜맞춘 퍼즐 조각을 다시 배치했다.

이제야 코웃음의 의미를 알게 되었다. 불쌍한 벤.

너무 성급하게 그를 판단했다는 생각에 죄책감이 밀려들었다. 화도 났다. 앤이 엉겁결에 남자 공범의 존재를 언급했다는 사실에 집중하느라 미처 생각하지 못했다. 그녀가 매니큐어를 말릴 동안 직접 스파 계단을 내려와 거울에 글씨를 쓸 수 있었다는 사실을. 정말 멍청하다. 멍청한 로.

멍청하기는 벤도 마찬가지다. 벤은 늘 그랬듯 내 감정을 무시했고, 닐손에게 나서서 비밀을 흘리기까지 했다. 나를 지지해 주는 모습만 보였어도 성급하게 그를 의심하지 않았을 것이다.

'그이'의 정체는 리처드 불머가 분명하다. 불머는 배의 소유주이다. 배에 탄 남자들 가운데 살인을 계획하고 실행할 수 있는 사람을 꼽으라면 단연 그였다. 뚱뚱하고 호들갑 떠는 알렉산더나 곰처럼 둔한 닐손보다는 가능성이 높다.

다만 살인은 일어나지 않았다. 그런데 왜 자꾸 의심이 생길까. 내 마음을 이해할 수 없다. 대체 왜?

왜긴 왜야, 내가 지금 여기 갇혀 있기 때문이지. 나를 가뒀다는 것은 내가 무엇을 목격했든, 선실에서 무슨 일이 일어났든, 트론헤임 경찰이 그것을 알아서는 안 된다는 뜻이었다. 무슨 일이 있었을까? 말할 수 없을 정도로 위험한 일이 분명했다. 밀수일까? 밖에 있는 공범자에게 밀수품을 던졌나?

'다음은 너야, 멍청한 년.'

머릿속의 목소리가 말했다. 머리에 전기 충격을 준 것처럼 깊은 바다로 추락하는 내 모습이 불현듯 떠올랐다.

얼굴을 찡그리고 이를 악물며 끈적거리는 감자를 또 한 입 먹었다. 선체가 들썩거리자, 뱃속에서 메스꺼움이 일었다.

나는 어떻게 될까? 가능성은 두 가지뿐이다. 어느 시점에 나를 풀어준다. 아니면 나를 죽인다.

첫 번째는 가능성이 적어 보인다. 나는 너무 많은 것을 알아 버렸다. 앤의 정체를 안다. 연기하는 것만큼 아프지 않다는 사실도 안다. 내가 나가서 납치, 감금, 상해를 주장하게 두지 않겠지. 하지만 내가 이 모든 것을 말한다고 해도 누가 나를 믿을까?

뺨을 어루만졌다. 문틀에 찍혔을 때 생긴 상처 위로 피딱지가 남아 있었다. 갑자기 먼지와 땀과 피를 뒤집어쓴 내가 더럽게 느껴졌다. 지금까지의 행동으로 판단하건대 앤은 몇 시간 후에나 돌아올 것이다.

여기, 2미터 높이의 관 같은 이곳에 갇혀서는 내 운명을 개척할 수 없다. 하지만 적어도 몸을 씻을 수는 있겠지.

쏟아지는 물줄기는 위층 선실과 차원이 달랐다. 물을 최대로 틀어도 미지근한 물이 졸졸 흐르기만 했다. 하지만 손가락이 퉁퉁 부어 쭈글쭈글해질 정도로 그 아래 오래 서 있었다. 손에 말라붙은 피가 물에 씻겨 내려갔다. 눈을 감고 따뜻한 물줄기가 근육으로 스며드는 느낌을 만끽했다.

씻고 나오자 기분이 한결 좋아졌다. 원래의 나로 돌아온 기분이었다. 지난 며칠 동안 생긴 공포와 폭력의 흔적을 씻어냈기 때문이겠지. 옷을 입을 때 비로소 내 몰골이 얼마나 엉망이었는지 깨달았다. 피와 땀으로 얼룩진 옷에서는 끔찍한 악취가 났다.

침대에 누워 눈을 감고 안정적인 엔진 소리에 귀를 기울이며 여기가 어디일지 짐작해 보았다. 지금은 수요일 밤, 아니면 목요일 새벽일 것이다. 내가 기억하는 한 이 여행은 하루 하고도 몇 시간 후에 끝난다. 그다음에는? 금요일 아침, 배가 베르겐에 도착하면 다른 승객들은 배에서 내린다. 그때는 누군가 사태를 파악할 것이라는 마지막 희망도 사라진다.

앞으로 24시간은 희망이 있다. 하지만 그 후는… 차마 생각할 수 없다.

손으로 눈을 누르고 머릿속에서 피가 끓는 소리를 들었다. 어떻게 하지? 무슨 방법이 없나?

앤의 말이 진실이라면 그녀를 해친다고 얻을 것은 없다. 이 문을 넘어도 잠긴 문이 또 있고 출구에 비밀번호가 걸려 있을 것이다. 복도로 나가서 앤에게 잡히기 전에 화재경보 장치를 찾아서 부술 수 있을까? 잠깐 생각했을 뿐이지만 승산이 없어 보였다. 앤은 힘이 세고 민첩하다. 그녀를 오래 따돌릴 수는 없을 터였다.

아니, 최선의 방법은 따로 있다. 단순하다. 앤을 내 편으로 만들면 된다. 하지만 어떻게? 그녀에 대해 아는 사실이 뭐지?

생각을 쥐어짰다. 엄청난 재산을 물려받은 앤은 외롭게 자라며 유럽의 기숙학교를 옮겨 다녔다. 그러니 두 여자가 동일 인물이라는 생각을 못 했지. 젓가락처럼 마르고 애처로운 눈을 하고 회색 실크 옷과 명품 머리 스카프를 두른 여자…. 그녀가 내가 아는 앤이었다.

하지만 벤에게 들은 앤에 관한 정보는 핑크 플로이드 티셔츠를 입은 여자와 하나도 어울리지 않았다. 비웃는 듯한 검은 눈과 싸구려 마스카라. 꼭 앤이 두 명인 것 같다. 비슷한 점이라고는 키와 몸무게밖에 없는 두 여자.

잠깐…. 두 명의 앤. 두 명의 여자.

회색 실크 가운과 같은 색이었던 눈동자…. 눈을 뜨고 침대 아래로 다리를 내렸다. 내 어리석음에 신음이 나왔다. 당연하잖아. 너무도 당연한 거잖아. 겁에 질려 공황 상태에 빠지고 머리가 아파서 반쯤 죽은 상태가 아니었다면 진작 알아차렸을까? 어떻게 그 생각을 못 했지?

앤은 두 명이다.

앤 불머는 죽었다. 우리가 영국을 떠난 그날 밤 이후로. 그리고 핑크 플로이드 티셔츠를 입은 여자가 멀쩡히 살아서 앤 행세를 하고 있는 것이다.

비슷한 키, 비슷한 몸무게, 똑같이 튀어나온 광대뼈…. 다른 것은 눈 색깔뿐이다. 그들은 승객들이 처음 만난 사람의 특징을 기억하지 못할 것이라는 믿음으로 위험을 감수했다.

이번 여행을 떠나기 전에 앤을 만나본 승객은 없다. 불머는 콜에게 앤 사진을 찍지 말라는 말까지 했다! 이제야 이유를 알았다. 자기 모습에 자신감이 떨어진 아내를 보호하기 위해서가 아니다. 이후에 아내의 가족과 친구들이 사진을 비교하지 못하게 한 조치일 뿐이었다.

눈을 감고 움켜쥔 머리카락을 아프게 잡아당겼다. 어떻게 된 일인지 잘 생각해 보자.

범인은 분명히 리처드 불머이다. 그는 어떤 방법으로든 10호실 여자를 배에 몰래 태웠다. 우리가 배에 오르기도 전부터 그녀는 10호실에 있었다.

항해를 시작한 날, 그녀는 선실을 치우고 준비하라는 불머의 지시를 기다리고 있었다. 뒤로 보았던 모습을 떠올렸다. 침대에 널브러진 실크 드레스와 화장품, 욕실에 있던 제모 용품…. 기가 막혀, 어쩜 그렇게 멍청했던 거지?

여자는 암 환자 행세를 하려고 머리를 밀고 제모를 하고 있었다. 미리 짠 신호와 똑같은 노크가 들렸고, 문을 열었을 때 여자는 불머가 아닌 나와 마주했다.

그때 무슨 생각을 했을까? 문을 닫지 못하게 막았을 때 여자가 지은 불안하고 짜증스러운 표정을 다시 떠올렸다. 그녀는 나를 내보내려고 안달하면서도 최대한 의심스럽지 않게 행동했다. 옆 방 승객이 매몰차게 문을 닫았다는 이야기보다는 모르는 여자에게 마스카라를 빌렸다는 이야기가 더 자연스러울 테니까.

그리고 거의 성공했다. 정말 아슬아슬하게 성공할 뻔했다.

선실로 찾아온 불머에게 나를 봤다고 말을 했을까? 확신은 없지만 안 했을 것 같다. 첫째 날 저녁, 불머는 너무도 멀쩡했다. 완벽한 주최자였다. 게다가 여자의 일방적인 실수였기 때문에 감히 고백하지 못했을 것이다. 들키지 않기를 바랐을 가능성이 더 컸다.

여자는 그냥 자기 물건을 챙기고 방을 정리한 후 불머를 기다렸다. 첫째 날 만찬 이후 앤은 10호실로 들어갔다. 꾸며낸 이야기에 속아 제 발로 걸어 들어갔을까? 아니면 들어갈 때부터 죽어 있었나?

어느 쪽이든 중요하지 않다. 결과는 어차피 같으니까. 불머가 라스의 선실로 돌아가 포커 게임을 계속하며 알리바이를 만드는 동안 10호실의 여자는 앤을 배 밖으로 던지고 시신이 발견되지 않기를 빌었을 것이다.

그렇게 될 수도 있었다. 물에 빠지는 소리를 들은 내가 강도 사건 트라우마로 성급히 결론을 내리지만 않았어도 정말 완벽할 뻔했다.

저 여자는 누구일까? 나를 때리고 식사를 주고 짐승처럼 여기 가둔 여자는?

알 수 없지만 한 가지는 확실했다. 그녀는 내가 살아서 나갈 수 있는 유일한 희망이다.

27

그날 밤이 새도록 잠을 이루지 못하고 방법을 강구했다. 주다와 부모님은 내가 금요일에나 돌아온다고 생각한다. 그때까지는 문제가 생겼다고 의심할 이유가 없다.

하지만 다른 승객들은 내가 배에 오르지 않았다는 사실을 알아챌 텐데. 그들이 신고할까? 아니면 불머가 내가 사라진 이유를 꾸며냈을까? 불가피하게 트론헤임에서 발이 묶였다고? 갑자기 집으로 돌아가기로 했다고?

모르겠다.

나를 걱정하고 의문을 제기하는 사람이 있을까? 콜, 클로이 등 대부분은 소란을 피우지 않을 것이다. 나를 모르는 사람들이니까. 우리 가족의 연락처도 모르고. 불머의 말을 곧이곧대로 받아들일 가능성이 컸다.

그렇다면 벤은? 그는 나를 잘 안다. 내가 한마디 말도 없이 이른 아침에 트론헤임에서 사라질 리 없다는 사실을 알겠지. 정상적인 상황이라면 걱정된다고 주다나 우리 부모님에게 연락할 것이다.

하지만 우리의 마지막 순간은 정상적이지 않았다. 나는 벤이 살인에 가담했다고 추궁하다시피 했다. 화도 났겠지만 자기를 의심하는 내가 작별 인사 없이 배에서 사라졌다 해도 놀라지 않을 수 있다.

남은 승객 중에서는 그나마 티나가 유력하다. 내가 돌아오지 않을 때 그녀가 로완에게 연락하기를 빌었다. 그러나 목숨이 걸린 상황에서는 확률이 너무 낮은 도박이었다.

기대하지 말자. 스스로 문제를 해결해야 한다.

아침까지 뜬눈으로 지새웠다. 이제는 무엇을 해야 할지 알 것 같았다. 노크가 들렸을 때, 모든 준비는 끝났다.

"들어와."

문이 살짝 열렸고 여자가 조심스럽게 고개를 내밀었다. 나는 깨끗하게 씻고 무릎에 책을 얹고 앉아 있었다.

"안녕."

여자가 바닥에 쟁반을 내려놓았다. 이번에도 머리 스카프로 앤 변장을 하고 있었지만, 눈썹은 그리지 않았다. 앤처럼 행동하지도 않았다.

전에 본 10호실의 여자처럼 성급하게 쟁반을 내려놓고 허리를 폈다. 불머의 아내를 연기할 때 보였던 우아하고 차분한 태도와는 전혀 달랐다.

"안녕."

목소리도 달랐다. 그녀는 자음을 뭉개고 발음을 흘렸다.

"다 읽었어?" 책을 가리키며 물었다.

"응, 다른 책으로 바꿔줄 수 있어?"

"아마도. 원하는 책 있어?"

"상관없어. 아무거나 괜찮으니까 알아서 골라줘."

"그래."

그녀의 손에 《유리병 속에 갇힌 세상》을 건넨 후 이제부터 해야 할 일을 위해 마음을 다잡았다.

"쟁반 일은 미안해."

어색하게 느껴질까봐 걱정했지만, 여자는 미소를 지으며 가지런한 하얀 치아를 드러냈다. 장난기 어린 검은 눈이 반짝였다. 바닥에 있는 아침 식사를 내려다보았다.

쟁반이 바뀌었다. 잘 부서지는 멜라민 쟁반이었는데 지금은 술집에서 술을 서빙할 때 사용하는 두꺼운 플라스틱 쟁반이었다. 깨지지 않는 재질의 쟁반을 내려다보며 억지로 웃음을 지었다.

"불평하면 안 되겠지. 다 자초한 일이니까."

"약은 소스 그릇에 있어. 잊지 마, 말 잘 들으라고 했지?"

고개를 끄덕이자, 그녀는 방을 나가려고 등을 돌렸다. 침을 꿀꺽 삼켰다. 여자를 잡아야 했다. 무슨 말이라도 해야 했다. 또 하루를 여기에 혼자 갇혀 있을 수는 없다. 생각 끝에 용기를 냈다.

"이름이 뭐야?"

여자는 의심스러운 얼굴로 돌아보았다.

"뭐?"

"앤 불머는 아니지? 눈 보고 알았어. 첫째 날에 본 앤은 눈이 회색이었어. 너는 아니잖아. 그것 말고는 아주 그럴듯했지만. 정말 대단한 연기력이었어."

여자의 얼굴에서 표정이 사라졌다. 방을 박차고 나가 또 열두 시간 넘게 나를 혼자 둘 것만 같았다. 가느다란 낚싯줄에 대어를 낚아 올리는 낚시꾼이 된 기분이었다. 힘들어서 근육이 긴장되지만 갑자기 당기지 않으려고, 힘든 티를 내지 않으려고 조심해야 했다.

"내가 착각했을 수도 있지만…."

조심스럽게 말했다.

"닥쳐."

그녀가 사자처럼 맹렬하게 쏘아붙였다. 분노에 찬 얼굴이었고 검은 눈은 악의와 의심으로 가득했다.

"미안해."

얼른 저자세를 취했다.

"나는 그냥… 저기, 의미 없지 않아? 내가 어디를 가겠어? 누구에게 말하겠냐고?"

"젠장."

그녀가 매몰차게 말했다.

"너 지금 스스로 무덤 파고 있는 거 알아?"

고개를 끄덕였다. 하지만 이미 며칠 전부터 그러고 있었는걸. 이 여자가 어떻게 생각하든, 내가 어떻게 생각하든 이 방에서 나가는 방법은 하나뿐이다.

"불머가 나를 풀어준다는 기대는 안 해. 너도 알지? 그러니까 이름 정도는 알려줄 수 있잖아."

값비싼 머리 스카프 아래로 보이는 얼굴이 하얗게 질렸다. 그녀가 입을 열었을 때 악에 받친 목소리가 들렸다.

"네가 다 망쳤어. 그냥 내버려둘 수 없었던 거야?"

"도우려고 그랬던 거야!"

그런 투로 말할 생각은 아니었지만 비좁은 방이라 소리가 크게 울려 퍼졌다. 침을 삼키고 목소리를 낮추었다.

"너를 돕기 위해서였다고. 모르겠어?"

"왜? 대체 왜?"

정말 궁금해서 묻는 질문 같기도, 답답해서 내뱉는 외침 같기도 했다.

"나를 알지도 못하잖아. 왜 계속 참견한 건데?"

"왜냐하면, 그 마음을 아니까! 나도 알아. 한밤중에 내 인생이 무서워서 잠에서 깨는 기분이 어떤지 안단 말이야."

"나는 아니야. 나는 안 그래."

그녀가 이를 악물며 말하고는 좁은 선실을 가로질러 내게 성큼성큼 다가왔다. 가까이에서 보니 눈썹이 자라고 있었다.

"곧 그렇게 될 거야."

시선을 피할 수 없게 눈을 똑바로 쳐다보며 말했다. 자기가 무엇을 하고 있는지 깨달아야 했다.

"불머가 앤의 돈을 받으면… 다음에는 어떻게 할 것 같아? 자기 안전을 찾겠지."

"닥쳐! 지금 무슨 말을 하는지 알고 떠드는 거야? 그는 좋은 사람이야. 나를 사랑하고 있어."

나는 일어서서 그녀와 눈높이를 맞추었다. 시선이 얽혔다. 공간이 좁은 탓에 우리는 서로의 코가 닿을 거리에 서 있었다.

"거짓말이야. 너도 잘 알 텐데."

말하면서도 손이 떨렸다. 여기서 삐끗하면 그녀는 밖으로 나가 문을 잠그고 다시는 돌아오지 않을 것이다. 하지만 이 여자도 그만 현실을 직시해야 하지 않을까? 나를 위해서도, 자신을 위해서도. 지금 나가면 우리 둘 다 죽은 목숨일 테니까.

"사랑하는 사람을 때리고 죽은 부인으로 변장시켜? 이 연극이 왜 필요하다고 생각해? 너와 있고 싶어서? 너는 아무 상관 없어. 사랑하면 진작 이혼을 하고 같이 멀리 떠났겠지. 물론 그랬다가는 부인이 재산을 독차지할 거야. 10억 파운드 기업의 상속녀니까. 그런 사람들은 혼전 계약 없이 결혼하지 않아."

"닥쳐!"

여자는 손으로 귀를 틀어막고 고개를 마구 저었다.

"네가 지금 무슨 말을 하고 있는지 알아? 우리 둘 다 이런 상황을 원하지는 않았다고!"

"정말? 앤과 쏙 빼닮은 여자와 사랑에 빠지는 일이 우연이라고 생각해? 리처드는 처음부터 계획한 거야. 너는 목적을 이루기 위한 수단일 뿐이라고."

"네가 뭘 안다고 그래?"

여자가 화를 냈다. 등을 돌리고 이 선실에 창문을 냈다면 창문이 있었을 법한 곳으로 걸어간 그녀가 나를 다시 돌아보았다. 지금 얼굴에는 차분하고 침착했던 모습이 전혀 없었다. 두려움과 분노가 고스란히 드러났다.

"통제하는 아내 없이 전 재산을 차지한다…. 앤이 병에 걸리자 눈앞에 그런 유혹이 왔다 갔다 했겠지. 그 미래가 마음에 들었던 거야. 앤은 사라지고 돈만 남는 미래 말이야. 의사가 완치 판정을 내린 후에도 놓치고 싶지 않았을 만큼…. 그때 너를 만났고 계획을 짜기 시작했어. 어디서 처음 만났어? 술집?"

그 순간, 콜의 카메라에서 본 사진을 떠올렸다.

"불머가 다니던 클럽, 맞지?"

"너는 몰라! 아무것도 모른다고!"

내가 무슨 말을 할 기회도 없이, 여자는 소리 지른 후 등을 돌리고 떨리는 손으로 문을 열었다. 그리고 《유리병 속에 갇힌 세상》을 옆구리에 낀 채로 문을 닫았다.

문이 세게 닫히고 열쇠가 떨리며 자물쇠를 긁는 소리가 났다. 멀리서 또 쾅 소리가 났고 이내 고요해졌다.

침대에 다시 앉았다. 이제 불머를 의심하고 나를 믿을까? 아니면 당장 위로 올라가 그에게 모든 대화를 일러바칠까? 대답을 알 방법은 하나뿐이었다. 기다려야 한다.

시간이 흘러도 그녀는 돌아오지 않았다. 얼마나 더 기다려야 할까?

저녁 식사가 오지 않아 굶주림이 시작되었을 때, 이런 의심이

들기 시작했다.
내가 끔찍한 실수를 한 것은 아닐까?

28

 한참을 가만히 누워서 천장만 바라보며 우리의 대화를 머릿속으로 되새겼다. 내가 조금 전 일생일대의 실수를 했다면 해결할 방법을 찾아야 했다.
 나는 그녀가 무슨 짓을 하고 있는지 현실을 직시하게 만들어 유대감을 형성한다는 도박을 했다. 하지만 실패한 듯했다.
 시간은 느릿느릿 흘렀고 여전히 아무도 오지 않았다. 갈수록 배가 고파졌고 생각에 집중할 수 없었다. 책을 돌려주지 말걸. 주의를 돌릴 물건이 선실 안에 하나도 없었다. 감옥 속 독방에서 죄수가 환청을 들으며 하루하루 미쳐가는 모습, 나가게 해달라고 애원하는 모습이 떠올랐다.
 그래도 이번에는 불을 켜두고 나갔다. 딱히 친절을 베풀기 위한 행위는 아닐 것이다. 그냥 흥분해서 잊었을 가능성이 컸다. 방을 나갈 때 내게 분노한 상태였기 때문에 알았으면 전력을 차단했겠지. 어쨌든 사소하게나마 내가 방 안 환경을 제어할 수 있다고 생각하니 마음이 편안해졌다.

다시 샤워를 하고, 접시에 말라붙은 크루아상 가루와 잼을 핥아 먹었다. 침대에 누워 눈을 감고 기억을 더듬었다. 내가 자란 집의 구조,《작은 아씨들》의 줄거리, 주다의 혈색….

안 된다. 주다 생각은 할 수 없다. 여기서는 안 돼. 무너지고 말 것이다.

큰 도움은 안 되겠지만 내가 상황을 통제할 수 있다는 의미로 불을 껐다. 누워서 어둠을 바라보며 잠을 청했다.

정말 잠을 자기는 했는지 모르겠다. 졸았던 것 같다. 오랜 시간이 흘렀다. 적어도 그런 느낌이었다. 그사이 아무도 오지 않았다. 하지만 나는 퍼뜩 정신을 차리고 일어나 앉았다. 심장박동이 빨라졌다. 뭐가 달라졌지? 소리? 어둠 속에서 인기척이 났나?

요동치는 심장을 붙잡고 침대에서 나와 앞을 더듬으며 문가로 향했다. 불을 켰지만 달라진 것은 없었다. 이 방에는 아무도 없었고 좁은 욕실도 여전히 비어 있었다. 숨을 참고 귀를 기울였지만 바깥 복도에 발자국은 들리지 않았다. 어떤 목소리도, 움직임도 없었다. 고요함뿐이었다.

그때 깨달았다. 나는 고요해서 잠에서 깼던 것이다. 사방이 고요했다. 배의 엔진이 멈추었기 때문에.

손가락으로 날짜를 세보았다. 자신할 수 없지만 25일 금요일 정도일 것이다. 그렇다면 배는 마지막 항구인 베르겐에 도착했다. 이곳에서 런던행 비행기를 타는 것이 이번 여행의 마지막 일정이었다. 승객들은 이제 배에서 내릴 것이다.

이곳에 나만 남기고서.

그런 생각을 하자 혈관을 타고 공포가 엄습했다. 내 머리 위로 불과 몇 미터 거리에서 자고 있을, 나와 아주 가까운 곳에 있을 그 사람들에게 내 소리를 전할 방법은 하나도, 단 하나도 없었다. 다들 짐을 싸서 떠나면 나만 홀로 배 모양의 관에 남게 된다.

견디기 힘들었다. 어제 아침 식사가 담겼던 그릇을 무작정 집어 들고 천장을 있는 힘껏 치며 악을 썼다.

"도와주세요! 누구 없어요? 갇혔어요. 제발, 제발 도와주세요!"

동작을 멈추고 숨을 몰아쉬며 귀를 기울였다. 내 비명을 감출 엔진 소리가 사라졌으니 누군가는 듣지 않았을까? 간절하게 바랐다. 멀리서 소리치며 복도를 쿵쿵 뛰어오는 소리는 나지 않았다. 하지만 선체 바깥을 긁는 것 같은 금속성의 마찰음이 어디선가 들렸다.

누가 내 소리를 들었나? 숨을 참고 빠르게 뛰는 심장을 가라앉히려 했다. 심장이 너무 큰 소리로 뛰고 있어 배 밖의 소리가 희미해졌다.

마찰음이 다시 들리고… 배의 옆면이 흔들렸다. 그 순간 깨달았다. 통로를 내리는 중이다. 승객들이 배에서 내릴 시간이었다.

"도와주세요!"

다시 천장을 치며 비명을 질렀다. 하지만 플라스틱 천장에 방음 장치가 있어 소리를 흡수한다는 사실을 깨닫고 말았다.

"도와줘요! 여기예요! 나 여기 있어요! 배에 있다고요!"

아무 대답도 들리지 않았다. 숨이 차서 목이 찢어질 것 같고 귓가에 피가 쏠렸다.

"아무도 없어요? 제발요! 제발 좀 도와줘요!"

벽에 손을 댔다. 통로가 항구 바닥에 닿아 흔들리는 느낌이 손바닥에 전해졌다. 매점 카트… 짐… 사람들의 움직임이 느껴졌다.

전부 느낄 수 있었다. 하지만 소리는 들리지 않았다. 나는 바다 아래 깊은 곳에 있었고 그들은 수면 위에 있었으니까. 내가 플라스틱 그릇으로 만드는 희미한 진동은 바람 소리와 갈매기 울음과 승객들의 대화 소리에 묻힐 것이다.

손에 들고 있던 그릇을 바닥으로 떨어뜨렸다. 그릇이 튀어 올라 얇은 카펫 위를 굴러갔다. 나는 침대에 털썩 주저앉아 손으로 머리를 감싸 쥐었다. 무릎에 얼굴을 묻고 흐느껴 울기 시작했다. 두려움과 절망으로 눈물이 솟구치고 목이 멨다.

두려움을 느끼는 것이 처음은 아니었다. 두려워서 기절할 뻔한 적도 있었다. 그러나 이런 절망감은 처음이었다.

얇고 푹 꺼진 매트리스에 무릎을 꿇고 흐느껴 우는 동안 여러 가지 생각이 머리를 스쳐 지나갔다. 신문을 읽는 주다, 혀를 물고 가로세로 퍼즐을 하는 엄마, 일요일이면 엉망으로 콧노래를 부르며 잔디를 깎는 아빠. 한 명만이라도 볼 수 있다면 뭐든 내

놓을 수 있었다. 단 한 순간만이라도, 내가 살아 있고 사랑한다고 말할 수 있다면 소원이 없겠다.

지금 생각할 수 있는 것은 내가 돌아오기를 기다리는 세 사람의 모습뿐이다. 내가 오지 않을 때의 절망감 또한. 돌아오지 않을 사람을 형벌처럼 평생 기다리고, 또 기다리는 모습이 눈앞에 선했다.

보낸 사람 주다 루이스
받는 사람 주다 루이스, 파멜라 크루, 앨런 블랙록
숨은 참조 [수신인 38명]
날짜 9월 29일 화요일
제목 로에 관한 소식

안녕하세요.
이런 소식을 메일로 보내게 되어 정말 죄송합니다. 하지만 지난 며칠 동안 정말 힘들었고 모두의 걱정과 질문에 일일이 답하기 힘들다는 점 이해해 주세요.
지금까지 구체적인 정보 하나 없이 소셜미디어에 돌아다니는 근거 없는 추측으로 많은 사람이 상처받았습니다. 하지만 조금 전 소식이 하나 들어왔습니다. 안타깝게도 저희가 바라던 소식은 아닙니다. 하지만 로의 부모님이신 팸과 앨런이 가까운 친구와 직계 가족에게 두 분 대신 이 소식을 전해달라고 부탁하셨어요. 일부 정보가 이미 언론에 유출됐기 때문에 여러분이 인터넷으로 소식을 접하지 않기를 바라셨습니다. 어떻게 말해야 할지 모르겠습니다. 오늘 아침, 지난주 노르웨이 어부가 건진 시신을 조사하는 경찰들로부터 사진을 확인해달라는 요청을 받았습니다. 옷가지를 찍은 사진이었고 그것은 한눈에 봐도 로의 옷이었습니다. 특이한 빈티지 부츠는 분명 로의 부츠였습니다.
그 사실에 가슴이 찢어졌지만 일단 경찰의 말을 기다리고 있습니다. 시신이 아직 노르웨이에 있기 때문에 현재로써는 다른 사실을 알지 못합니다. 그전까지는 이 사실을 언론에 함부로 전하지 말아주세요. 수사에

도움이 될 정보가 있다면 사건을 담당하는 영국 형사들의 이름을 알려 드리겠습니다. 언론의 질문에 대처할 수 있도록 가족을 돕는 연락 담당자도 있습니다. 다시 한번 말씀드리지만 지금 돌아다니는 불쾌한 소문들은 사실이 아닙니다. 모두 로의 사생활을 존중해 주시기를 부탁드립니다.

충격이 매우 큽니다. 하지만 현재 상황이 의미하는 바를 받아들이려 노력하고 있으니 이해해 주세요. 할 수 있는 대로 빨리 새로운 소식을 전하겠습니다.

주다

9월 26일 토요일

29

오지 않았다.

아무리 기다려도 그 여자는 오지 않았다.

시간은 하염없이 흘렀고 지금이 언제인지 짐작할 수도 없었다. 이 관 밖에서 사람들은 이야기를 나누며 웃고 먹고 술을 마실 것이다. 그동안 나는 여기 누워서 숨을 쉬고 시각, 분, 초를 세는 것 말고는 아무것도 할 수 없다. 밖에서는 해가 떴다가 지고, 피도가 항구에 밀려들어 부서질 것이다. 내가 어둠에 빠져드는 동안에도 다른 이들의 삶은 계속된다.

깊은 바다 위를 떠다니는 앤의 시체를 생각했다. 운 좋은 여자라는 쓸쓸한 생각이 들었다. 적어도 빨리 죽었겠지. 한순간 놀라고, 다음 순간 머리를 강타당하고… 끝이다. 내게는 그런 행운이 없으리라 생각하자 두려웠다.

침대에 웅크리고 누워 배고프다는 생각을 애써 외면했다. 뱃속을 긁고 있는 고통에 대해 생각하지 않으려 애썼다. 목요일 아침 식사 이후 아무것도 먹지 못했다. 지금은 적어도 금요일 저녁일 것이다. 머리가 쑤시고 배가 아팠다. 화장실을 가려고 일어나자 힘이 하나도 없어 어지러웠다.

머릿속의 얄미운 목소리가 신경을 긁었다.

'굶어 죽는 느낌이 어때? 평온하게 저세상으로 갈 수 있을 것 같아?'

눈을 질끈 감았다. 하나. 둘. 셋. 숨을 들이마신다.

'금방 끝나지 않을걸. 차라리 물을 마시지 않으면 더 빨리….'

머릿속에 이미지 하나가 떠올랐다. 핏기를 잃은 내가 깡마르고 얼음처럼 차가운 몸에 낡아서 다 떨어진 오렌지색 담요를 덮고 웅크리고 있다.

"그런 생각은 안 해." 내가 혼자 중얼거렸다.

"그 대신…."

그러다 말을 멈췄다. 그 대신 무슨 생각을 하지? 내 치료사였던 배리는 살인자에게 포로로 붙잡혔을 때 선택할 수 있는 행복한 생각을 가르쳐주지 않았다. 우리 엄마를 생각해야 하나? 주다? 내가 사랑하고 아꼈고 이제 잃게 될 모든 것들을?

"행복한 생각을 하라고, 바보야."

내가 속삭였다. 설마 내가 이런 곳에서 행복한 생각을 짜내야 하리라고는 배리도 예상하지 못했겠지. 그때 복도에서 어떤 소리가 들렸다.

벌떡 몸을 일으키자, 피가 갑자기 빠르게 돌아 쓰러질 뻔했다.

다리에 힘이 풀려 주저앉기 전에 얼른 침대에 앉았다.

그 여자일까? 아니면 불머?

안 돼.

숨이 너무 빠르게 쉬어졌다. 심장박동이 빨라지고 근육에 찌릿찌릿 전기가 흘렀다. 시야가 검은색과 붉은색으로 조각조각 갈라지기 시작하더니 전부 암흑이 되었다.

"젠장, 젠장, 젠장…."

가까운 거리에서 누군가 겁에 질리고 눈물 섞인 목소리로 몇 번이고 같은 말을 속삭이고 있었다.

"어떡해. 그냥 일어나봐, 응?"

"뭐…."

가까스로 말이 나왔다. 여자가 흐느끼며 안도의 한숨을 쉬었다.

"뭐야! 괜찮아? 놀랐잖아!"

눈을 뜨자 걱정스러운 얼굴이 나를 내려다보고 있었다. 공기 중에 음식 냄새가 났고 뱃속이 고통스럽게 요동쳤다.

"내가 잘못했어."

사과의 말을 쏟아낸 그녀가 침대 가장자리에 나를 앉히고 등 뒤에 쿠션을 대주었다. 입에서 술 냄새가 났다. 슈납스*인가? 아니면 보드카?

---

*   오스트리아, 스웨덴, 독일 등에서 차갑게 마시는 증류주.

"이렇게 오래 둘 생각은 아니었어. 그냥…."
"…슨 요일?" 내가 쉰 목소리로 말했다.
"응?"
"무… 무슨 요일이야?"
"토요일이야. 26일 토요일 밤. 조금 있으면 자정이고. 저녁을 조금 가져왔어."

여자가 내민 과일 한 조각을 황급히 낚아채고 메슥거리는 빈 속으로 허겁지겁 삼켰다. 입안에서 맛이 폭발하고 나서야 그 과일이 배라는 사실을 깨달았다. 강한 맛이 견디기 힘들 정도였다.

오늘은 토요일이고 곧 있으면 일요일이란다. 그러니 상태가 이렇게 안 좋지. 영겁의 시간이 흐른 기분도 당연했다. 과일을 크게 베어 물고 게걸스럽게 먹어치우는 동안 배 속이 뒤틀리고 쿡쿡 쑤셨다. 당연했다. 음식, 사람과 단절되어 여기 갇힌 지… 계산해 보았다. 목요일 아침부터 토요일 밤까지니까 48… 60… 60시간 이상? 정말이야? 머리가 터질 것 같았다. 배가 아팠다. 온몸이 다 아팠다.

또다시 속이 울렁거리고 뒤틀렸다.

"토할 것 같아."

힘이 없어 떨리는 다리로 허둥지둥 일어나 좁은 욕실로 비틀거리며 들어갔다. 여자도 걱정스럽게 내 뒤를 따라와 좁은 문을 지나는 동안 팔을 잡아주었다. 나는 무릎을 꿇고 앉아 푸른 얼룩이 진 변기에 신물까지 다 토했다. 여자는 내 상태가 안 좋다는 것을 느꼈는지 머뭇거리며 이렇게 말했다.

"원하면 과일을 더 가져다줄게. 여기, 감자 요리도 가져왔어. 빈속에는 감자가 더 좋을 거야. 주방장이 '피티패니'인가 뭔가라고 했는데, 정확히는 기억이 안 나네."

대답 없이 변기에 몸을 굽히고 다음 구역질이 시작되기를 기다렸지만 메스꺼움은 가라앉은 듯했다. 마침내 입을 닦고 욕실의 쇠봉을 붙잡고 일어나 다리의 힘이 남아 있는지 시험해 보았다.

침대와 음식 쟁반이 있는 곳으로 휘청거리며 걸었다. 큐브 모양의 감자는 모습도, 냄새도 황홀했다. 포크를 들고 이번에는 허겁지겁 삼키지 않으려 노력하며 천천히 먹었다.

여자는 내가 먹는 모습을 지켜보았다.

"미안해. 그렇게 복수를 하는 게 아니었어."

나는 미지근하고 짭쪼름한 감자 조각을 삼켰다. 설탕에 졸인 껍질이 치아 뒷부분에서 바삭 부서졌다.

"이름이 뭐야?"

한참 만에 물었다. 여자는 입술을 깨물고 고개를 돌리더니 한숨을 쉬었다.

"원래 말하면 안 되지만 이제는 상관없겠지. 캐리야."

"캐리."

감자를 하나 더 씹으며 그 단어를 입안에서 굴렸다.

"안녕, 캐리."

"안녕."

여자의 목소리에는 온기도, 생기도 없었다. 그녀는 내가 먹는 모습을 조금 더 보더니 천천히 뒤로 물러나 선실 바닥에 앉아 벽에 등을 기댔다.

우리는 한동안 침묵을 지키며 앉아 있었다. 나는 속도를 조절하며 천천히 음식을 먹고, 그녀는 그런 나를 지켜보고. 그러다 캐리가 작게 '아' 소리를 내고는 주머니에서 무언가 꺼냈다.

"깜박할 뻔했네. 여기 받아."

티슈 한 장에 싸인 알약이었다. 약을 받자 안도감에 웃음이 나올 뻔했다. 한심할 정도로 희망적인 생각이 들었다. 이 콩알만 한 하얀 약이 내 상황을 개선해 줄 것이라는 생각. 하지만….

"고마워."

일단은 약을 입에 넣은 후 주스와 함께 삼켰다. 마지막 남은 감자 조각까지 싹싹 먹으며 접시도 비웠다. 그러다가 문득 깨달았다. 캐리는 방 건너편에서 아직도 나를 보고 있었다. 내가 식사를 마칠 때까지 기다린 것은 처음 있는 일이었다. 왠지 용기가 났다. 어리석은 선택일지 몰라도 입 밖으로 나오는 말을 막을 수는 없었다.

"이제 나를 어떻게 할 거야?"

캐리는 아무 말도 하지 않았다. 자리에서 일어나 천천히 고개를 저으며 크림색 실크 바지에서 먼지를 털었다. 안쓰러울 정도로 마른 몸을 보며 잠깐 이런 생각을 했다. 앤 흉내를 내기 위해서 살을 뺀 걸까? 아니면 원래 저렇게 마른 사람일까?

"그 사람…."

침을 삼켰다. 위험한 질문이지만 나도, 그녀도 현실을 알아야 했다.

"그가 나를 죽인대?"

이번에도 대답은 없었다. 캐리는 아무 말 없이 쟁반을 들고 문으로 향했다. 하지만 문을 닫기 위해 몸을 틀 때 눈에서 흘러넘치려는 눈물을 보았다. 문을 닫기 직전, 그녀가 잠시 멈춰 섰다. 무슨 말을 할 것 같았지만 다시 고개를 젓고는 화가 난 것처럼 뺨에 흐르는 눈물을 닦고 문을 쾅 닫아버렸다.

캐리가 나간 후 휘청거리는 몸으로 침대를 붙잡고 섰다. 그때 바닥에 놓인 책 한 권이 보였다. 내가 갖고 온 《곰돌이 푸우》였다.

《곰돌이 푸우》는 읽고 있으면 마음이 편안해져 내가 스트레스를 받을 때마다 읽는 책이었다. 두려움이라는 것을 알기 전부터 이 책을 읽었다. 그때 이 세상에서 무서운 것은 히파럼프*뿐이었다. 푸우의 친구 크리스토퍼 로빈처럼 나도 이 세상을 정복할 수 있다고 꿈꾸던 시절이 있었다.

여행에 가져올 생각은 없었다. 하지만 옷과 신발을 집어넣고 여행 가방을 닫으려던 순간 탁자에 놓인 책이 눈에 들어왔고, 여행 스트레스를 막아줄 부적 같은 의미로 이 책을 챙겼다.

밤새 베개에 책을 펼치고 오래된 비닐 커버를 만져보았다. 처음부터 끝까지 내용을 다 외울 만큼 많이 읽은 책이었다. 하지만

---

*   푸우가 두려워하는 상상 속의 괴물.

지금 상황에서는 이 책으로도 마법 같은 평온함을 얻을 수 없었다. 나는 캐리와의 대화를 계속 머릿속으로 되짚으며 내 미래만을 생각했다.

여기서 빠져나가는 방법은 두 가지뿐이다. 하나는 살아서, 다른 하나는 죽어서였고 내가 어느 쪽을 원하는지는 잘 알고 있었다. 그 경우 선택지는 단순했다. 캐리의 도움을 받아서 나간다. 혹은 캐리의 도움 없이 나간다.

며칠 전이라면, 아니 몇 시간 전이라면, 도움을 받지 않고 나가는 방법밖에 없다고 단정했을 것이다. 어쨌든 캐리는 나를 때리고 가두고 굶기기까지 했으니까.

하지만 지금은 희미한 희망이 생겼다. 캐리는 나를 앉혀주고 내가 식사를 하는 동안 기다려주었다. 내가 음식을 먹는 것을 바라보는 얼굴은 슬픔으로 가득했고 돌아서서 나갈 때의 눈빛은… 결코 살인자의 눈빛이 아니었다. 어쨌든 자신의 의지로 사람을 죽이지는 않았다.

지난 며칠 사이 캐리도 무언가를 깨닫지 않았을까. 그녀를 기다리며 보낸 악몽 같던 시간을 생각했다. 시간은 너무도 느리게 흘렀고, 굶주림은 사정을 봐주지 않고 점점 강해졌다.

그 시간이 캐리에게도 느리고 고통스러웠을지 모른다는 생각이 들었다. 어쩌면 갑작스럽게 현실을 직시하게 되었는지도 모른다. 배 아래에서 약해질 대로 약해진 내가 문을 할퀴고 있는 모습을 상상했을지도 모른다. 마침내 결심을 깨뜨리고 식은 음식 한 접시를 훔쳐 여기로 달려오지 않았을까?

9월 26일 토요일

문을 열었을 때 바닥에 쓰러져 있는 나를 보고 무슨 생각을 했을까? 너무 늦었다고? 내가 배가 고파서, 혹은 탈진해서 쓰러졌다고? 그러다 문득 깨달았는지도 모른다. 또 한 사람의 죽음은 견딜 수 없다고. 적어도 자기 손으로는 그렇게 할 수 없다고.

캐리는 내가 죽기를 원하지 않는다. 그것은 확실했다. 나를 죽일 것 같지도 않았다. 내가 그녀 때문에 여기에 있고, 그녀를 위해 싸웠고, 그녀를 도와주려 했다는 사실을 계속 일깨워준다면 말이다.

반면 불머는… 아내가 항암 치료를 견디는 동안 그녀의 재산을 노리고 살인을 계획했던 그의 마지막 계획이 수포로 돌아간다면….

그래, 아주 생생하게 그릴 수 있었다. 불머는 살인을 저지를 것이다. 그러고도 두 발 뻗고 편안히 잠들 사람이다.

그자는 어디에 있을까? 캐리가 나를 굶겨 죽이는 동안 배를 떠나 알리바이를 만들고 있나? 모르겠다. 그는 앤의 죽음과 자신 사이의 관련성을 철저히 끊었다. 그런 사람이 내 죽음에 직접적으로 관여할 리는 없다.

이런 생각을 하는 동안 배의 엔진이 다시 천천히 돌아가는 마찰음이 들렸다. 낮은 진동이 한참이나 이어지더니 배 전체가 요동쳤다. 우리는 다시 바다로 나가고 있었다.

베르겐 항구를 떠나 북해로 항해하는 배를 어둠이 집어삼킨다.

30

 자다 깨보니 엔진이 다시 멈춰 있었다. 하지만 사방에서 물이 출렁이는 느낌은 들었다. 여기가 어디일까? 아마 피오르 해안이겠지. 사방에서 솟아오른 검은색 바위산이 옅은 하늘을 감싸안은 채 짙은 푸른색 바다로 깊이 가라앉는 모습을 떠올렸다.
 어떤 피오르는 깊이가 1킬로미터도 넘는다고 들었다. 상상할 수 없을 정도로 어둡고 차가울 것이다. 그런 깊이에 빠진 시신은 절대 찾지 못하겠지.
 몇 시쯤 됐을지 궁금하던 차에 노크 소리가 들리고 캐리가 시리얼과 커피를 쟁반에 담아 나타났다.
 "이것뿐이라서 미안해." 캐리가 쟁반을 내려놓으며 말했.
 "승객과 승무원이 다 떠나서 요리사 의심을 사지 않고 음식을 가져오기가 힘들어졌어."
 "승무원도 다 떠났다고?"

충격적인 소식이었다. 왜 충격을 받았는지는 모르겠지만.

"전부는 아니고. 선장하고 선원 몇 명은 아직 있어. 하지만 접객하던 승무원들은 리처드와 단합 대회를 한다며 베르겐으로 갔어."

그렇다면 불머가 배에 없다는 말이지. 그래서 캐리의 태도가 바뀐 것일까. 불머가 없으면….

캐리가 가져다준 시리얼을 천천히 먹기 시작했다. 이번에도 캐리는 가만히 앉아 나를 지켜보았다. 박박 민 눈썹 아래로 슬픈 눈빛이 보였다.

"속눈썹까지 뽑은 건 아니지?"

시리얼을 씹으며 말했다. 캐리는 고개를 저었다.

"아니, 그럴 수는 없더라고. 원래 숱이 적어 마스카라를 칠하지 않으면 잘 안 보이기도 하고. 누가 알아보면 인조 속눈썹이라고 우기면 된다고 생각했어."

"누가…."

말을 멈추었다. '누가 앤을 죽였어?'라고 묻고 싶었지만 차마 그 질문을 입 밖으로 꺼낼 수 없었다. 그 사람이 캐리일까 봐 겁이 났다. 살기 위해서는 '너는 살인자가 아니다'라고 캐리를 설득해야 했다. 만약 사람을 죽인 전적이 있다면 그 사실을 굳이 일깨워줄 필요는 없다.

"응?"

"그게… 우리 가족에게는 뭐라고 했어? 다른 승객들은? 내가 트론헤임에 있는 줄 알아?"

"응. 내가 가발을 쓰고 네 여권을 들고 배에서 내렸어. 모든 승무원들이 아침 식사를 준비하고 있을 때를 노렸지. 통로를 내리는 선원이 있었지만 네가 조타실 쪽은 가지 않았으니 선원을 만난 적은 없잖아. 우리 둘 다 검은 머리라 다행이었지. 네가 금발이었으면 난감했을 거야. 금발 가발은 없거든. 아무튼, 그런 다음 앤으로 변장해 다시 배에 탔어. 앤이 배에 타기는 했지만 실제로 내린 적은 없다는 사실을 누구도 깨닫지 않기를 빌면서 말이야."

다행이었다고? 나라면 그 표현을 쓰지 않았을 텐데. 내 행적은 완벽했다. 배에서 내린 기록이 있고 다시 탑승하지 않았으니 경찰이 배를 수색하러 올 리는 없다.

"계획이 뭐였어?" 내가 작은 소리로 물었다.

"내가 너를 목격하지 않았더라면? 어떻게 할 생각이었지?"

"똑같이 나는 트론헤임에서 내렸을 거야."

캐리가 씁쓸하게 말했다.

"다만 앤 변장을 했겠지. 배에서 내린 다음에는 가발을 쓰고 옷을 갈아입고 눈썹을 그렸을 거야. 평범한 배낭여행족의 모습으로 사람들 틈으로 사라졌겠지. 앤의 행적은 트론헤임에서 끊겼을 거고. 죽음을 앞두고 심적으로 불안한 여자가 흔적도 없이 사라졌다…. 그다음 모든 것이 잠잠해지면 리처드와 나는 정식으로 만나서 사랑에 빠졌을 거야. 이번에는 공개적으로, 카메라 앞에서. 처음부터 다시 반복하는 거지."

"왜 그랬어, 캐리?"

괴로운 목소리로 물었다가 입을 다물었다. 지금은 그녀를 적으로 돌릴 때가 아니었다. 비난하는 느낌을 준다면 내 편으로 만들 수 없다. 그래도 참기 힘들었다.

"도저히 이해가 안 돼."

"가끔은 나도 이해가 안 되는걸, 뭐."

캐리가 손으로 얼굴을 가렸다.

"이렇게 될 줄은 정말 몰랐어."

"원래 계획은 뭐였는데?"

조심스럽게 팔을 뻗어 캐리의 무릎에 손을 올렸다. 내가 자기를 때릴 것이라 예상했는지 캐리가 몸을 움찔했다. 그녀는 공포에 질려 있었다. 불같은 에너지는 증오가 아닌 공포에서 나온 것이었다.

"응?"

내가 재촉하자 캐리는 차마 내 얼굴을 볼 수 없다는 듯 오렌지색 커튼으로 시선을 돌리고 말했다.

"우리는 마젤란에서 만났어. 배우 준비를 하며 그곳에서 웨이트리스로 일하고 있었거든. 그 사람… 그에게 첫눈에 반했던 것 같아. 꼭《그레이의 50가지 그림자》같았어. 돈 한 푼 없는 나와 사랑에 빠진 그 사람은 내가 평생 꿈도 꿔보지 못한 삶을 보여 줬어…."

캐리가 말을 멈추고 침을 삼켰다.

"유부남이라는 사실은 물론 알았어. 그 사람도 아예 숨길 생각 하지 않았고. 그래서 공개적인 자리에서 절대 만날 수 없었고, 다른 사람에게 우리 이야기를 할 수도 없었어. 두 사람의 결혼 생활은 시작하기도 전에 끝난 상태랬어. 아주 냉정하고 제멋대로인 여자고 별거 중이라고 했어. 그 여자는 노르웨이에, 그이는 런던에. 그 사람 인생도 순탄하지는 않았어. 아기 때 어머니가 돌아가셨고 대학을 졸업하기도 전에 아버지를 여의었지. 누구보다 아내의 사랑이 필요한데 아내라는 사람은 곁에 있어 주지도 않는다니 얼마나 불쌍해! 더 불행하게도, 그 여자는 죽어가고 있었고 리처드는 살날이 몇 달밖에 안 남은 여자와 이혼할 수 없었어. 너무 잔인하다고 생각해서. 그이는 미래에 대해 계속 이야기했어. 그 여자가 죽은 후, 우리가 함께할 날이 오면…."

캐리가 말을 흐렸다. 여기까지만 말하고 일어나서 방을 나가지 않을까 걱정했지만, 곧 다시 입을 열고 자제할 수 없다는 듯 속사포처럼 말을 뱉었다.

"어느 날 밤, 리처드가 생각해 냈어. 나보고 자기 아내처럼 변장하고 극장에 가자는 거야. 그러면 사람들 앞에서 같이 있을 수 있다고. 그 여자가 입는 기모노 한 벌을 줬고, 나는 그 여자가 말하는 영상을 보며 어떻게 말하고 행동할지 익혔어. 수영 모자로 머리카락을 감추고 그 여자 스카프를 위에 둘렀지. 우리는 해냈어. 단둘이 관람석에 앉아 샴페인을 마셨는데… 정말 굉장했어. 연극처럼 다른 사람들을 감쪽같이 속인 거야. 그런 일이 한두 번인가 더 있었어. 사람들이 의심하지 않게 앤이 런던에 들렀을 때만. 몇 달이 지났을 때 리처드가 어떤 아이디어를 떠올렸어. 처음에는 미친 소리 같았지만 원래 불가능을 모르는 사람이야. 듣는 사람이 진심으로 믿게끔 말하지. 며칠 후 기자단과 여행이 예정되어 있는데 앤은 첫째 날만 같이 있고 그날 저녁에 배에서 내려 노르웨이 집으로 돌아간다면서 내가 배에 남아 앤 행세를 하면 어떻겠냐고 묻더라? 나를 배에 몰래 태울 수 있고, 우리가 '진짜' 커플처럼 다닐 수 있다고 했어. 일주일 내내 사람들 앞에서 함께 지내는 거야. 해낼 수 있다고 약속했어. 배에 있는 사람들은 앤을 만난 적이 없고, 혹시나 들키지 않도록 내 사진을 찍지 못하게 단속한다고 했어. 배는 여행이 끝나면 베르겐에서 멈추니 사람들은 앤이 며칠 더 머물렀다고 추측하겠지. 나는 마지막 날에 내 옷으로 갈아입고 집에 가면 되고. 리처드는 손님 하나가 오지 않게 손을 써서 빈 선실을 만들었어. 하지만…."

캐리는 잠시 말을 잇지 못했다.

"하지만 만약을 위해 내 머리를 밀어야 한다더라. 그래도… 그럴 가치가 있었어. 그 사람과 같이 있을 수 있다면."

캐리는 침을 삼키고 아까보다 조금 천천히 말을 이었다.

"첫째 날 밤에 내가 막 앤 옷을 입고 있을 때였어. 리처드가 선실로 달려오는 거야. 제정신이 아니었어. 앤이 우리 사이를 알고 미쳐 날뛰며 달려들었대. 리처드는 방어를 하려고 밀쳤고 그 여자는 비틀거리다 커피 테이블에 머리를 부딪혔다고 했어. 의식을 차리게 하려고 했는데… 그랬는데…."

흔들리는 목소리로 캐리는 말을 이어갔다.

"그 여자는 이미 죽어 있었대. 어떻게 해야 할지 모르겠다고 했어. 경찰이 수사한다면 내가 배에 몰래 탄 사실이 드러날 거고, 앤을 말리려다 그렇게 됐다는 말을 아무도 믿지 않을 거랬어. 우리 둘 다 기소될 거라고. 그이는 계획범죄의 살인자가 되고 나는 방조자가 된댔어. 내가 앤으로 변장했다는 사실까지 다 밝혀진대. 콜이 앤 옷을 입은 내 사진을 찍었다고. 그래서 내게…."

캐리는 감정이 북받쳐 말을 잇지 못했다.

"나더러 앤의 시체를 배 밖으로 던지고 계획대로 마저 하라고 설득했어. 그 여자가 베르겐에서 실종되면 우리까지 조사할 일이 없다고. 하지만 이렇게 될 줄은 정말 몰랐단 말이야!"

캐리의 말에 반박하려면 끝도 없을 것 같아서 일단은 내보내 달라고 아우성쳤다. 다음 날까지 노르웨이에 도착할 수 없는 상황이었는데 앤이 어떻게 첫째 날 밤에 배에서 내린단 말인가? 여권도 없이 승무원이 모르게 배에서 내릴 수가 있나? 말이 되지 않았다. 그럴싸한 이론은 하나였다.

처음부터 불머는 앤이 자기 의지로 배에서 내려가게 할 생각이 없었다. 캐리도 알았을 것이다. 그렇게 멍청할 리는 없다. 하지만 나는 알면서도 모르는 척하는 사람들을 본 적 있다. 모든 증거를 보고도 남자 친구가 바람을 피우지 않는다고 주장하는 여자들, 끔찍한 고용주 밑에서 일하면서 자기는 그저 지시를 따를 뿐이고 해야 할 일을 하는 것이라고 굳게 믿는 사람들. 자기가 믿고 싶은 것만 믿는 능력에는 한계가 없어 보인다.

만약 캐리가 논리를 다 무시하고 리처드의 왜곡된 사실을 받아들이기로 했다면 내 말을 들을 리 없다. 나는 심호흡을 하고 내 운명이 달린 질문을 했다.

"이제 나는 어떻게 돼?"

"나도 몰라!"

캐리가 벌떡 일어나 머리를 손으로 쥐어뜯자 머리 스카프가 흘러내리며 박박 빈 머리가 드러났다.

"나도 모른다고. 제발 그만 물어봐."

"불머는 나를 죽일 거야, 캐리."

그는 우리 둘 다 죽일 것이다. 그렇다고 확신했지만, 아직 마음의 준비가 안 된 캐리에게는 그 말을 할 수 없었다.

"제발, 부탁이야. 너는 우리 둘 다 여기서 나가게 할 수 있어. 너도 알잖아. 내가 증언할게. 네가 나를 구했고…."

"첫째." 그녀가 굳은 얼굴로 내 말을 잘랐다.

"나는 절대 그 사람을 배신하지 않아. 내가 사랑하는 사람이야. 왜 그걸 몰라? 그리고 둘째, 너와 같이 가더라도 어차피 나는 살인죄를 뒤집어쓸 거야."

"불머가 그랬다고 증언을 하면…."

"아니." 캐리가 또 내 말을 가로막았다.

"안 해. 그럴 일은 없어. 나는 그 사람을 사랑하고, 그 사람도 나를 사랑해. 내가 알아."

그러고는 단호히 뒤를 돌아 문 쪽으로 향했다. 지금이 마지막 기회였다. 설령 캐리가 나가고 나는 여기서 굶어 죽더라도 현실을 일깨워줘야 했다. 문으로 가는 그녀의 뒤에 대고 말했다.

"불머는 너를 죽일 거야. 캐리. 너도 알지? 나를 죽이면 다음은 네 차례야. 이번이 마지막 기회라고."

"나는 그 사람을 사랑해." 그녀의 목소리가 갈라졌다.

"자기 아내를 죽이게 도와줄 정도로?"

"나는 안 죽였어!"

캐리가 외쳤다. 괴로운 울부짖음이 비좁은 공간에 크게 울려 퍼졌다. 캐리는 내게 등을 돌린 채 문고리에 손을 올려놓았다. 흐느껴 우는 어린아이처럼 마른 몸이 부들부들 떨렸다.

"그 여자는 이미 죽어 있었어. 그 사람 말로는 그랬댔어. 시체를 여행 가방에 넣어두어서 내가 저녁 만찬 때 가방을 끌고 10호실로 갔어. 리처드가 포커를 치는 동안 가방을 배 밖으로 던지면 다 끝나는 거였어. 그런데…."

캐리가 뒤돌아 바닥에 주저앉았다. 그러더니 무릎을 세우고 무릎에 얼굴을 파묻었다.

"그런데 뭐?"

"가방이 너무 무거웠어. 리처드가 다른 물건도 일부러 같이 넣었던 것 같아. 선실에 들어가려다 가방이 문틀에 부딪혔어. 그 충격에 가방이 열렸고…."

캐리가 흐느껴 울었다.

"다음은 나도 몰라! 얼굴이… 피투성이였고 잠깐은 눈이 깜박였다고 생각했어."

"맙소사. 설마 산 채로 던진 거야?"

두려움에 내 몸이 차갑게 식었다.

"모르겠어."

캐리가 손으로 얼굴을 감쌌다. 쉰 목소리가 히스테리에 빠지기 직전처럼 높아졌다.

"나는 비명을 질렀어. 참을 수가 없었어. 하지만 얼굴의 피는 차가웠어. 살아 있었다면 따뜻하지 않았을까? 그냥 상상일지도 모른다고 생각했어. 아니면 우연히 움직였거나. 시체 안치소 같은 데에서도 그런 말들이 있잖아? 나는 어떻게 할지 몰라 그냥 가방을 닫았어! 그런데 제대로 잠기지 않았나 봐. 배 밖으로 던졌을 때 가방이 열렸거든. 그 여자 얼굴을 봤어. 물속에서 그 여자 얼굴이… 아아!"

캐리가 말을 멈추고 숨이 막힌 듯 헐떡였다. 그 끔찍한 고백에 무슨 대답을 해야 할지 고민하는 찰나, 그녀가 말을 계속했다.

"그날 이후로 한숨도 못 잤어. 매일 밤 누워서 그 여자를 생각해. 살아 있었을지도 모른다는 생각."

캐리가 고개를 들었다. 처음으로 눈에 꾸미지 않은 감정이 드러났다. 그날 밤 이후로 줄곧 감추려 애썼던 죄책감과 두려움이 보였다.

"이렇게 될 줄 몰랐어."

캐리가 더듬거렸다.

"그 여자는 집에서, 자기 침대에서 죽어야 했는데. 나는… 나는…."

"이제 그만해도 돼." 내가 다급하게 말했다.

"앤이 어떻게 죽었든 이제는 돌이킬 수 없어. 하지만 나를 죽이고 살 수 있겠어? 한 사람의 죽음으로도 양심에 가책을 느끼고 반쯤 미쳐가고 있잖아, 캐리. 희생자를 두 사람으로 만들지는 마. 내가 이렇게 빌게. 우리 둘을 위해서야. 제발 나를 보내줘. 아무 말도 안 할게, 맹세해. 그냥… 남자 친구한테는 트론헤임에서 쓰러져 의식을 잃었다고 할게. 어차피 아무도 내 말 안 믿을 거야! 바다로 시체가 떨어졌다는 말도 안 믿어줬는데 이번이라고 뭐가 다르겠어?"

다르다. DNA가 있다. 지문. 치과 진료 기록이 있을 것이다. 유리 난간과 리처드의 선실 어딘가에 앤의 혈흔이 남아 있을 것이다.

그 이야기는 하지 않았다. 캐리는 생각조차 못 하는 듯했다. 입 다물고 있겠다는 결심이 무너지며 내게 진실을 고백하는 사이 흥분이 가라앉은 듯했고 호흡도 진정되었다. 지금은 나를 가만히 보고만 있었다. 히스테리가 지나간 지금, 눈물로 얼룩진 얼굴은 침착하고 묘하게 아름다워 보였다.

"캐리?"

내가 소심하게 불러보았다. 감히 희망을 품을 엄두는 나지 않았다.

"생각해 볼게."

캐리가 무릎을 딛고 일어나 쟁반을 들고 문으로 돌아섰다. 그러다 《곰돌이 푸우》에 발이 걸려 아래를 내려다보았다. 문득 표정이 바뀌었다. 그녀는 남는 손으로 책을 집어 들어 페이지를 넘겼다.

"어릴 때 좋아했던 책이야."

나도 고개를 끄덕이며 대답했다.

"나도. 백 번은 넘게 읽었어. 마지막 숲 장면이 나올 때마다 울곤 했지."

"우리 엄마는 나를 '티거'라고 불렀어. 이렇게 말씀하셨어. 너는 꼭 티거 같아. 아무리 넘어져도 언제나 벌떡 일어나잖니."

캐리가 과거의 기억에서 벗어나려는 듯 책을 침대 발치에 던지고 희미하게 웃었다.

"저기, 오늘 밤은 저녁을 못 가져올 것 같아. 주방장이 의심하고 있거든. 노력해 보겠지만 저녁이 어려우면 아침이라도 많이 가져올게. 알았지?"

"그래. 고마워."

캐리가 방을 나간 후 마지막으로 덧붙인 감사 인사를 생각했다. 나를 포로로 잡고 음식과 약을 주지 않는 것으로 나를 복종시키는 여자에게 고마워하다니 얼마나 멍청한 짓인가. 스톡홀름 증후군에 걸렸나?

그럴지도 모른다. 만약 그렇더라도 캐리는 그 방면에서 나보다 더 중증이었다. 조금 더 솔직하게 말하자면, 우리는 포획자와 포로가 아니었다. 같은 우리 안에 있지만 격리되어 있는 두 마리 짐승이었다. 그녀가 있는 공간이 조금 더 넓을 뿐이다.

시간은 지독하게도 천천히 흘렀다. 캐리가 나간 후 나는 방 안을 서성이며 점점 커지는 굶주림과 두려움을 외면하려 애썼다. 불머가 짠 계획의 진실을 캐리가 인정하지 않는다면 나는 어떻게 될까 두려웠다.

불머는 앤이 베르겐에서 떠났다는 증거를 확립할 목적으로 캐리와 동행했다. 그 목적대로면 캐리를 살려둘 생각은 애초에 없었을 것이다. 눈을 감으면 캐리가 여행 가방을 던질 때 보았다는, 공포로 눈을 부릅뜬 앤의 얼굴이 생각났다. 아무것도 모르고 노르웨이의 어느 골목을 걷는 캐리의 뒤로 사람이 다가가는 모습도 떠올랐다.

이제는 내 차례….

그 생각을 떨치려고 집과 주다를 생각했다. 앞에 놓인 《곰돌이 푸우》의 책장이 뿌옇게 흐려졌고 몇 번이나 읽어 익숙한 문장 위로 눈물이 쏟아졌다. 너무 지쳐서 가만히 누워 있는 것 말고는 아무것도 할 수 없었다.

캐리가 음식을 구하지 못했다고 결론을 내리며 저녁 식사에 대한 기대를 막 버리려는 순간, 갑자기 바깥쪽 문이 열리고 복도를 황급히 걷는 발소리가 들렸다. 노크 대신 자물쇠의 열쇠가 돌아가더니 캐리가 문을 벌컥 열고 들어왔다. 음식을 들고 오지 않았다. 하지만 겁에 질린 표정을 보는 순간, 음식 생각은 머릿속에서 사라졌다.

"오고 있어."

"뭐?"

9월 26일 토요일

"리처드. 오늘 밤 돌아온대. 원래 내일 돌아올 예정이었는데 방금 메시지가 왔어. 오늘 밤이야."

〈텔레그래프 온라인〉, 9월 29일 화요일
속보: 실종된 영국인 로라 블랙록을 수색하던 중 두 번째 시신 발견

9월 27일 일요일

31

"다시… 돌아오고 있다고? 그게 무슨 뜻이야?"

입이 바짝 말랐다.

"무슨 뜻이겠어? 네가 당장 이 배에서 내려야 한다는 뜻이지. 30분 후에 리처드를 태우려고 지금 정박 중이야. 리처드가 타고 나면…."

굳이 말을 이을 필요는 없었다. 침을 삼키자, 입천장에 혓바닥이 달라붙었다.

"내가… 어떻게…?"

캐리가 주머니에서 무언가를 꺼냈다. 여권이었다. 처음에는 의미를 이해할 수 없었다. 하지만 다시 보니 내 것이 아닌 그녀의 여권이었다.

"이 방법밖에 없어."

캐리가 머리 스카프를 풀어 꺼끌꺼끌 자라고 있는 민머리를 드러낸 다음 옷을 벗기 시작했다.

"지금 뭐 하는 거야?"

"앤으로 변장하고 이 배에서 내린 다음에 나인 척 비행기를 타. 무슨 말인지 알겠어?"

"뭐라고? 미쳤어? 같이 가야지!"

"안 돼. 승무원들에게 뭐라고 설명할 거야? 배에 숨어 있던 내 친구라고?"

"말하면 되잖아! 진실을 말해!"

캐리가 고개를 저었다. 퀴퀴한 선실은 후끈거리게 더웠지만 속옷 바람이 된 그녀는 몸을 오들오들 떨었다.

"그런 다음에는? 안녕하세요, 처음 뵙겠습니다. 댁들이 나라고 생각했던 여자는 바다에 빠져 죽었습니다. 그렇게? 됐어. 그 사람들을 믿을 수 있는지도 모르고. 리처드에게 고용된 직원일 뿐이라면 그나마 다행이게. 최악의 상황이라면…."

"그러면 어쩌라고?"

정말 미칠 지경이었다.

"여기 남으면 그가 너도 죽일 텐데 그냥 놔둬?"

"아니. 계획이 있어. 말대꾸하지 말고 내 옷이나 입어."

그녀가 내민 실크 뭉치는 깃털처럼 가벼웠다. 비쩍 마른 맨몸은 충격적이었다. 뼈가 거의 피부 위로 튀어나와 있었지만, 고개를 돌릴 수는 없었다.

"이제 네 옷 내놔."

"뭐? 이걸?"

내 몸을 내려다보았다. 나는 땀에 찌든 청바지와 티셔츠, 후드티를 거의 일주일째 입고 있었다.

"그래. 빨리! 발 치수가 어떻게 돼?"

캐리가 초조하게 말했다.

"230밀리미터."

티셔츠를 벗느라 목소리가 웅얼거렸다.

"다행이다. 나랑 같네."

그녀가 신고 있던 에스파드리유*를 내 쪽으로 밀었다. 나는 부츠를 벗어 던지고 청바지를 벗기 시작했다. 곧, 우리 둘 다 속옷만 남았다. 어색하게 몸을 가리는 나와 달리 캐리는 내가 벗은 옷을 주워 입는 데 완전히 집중했다.

실크 튜닉을 머리 위로 입자 값비싼 천이 살랑거리며 피부에 닿는 느낌이 시원했다. 캐리가 손목에 걸고 있던 고무줄을 말없이 건넸다.

"이건 왜?"

"머리를 하나로 묶어. 이상적인 방법은 아니야. 머리 스카프를 아주 조심하게 쓰고 있어야 할 테지만 이 방법밖에 없네. 네 머리를 밀 시간이 없고 내 여권으로 비행기를 타려면 출입국 수속을 할 때 진짜 머리가 있어야 하니까. 사진을 두 번 확인할 이유를 주지는 말자고."

"이해가 안 돼. 그냥 내 이름으로 가면 되지 않아? 경찰이 나

---

*　삼베와 마, 캔버스 천으로 만든 가벼운 샌들.

를 찾고 있을 텐데?"

"리처드가 네 여권을 갖고 있잖아. 그리고 이 동네에는 그 사람 친구가 아주 많아. 사업 파트너만이 아니라 노르웨이 경찰 간부들하고도 잘 아는 사이란 말이야. 그 사람이 상태를 파악하기 전에 멀리 가야 해. 여기를 떠나. 해안에서 벗어나라고. 스웨덴 국경을 넘어 비행기를 타는데 바로 런던으로 가지는 마. 그 정도는 예상할 테니까. 다른 곳을 경유해. 파리 같은 곳 말이야."

"말도 안 돼."

말은 그렇게 했지만 그녀의 두려움에는 전염되었나 보다. 에스파드리유를 꿰어 신고 기모노 주머니에 여권을 넣었다.

캐리는 내 빈티지 가죽 부츠 지퍼를 올리고 있었다. 내가 가진 가장 신발 중에 가장 비싼 신발이었다. 몇 주나 망설이다 주다의 응원을 받고서야 겨우 용기 내어 거금을 주고 구입한 것이었다. 하지만 내 목숨과 바꿀 대가치고는 사소한 희생이었다.

드디어 둘 다 옷을 다 입었다. 머리 스카프만 우리 사이의 침대에 놓여 있었다.

"앉아."

캐리의 무뚝뚝한 말에 침대 끄트머리에 걸터앉았다. 그동안 캐리는 내 옆에 서서 무늬가 아름다운 스카프를 머리에 둘러주었다. 초록색과 금색이 어우러진 스카프는 밧줄과 닻이 뒤엉킨 패턴으로 장식되어 있었다.

문득 앤, 진짜 앤의 모습이 떠올랐다. 파란색과 초록색이 섞인 깊은 바다로 떠내려가는 앤, 희고 가는 팔다리가 수많은 잔해물에 엉켜 영원히 걸려 있을 앤.

"다 됐다."

마침내 캐리가 말했다. 머리핀 몇 개로 스카프 가장자리를 고정한 다음 나를 아래위로 뜯어보았다.

"몸에 살이 있어서 완벽하지는 않지만, 불빛이 어두우니 통과될 거야. 내가 승무원을 다 만나지 않아서 다행이지."

곧이어 시계를 보고 말했다.

"좋아. 하나 더 남았어. 때려."

"뭐라고?"

이해할 수 없는 말이었다. 때리라고? 무엇으로?

"때리라고. 내 머리를 침대에 박아."

"뭐라고?"

아까 한 말의 메아리처럼 들렸지만 그 말밖에 할 수 없었다.

"미쳤어? 내가 너를 왜 때려?"

"그냥 때려." 캐리가 화를 내며 말했다.

"모르겠어? 그럴듯해 보여야 해. 내가 관여하지 않았다고 리처드가 믿으려면 이 방법밖에 없어. 네가 나를 공격해서 제압한 것처럼 보여야 한단 말이야. 얼른 때리라니까?"

심호흡하고 따귀를 때렸다. 캐리의 고개가 뒤로 젖혀졌지만 힘을 충분히 싣지 못했다는 느낌이 들었다. 그녀는 불쾌한 얼굴로 나를 돌아보며 뺨을 문질렀다. 그래, 이 정도로는 부족했다.

"돌겠네. 꼭 내가 다 해야겠어?"

캐리가 심호흡을 하더니, 내가 상황을 깨닫기도 전에 자기 머리를 침대 가장자리에 박았다. 나는 비명을 질렀다. 어쩔 수 없었다. 침대의 철제 프레임에 부딪혀 생긴 상처에서 피가 나기 시작했고 캐리의(아니, 내) 하얀 티셔츠를 타고 흘러 바닥에 고였다. 캐리가 아파서 신음하며 머리를 감싸 쥐고 뒷걸음질 쳤다.

"젠장! 아프잖아. 맙소사."

그녀가 신음하며 풀썩 무릎을 꿇고 숨을 헐떡거렸다. 저러다 기절할 것만 같았다.

"캐리!" 겁에 질려 외치며 옆에 무릎을 꿇고 앉았다.

"캐리, 괜찮…."

"무릎 꿇지 마, 이 멍청한 여자야!"

캐리가 내 손을 밀치며 악을 썼다.

"다 망치고 싶어? 옷에 피를 묻히면 안 된다고! 승무원들이 뭐라고 생각하겠어? 아, 진짜, 피는 왜 안 멈추는 거야?"

어색하게 몸을 일으키던 중, 길게 늘어진 기모노에 발을 헛디딜 뻔했다. 몸을 떨며 제자리에 서 있다가 정신을 차리고 욕실로 달려가 티슈를 한 뭉치 가져왔다.

"여기."

목소리가 떨렸다. 캐리가 슬픈 표정으로 고개를 들고는 티슈로 상처를 압박하고 침대 매트리스에 앉았다. 얼굴이 잿빛이었다.

"이… 이제 뭘 할까? 내가 도울 일 있어?" 내가 물었다.

"아니, 나는 너한테 폭행을 당해서 막을 수 없었다고 리처드가 믿어주기를 바랄 뿐이야. 이 정도 했으니 믿겠지. 이제 가. 그 사람이 돌아오면 다 수포가 되니까."

"나… 나한테 부탁할 말은?"

"두 가지가 있어." 캐리가 고통을 참느라 이를 악물며 말했다.

"우선 경찰에 신고하기 전에 나한테도 24시간 여유를 줘. 알았지?"

고개를 끄덕였다. 원래는 그럴 생각이 아니었지만 거절할 수 없었다.

"그다음으로는, 여기서 당장 꺼져."

캐리의 말에서 신음이 새어 나왔다. 겁이 날 정도로 얼굴이 창백했지만, 단단히 결심한 표정이었다.

"나를 도와주려고 했다고? 그러는 바람에 네가 이 난리에 휘말린 거야. 내가 너를 도울 방법은 이것뿐이야. 그러니까 시간 낭비하게 하지 말고 당장 꺼지라고!"

"고마워."

목소리가 갈라졌다. 캐리는 아무 말 없이 복도로 손을 흔들었다. 내가 문을 막 나서려는 순간, 그녀가 입을 열었다.

"주머니에 선실 키카드가 있어. 화장대에 있는 지갑 열어보면 5,000크로네쯤 있을 거야. 노르웨이, 덴마크, 스웨덴 돈이 섞였지만 거의 5,000파운드라고 생각하면 돼. 다 가져가. 신용카드랑 신분증도 있어. 내 카드가 아니라 앤 카드라서 카드 비밀번호는 모르지만 쓸모가 있겠지. 리처드가 아직 타지 않았다면 직원에게 부탁해서 통로를 내려달라고 해야 돼. 리처드가 전화해서 중간에서 만나자고 했다고 말해."

"알았어."

내가 속삭였다.

"옷 갈아입고 최대한 빨리 항구를 벗어나. 그러면 끝이야."

캐리가 눈을 감고 침대에 누웠다. 이마에 대고 누른 휴지는 벌써 붉은 피로 물들었다.

"아, 나갈 때 문 잠그고."

"너를 가두라고? 진심이야?"

"그래, 진심이야. 확신을 줘야 돼."

"그가 찾지 않으면 어쩌려고?"

"찾아."

"내가 보이지 않으면 여기부터 올 거야. 너를 확인하러."

"그래…."

내키지 않았지만 받아들이기로 했다.

"문 비밀번호… 뭐야?"

"문?" 캐리가 피곤한 듯 눈을 떴다.

"무슨 문?"

"문 밖에 다른 문이 또 있다며. 비밀번호가 있다고 했잖아."

"거짓말이야." 그녀가 힘없이 말했다.

"문은 없어. 네가 나를 공격하지 못하게 그냥 한 말이었다고. 그냥 계단만 계속 올라가면 돼."

"나는… 고마워, 캐리."

"고마워할 필요 없어." 캐리가 다시 눈을 감았.

"그냥 우리 둘을 위해서 도망쳐. 돌아보지 말고."

"알았어."

그녀에게 다가갔다. 이유는 모르겠다. 안아주려고? 하지만 가슴에 피가 잔뜩 묻었고 이마의 상처에서는 더 많은 피가 흘러내리고 있었다. 캐리 말이 맞았다. 옷에 피가 묻어 있으면 아무에게도 도움이 되지 않는다. 특히 그녀에게.

살면서 이렇게 힘든 일은 처음이었다. 과다 출혈로 죽어가게 생긴 여자를 두고 돌아서야 하다니. 그것도 나 때문에 이 상태가 되었는데. 하지만 내게는 할 일이 있었다. 우리 둘을 위해서 해야만 했다.

"잘 있어, 캐리."

내 말에 대답하지 않는 캐리를 두고 그곳을 나왔다.

바깥 복도는 좁고 미치도록 더웠다. 방금 전까지 있었던 좁고 답답한 선실보다 더 후끈거렸다. 플라스틱 문짝에 투박한 걸쇠가 박혀 있었고 큼지막한 자물쇠에는 열쇠가 꽂혀 있었다.

목을 조이는 죄책감을 삼키고 문을 잠근 다음 열쇠를 쥔 채로 망설였다. 열쇠를 가져가야 할까? 그냥 두자. 캐리를 저곳에 필요 이상으로 오래 머물게 하고 싶지는 않았다.

선실 문은 칙칙한 베이지색 복도 끝에 있었다. 반대편에는 '출입 금지: 직원 전용'이라는 표지판이 달린 문이 있었고 그 문을 지나자 계단이 나왔다.

캐리가 피를 흘리며 누워 있는 선실의 문을 괴로운 마음으로 돌아보다가 계단을 달려 올라가기 시작했다.

위로 계속 올라가는 동안 심장이 두근거렸고 굳어버린 다리가 떨렸다. 칙칙한 카펫이 깔려 있고 가장자리를 금속으로 두른 직원 전용 계단을 올랐다. 플라스틱 난간을 잡은 손이 땀 때문에 미끈거렸다.

머릿속으로 눈부신 중앙 계단을 떠올렸다. 반짝이는 크리스털 불빛과 실크처럼 부드럽고 윤이 나는 마호가니 난간의 촉감을. 속에서 웃음이 끓어올랐다. 할머니 장례식에서 키득키득 웃었던 때처럼 비이성적인 공포와 불안이 히스테리로 변하고 있었다.

고개를 흔들며 계속 나아갔다. 다음 계단을 올라 '관리실'과 '직원 외 출입 금지'라고 표시된 문을 지났다.

계속 계단을 오르자 커다란 철제문이 나왔다. 화재 비상구인 듯 빗장이 걸려 있었다. 잠시 제자리에 서서 계단을 올라오느라 가빠진 숨을 골랐다. 등줄기 아래로 차갑게 식은 땀이 고였다. 반대편에는 뭐가 있을까?

뒤편의 답답한 관 같은 방에서는 캐리가 침대에 웅크리고 누워 있다. 속이 뒤틀렸지만, 그 모습을 억지로 머리에서 지우고 냉정하고 신중하게 앞에 있는 계단에만 집중했다. 여기서 벗어나야 했다. 안전하게 탈출하는 즉시… 어떻게 하지? 캐리의 부탁을 무시하고 경찰에 신고해?

문에 손을 대고 서 있으니 우리 집에서의 잔인한 기억이 떠올랐다. 그날 나는 문을 열고 반대편에 있는 상대와 대면하기 겁이 나서 방 안에 웅크리고 있었다. 잠긴 문을 발로 차서 열고 그에게 맞섰더라면 차라리 나았을지도 모른다. 두들겨 맞고 피투성이가 됐을지언정 지금쯤 병원에서 회복하며 주다의 간호를 받고 있을 것이다. 이런 악몽 같은 상황에 갇혀 있지는 않겠지.
 문은 잠겨 있지 않았다.
 버튼을 누르고 문을 밀어서 열었다.

32

불빛이다.

따귀를 한 대 얻어맞은 것처럼 멍해져 눈을 깜박이며 수천 개의 크리스털이 이루어내는 무지갯빛을 넋을 잃고 바라보았다. 직원용 출입문은 중앙 계단과 곧바로 이어졌고 그곳에서는 낮이고 밤이고 샹들리에가 번쩍거렸다. 경제 불황과 에너지 규제와 지구 온난화를 향해 '엿이나 먹으시지!'라고 외치는 것 같았다. 고상한 취향도 보란 듯이 짓밟고 있었다.

윤이 나는 나무 난간을 붙잡고 몸을 지탱하며 좌우를 둘러보았다. 계단이 꺾이는 지점에 거울이 있었다. 거울이 샹들리에의 불빛을 반사하자 흔들리는 불빛이 몇 배로 불어났다. 방향을 틀다가 거울에 비친 내 모습을 보았다.

한순간 내 눈을 의심해 거울을 다시 보자 심장이 철렁 내려앉았다. 거울에는 앤이 있었다. 금색과 초록색 스카프로 머리를 감싸고 쫓기는 표정을 한, 눈에 멍이 든 앤이 보였다.
 딱 내 처지 그대로였다. 도망자. 겁에 질린 생쥐처럼 후다닥 달아나고 싶었지만 허리를 더 똑바로 펴고 천천히 걸음을 옮겼다.
 '빨리, 빨리, 빨리.' 머릿속의 목소리가 호통을 쳤다.
 '불머가 오고 있어. 서두르라고!'
 하지만 앤(아니, 캐리)의 위엄 있는 걸음을 떠올리며 걸음을 느리고 일정하게 유지했다. 앤은 걸음을 디딜 때마다 힘을 아끼는 사람처럼 보폭을 조절했다.
 배의 앞쪽에 있는 1호실로 향하는 동안 땀이 밴 손가락으로 주머니 속의 선실 열쇠를 움켜쥐었다. 단단하게 전해지는 느낌에 안심이 되었다.
 그러다 막다른 길에 닿았다. 이 계단을 올라가면 레스토랑이 나온다. 뱃머리로 가는 길이 아니다. 젠장. 방향을 잘못 틀었나 보다.
 다시 돌아섰다. 트론헤임으로 가기 전날 밤 앤(아니, 캐리)을 만난 길을 떠올라보았다. 세상에, 정말 겨우 지난주였단 말이야? 아주 오래전, 전생의 일처럼 느껴졌다. 잠깐… 도서관에서 왼쪽이 아니라 오른쪽으로 가야 하는데. 아닌가?
 '빨리 가라고, 빨리 움직이지 못해?'
 하지만 고개를 치켜들고 일정한 보폭을 유지했다. 뒤를 돌아보지도 않았다. 길게 늘어진 실크 옷을 낚아채 나를 아래층으로 끌고 가는 손을 상상하지 않으려 했다. 오른쪽, 왼쪽으로 방향을 틀고 창고를 지났다. 여기는 맞는 것 같다. 빙하 사진은 확실히 기억했다.

또 방향을 틀자… 또 막다른 길이다. 상갑판으로 올라가는 계단이 나왔다.

울고 싶었다. '표지판'은 대체 어디에 버려둔 거야? 텔레파시로 선실을 찾으라는 말이야? 아니면 일반 대중이 VIP를 방해하지 못하게 노벨 스위트룸은 일부러 숨겨두었나?

허리를 숙여 무릎을 손으로 짚었다. 실크 아래로 근육의 경련이 느껴졌다. 천천히 호흡하며 스스로를 다독였다. 할 수 있다고. 불머가 배에 올라탈 때까지 울면서 복도를 헤매고 있지는 않을 것이다.

'숨을 들이마시고… 하나, 둘….'

나를 달래던 치료사 배리의 목소리가 떠오르자 분노가 솟았다. 허리를 똑바로 펴고 다시 걸었다. 닥쳐, 배리. 당신의 잘난 낙관주의는 개나 주지 그래.

다시 도서관에서부터 출발했다. 이번에는 창고에서 왼쪽으로 틀었다. 그리고 눈 깜짝할 사이에 도착했다. 1호실 문이 앞에 있었다.

주머니에서 열쇠를 찾는데 온몸의 신경을 타고 아드레날린이 휘몰아쳤다. 불머가 먼저 돌아와 있으면 어쩌지?

'또 바보처럼 문 뒤에 숨지 마, 로. 너는 할 수 있어.'

열쇠를 꽂고 황급히 문을 열었다. 동작이 이렇게 빠를 수 없었다. 누가 방에 있으면 당장 열쇠를 놓고 도망칠 생각이었다.

사람은 없었다. 불을 켜두었지만 빈 방이 확실했다. 욕실과 침실 문은 활짝 열려 있었다.

다리에 힘이 풀려 두꺼운 카펫에 주저앉듯 무릎을 꿇었다. 목구멍에서 흐느끼는 것 같은 소리가 터져 나왔다. 하지만 아직 성공한 것이 아니었다. 목표의 절반도 이루지 못했다. 지갑. 지갑, 돈, 코트를 들고 이 끔찍한 배에서 완전히 내려야 한다.

문을 닫고 기모노를 벗었다. 여기에는 나를 보는 사람이 없기 때문에 서둘러 움직였다. 브래지어와 팬티 차림으로 앤의 서랍을 뒤졌다. 처음 입어본 청바지는 말도 안 되게 타이트해서 허벅지의 반도 올리지 못했다. 그래도 내게 맞는 스포츠 레깅스와 무늬 없는 검은색 운동복 상의를 찾을 수 있었다. 그 위에 다시 기모노를 입고 벨트를 꽉 묶은 후 거울을 보며 흘러내린 머리 스카프를 정돈했다.

선글라스를 쓸 수 있으면 좋을 텐데. 하지만 창밖은 깜깜했고 앤의 침대 옆 탁자에 놓인 시계는 11시 30분이 넘었다고 말하고 있었다. 맙소사, 불머가 곧 돌아올 것이다.

캐리의 에스파드리유를 다시 신고 그녀가 말한 지갑을 찾았다. 티 없이 반지르르한 화장대에는 아무것도 없었지만 무턱대고 서랍 몇 개를 열어보았다. 청소부가 보관하지 않았을까? 첫 번째 서랍은 텅 비어 있었다. 두 번째에는 무늬 있는 머리 스카프가 한가득 보였다.

서랍을 다시 닫으려는 찰나, 부드러운 실크 더미 아래로 무엇인가가 보였다. 얇고 고운 실크 사이에 딱딱하고 납작한 물체가 들어 있었다. 스카프를 치우자 숨이 턱 막혔다.

그 안에 있는 것은 권총이었다. 진짜 총은 생전 처음 본다. 건드리지 않았는데도 발사될 것 같아 겁이 났다. 내 머리 한구석에서 질문들이 아우성쳤다. 가져갈까? 장전되어 있을까? 진짜 총은 맞아? 바보 같은 질문이다. 누가 모조 권총을 선실에 보관하겠는가.

가져갈까…. 하지만 내가 누군가에게 총을 겨누는 모습은 상상도 되지 않았다. 가져갈 수 없었다. 어떻게 다루는지도 모르고, 남보다는 내가 총에 맞을 가능성이 높았다. 그리고 나는 경찰의 신뢰를 받아야 했다. 주머니에 장전된 총을 훔친 채로 경찰서에 나타난다면 경찰은 내 말을 들어주기는커녕 당장 유치장에 가둘 것이다.

반쯤은 마지못해 총을 스카프로 다시 가리고 서랍을 닫았다. 지갑이나 찾자.

마침내 세 번째 서랍에서 지갑을 발견했다. 다소 낡은 갈색 가죽 지갑은 서류 더미 위에 얌전히 놓여 있었다. 안에는 신용카드 대여섯 장과 지폐 뭉치가 있었다. 셀 시간은 없었지만 캐리가 말한 대로 5,000크로네, 어쩌면 그 이상은 너끈히 되어 보였다. 지갑을 기모노 아래 레깅스 주머니에 넣고 방 안을 마지막으로 한 번 더 둘러본 후 나갈 준비를 했다. 지갑만 빼면 처음 온 그대로였다. 이제 갈 시간이다.

심호흡으로 마음의 준비를 하고 문을 열었다. 그러는 동시에 복도에서 여러 사람의 목소리가 들렸다. 잠시 망설였다. 뻔뻔하게 나갈까? 그때, 누군가가 아양을 떠는 말투로 말했다.
"물론이죠. 회장님 지시라면…."
더 들을 시간이 없었다. 찰칵 소리가 나지 않게 문을 닫고 조명 밝기를 낮추었다. 단단한 나무에 등을 대고 어둠 속에 서 있었다. 심장이 미친 듯이 뛰었다.
손이 차가워지고 전류가 통하는 듯했고 다리에 힘이 빠졌다. 내 심장… 통제 불능으로 미친 듯이 고동치는 심장, 공황 상태에 빠져 세차게 뛰는 심장 때문에 움직일 수 없었다. 젠장, 젠장, 젠장! 지금 발작을 일으키면 안 돼!
'숨을 쉬어요, 로라. 하나, 둘….'
'입 닥쳐!'
머릿속에서만 들린 비명인지, 실제로 소리 내어 말했는지는 모르겠다. 어쨌든 엄청난 의지력을 발휘해 문에서 몸을 떼고 선실 베란다로 황급히 걸음을 옮겼다. 유리문을 열고 밖으로 나왔다. 차가운 9월 밤공기는 며칠째 신선한 공기를 쐬지 못한 피부에 충격적으로 차갑게 와 닿았다.
잠시 유리에 기대어 이마와 목덜미에서 쿵쿵 뛰는 맥박과 가슴을 때리는 심장박동을 느꼈다. 심호흡을 하고 뱃머리에 위치해 곡선 형태인 베란다 끝으로 살살 이동했다. 창문에서는 차가운 선체를 등지고 선 내 모습이 보이지 않았다.
하지만 복도 쪽 문이 열리고 불이 번쩍하더니 선실의 전등이 다시 켜지며 베란다에 빛을 뿌렸다. 나오지 마, 제발 나오면 안 돼. 구석에 웅크리고 기도를 하며 유리문이 열리기를 기다렸다.

그러나 아무 일도 일어나지 않았다.

　유리 난간에 선실의 모습이 반사되었다. 갈비뼈 높이부터는 유리가 없어 이미지가 반으로 잘렸고 이중, 삼중 유리에 반사된 모습은 유령처럼 마구 뒤섞였다.

　방 안에서 움직이는 남자의 모습이 보였다. 어두운 실루엣이 욕실 쪽으로 사라졌고 변기 물 내리는 소리가 들리더니 텔레비전이 켜지며 푸른색과 흰색 불빛이 유리에 선명하게 깜박였다. 텔레비전 소리 위로 전화 통화 소리가 들리더니 앤의 이름이 귀에 들어왔다. 숨을 참았다. 캐리의 행방을 묻고 있는 것일까? 언제부터 찾고 있었지?

　통화가 끝난 것 같았다. 적어도 불머의 목소리는 들리지 않았다. 그는 다시 움직여 커다란 하얀색 침대에 드러누웠다. 밝은 직사각형 침대에 대자로 뻗은 실루엣이 보였다.

　갈수록 추워져서 이쪽 발, 저쪽 발로 무게를 실으며 몸에 온기를 더했다. 하지만 내가 칸막이 너머로 불머를 보고 있듯, 그의 눈에도 내 형체가 비칠까 두려워 크게 움직일 수는 없었다. 야경은 믿을 수 없을 만큼 아름다웠다. 베란다로 나온 후 처음으로 주위를 둘러보았다.

　오로라호는 피오르 해안 한 곳에 깊숙이 들어와 있었다. 바위로 된 계곡 측면이 사방에서 보였고 아래의 물은 어둡고 잔잔하고 헤아릴 수 없을 만큼 깊었다. 저 멀리 작은 마을의 불빛이 보였고, 정박한 배들이 잔잔한 수면에 불을 밝혔다. 그 위로는 전부 별이었다.

밝고 하얀 별은 정말 아름다웠다. 캐리를 생각했다. 저 아래 갇혀서 덫에 걸린 짐승처럼 피를 흘리고 있는…. 하느님, 제발 누군가 캐리를 발견하게 해주세요. 캐리에게 무슨 일이 일어난다고 생각하면 참을 수 없었다. 그녀의 미친 계획을 방조하고 아래에 가둔 것은 나 자신이었으니까.

무력하게 몸을 떨며 불머가 잠들기를 기다렸다. 하지만 그는 쉽게 잠들지 않았다. 조명 밝기를 약간 낮췄지만, 텔레비전에서는 계속 시끄러운 소리가 들렸다. 깜박이는 영상이 방 안을 푸른색과 녹색으로 물들였고 간혹 화면이 전환될 때는 어둠이 깔렸다. 나는 다른 발로 무게를 옮기고 얼음장 같은 손을 겨드랑이에 꼈다.

불머가 텔레비전 앞에서 잠들었으면 어쩌지? 잠들었다는 사실을 내가 알 수 있을까? 하지만 아무리 깊은 잠에 빠져 있다 한들 살인자가 있는 방에 들어가 불과 몇 센티미터 거리에서 까치발을 하고 지나갈 용기는 없었다.

그렇다면 대책은? 그가 캐리를 찾으러 갈 때까지 기다리나?

그때 무슨 소리가 들렸다. 심장이 멎는 것 같더니 아까보다 두 배는 더 빨리 뛰기 시작했다. 배의 엔진이 다시 돌아가는 소리였다.

공포가 차가운 파도처럼 나를 덮쳤다. 그러다 정신을 차리고 생각했다. 배가 움직이지는 않았다. 아직 통로를 거두지 않았을 가능성이 컸다. 통로를 올렸다면 소리가 들렸겠지. 출발할 때의 기억을 떠올리면 실제로 배가 움직이기 전에 한참이나 엔진이 돌아갔다.

어쨌든 시간이 촉박했다. 얼마나 남았을까? 30분? 15분? 그보다 적을지도 모른다. 탑승할 승객이 없으니 그리 오래 머물지 않을 것이다. 결정을 내리지 못하고 고민하며 얼어붙어 있었다. 여기서 달아나야 할까? 불머는 잠들었을까? 유리 난간에 비치는 모습만으로는 알 수 없었다. 너무 흐릿하고 불분명했다.

고개를 쭉 빼고 발소리를 죽이며 베란다 문 가장자리로 이동해 고요한 방 안을 들여다보았다. 바로 그 순간 불머가 몸을 움직이더니 유리잔에 손을 뻗었다가 다시 내려놓았다. 나는 얼른 고개를 뒤로 뺐다. 심장이 미친 듯이 뛰었다.

망했다. 지금 새벽 1시는 되었을 것이다. 왜 안 자는 거야? 캐리를 기다리고 있나? 하지만 나는 배에서 내려야 한다. 그래야만 했다.

베란다 창문을 떠올렸다. 베란다 창문은 밖에서 열 수 있고 아주 용감한(아니면 아주 무식한) 사람이라면 베란다 사이에 있는 높은 유리 칸막이를 넘어 옆 선실로 들어갈 수 있다. 그 안에 들어가는 데만 성공하면 곧장 선실에서 나와 배 입구로 돌진하면 된다. 그곳에 도착해 어떤 이야기를 꾸며낼지는 상관없었다. 어떻게든 배에서 내릴 것이다. 내가 아니라 앤, 그리고 캐리를 위해.

아니, 헛소리다. 나를 위해서다.

나를 위해 이 배에서 내릴 것이다. 하필 그 시간에 그곳을 찾아갔다는 죄 말고는 내가 이런 일을 당할 이유가 없다. 불머가 나도 파멸시킬 여자들 목록에 추가할 생각을 하고 있다면, 들키는 순간 나는 끝장이다.

나풀나풀 흩날리는 기모노를 내려다보았다. 이대로 기어 올라가기는 불가능해서 벨트를 풀고 부드러운 실크를 벗었다. 소리도 없이 바닥으로 떨어진 기모노를 집어 들고 최대한 단단하게 공 모양으로 뭉쳐 칸막이 너머로 던졌다. 옷은 들리지도 않을 만큼 작은 소리를 내며 떨어졌다.

그런 다음 머리 위로 솟은 유리 칸막이를 올려다보고 침을 꿀꺽 삼켰다. 내 힘으로 칸막이 자체를 기어 올라갈 수는 없었다. 그것은 확실했다. 제대로 된 도구나 사다리 없이는 불가능하다.

하지만 바다를 바라보고 있는 유리 난간은… 어쩌면 기어오를 수 있을 것이다. 갈비뼈 높이였고 나는 나름대로 유연하니까 다리 하나를 걸치고 올라가 걸터앉은 다음 칸막이를 짚고 일어나면 된다.

문제는 단 하나였다. 이곳이 바다 위라는 것.

물 공포증은 없었다. 적어도 지금까지는 그랬다. 하지만 배 가장자리에 서서 굶주린 듯 선체를 빨아들이는 검은 파도를 내려다보자 뱃멀미를 하듯 속이 울렁거리고 뒤집혔다.

빌어먹을. 정말로 이 짓을 하려고? 하지만 해야 했다.

땀으로 축축한 손바닥을 레깅스에 닦고 심호흡을 했다. 쉽지는 않을 것이다. 인정할 것은 인정하자. 하지만 충분히 가능했다. 캐리도 그렇게 내 선실로 들어오지 않았던가. 캐리가 할 수 있다면 나도 할 수 있다.

손가락 힘을 풀고 천천히 바다 쪽 유리 난간에 다리 하나를 걸었다. 양계장 닭처럼 허약한 다리 근육에 온 힘을 싣고 몸을 끌어올려 난간에 걸터앉았다.

왼쪽은 선실이었다. 커튼이 젖혀져 있어 누구든 고개를 돌리면 베란다 문으로 내가 보일 것이다. 오른쪽 아래로 넘어가면 피오르의 바다를 향해 수직으로 낙하한다. 얼마나 높은지 모르겠지만 이 각도에서는 2층이나 3층 건물 높이와 맞먹어 보였다.

어느 쪽이 더 무서운지 모르겠다. 그저 내 움직임이 불머의 관심을 끌지 않기를 바랄 뿐이었다. 침을 삼키며 미끄러운 유리를 다리로 붙잡고 용기를 그러모았다. 아직 힘든 단계는 거치지도 않았다. 지금부터 시작이었다.

무섭고도 힘들어 몸이 떨렸다. 앞으로 한 발을 세워 불투명한 차단막 가장자리를 짚고 몸을 일으켰다. 이제 힘을 풀고 바다 쪽 차단막을 넘어 반대편으로 안전하게 몸을 날리면 그만이다.

'그만이다'라니. 잘도 그렇겠다.

숨을 깊이 들이마셨다. 차갑고 땀으로 축축한 손가락이 유리에 미끈거렸다. 달리 손이나 발을 디딜 곳은 없었다. 배의 온갖 곳을 지나칠 정도로 화려하게 꾸몄으면서 칸막이에 장식 하나 달면 어디가 덧나? 모조 다이아몬드 몇 개든, 세련된 홈이든 내가 손가락으로 붙잡을 무언가가 있으면 얼마나 좋아?

한쪽 발을 뻗으며 높은 유리 차단막을 조심스럽게 지났다. 그러면서 에스파드리유를 신은 것은 실수였다는 것을 깨달았다. 신발을 신으면 발이 보호되고 유리를 더 꽉 붙잡을 수 있으니 나쁘지 않을 것이라 생각했다. 하지만 바다 쪽으로 몸을 움직이자 차단막을 딛고 있던 신발 밑창이 날카로운 모서리에 미끄러졌다.

숨을 헉 들이마시며 눈앞에 있는 유리를 절박하게 붙잡았다. 의지만으로 몸을 지탱할 수 있다면 좋았겠지만 손톱 하나가 부러지고 하나 더 부러졌다. 허우적거리는 손 사이로 유리가 빠져나가는 듯싶더니 어쩔 도리가 없었다. 나는 비명도 지르지 못했다.

두려움으로 가득 찬 그 찰나, 바람이 뺨을 어루만졌고 어둠에 내 머리카락이 흩날렸다. 나는 여전히 허공을 움켜쥔 채 피오르의 헤아릴 수 없이 깊은 물 속으로 추락했다.

총성과 같은 소리와 함께 검은 바다에 떨어졌다. 강하게 철썩거리며 몸을 때리는 물의 힘에 숨조차 쉴 수 없었다. 차디찬 바다에 빠지자 폐에서 공기가 부글부글 끓었고 얼음처럼 차가운 물이 뼛속까지 파고들었다. 내 몸은 새까만 바다로 더 깊이 잠겼고 아래에서 잔잔한 해류가 솟아올라 팔을 붙잡고 잡아당겼다.

33

떨어질 때의 느낌은 기억나지 않는다. 바다에 빠지는 순간 뼈가 으스러질 듯했고 바닷물이 온몸을 마비시킬 만큼 차가웠다는 것이 전부이다. 하지만 해류에 붙잡혀 아래로 깊이, 깊이 빨려 들어갈 때의 속이 뒤집히는 공포는 똑똑히 기억한다.

'움직여.'

목구멍에 차오르는 울음을 느끼며 발차기를 하라고 몸에 명령했다. 정말로 발이 움직였다. 어둡고 차가운 바닷속에서 발장구를 쳤다. 처음에는 죽기 싫어 발을 움직였다.

하지만 검고 차가운 바다가 나를 붙잡기 시작하자 발차기 말고는 할 수 있는 일이 없었다. 폐가 터질 지경이었고 수면 위로 나가지 못한다면 죽는다는 사실을 알았기 때문이다.

해류가 미끌미끌한 손가락으로 내 다리를 붙잡고 어두운 피오르 깊숙이 나를 끌고 가려 했다. 나는 간절하고 절박하게 발을 움직이고 또 움직였다. 사방에서 해류가 소용돌이치는 어둠 속에서는 어디가 육지인지 방향을 찾기도 힘들었다. 혹시 바닷속으로 더 깊이 들어가고 있는 거면 어떡하지? 그럼에도 멈출 수는 없었다. 살아야 한다는 본능이 너무 강했다.

'너 지금 죽고 있어!'

머릿속의 목소리가 외쳤다. 그 외침에 대한 반응으로 내 발은 쉬지 않고 발길질을 했다. 소금물이 따가워 눈을 감았다. 닫힌 눈꺼풀 아래로 불빛이 일렁이며 퍼지기 시작했다. 공황 발작을 일으킬 때 시야가 빛과 어둠으로 조각조각 흐트러지는 증상과 무서울 정도로 비슷했다. 그런데 놀랍게도, 믿을 수 없게도, 눈을 다시 뜨자 무언가가 보였다. 바다를 비추는 하얀 달빛이 눈앞에 희미하게 어른거렸다.

믿을 수 없었다. 빛은 점점 가까이 다가오고 있었고 내 몸을 당기던 해류의 힘도 약해지고 있었다. 비명에 가까운 소리를 내며 수면 위로 올라와 숨을 뱉었다. 얼굴에서 물이 줄줄 흐르는 채로 기침을 하고 흐느끼고 다시 기침을 했다.

바다에 파동을 일으키는 엔진 진동이 느껴질 만큼 선체와 아주 가까웠다. 빨리 반대쪽으로 헤엄쳐야 했다. 그리 차갑지 않은 바다에서도 저체온증으로 죽을 수 있기 때문만은 아니었다. 내가 가까이 있는 동안 배가 움직이기 시작한다면 하늘이 돕지 않는 이상 나는 살지 못한다. 지난 며칠 불행은 겪을 만큼 겪었다. 정말로 신이 있다면 나를 별로 아끼지 않는 것이 분명했다.

몸을 떨면서 수영하며 주변을 둘러보았다. 내가 수면 위로 떠오른 위치는 배 앞머리 쪽이었고 부둣가에 늘어선 불빛과 사다리의 어두운 그림자가 보였다. 줄줄 흐르는 눈물 때문에 확신하기는 힘들었다.

몸이 뜻대로 움직이지 않았다. 너무 심하게 떨려 도무지 통제할 수가 없었다. 억지로 팔다리를 움직이며 불빛을 향해 조금씩 헤엄치기 시작했다.

뼛속 깊이 파고드는 차가운 바닷물이 느껴졌다. 얼굴을 철썩철썩 때리는 파도에 기침이 나오고 온몸을 공격하는 추위에 숨이 막혔지만 의식적으로 천천히 심호흡을 했다. 수영하는 동안 부드러우면서도 단단한 무언가가 얼굴에 부딪혀 몸을 떨었다. 혐오가 아닌 추위 때문이었다. 쥐 사체나 썩어가는 물고기는 해변에 도착한 후에 걱정하면 된다. 지금 내 관심사는 생존뿐이다.

항구에서 30미터 이상 떨어졌을 리 없었지만 그보다 훨씬 멀게 느껴졌다. 쉬지 않고 헤엄치는 동안 간혹 해안의 불빛이 더 멀어지는 착각마저 들었다. 또 어떤 때는 손에 잡힐 만큼 가까워 보였다. 마침내 감각을 잃은 손에 녹슨 철제 사다리가 닿았다.

사다리를 오르고, 미끄러지고, 미끄러지고, 다시 올랐다. 뼛속까지 젖어 떨리는 몸을 사다리 위로 끌어 올리며 사다리를 붙잡은 손을 놓지 않으려 했다.

부두 가장자리에 올라 콘크리트 바닥에 쓰러졌다. 숨을 몰아쉬고 기침을 하고 몸을 떨었다. 그런 다음 네 발로 몸을 일으켜 고개를 들고 처음에는 오로라호를, 다음에는 앞에 있는 작은 마을을 보았다.

베르겐이 아니었다. 어디인지는 몰라도 마을이라고 부르기 민망할 만큼 작았다. 늦은 밤이라 사람이 한 명도 없었고 가게들도 전부 영업이 끝났다. 사람이 있을 법한 곳은 부두를 굽어보는 호텔뿐이었다.

몸을 떨며 일어났다. 추락 방지용으로 낮게 쳐놓은 사슬을 힘겹게 넘어 비틀거리며 호텔로 다가갔다. 오로라호가 속도를 높이는지 엔진 소리에 긴박감이 느껴졌다. 내가 기나긴 부둣가 콘크리트를 가로지르는 동안, 배의 엔진이 최고조로 돌아가며 물이 출렁였다. 불안하게 뒤를 돌아보자, 배가 움직이고 있었다. 뱃머리가 피오르에서 조금씩 멀어지는 동안 모터는 귀에 거슬리는 소리를 냈다.

쓸데없는 미신이 떠올라 얼른 시선을 돌렸다. 배를 보고 있는 것만으로 배에 탄 사람들이 나를 쳐다볼 것만 같았다. 호텔 입구의 계단을 오르는 사이, 엔진 소리는 더욱 커졌다. 정신없이 호텔문을 두드리자 다리에 힘이 풀렸다. 나도 모르게 이런 말이 나왔다.

"제발, 제발, 누가 제발 좀 도와주세요…."

문이 열리고 불빛과 온기가 쏟아졌다. 나는 부축을 받으며 몸을 일으키고 안전한 곳으로 문턱을 넘었다.

30분 후에는 붉은색 합성섬유 담요를 덮고 고리버들 의자에 웅크리고 앉아 있었다. 은은하게 불을 밝힌 테라스에서 유리창 너머로 항만이 내려다보였다. 손에 커피잔을 들었지만 마실 기운은 없었다. 뒤에서 들리는 말소리는… 노르웨이어였다. 그런 것 같았다.

못 견디게 피곤했다. 며칠 동안 제대로 잠을 자지 못한 기분이었다. 사실이 그랬다. 꾸벅꾸벅 졸다가 여기가 어디이고, 내가 어디서 탈출했는지 기억하고 퍼뜩 정신을 차렸다.

아름다운 배 안에서의 악몽은 실제로 일어난 일이었던가? 정말 파도치는 바다 아래 관 같은 감옥에 갇혀 있었나? 아니면 전부 환각에 불과할까?

반쯤 졸며 아직 어두운 항구를 보고 있었다. 오로라호는 저 멀리 피오르로부터 서쪽으로 이동하고 있었다. 그때 뒤에서 누군가 말을 걸었다.

"손님?"

고개를 들었다. '총지배인 에릭 포섬'이라는 명찰을 살짝 비뚤게 달고 있는 남자였다. 자다가 침대에서 끌려 나온 듯 머리가 엉망이었고 셔츠 단추는 잘못 끼워져 있었다. 에릭이 꺼끌꺼끌 턱수염을 만지며 맞은편 의자에 앉았다.

"안녕하세요."

나는 힘없이 대답한 후, 먼저 데스크 직원에게 사연을 이야기했다. 위험하지 않을 정도로만, 그가 영어로 알아들을 수 있을 만큼만 말을 했다. 데스크에 앉아 있지만 야간 경비인 듯한 직원은 그나마 영어보다 노르웨이어를 잘했지만 스페인이나 터키 사람 같았다. 체크인 시간과 영업시간 안내쯤은 영어로 가능했지만 신분 도용과 살인이 섞인 복잡한 이야기를 이해하기에는 역부족이었다. 조금 전 내가 갖고 있던 유일한 신분증(앤의 것)을 지배인에게 보여주며 낮고 조심스러운 말투로 내 이름을 몇 번이나 되풀이해서 말하는 모습을 보았다.

맞은편에 앉은 지배인이 손을 모으고 다소 불안한 미소를 지었다.

"그러니까… 블랙 록 양이시죠?"

그는 내 성이 두 단어인 것처럼 발음했지만 고개를 끄덕였다.

"이해가 안 되는군요. 저희 매니저에게 설명을 듣기는 했습니다만, 어떻게 앤 불머의 신용카드를 갖고 계시죠? 불머 부부라면 우리 호텔에 자주 묵어 잘 알고 있습니다. 친구분이신가요?"

손으로 얼굴을 감쌌다. 그렇게 하면 밀려드는 피로감을 막아낼 수라도 있는 것처럼.

"저는… 설명하자면 길어요. 부탁인데, 전화 한 통 써도 될까요? 경찰에 연락을 해야 해요."

아까 체크인 데스크에 힘없이 기대어 있는 동안 하나 결심한 것이 있다. 캐리에게는 경찰에 신고하지 않겠다고 약속했지만 캐리를 구하려면 신고를 해야 했다.

불머는 절대 캐리를 살려두지 않을 것이다. 캐리는 너무 많은 것을 알았고, 너무 많은 것을 망쳤다. 나는 머리를 쌀 스카프를 잃어버려 앤으로 변장할 수 없었고, 캐리의 여권을 잃어버려 캐리 행세를 하지도 못했다. 둘 다 바다 깊이 빠뜨렸기 때문이었다. 남은 것은 앤의 지갑뿐이었다. 사다리를 기어올라 물 밖으로 나오는 동안에도 지갑만은 라이크라 레깅스 주머니에 기적처럼 남아 있었다.

"그럼요." 에릭이 안쓰러운 표정으로 말했다.

"대신 전화를 걸어드릴까요? 밤중에는 영어를 하는 직원이 없을지도 모릅니다. 미리 알려드리자면 이 마을에는 경찰서가 없어요. 가장 가까운 경찰서도 몇 시간 거리에 있습니다. 뭐라고 하죠… 계곡을 넘어야 해요. 내일에나 사람이 올 거예요."

"그래도 급한 일이라고 전해주세요." 내가 힘없이 말했다.

"되도록 빨리 와달라고요. 숙박 요금은 걱정하지 마세요. 돈이 있거든요."

"괜찮습니다." 지배인이 미소를 지었다.

"커피 한 잔 더 드릴까요?"

"아니요, 감사하지만 됐어요. 그냥 빨리만 와달라고 해주세요. 사람 목숨이 달린 일이에요."

손에 얼굴을 푹 묻고 있으니 눈이 감겼다. 프론트로 돌아간 지배인이 수화기를 집어 들고 전화번호를 누르는 소리가 들렸다. 긴 번호였다. 노르웨이의 999는 우리와 다른가? 인근 경찰서에 전화하는지도 모르겠다.

연결음이 들렸다. 수화기 반대편에서 누가 전화를 받았고 짧은 대화가 이어졌다. 피곤해서 몽롱한 와중에도 지배인 에릭이 노르웨이어로 무슨 말을 하는 소리를 들었다. 알아들을 수 있는 단어는 '호텔'뿐이었다. 그는 잠시 상대의 말을 듣고 있더니 다시 노르웨이어로 말했다. 내 이름이 두 번 들리고 앤의 이름도 들렸다.

"Ja, din kone, Anne(네, 앤 사모님이요)."

상대가 잘못 들었는지, 아니면 믿지 못하겠다는 반응을 보였는지 에릭이 덧붙였다. 노르웨이어로 뭐라고 더 말하며 웃더니 마지막으로 이렇게 말했다.

"Takk, farvel, Richard(알겠습니다. 감사해요, 리처드)."

손바닥에 얼굴을 묻고 있다가 고개를 번쩍 들었다. 갑자기 온몸이 차갑게 식고 얼어붙었다.

항구의 배들을 내다보았다. 저 멀리에서 오로라호의 불빛은 희미해지고 있었다. 그런데… 상상일까? 배가 멈춘 것처럼 보였다.

잠시 제자리에 앉아 불빛을 바라보며 항로 표시와의 거리를 가늠하려 했다. 사실이었다. 오로라호는 더 이상 피오르 서쪽으로 움직이지 않았다. 머리를 돌리고 있었다. 돌아오고 있었다. 에릭이 전화를 끊고 다른 번호를 눌렀다.

"Politiet, takk(경찰이죠)."

내가 무슨 짓을 했는지 깨달았다. 몸이 굳어 잠시 움직일 수 없었다. 불머의 영향력이 구석구석 뻗어 있다는 캐리의 말을 믿지 않았다. 폭력에 시달려 도망칠 가능성이 없다고 믿는 여자의 피해망상이라고 치부했다. 그러나… 그 두려움은 분명한 현실이었다.

커피잔을 테이블에 조심스럽게 내려놓고 붉은색 담요를 바닥에 떨어뜨렸다. 그리고 아주 조용히 테라스 문을 열고 밤거리로 몰래 빠져나갔다.

34

작은 마을의 꼬불꼬불한 길을 달렸다. 숨이 차서 가슴이 터질 것 같았고 맨발로 돌멩이를 밟고 고통에 얼굴을 찌푸렸다. 길이 점차 좁아지고 가로등도 하나둘 사라지기 시작했지만 어둡고 차가운 밤거리를 마냥 달렸다.

보이지 않는 물웅덩이와 축축한 잔디밭과 자갈길 위로 휘청거리며 나아가다 보니 발에 감각이 사라져 상처와 돌멩이조차 느낄 수 없었다.

그래도 계속 나아갔다. 나와 리처드 불머 사이의 거리를 최대한 벌려야 한다는 마음이 절실했다. 계속 도망칠 수는 없었다. 힘이 빠지는 순간이 닥칠 것이다. 하지만 은신처 비슷한 공간을 찾아야 했다. 그때까지만 체력이 버텨주기를 바랄 뿐이었다.

마침내 더는 달릴 수 없는 순간이 왔다. 속도를 늦추고 숨을 몰아쉬며 절뚝거리는 다리로 조깅을 했다. 뒤로 멀리 보이는 마을의 불빛이 점점 작아질 때부터는 고통을 참고 힘겹게 걷기 시작했다. 어둡고 구불구불한 길을 따라 피오르의 측면인 언덕을 올랐다.

몇백 미터마다 멈춰 서서 골짜기 아래를 내려다보았다. 작은 항구 마을의 불빛이 갈수록 더 작아지고 있었다. 오로라호의 불빛은 어둡고 잔잔한 피오르 해안에 가까워졌다. 이제는 의심의 여지가 없었다. 배가 또렷하게 보였다. 내 머리 위의 하늘도 빛으로 물들기 시작했다.

벌써 동이 틀 시간인가? 그러면 오늘이 무슨 요일이지? 월요일?

무언가 이상하다고 생각하다 뒤늦게 깨달았다. 불빛은 동쪽이 아니라 북쪽에서 비추고 있었다. 내가 보는 것은 새벽 여명이 아니었다. 녹색과 금색이 으스스하게 늘어지는 이 빛은 북극광, 오로라였다.

그 사실을 깨닫고 나니 웃음이 나왔다. 차갑고 우울한 헛웃음은 밤하늘에 놀라울 정도로 크게 울려 퍼졌다. 불머가 뭐라고 말했더라? 누구나 죽기 전에 꼭 한 번은 오로라를 봐야 한댔지. 그래, 이제 봤다. 하지만 뭐가 그렇게 중요한 의미가 있는지 모르겠다.

잠시 멈춰 서서 시시각각 변하는 찬란한 오로라를 바라보았다. 하지만 불머 생각을 하자 다리가 다시 움직였다. 걸음을 내디딜 때마다 도망치라던, 탈출하라던 캐리의 필사적인 충고를 떠올렸다. 불머의 영향력이 뻗지 않은 곳이 없다던 터무니없는 주장을 떠올렸다.

이제는 그 말이 터무니없게 느껴지지 않았다.

캐리를 믿었어야 했다. 호텔에서 앤의 신분증을 보이지 말아야 했다. 사소한 정보라도 에릭에게 말하지 말았어야 했다. 하지만 믿기지 않았는데 어떡해. 아무리 돈이 많다고 하지만 개인이 그런 영향력을 가진다고? 말이 되지 않는다고 생각했다. 이제야 내가 순진했다는 것을 깨달았다.

신음이 나왔다. 어쩜 그리 멍청했을까. 축축하게 젖은 얇은 옷 속으로 추위가 스며들고 있었다. 무엇보다도 데스크에 지갑을 놓고 왔다는 사실이 절망적이었다.

바보, 멍청이. 지폐가 젖어서 눅눅해졌을지언정 5,000크로네를 사용할 수 있었는데. 나는 그 지갑을 호텔에 나타난 불머에게 건네는 약소한 합의금처럼 두고 왔다. 이제 어떻게 하지? 신분증도, 잠을 잘 곳도 없었다. 기차표는 고사하고 초콜릿 하나를 살 돈도 없었다. 경찰서를 찾는 것이 최선의 희망이었지만 어떻게 찾는단 말인가? 경찰서에 도착하면 진실을 말해도 될까?

이 생각을 하고 있을 때 뒤에서 엔진음이 들렸다. 돌아보자 자동차 한 대가 코너를 돌고 있었다. 한밤중에 여기에 사람이 있으리라고는 예상하지 못하는 듯 무서울 정도로 빠르게 다가왔다.

길가로 서둘러 피하다 발을 헛디뎌 넘어지고 말았다. 길게 뻗은 자갈밭을 구른 탓에 살이 까지고 피가 나고 레깅스는 누더기가 되었다. 자갈투성이의 도랑에 빠지면서 겨우 구르기를 멈추

9월 27일 일요일

었다.

도랑은 아래의 피오르로 이어지는 개울 내지는 배수로 같았다. 자동차도 약 2미터 거리에서 바퀴를 끼이익 끌며 멈추고 전조등으로 계곡을 비추었다. 배기가스 연기가 후미등 위로 붉게 피어올랐다.

위의 도로에서 자갈을 우두둑 밟는 발소리가 들렸다. 불머일까? 그의 부하? 여기서 도망쳐야 했다.

일어나려 했지만 발목에 힘이 풀렸다. 이번에는 더 조심스럽게 다시 시도해 보았다. 내 입에서 고통에 흐느껴 우는 소리가 나왔다.

불빛을 등지고 있어 실루엣만 보이는 사람이 내 소리를 듣고 길 가장자리를 주의 깊게 살피더니 노르웨이어로 무슨 말인가 했다. 나는 고개를 가로저었다. 손이 부들부들 떨렸다.

"노… 노르웨이어 몰라요."

흐느낌을 참고 말했다.

"여… 영어 할 줄 아세요?"

"네, 영어 합니다."

남자가 강한 억양으로 말했다.

"손 내밀어봐요. 일으켜드리죠."

망설여졌지만 도움을 받지 않고는 이 도랑에서 나갈 방법이 없었다. 저 남자가 나를 해칠 작정이면 얼마든지 도랑으로 내려와 사방이 막힌 이곳에서 나를 공격할 수 있었다. 일단은 여기서 나가야 했다. 적어도 결정적인 순간에 도망칠 수 있을 테니까.

눈이 부셔 자동차 불빛을 손으로 가렸다. 보이는 것은 남자의 어두운 실루엣뿐이었다. 모자를 쓴 금발이 마치 후광 같았다. 어쨌든 불머는 아니었다. 확실했다.

"손 달라니까요."

남자가 조금 짜증스러운 투로 다시 말했다.

"다쳤어요?"

"아니요, 아… 안 다쳤어요. 발목이 아프긴 한데 부러지지는 않은 것 같아요."

"다리를 여기에 올려봐요."

남자가 도랑 밖에 있는 바위를 가리켰다.

"그러면 내가 끌어올릴게요."

고개를 끄덕였다. 우스꽝스러운 자세 같았지만 성한 발을 바위에 올리고 오른손을 이용해 몸을 위로 기울였다.

남자가 도랑 가장자리에 있는 바위를 붙잡고 끙 소리를 내며 아주 강한 힘으로 내 손을 당기기 시작했다. 팔의 근육이 아프다고 소리를 질렀고 다친 발에 무게를 싣자 비명이 나왔다. 마침내 고통을 견디고 재빨리 도랑 밖으로 빠져나왔다. 길가에 서 있으니 몸이 부들부들 떨렸다.

"여기서 뭐 하고 있던 거예요?"

남자가 말했다. 얼굴은 보이지 않았지만 걱정하는 목소리였다.

"길을 잃었어요? 사고를 당했습니까? 이 길은 곧바로 산과 이어져요. 관광객이 올 곳이 아닙니다."

어떻게 대답할지 머리를 굴리고 있을 때, 두 가지를 깨달았다.

첫째, 자동차 불빛이 드리운 그림자 때문에 보이지 않았지만 남자가 허리춤에 찬 가죽 케이스에는 무엇인가 들어 있었다. 둘째, 저 차는 경찰차였다. 얼어붙은 채로 무슨 말을 할지 생각하는 동안, 지지직거리는 무전기 소리가 고요한 밤을 꿰뚫었다.

"저…."

겨우 입을 열었더니, 경찰이 한 발짝 다가와 내 얼굴을 자세히 보겠다고 모자를 한쪽으로 기울이고 눈을 찌푸렸다.

"이름이 어떻게 되시죠?"

"저는…."

말을 하다가 멈췄다. 무전기에서 또 소리가 났고 그가 손가락 하나를 들어 올렸다.

"잠시만요."

경찰이 허리에 손을 움직였다. 내가 총이라 생각했던 물체는 수갑과 경찰 무전기였다. 수신기에 대고 짧게 응답한 그가 자동차 운전석으로 올라가 카 라디오로 더 긴 대화를 시작했다.

"Ja(네)."

내가 알아듣지 못하는 대화가 길게 이어졌다. 남자는 앞 유리 너머로 나를 올려다보았다. 어리둥절한 그의 시선이 내 눈과 마주쳤다. 그가 다시 말을 했다.

"Ja, det er riktig. Laura Blacklock(네, 맞습니다. 로라 블랙록)."

시간이 멈춘 듯했다. 지금이 아니면 기회는 없다는 확신이 들었다. 도망치는 것이 실수일지도 모른다. 하지만 도망치지 않았다가 실수를 깨닫기도 전에 죽을 가능성도 존재했고, 그런 위험은 감수할 수 없었다.

조금 더 망설였다. 경찰이 무전기 수신기를 다시 꽂고 조수석 글로브박스로 손을 뻗는 모습이 보였다.

대책은 없었다. 하지만 아까 전 캐리의 말을 믿지 않은 대가로 모든 것을 잃을 뻔했다.

고통스럽겠지만 용기 쥐어짜 달리기 시작했다. 왔던 길인 도로가 아니라 아래쪽 들판으로 내려갔다. 아찔한 피오르 측면을 따라 뒤도 돌아보지 않고 달려 나갔다.

35

더 이상 움직일 수 없다고 깨달았을 때는 날이 밝고 있었다. 견디지 못할 정도로 지친 근육은 명령을 듣지 않았다. 이제는 걸을 수도 없었다. 나는 술 취한 사람처럼 비틀거렸다. 쓰러진 나무를 넘는데 다리에 힘이 풀렸다.
 멈춰야 했다. 지금 멈추지 않으면 이 자리에 쓰러질 것이다. 그리고 노르웨이 시골 깊숙이 파묻힌 시체는 영영 발견되지 않을 것이다. 몸을 피할 곳이 필요했다. 하지만 도로를 벗어난 지 오래였고 집이라고는 한 채 보이지 않았다. 전화도, 현금도 없었다. 지금이 몇 시인지조차 알 수 없었다. 새벽이 가까워졌구나, 하고 짐작할 뿐이었다.
 마른 목에서 흐느낌이 솟았다. 바로 그 순간 드문드문 서 있는 나무 사이에서 길고 낮은 형태가 어렴풋이 보였다. 집은 아니었다. 외양간 같은 곳인가?

그 모습을 보자 마지막으로 다리에 힘이 솟았다. 나무 사이를 비틀거리며 다가가 가시철조망을 두른 출입문을 지나고 흙길을 걸었다. 정말 외양간이었다. 눈앞에 있는 초라한 오두막을 가리키기에 외양간은 너무 거창한 이름이었지만 말이다. 물결 모양의 철제 지붕을 덮은 건물의 나무 벽은 곧 무너질 듯했다.

느릿느릿 다가가니 텁수룩한 작은 말 두 마리가 호기심 어린 시선으로 나를 보았다가 다시 구유로 고개를 돌렸다. 가슴이 두근거렸다. 구유 안에 물이 있었다. 새벽의 어슴푸레한 빛에 수면이 분홍색과 금색으로 물들었다.

구유로 비틀거리며 다가가 그 옆의 짧은 잔디밭에 무릎을 꿇고 주저앉았다. 양손으로 물을 떠서 허겁지겁 마셨다. 진흙이 섞인 빗물이었고, 쇠 맛이 났지만 괜찮았다. 목이 너무 말라서 갈등을 달랠 수만 있다면 다른 것은 전혀 신경 쓰이지 않았다.

양껏 물을 마시고 일어나 주위를 둘러보았다. 외양간 문은 닫혀 있었지만 빗장에 손을 대자 문이 활짝 열렸다. 조심스럽게 안으로 들어가 문을 닫았다. 안에는 말에게 먹일 건초더미가 높이 쌓여 있었다. 벽에 걸린 못에는 말에게 덮어주는 담요가 몇 장 있었다.

피곤함을 이기지 못하고 천천히 담요 하나를 당겨 가장 두툼해 보이는 건초 더미에 깔았다. 쥐, 벼룩은 생각도 하지 않았다. 불머의 부하들도 마찬가지였다. 그들이 여기서 나를 찾을 리는 없었고, 이제는 그러거나 말거나 상관없는 단계에 이르렀다. 쉴 수만 있다면 끌려가도 상관없었다. 임시 침대에 몸을 뉘고 다른 담요를 덮었다.

그리고 잠이 들었다.

"누구요?"

머릿속의 목소리가 고통스러울 정도로 크게 울려 퍼졌다. 눈을 뜨자 불빛이 눈을 찔렀고 나를 바라보는 사람의 얼굴이 보였다. 하얀 수염이 마치 캡틴 버즈아이*같은 노인이었다. 그는 물기 많고 게슴츠레한 다갈색 눈으로 나를 보고 있었다. 얼굴에는 걱정과 놀라움이 뒤섞인 표정이 떠올랐다.

눈을 깜박이다가 황급히 뒤로 물러났다. 심장이 빠르게 뛰었다. 일어나려 했지만 발목의 통증 때문에 휘청거렸다. 노인이 내 팔을 잡고 노르웨이어로 무슨 말을 했다. 생각 없이 팔을 거칠게 뿌리치다 외양간 바닥으로 쓰러지고 말았다.

우리는 잠시 서로를 보고만 있었다. 노인은 내 찰과상을 살폈고 나는 주름진 얼굴과 뒤에서 컹컹 짖으며 원을 그리는 강아지를 바라보았다.

"Kom(이리 와요)."

그가 한참 만에 말하고는 힘겹게 몸을 일으킨 후 내게 손을 내밀었다. 사람이 아니라 상처를 입은 짐승처럼 나를 대했다. 자극하면 물려고 하는 짐승처럼. 강아지가 미친 듯이 짖기 시작했고 노인은 어깨 너머로 '쉿, 조용히!'라는 뜻이 분명할 말을 외

* 세계적인 냉동식품의 마스코트.

쳤다.

"누구…." 메마른 입술을 혀로 축이고 물었다.

"누구세요? 여기는 어디죠?"

"나는 콘라트 호르스트."

노인은 자신을 가리키며 말하고 지갑을 꺼내 사진 한 장을 찾아 보여주었다. 뺨이 붉고 하얀 머리를 올려 묶은 할머니가 금발 소년 두 명을 끌어안고 있는 사진이었다.

"Min kone(내 아내)."

나를 위해 일부러 천천히 발음을 했다. 아이들을 가리키면서는 '보리 봉봉'처럼 들리는 말을 했다.** 그다음에는 외양간 문밖에 서 있는 낡아 빠진 볼보를 가리켰다.

"Bilen min(내 차)." 그는 이어서 덧붙였다.

"Kom(와요)."

어떻게 해야 할지 몰랐다. 부인과 손자들의 사진을 보니 마음이 놓이기는 했다. 그러나 강간범과 살인자도 손자가 있지 않을까? 아니면 정말로 마음씨 좋은 할아버지인가? 그의 부인은 영어를 할 수도 있다. 적어도 집에 전화기는 있겠지.

발목을 내려다보았다. 달리 선택권이 없었다. 발목이 원래보다 두 배는 더 부은 상태였다. 공항은 고사하고 자동차까지 절뚝거리며 갈 수 있을지도 의심스러웠다. 캡틴 버즈아이가 팔을 내밀고 가볍게 손짓했다.

** 노르웨이어 våre barnebarn은 '우리 손자들'이라는 뜻이다.

"올래요?"

어설픈 영어로 질문을 받았다. 내게 선택권을 주려는 것 같았다. 하지만 내게 그런 것이 있을 리가 있나. 환상일 뿐이다.

그의 부축을 받고 일어나 자동차에 올랐다.

차로 이동하고 있으니 내가 어젯밤 얼마나 멀리까지 달렸는지 알 수 있었다. 나무가 무성한 이쪽 산비탈에서는 피오르가 보이지도 않았다. 노인의 볼보는 바퀴 자국이 깊게 난 도로를 몇 킬로미터 덜컹거리며 나아간 끝에 차도 비슷한 길에 다다랐다.

막 아스팔트 도로로 방향을 틀었을 때, 자동차 라디오 아래의 작은 홈에서 무언가를 발견했다. 휴대전화다. 나온 지 오래된 구형 모델이었지만 휴대전화는 휴대전화였다.

거의 숨도 쉬지 못하고 손을 뻗었다.

"써도 될까요?"

캡틴 버즈아이가 고개를 돌리더니 씩 웃었다. 휴대전화를 내 무릎에 놓고 노르웨이어로 무슨 말을 하며 화면을 툭툭 쳤다. 화면을 보자 무슨 말을 하는지 알 수 있었다. 신호가 전혀 들어오지 않았다.

"Vente(기다려요)."

큰 소리로 똑똑히 발음하더니 서툰 영어로 다시 기다리라고 천천히 덧붙였다. 무릎에 놓인 휴대전화를 손에 꼭 쥐었다. 차창 밖으로 나무들이 스쳐 지나갈 동안 나는 목이 메어 화면만 보고 있었다. 그런데 이상했다. 여기에 나와 있는 날짜는 9월 29일이었다. 내가 잘못 계산하지 않았다면 하루가 사라진 셈이었다.

"이거요." 휴대전화의 날짜를 가리키며 말했다.

"오늘이 정말 29일인가요?"

캡틴 버즈아이는 화면을 힐끗 보고 고개를 끄덕였다.

"Ja, tjueniende(그래요, 화요일). 화요일."

아주 천천히 영어로도 말해주었다. 화요일. 오늘이 화요일이라니. 저 작은 오두막에서 하룻밤 하고도 만 하루를 더 잤다는 소리였다.

머릿속으로 계산을 마치고 주다와 부모님이 얼마나 걱정할까 하는 생각이 들었지만 잠시 밀어두었다. 깔끔하게 푸른 페인트를 칠한 작은 집의 진입로로 방향을 꺾었을 때, 휴대전화 화면의 한쪽 구석이 깜박였다. 곧 신호를 표시하는 막대가 하나 떴다.

"써도 될까요?"

휴대전화를 들어 그에게 보여주었다. 갑자기 심장이 쿵쿵 뛰었고 하려는 말이 목구멍에 걸린 듯 잘 나오지 않았다.

"영국에 있는 가족에게 전화해도 되나요?"

노르웨이어를 이해할 수 없었지만 콘라트 호르스트는 고개를 끄덕였다. 나는 키패드를 제대로 누르지 못할 만큼 부들부들 떨리는 손가락으로 +44*를 누르고 주다의 휴대전화로 전화를 걸었다.

---

*   영국의 국가 번호.

36

 우리는 한참이나 아무 말도 하지 않았다. 공항 한복판에 서로를 껴안고 서 있을 뿐이었다. 주다는 정말 나인지 믿을 수 없다는 듯 내 얼굴을 마구 어루만졌다. 나도 그에게 같은 행동을 했던 것 같지만 기억은 나지 않는다. 할 수 있는 생각은 단 하나였다. 집에 왔다는 것. 집에 왔다. 집이다.
 "믿을 수가 없어. 네가 무사하다니."
 주다는 계속 같은 말을 했다. 그 순간, 눈물이 터졌다. 거칠거칠한 재킷에 얼굴을 묻고 울기 시작했다. 주다는 한마디도 하지 않았다. 그저 세게 끌어안을 뿐이었다.

 처음에는 경찰에 신고하겠다는 호르스트 부부를 말리려 했지만 그들은 나를 이해하지 못했다. 연락이 닿은 주다가 런던 경찰청에 내 이야기(비현실적이라 나조차도 믿기 힘든 이야기 말이다)를 전하겠다고 약속한 후에야 잘나신 리처드 불머라 해도 처벌을 면할 수 없다는 사실을 받아들일 수 있었다.

노르웨이 경찰은 우선 다친 발과 발목을 치료하고 약을 처방받으라며 나를 진료소로 데려갔다. 오랜 시간이 걸렸지만, 건강에 아무 이상이 없으니 돌아가도 좋다는 의사 진단을 받았고, 이후에는 차를 타고 계곡 위쪽에 있는 경찰서로 향했다. 오슬로에서 온 영국 대사관 직원이 나를 기다리고 있었다.

앤, 리처드 불머, 캐리 이야기를 몇 번이고 되풀이했다. 말할 때마다 나조차도 내 이야기를 믿을 수 없다는 생각이 들었다.

"가서 도와주세요." 나는 그 말만 했다.

"캐리 말이에요. 배를 쫓아가야 해요."

영국 대사관 직원과 경찰이 눈빛을 주고받았고 경찰이 노르웨이어로 무슨 말을 했다. 무엇인지 몰라도 좋지 않은 소식을 숨기고 있는 것이 분명했다.

"왜요? 무슨 일이에요? 뭐가 잘못됐나요?"

"경찰이 시신 두 구를 발견했습니다."

대사관 직원이 한참 만에 입을 열었다. 그의 목소리는 거북하게 딱딱했다.

"하나는 월요일 아침에 어선에서 건졌고, 두 번째는 월요일 늦게 경찰 잠수부가 발견했습니다."

손바닥에 얼굴을 묻고 눈을 마구 비볐다. 짓눌린 눈꺼풀 안쪽에서 불꽃이 튀었다. 심호흡을 하고 고개를 들었다.

"다 말해주세요. 알아야겠어요."

"잠수부가 발견한 시신은 남성이었습니다." 대사관 직원이 천천히 설명했다.

"관자놀이에 총을 맞았는데 경찰은 사인을 자살이라 생각하고 있습니다. 신분증은 없었지만, 리처드 불머의 시신이라고 추측하고 있어요. 오로라호의 승무원들이 실종 신고를 했거든요."

"그리고…"

나는 차마 말을 잇지 못하고 침을 꿀꺽 삼켰다.

"다른 시신은요?"

"두 번째는 여자였습니다. 마르고 머리카락을 짧게 깎은 여자요. 경찰이 부검할 예정이지만 현재까지 발견된 사실을 종합하면 익사한 것 같습니다. 블랙록 씨, 왜 그러세요?"

대사관 직원이 어찌할 바를 모르고 불안하게 주위를 둘러보았다.

"괜찮으십니까? 누가 티슈 좀 주세요. 울지 마세요, 블랙록 씨. 이제 무사합니다."

아무 말도 할 수 없었다. 그의 말이 사실이라 더 끔찍했다. 나는 무사했다. 하지만 캐리는 아니었다. 불머가 자살을 했다니 마음이 놓여야 했지만, 전혀 그렇지 않았다. 나는 가만히 앉아 티슈로 얼굴을 가리고 울기만 했다. 캐리가 내게 한 짓, 또 캐리가 내게 베푼 친절을 생각했다. 옳고 그름과 상관없이 캐리는 목숨으로 대가를 치렀다. 내가 느려서 그녀를 구하지 못했을 뿐이다.

37

 공항에서 택시를 타고 주다의 집으로 돌아왔다. 따로 상의하지는 않았지만 내 반지하 아파트로 갈 수 없다는 사실을 둘 다 알고 있었기 때문이다. 불빛이 들어오지 않는 공간에는 한시라도 더 갇혀 있고 싶지 않았다. 주다도 내 마음을 이해한 듯했다.
 거실에 들어오자, 주다는 내가 어린아이 혹은 회복 중인 환자인 것처럼 소파에 앉히고 담요를 둘러주었다. 건드리면 깨지는 유리를 대하듯 이마에 아주 조심스럽게 입을 맞추었다.
 "네가 집에 왔다니 믿을 수가 없어. 경찰에서 부츠 사진을 보여줬을 때는⋯."
 주다의 눈에 눈물이 고였고 나도 울음이 나와 목구멍이 따끔거렸다.
 "캐리가 가져갔어. 나더러 자기인 척하라고. 캐리는⋯."
 목소리가 갈라져 말을 맺을 수 없었다. 한참이나 나를 안아주던 주다가 간신히 침을 삼키고 말했다.

"너… 너한테 온 메시지가 많아. 음성사서함 용량이 꽉 찼다고 나한테 연락을 하더라고. 다 적어뒀어."

주다가 주머니를 뒤져 목록을 건넸다. 쭉 훑어보았다. 대부분 예상했던 사람들이었다. 리지, 로완, 엠마, 젠….

의외인 사람도 몇 명 있었다.

티나 웨스트 ─무사해서 정말 다행. 다시 전화할 필요는 없음.
클로이 얀센(주다가 옌센을 잘못 받아 적은 모양이다) ─괜찮기를 바람. 본인이나 남편이 도울 수 있는 일이 있다면 연락하기를.
벤 하워드 ─메시지 없음.

"세상에, 벤."

죄책감이 들었다.

"벤이 연락할 줄이야. 이번 일 배후에 있는 게 아니냐고 엄청 몰아붙였거든. 정말 벤이 전화를 했어?"

"말도 마."

주다가 은근슬쩍 티셔츠로 눈물을 닦으며 말했다.

"위험을 알린 사람이 벤이야. 네가 집에 잘 도착했나 궁금하다고 베르겐에서 내게 전화를 했어. 내가 일요일부터 소식을 못 들었다고 하니까 영국 경찰에 신고해서 긴급한 문제라고 말하래. 트론헤임에서부터 난리를 쳤는데 승무원 중 말을 들어주는 사람이 아무도 없었대."

"더 미안해지려고 하잖아."

나는 손바닥에 얼굴을 묻었다.

"에이, 그래도 여전히 잘난체하는 놈이야."

주다는 그런 내 모습이 사랑스럽다는 듯 미소 지었다. 치아 뿌리가 자리를 잡은 모습을 보자 가슴이 욱신거렸다.

"〈메일〉에 꽤나 쓰레기 같은 인터뷰도 했지. 네가 자기랑 헤어진 지 얼마 안 됐다는 뉘앙스를 풍기더군."

"살인자라고 비난한 게 조금 덜 미안해지네."

살짝 떨리는 웃음이 나왔다.

"저기, 차 마실래?"

고개를 끄덕이자 주다는 일어나 주방으로 향했다. 나는 커피 테이블에 놓인 티슈 상자에서 티슈를 한 움큼 뽑아 눈물을 닦은 다음 리모컨을 집어 들고 텔레비전을 켰다. 겉으로나마 평범한 일상을 누리고 싶었다. 〈프렌즈〉나 〈하우 아이 멧 유어 마더〉 등 가볍게 볼 수 있는 재방송 프로그램을 찾아 채널을 돌리던 중, 놀라서 동작을 멈추었다.

텔레비전 화면에서 눈을 뗄 수 없었다. 한 남자가 나를 노려보고 있었다.

불머였다.

그는 나와 눈을 맞추고 한쪽 입꼬리를 씩 올려 웃었다. 잠깐은 내가 환각에 빠졌다고 생각했다. 주다를 부르려고 숨을 들이마셨다. 악몽처럼 화면 밖으로 나를 빤히 쳐다보는 저 얼굴이 주다 눈에도 보이는지 물어보려 했다. 화면이 아나운서로 바뀌고 나서야 상황을 파악할 수 있었다. 이것은 불머가 죽었다는 뉴스 보도였다.

"영국 사업가이자 귀족인 리처드 불머 경의 사망에 관한 속보입니다. 노던 라이츠 그룹의 최대 주주였던 불머 경이 노르웨이 근해에서 시신으로 발견되었습니다. 본인이 소유한 호화 요트인 오로라호에서 실종되었다는 신고가 들어온 지 불과 몇 시간 만의 일입니다."

화면은 불머가 단상에 서서 연설을 하는 모습으로 다시 전환되었다. 입술이 움직였지만, 뉴스를 진행하는 아나운서의 멘트를 위해 소리는 내보내지 않았다. 카메라가 그의 얼굴을 비추었고 나는 볼륨을 낮추고 소파에서 내려와 그의 얼굴과 몇 센티미터도 떨어지지 않은 곳에 무릎을 꿇고 앉았다.

연설을 마친 리처드가 허리를 숙여 인사를 하자 카메라는 그의 얼굴을 클로즈업했다. 리처드가 화면 너머의 나를 바라보며 특유의 찡긋하는 윙크를 했다. 속이 뒤틀리고 피부에 소름이 돋았다.

떨리는 손으로 리모컨을 들었다. 그의 망령을 내 인생에서 완전히 쫓아내야 했다. 그때 카메라가 청중석으로 방향을 틀었다. 첫째 줄에서 웃으며 박수치는 여자의 모습에 '전원' 버튼을 누르려다 말고 동작을 멈추었다.

눈부시게 아름다운 여자였다. 짙은 금발을 물결처럼 길게 늘어뜨렸고 광대뼈는 사과처럼 톡 튀어나와 있었다. 어디서 봤더라. 잠시 고민하다… 깨달았다.

앤이었다. 남편인 불머의 손에 죽기 전의 앤. 젊고 아름답고 살아 있었다.

박수를 치던 앤이 자신을 찍는 카메라를 의식한 듯 렌즈를 바라보았다. 상상인지 모르겠지만 그 눈빛에는 묘한 느낌이 있었다. 왠지 슬퍼 보였고 어딘가에 갇혀 두려워하는 느낌이 들었다.

하지만 이내 더 활짝 웃으며 고개를 치켜드는 모습으로 알 수 있었다. 그녀는 절대 굴복하지 않을 여자였다. 마지막까지 포기하지 않고 맞서 싸울 여자였다.

화면이 아나운서로 다시 바뀐 후에는 텔레비전을 끄고 다시 소파에 앉았다. 담요로 몸을 감싸고 벽으로 고개를 돌렸다. 주방에서 주다가 차를 만드는 소리를 들으며 깊은 생각에 빠졌다.

주다의 침대 옆 탁자에 놓인 시계를 보니 자정이 넘었다. 우리는 나란히 누워 있었다. 주다는 내 등에 가슴을 빈틈없이 맞대고 팔로 나를 꽉 감싸안았다. 마치 밤중에 내가 다시 사라질 것 같다고 믿는 듯했다.

주다가 잠들었다 싶었을 때 참았던 울음을 터뜨렸다. 하지만 크게 흐느끼며 가슴이 흔들리자 주다가 부드러운 소리로 낮게 귓가에 대고 말을 걸었다.

"괜찮아?"

"자는 줄 알았어."

우느라 쉬고 갈라진 목소리가 나왔다.

"울어?"

부정하고 싶었지만 목이 꽉 막혀서 말을 할 수 없었다. 그리고 거짓말과 연기는 이제 염증이 났다. 내가 고개를 끄덕이자 주다가 눈물 젖은 뺨을 어루만졌다.

"이런, 로."

침을 삼킨 듯 목젖이 움직이는 소리가 들렸다.

"이제는 안 그래도…."

하지만 주다도 말을 잇지 못했다.

"자꾸 생각이 나."

목이 잠겨 말이 잘 나오지 않았다. 주다를 보지 않고 달빛이 바닥을 비추는 고요한 어둠에 대고 말을 하고 있으니 그래도 조금 나았다.

"받아들일 수가 없어. 전부 말도 안 돼."

"그 인간이 자살해서?"

"그것만이 아니야. 앤도 그렇고… 캐리도."

주다는 말이 없었지만, 무슨 생각을 하는지 짐작이 갔다.

"말을 해."

내가 쏘아붙였다.

그가 한숨을 내쉬자 등에 닿은 가슴이 들썩이고 뺨에 따뜻한 숨결이 와 닿았다.

"이런 말 하면 벌 받겠지만 나는 그냥… 기뻐."

이불 속에서 몸을 틀어 그를 돌아보았다. 주다는 기다려보라는 듯 한 손을 올렸다.

"알아, 그러면 안 된다는 거. 하지만 그 여자가 네게 한 짓은…

솔직히 내가 결정할 수 있었다면 나는 시체를 바다에서 건지지도 않았을 거야. 거기서 물고기 밥이 되라고 두었겠지. 나한테 결정권이 없는 것이 차라리 다행인지도 몰라."

속에서 분노가 끓었다. 폭력과 학대와 거짓말의 피해자였던 캐리를 대신한 분노였다.

"캐리는 나 때문에 죽었어. 나를 보내줄 필요 없었단 말이야."

"웃기지 마. 그 여자가 없었으면 너는 거기 갇히지도 않았어. 이유 없이 사람을 죽이고 감금해?"

"그건 모르는 일이야. 다른 사람 관계까지 다 알 수는 없어."

캐리의 공포를, 몸에 난 멍을, 불머에게서 절대 벗어나지 못할 것이라던 그녀의 믿음을 생각했다. 실제로도 벗어나지 못했다.

주다는 아무 말도 하지 않았다. 어두워서 표정을 볼 수 없지만 이 침묵은 내 말에 반대한다는 의미로 해석되었다.

"뭐야? 내 말이 틀렸다는 거야? 두려워서, 벗어날 방법을 몰라서 원치 않는 행동을 할 수밖에 없는 사람도 있다는 생각은 안 했어?"

"아니, 그런 말이 아니야." 주다가 차분하게 말했다.

"나도 알아. 그렇지만 우리는 모두 자기 행동에 책임을 져야 하는 법이야. 두려움 없는 사람이 어디 있겠어. 하지만 너라면 아무리 힘든 상황이었어도 남을 감금하는 짓 따위 하지 않았을 거야. 아무리 겁에 질렸다고 해도."

"모르겠어."

그렇게 말하며 캐리를 생각했다. 용감했던, 또 연약했던 캐리를. 두려움과 외로움을 감추려고 그녀가 썼던 가면을 생각했다. 쇄골의 멍과 공포에 찬 눈빛을 생각했다. 캐리는 나를 위해 모든 것을 포기했다.

"있잖아, 주다."

일어나 앉아 몸을 이불로 감쌌다.

"내가 떠나기 전에 말했던 일 말이야. 뉴욕 일자리. 거절했어?"

"응. 엄밀히 말하면 아니지만⋯ 그럴 예정이야. 아직 연락을 안 했어. 네가 실종되고 나서 정신이 없었나 봐. 왜?"

갑자기 주다의 목소리가 불안하게 변했다.

"거절하면 안 된다고 생각해서. 그 일 맡아야 해."

"뭐라고?"

주다도 나를 따라서 몸을 일으켰다. 한 줄기 달빛을 받은 그의 얼굴은 충격과 분노로 가득했다. 잠시 말문이 막힌 듯싶더니 질문을 쏟아냈다.

"무슨 소리야? 왜? 대체 이유가 뭔데?"

"글쎄, 일생일대의 기회니까? 네가 항상 원했던 일이고."

이불 천으로 손가락을 돌돌 감싸자 피가 통하지 않아 피부가 차갑고 무감각해졌다.

"그리고 터놓고 말해서 굳이 여기 남을 이유도 없잖아?"

"굳이 여기 남을 이유가 없다고?"

침을 삼키는 소리가 들렸다. 주다가 하얀 이불을 주먹으로 움켜쥐었다가 놓았다.

"내 전부가 여기 있어. 적어도 난 그렇다고 생각했어. 지금… 나랑 헤어지자는 소리야?"

"뭐?"

이번에는 내가 충격을 받을 차례였다. 고개를 가로젓고 주다의 손을 잡았다. 손가락 관절과 힘줄을 어루만졌다. 그의 손 모양은 눈을 감고도 알 수 있었다.

"주다, 아니야. 죽어도 안 헤어져. 내 말은… 내가 하려던 부탁이 뭐냐면… 가자. 우리 둘이 같이."

"하지만 〈벨로시티〉는… 네 일은 어쩌고. 로완의 출산휴가 동안 로완 일 대신해야 하잖아. 엄청난 기회라고. 나 때문에 망치게 둘 수는 없어."

"엄청난 기회가 아니야."

한숨을 쉬며 주다의 손을 놓지 않은 채 이불 속으로 파고들었다.

"배에 있을 때 깨달았어. 〈벨로시티〉에서 거의 10년을 일한 거 알지. 벤이나 다른 사람들은 위험을 감수하고 더 크고 대단한 사건을 취재하는 동안 나는 안주하고 있었던 거야. 무섭다는 이유로. 내가 힘들어할 때 해고하지 않고 받아준 은혜를 갚아야 한다고 생각했어. 로완은 영영 떠나는 게 아니야. 길어야 6개월이면 돌아오겠지. 그러면 나는 갈 데가 없어져. 솔직히… 어떻게든 승진을 한다고 해도 이제는 내가 싫어. 애초에 원하던 일이 아니라는 사실을 배에서 깨달았어. 충분히 생각해서 내린 결정이야."

"무슨 소리를 하는 거야? 우리가 처음 만났을 때부터 회사 이야기밖에 하지 않았으면서."

"이제는 원하지 않는 것 같아. 티나와 알렉산더처럼 이 나라 저 나라 여행하면서 5성급 호텔과 미슐랭 레스토랑만 보고 싶지는 않아. 로완은 카리브 해에 있는 호화 리조트의 절반은 가봤지. 그 대가로 평생 불며 같은 사람이 원하는 기사를 쓰고 있어. 나는 그러고 싶지 않아. 이제는 싫어. 그런 부자들이 알리고 싶지 않은 기사, 누군가는 꼭 써야 하는 기사를 쓰고 싶어. 기왕 밑바닥부터 다시 시작할 거라면 어디서든 프리랜서로 일할 수 있고. 안 그래?"

문득 머리를 스치는 생각에 떨리는 웃음을 터뜨렸다.

"책을 쓰면 되겠다! 표류하는 감옥. 칠대양에서 만난 진정한 생지옥에 대하여."

"로."

주다가 내 손을 잡았다. 달빛이 짙은 색의 커다란 눈을 비추었다. "로, 그만해. 농담하지 말고. 진지하게 하는 말이야?"

숨을 깊이 들이마셨다. 그리고 고개를 끄덕였다.

"살면서 지금처럼 진지한 적 없었어."

주다는 내 어깨를 베고 잠이 들었다. 계속 이러고 있으면 쥐가 나겠지만 그를 밀어낼 수는 없었다.

"자?"

작은 소리로 물었다. 대답이 없어 그가 잠들었다고 생각했다. 평소에도 눈 깜짝할 사이에 기절하곤 했으니까. 하지만 주다가 몸을 뒤척이더니 입을 열었다.

"막 잠들려던 참이야."

"잠이 안 와."

"쉿…."

그가 내 품 안에서 돌아누워 내 얼굴을 만졌다.

"괜찮아, 다 끝났어."

"그게 아니라… 나…."

"아직도 그 여자 생각해?"

어둠 속에서 고개를 끄덕이자, 주다가 한숨을 쉬었다.

"경찰이 보여준 시체 사진 있잖아."

내 말에 주다는 고개를 저었다.

"없었어."

"무슨 말이야? 경찰이 신원을 확인하려고 사진 보내주지 않았어?"

"시체 사진이 아니었어. 차라리 그랬으면 좋았게. 사진을 보고 네가 아니라 캐리라고 확인했으면 네가 죽은 줄 알고 이틀을 지옥에서 보내지 않았겠지. 그냥 옷이었어. 옷 사진."

"왜 그랬을까?"

이상한 결정이었다. 왜 주다에게 시신이 아니라 옷의 주인을 확인하지?

어둠 속에서 주다가 어깨를 으쓱하는 것이 느껴졌다.

"글쎄. 당시에는 시신이 너무 훼손되어서 그랬다고 생각했어. 그런데 네가 노르웨이에서 전화한 후에 담당 가족 연락관과 이야기를 했거든. 대체 어떻게 그런 실수를 했는지 알고 싶어서. 그 사람이 노르웨이에 연락해 보더니 시신과 옷가지가 따로따로 발견되어서 그런 것 같다는 거야."

흠. 가만히 누워서 골똘히 생각했다. 불머에게서 도망치려던 캐리가 수영해 탈출하려고 부츠와 후드티를 벗고 바다로 뛰어든 것일까? 잠이 들면 나를 비난하는 캐리의 얼굴이 보일까 봐 잠을 청하기도 무서웠다.

하지만 마침내 눈을 감았을 때 내 앞에 나타난 것은 불머의 웃는 얼굴이었다. 그가 오로라호의 갑판에서 추락하는 동안 회색 머리카락이 바람에 헝클어졌다.

눈을 떴다. 심장이 빠르게 뛰었다. 불머가 이 세상에 없다는 사실을 기억해야 했다. 나는 무사했다. 주다를 품에 안고 있고, 악몽에서 완전히 벗어났다.

하지만 아니었다. 이 상황을 믿을 수 없었다.

캐리의 죽음만 의심스러운 것은 아니었다. 불머의 죽음도 마찬가지였다. 죽으면 안 된다는 말은 아니다. 하지만 그의 죽음에는 도저히 이해할 수 없는 구석이 있었다. 캐리가 자살을 했다면 차라리 믿겠다. 불머는 아니다. 냉정하고 자신만만한 그 남자가 삶을 포기하는 모습은 상상조차 할 수 없었다.

그는 치열하게 싸웠고 이성적이고 대담하게 전술을 펼쳤다. 정말 그렇게 항복을 했다고? 말이 되지 않았다.

하지만 사실이라고 하니 받아들여야 했다. 불머는 이 세상에 없는 사람이다.

그의 망령을 저 멀리 밀어내고 다시 눈을 감았다. 주다를 꼭 끌어안고 일부러 다른 생각을 했다. 미래에 대하여, 뉴욕에 대하여. 내가 믿고 뛰어들기로 한 그 결정에 대하여.

감은 눈 안에 어떤 이미지가 뚜렷하게 떠올랐다. 난간 위에 위태롭게 선 내가 높디높은 벼랑에 발을 걸치고 있고 아래에서는 검은 파도가 휘몰아쳤다.

그렇지만 두렵지는 않았다. 비록 한 번은 쓰러졌지만, 견디고 살아남았으니까.

⟨이브닝 스탠더드⟩, 11월 26일 목요일
'오로라'에서 익사한 수수께끼의 여성, 신원이 밝혀지다

영국 사업가 겸 귀족 리처드 불머를 포함한 익사체 두 구가 바다에서 발견된 충격적인 사건 이후로 약 2개월이 지났다. 오늘 노르웨이 경찰은 북해에서 어민이 건져 올린 시신의 신원을 알리는 성명을 발표했다. 여성은 불머 경의 아내이며 린스태드 가문의 10억 파운드 재산을 상속받은 앤 불머로 밝혀졌다.
불머 경의 시신은 자신이 소유한 고급 부티크 크루즈선 오로라 보리알리스호에서 실종 신고가 접수된 후 노르웨이 베르겐 근처 해안을 수색하던 경찰 잠수부가 수백 킬로미터 떨어진 지점에서 발견한 바 있다.

자살은 아니다

이 영문 성명서는 레이디 불머의 사인이 익사이며 불머 경은 관자놀이에 총상을 입어 사망했다는 노르웨이 경찰의 발표가 사실로 인정했다. 하지만 불머 경이 자살을 했다는 이전 보도를 반박하며 총상을 '스스로 입힌 것이 아니다'라는 법의학자의 의견을 인용했다.
실종된 영국 기자 로라 블랙록의 옷에 싸인 권총이 불머 경의 시신과 함께 발견되어 처음에는 불머 경의 사망이 그보다 며칠 전 일어난 실종과 관련이 있다는 의혹이 제기되었다.
블랙록의 부모는 익사체가 실종된 딸이라는 주장이 나온 후 며칠간 연락을 받지 못하자 경찰에 수사를 요청했다. 하지만 블랙록은 이후 노르웨이에서 무사히 발견되었다. 런던 경찰청은 시신이 블랙록으로 확인된 적 없었다고 강조했지만 일부 정보가 가족에 잘못 전달되었다는 사실을 인정했다. 노르웨이 경찰이 수사를 담당하는 상황에서 "양국 경찰 사이에 소통 문제가 있었다"라며 실수의 책임을 돌렸으며, 해당 사건과 관련해 블랙록 가족과 비공식적으로 연락을 취하고 있다고 말했다.

노르웨이 경찰 대변인은 본지의 질문에 블랙록 양이 사건과 관련이 있는지 면담을 실시했지만 두 명을 살해한 용의자로 고려하고 있지 않으며 수사를 계속 진행 중이라고 말했다.

은행 실시간 상담: 12월 6일 오후 4시 15분

안녕하세요, 실시간 온라인 상담 서비스를 이용해 주셔서 감사합니다. 개인 뱅킹 담당 아제쉬입니다. 무엇을 도와드릴까요, 블랙록 고객님?

— 안녕하세요, 계좌에 모르는 돈이 들어와서 문의해요. 송금인 정보를 확인하고 싶습니다. 감사합니다.

네, 블랙록 님. 확인해 드리겠습니다.
로라라고 불러도 될까요?

— 네, 괜찮아요.

어떤 거래 내역 말씀이신가요, 로라?

— 이틀 전, 12월 4일 날짜로 40,000스위스 프랑이 들어왔어요.

확인해 보겠습니다.
여기 있네요. 입금자명이 '다시 일어난 티거'인가요?

— 맞아요.

고유번호를 확인해 보니 베른에 있는 스위스 은행 예금 계좌에서 입금

되었네요. 죄송하지만 예금주의 신원 정보는 전혀 나와 있지 않습니다. 비밀 계좌라서요. 입금자명으로도 짐작이 불가능하실까요?

— 아, 감사합니다. 괜찮아요. 친구가 보냈을 거예요.
 그냥 확인하고 싶어서 문의했습니다. 확인해 주셔서 감사해요.

감사하긴요. 다른 문의 사항은 없으신가요, 로라?

— 아니요, 괜찮습니다. 알려주셔서 감사해요.
 그럼 좋은 하루 보내세요.

감사의 말

《우먼 인 캐빈 10》이 세상에 나오기까지 도와주신 모든 분들에게 고맙습니다. 글쓰기는 혼자 하는 외로운 작업이지만 한 권의 책이 나오려면 많은 사람이 힘을 모아야 합니다. 성실하고 유쾌한 좋은 분들과 책을 만들 수 있어 정말 감사했습니다.

우선 두 명의 앨리슨에게 고마움을 전합니다. 하빌 세커의 앨리슨 헤네시, 스카우트의 앨리슨 캘러핸은 대담하고 영리하게 핵심을 파고드는 편집자들입니다. 덕분에 세 사람이 머리를 맞대면 혼자 글을 쓸 때보다 결과가 훨씬 좋아진다는 진리를 새삼 깨달았습니다.

빈티지의 많은 분들도 저를 지지하고 응원해주셨지만 그중에서도 리즈 폴리, 베선 존스, 헬렌 플루드, 아이네 멀킨, 레이첼 코그노니, 리처드 케이블, 크리스천 루이스, 페이 브루스터, 레이첼 러드브룩에게 특히 감사합니다. 책을 예쁘게 디자인해 준 버샤도 고마워요. 제작팀의 사이먼 로즈는 물론 톰 드레이크 리를 비롯한 영업팀은 제 책이 독자 여러분의 손에 전해지도록 최선을 다합니다. 제 책을 전 세계에 퍼뜨리는 저작권팀의 제인 커비, 페니 라이티, 모니크 콜레스, 샘 코츠도 빼놓을 수 없겠죠. 모두 《우먼 인 캐빈 10》에 각별히 신경 써주셔서 고맙습니다. 빈티지 저자의 일원이라는 사실이 자랑스럽습니다!

에이전트 이브 화이트와 그 팀은 언제나 든든하게 제 곁을 지켜주었습니다. 온라인과 오프라인에서 넓은 마음으로 저를 도와준 동료 작가들에게도 감사합니다.

가족과 친구들은 제 사랑의 크기를 알 테니 여기서 굳이 말하지는 않겠습니다. 하지만 정말 사랑해요!

우먼 인 캐빈 10

초판 1쇄 발행 2025년 9월 22일

지은이 루스 웨어
옮긴이 유혜인
펴낸이 김상현

콘텐츠사업본부장 유재선
출판팀장 전수현 **책임편집** 심재헌 **편집** 윤정기 주혜란 **디자인** 김예리 권성민
마케팅파트 이영섭 남소현 최문실 김선영 배성경
미디어파트 김예은 정선영 정영원 정수아
경영지원 이관행 김준하 안지선 김지우

펴낸곳 (주)필름
등록번호 제2019-000002호 **등록일자** 2019년 01월 08일
주소 서울시 영등포구 영등포로 150, 생각공장 당산 A1409
전화 070-4141-8210 **팩스** 070-7614-8226
이메일 book@feelmgroup.com

필름출판사 '우리의 이야기는 영화다'

우리는 작가의 문체와 색을 온전하게 담아낼 수 있는 방법을 고민하며 책을 펴내고 있습니다.
스쳐가는 일상을 기록하는 당신의 시선 그리고 시선 속 삶의 풍경을 책에 상영하고 싶습니다.

홈페이지 feelmgroup.com **인스타그램** instagram.com/feelmbook

ⓒ 루스 웨어, 2025

ISBN 979-11-93262-72-6 (03840)

- 이 책 내용의 일부 또는 전부를 재사용하려면 반드시 필름출판사의 동의를 얻어야 합니다.
- 책값은 뒤표지에 있습니다. 잘못 만들어진 책은 구입처에서 교환해 드립니다.